CONTES INITIATIQUES PEULS

Du même auteur

Aux Éditions Stock :

Petit Bodiel et autres contes de la savane, Paris 1994.
Jésus vu par un musulman, Paris, 1994.

Chez d'autres éditeurs :

Koumen, texte initiatique des pasteurs peul, avec G. Dieterlen, Mouton, Paris, 1961 (épuisé).
Kaïdara, récit initiatique peul, Paris, 1969, coll. « Classiques africains », Les Belles Lettres (version poétique bilingue).
Aspects de la civilisation africaine, Présence Africaine, Paris, 1972 (réédité en 1993).
L'Étrange destin de Wangrin, Presses de la Cité 10-18, Paris, 1973. Grand Prix littéraire de l'Afrique noire (ADELF) en 1974.
L'Éclat de la grande étoile, coll. « Classiques africains », Paris, 1976. Les Belles Lettres (version poétique bilingue).
Vie et enseignement de Tierno Bokar, le sage de Bandiagara, Le Seuil, coll. « Points Sagesse », Paris, 1980.
L'Empire peul du Macina, avec J. Daget, IFAN, Dakar, 1955. Mouton, Paris, 1962, reprise NEA/EHESS Abidjan/Paris, 1984 (épuisé).
Amkoullel l'enfant peul, Mémoires (tome 1), Actes Sud, Arles, 1991, et coll. de poche Babel (Actes Sud) 1992. Prix Tropiques 1991 (CFD). Grand Prix littéraire de l'Afrique noire en 1991 pour l'ensemble de l'œuvre.
Oui mon commandant ! Mémoires (tome 2), Actes Sud, Arles, 1994.

Collection Amadou Hampâté Bâ, Nouvelles Éditions Ivoiriennes (reprise des titres des ex-NEA d'Abidjan) :

Jésus vu par un musulman, Abidjan, 1993.
Petit Bodiel, conte drolatique peul, Abidjan, 1993.
La Poignée de poussière, contes et récits du Mali, Abidjan, 1994.
Njeddo Dewal, mère de la calamité, conte fantastique peul, Abidjan, 1994.
Kaïdara, récit initiatique peul (version en prose), Abidjan, 1994.

Amadou Hampâté Bâ

Contes initiatiques peuls

Njeddo Dewal, mère de la calamité

Kaïdara

Ouvrage publié grâce à la collaboration des Nouvelles Éditions Ivoiriennes à Abidjan

Stock

ISBN 978-2-234-04315-2

© 1993, Nouvelles Éditions Ivoiriennes.
© 1994, Éditions Stock.

Njeddo Dewal,
mère de la calamité

Introduction

Le grand conte initiatique peul *Njeddo Dewal, mère de la calamité* fait partie du cycle de *Kaïdara* et de *l'Éclat de la grande étoile*[1], dont il constitue le premier élément. Ces trois contes, dont les sujets se complètent, possèdent certains personnages communs. On retrouve Hammadi, le héros de *Kaïdara*, dans *L'Éclat de la grande étoile*, tandis que Bâgoumâwel, le grand initié de *L'Éclat*, apparaît ici sous l'aspect d'un enfant miraculeux, jeune et vieux à la fois.

Si *Kaïdara* illustre la quête de la Connaissance, avec un aller et un retour parsemés d'épreuves et de signes spécifiques, si *L'Éclat de la grande étoile* retrace la quête de la sagesse avec l'initiation progressive au

---

1. Les livres *Koumen, L'Éclat de la grande étoile* et *Kaïdara* sont souvent cités dans les notes du présent ouvrage. On trouvera leurs références dans la liste « Du même auteur », p. 4.

Pour lever tout malentendu, je précise que je n'ai en rien collaboré, ni donné ma caution, à des « lectures » ou « visions » réalisées par des tiers à partir de contes précédemment publiés par moi, notamment *Kaïdara*. Ce type d'ouvrages et les réflexions qui y sont développées n'engagent, par définition, que leurs auteurs. Toute recherche a son intérêt. Qu'il me soit seulement permis de mettre amicalement en garde les jeunes chercheurs contre la tentation de vouloir à tout prix faire « coller » certains contes africains à des systèmes de pensée préétablis ou à des critères intellectuels qui leur sont généralement étrangers.

Contes initiatiques peuls

pouvoir royal du petit-fils de Hammadi par Bâgoumâwel, dans le conte *Njeddo Dewal, mère de la calamité*, nous assistons à la lutte entre le principe du bien et le principe du mal.

Ici, point de trajet linéaire, comme dans les deux autres récits, entre un point de départ et un point d'arrivée, mais, au contraire, une abondance de folles péripéties, de combats fantastiques, de voyages périlleux, de réussites, d'échecs et d'aventures sans cesse renouvelés jusqu'à l'heureux dénouement final. Le conte *Njeddo Dewal*, c'est l'image même de la vie : la lutte entre le bien et le mal est toujours à reprendre, autour de nous comme à l'intérieur de nous-mêmes.

Comme tous les contes initiatiques peuls, *Njeddo Dewal* peut être lu – ou entendu – à plusieurs niveaux. C'est, d'abord, un grand récit fantastique et féerique propre à charmer et à distraire les petits et les grands. C'est, ensuite, un conte didactique sur les plans moral, social et traditionnel où l'on enseigne, à travers des personnages et des événements typiques, ce que doit être le comportement humain idéal.

Enfin, c'est un grand texte initiatique dans la mesure où il illustre les attitudes à imiter ou à rejeter, les pièges à discerner et les étapes à franchir lorsqu'on est engagé dans la voie difficile de la conquête et de l'accomplissement de soi.

En face d'une Njeddo Dewal agent du mal presque toute-puissante, s'appuyant uniquement sur ses propres pouvoirs et la maîtrise de certaines forces magiques, apparaissent des personnages qui incarneront les plus nobles qualités humaines et dont la vraie force, finalement, sera de faire chaque fois confiance à la Providence au péril de leur vie.

Introduction

N'oublions pas que les mythes, contes, légendes ou jeux d'enfants ont souvent constitué, pour les sages des temps anciens, un moyen de transmettre à travers les siècles d'une manière plus ou moins voilée, par le langage des images, des connaissances qui, reçues dès l'enfance, resteront gravées dans la mémoire profonde de l'individu pour ressurgir peut-être, au moment approprié, éclairées d'un sens nouveau. « Si vous voulez sauver des connaissances et les faire voyager à travers le temps, disaient les vieux initiés bambaras, confiez-les aux enfants. »

Le conte *Njeddo Dewal* présente un intérêt tout particulier en ce qu'il pose, dès le départ, le problème de l'origine des Peuls. Il nous décrit en effet le pays fabuleux de Heli et Yoyo où il y a très, très longtemps, avant leur dispersion à travers l'Afrique, les Peuls auraient vécu heureux, comblés de toutes les richesses et protégés de tout mal, même de la mort. Par la suite, leur mauvaise conduite et leur ingratitude auraient provoqué le courroux divin. Guéno (le Dieu suprême, l'Éternel) décida de les châtier et suscita à cet effet une terrible et maléfique créature, Njeddo Dewal la grande sorcière, dont les sortilèges feront tomber sur les malheureux habitants de Heli et Yoyo des calamités si épouvantables que, pour y échapper, ils devront fuir à travers le monde.

Seuls des êtres très purs (Bâ-Wâm'ndé et sa femme, Kobbou le mouton miraculeux, Siré l'initié et, plus tard, Bâgoumâwel l'enfant prédestiné) pourront lutter contre la terrible sorcière et, finalement, triompher d'elle grâce à l'aide de Guéno.

Contes initiatiques peuls

Ce mythe d'origine soulève, dans sa présentation même, diverses questions que nous avons abordées en annexe dans les notes n^os **(1)** et **(15)**, notamment à propos de l'influence des traditions du Mandé sur certains mythes peuls.

Un autre intérêt de ce conte est que l'on y retrouve, à quelques variantes près, presque toute la trame du conte occidental *Le Petit Poucet,* mais avec une richesse de détails et de péripéties infiniment plus grande. On retrouve les sept frères un peu niais, le jeune garçon plein de ruse et de finesse (ici Bâgoumâwel leur neveu) aux prises non plus avec un ogre, mais avec une Njeddo Dewal vampire. Curieusement d'ailleurs, Njeddo Dewal ne pourra trouver la mort qu'à la façon de ses homologues vampires des contes occidentaux, comme on le verra à la fin du conte. Comment ne pas se poser ici la question de l'origine de certains mythes ?

Comme *Kaïdara* et *L'Éclat de la grande étoile, Njeddo Dewal* est un *jantol (*pluriel *janti*), c'est-à-dire un récit très long aux personnages humains ou fantastiques, à vocation didactique ou initiatique, souvent les deux à la fois. Comme le dit le conteur au début de *Kaïdara* : « Je suis futile, utile et instructif. »

Le *jantol* est toujours récité soit en vers à cadence rapide *(mergi :* poésie), soit en prose *(fulfulde maw'nde :* « grand parler peul »). Ici – contrairement à *Kaïdara* – la version en prose, bien que reprenant en maints endroits le texte *mergi,* est plus complète, plus riche en détails que ce dernier. C'est pourquoi nous l'avons choisie pour présenter ce conte au public.

Introduction

Dans tout *jantol*, la trame de l'histoire (c'est-à-dire la progression, les étapes, les symboles, les faits significatifs) ne doit jamais être changée par le conteur traditionnel. Toutefois, celui-ci peut apporter des variantes sur des points secondaires, embellir, développer ou abréger certaines parties selon la réceptivité de son auditoire. Avant tout, le but du conteur, c'est d'intéresser ceux qui l'entourent et, surtout, d'éviter qu'ils ne s'ennuient. Un conte doit toujours être agréable à écouter et, à certains moments, doit pouvoir dérider les plus austères. Un conte sans rire est comme un aliment sans sel.

Dans la version qui est présentée ici, non seulement la trame de l'histoire a été strictement respectée comme il se doit, mais également les détails du récit en prose tels qu'ils sont traditionnellement transmis. Nous nous sommes seulement permis, par endroits, d'apporter de petites précisions de pure forme pour faciliter la compréhension du récit par les lecteurs de culture occidentale, notamment pour préciser certains enchaînements chronologiques ou de cause à effet, ce qui n'est pas indispensable pour un auditoire traditionnel, généralement peu soucieux de logique ou de chronologie.

Les conteurs traditionnels qualifiés ont coutume d'entrecouper leurs récits de nombreux développements instructifs. Chaque arbre, chaque animal peut faire l'objet de tout un enseignement à la fois pratique et symbolique. Nous n'avons pas voulu rompre le rythme du récit par des digressions de ce genre, encore que le texte lui-même en comporte quelques-unes, surtout au début : aussi avons-nous fait figurer en notes toutes les indications que nous voulions porter à la connaissance du lecteur.

Contes initiatiques peuls

On trouvera en bas de page (notes figurées par de petits chiffres) les indications d'ordre linguistique ou de nature à faciliter la compréhension du texte – voire du sens caché des événements – et en annexe (notes figurées par des chiffres gras entre parenthèses) les développements symboliques propres à la tradition africaine en général.

Après une première partie consacrée à la description du pays mythique de Heli et Yoyo et des calamités qui s'abattirent sur ses habitants, le récit s'articule autour de deux cycles essentiels.

Le premier cycle retrace la quête de Bâ-Wâm'ndé, grand-père de Bâgoumâwel. Bâ-Wâm'ndé, c'est l'homme simple et bon, charitable et bienveillant envers tout ce qui vit. Avec sa femme Welôrè, il incarne toutes les vertus humaines. Pour préparer la venue de son futur petit-fils qui seul pourra affronter la redoutable Njeddo Dewal, il n'hésite pas à se lancer dans une quête dangereuse qui le mènera jusqu'au cœur du territoire de la Grande Sorcière ! Âme innocente et confiante, il ne se soucie point de lui-même. Aussi Guéno (le Dieu suprême) l'aidera-t-il à chacun de ses pas et la nature tout entière se mettra-t-elle à son service.

Accompagné d'un mouton miraculeux, Bâ-Wâm'ndé ira d'abord délivrer Siré, un homme de grand pouvoir détenu prisonnier par Njeddo Dewal. Ensuite tous deux et leur mouton parviendront, au terme d'une expédition particulièrement mouvementée, à libérer un dieu asservi par Njeddo Dewal, source

Introduction

principale de sa puissance magique. Cet exploit permettra de défaire les premiers nœuds du pouvoir maléfique de la « calamiteuse » et de préparer l'action future de Bâgoumâwel.

Le second cycle, constitué de toute une succession d'aventures riches en péripéties, est celui de Bâgoumâwel lui-même, l'enfant prédestiné à la naissance miraculeuse, envoyé par Guéno pour triompher de Njeddo Dewal.

Bâgoumâwel lui aussi incarne la noblesse, la bonté et la générosité, mais servies par une intelligence malicieuse et accompagnées des pouvoirs du prédestiné. Il peut prendre toutes les formes parce que, comme Njeddo Dewal, il a accès au monde subtil où les formes ne sont pas encore figées comme dans le monde matériel.

Bâgoumâwel, c'est le prototype de l'initié. Ses façons d'agir échappent à l'entendement humain. Dans *L'Éclat de la grande étoile,* il symbolise la Connaissance : c'est l'instructeur, l'éducateur, l'initiateur. Ici, il s'incarne sous la forme d'un enfant pour venir au secours du peuple peul et le délivrer du maléfice qui le maintient sous la coupe de Njeddo Dewal. Tout ce qu'il fait, il le fait non par volonté personnelle, mais au nom du pouvoir et de la mission reçus de Guéno, alors que Njeddo Dewal, elle, agit toujours pour assouvir ses désirs personnels, fondant ses pouvoirs sur la capture et l'asservissement de forces intermédiaires (dieux ou esprits) sans se référer à Guéno, le Créateur suprême. Elle ne le fera qu'à la fin du récit quand, presque vaincue, démunie de tout et malheureuse, elle se tournera enfin vers lui pour lui demander son aide, mais toujours dans l'intention de nuire.

Contes initiatiques peuls

Dans la société traditionnelle, chaque *jantol* est comme un livre que le Maître récite et commente. Le jeune, lui, doit écouter, se laisser imprégner, retenir le conte et, autant que possible, le revivre en lui-même. On lui recommande (comme pour *Kaïdara*) de revenir sans cesse au conte à l'occasion des événements marquants de sa vie. Au fur et à mesure de son évolution intérieure, sa compréhension se modifiera, il y découvrira des significations nouvelles. Souvent, telle épreuve de sa vie l'éclairera sur le sens profond de tel ou tel épisode du conte ; inversement, celui-ci pourra l'aider à mieux comprendre le sens de ce qu'il est en train de vivre.

En fait, tous les personnages du conte ont leur correspondance en nous-mêmes. Njeddo Dewal et Bâgoumâwel sont en nous comme deux pôles extrêmes, séparés par une infinité de degrés possibles. Notre être est le lieu de leur combat.

Pour triompher en nous de Njeddo Dewal, il faut d'abord savoir l'identifier, puis la domestiquer, enfin savoir écouter et reconnaître la voix de Bâgoumâwel qui sait donner le courage d'affronter le mal avec l'aide de Guéno. Il est la voix du bien, la voix de celui qui sait pardonner et se sacrifier. C'est pourquoi il est investi de l'aide de Guéno et du secours des ancêtres. Un événement inattendu viendra toujours l'aider dans les circonstances les plus désespérées.

Mais nous avons aussi en nous la stupidité des sept frères, leur entêtement, leur inconscience [1]...

---

1. Cela est valable pour les autres contes, notamment *Kaïdara*. C'est en nous-même, et non dans des catégories sociales extérieures, qu'il faut chercher les correspondances, les qualités et les défauts des personnages.

Introduction

Finalement, entrer à l'intérieur d'un conte, c'est un peu comme entrer à l'intérieur de soi-même. Un conte est un miroir où chacun peut découvrir sa propre image.

Que ce soit ici pour moi l'occasion d'exprimer ma gratitude à Nouria, l'infatigable collaboratrice dont le travail et les soins ont permis que naissent cet ouvrage – et quelques autres...

Amadou Hampâté Bâ
Abidjan, 1984.

Généalogie mythique de Njeddo Dewal d'après la cosmogonie du Mandé

Avant la création du monde, avant le commencement de toute chose, il n'y avait rien, sinon UN ÊTRE. Cet Être était un Vide sans nom et sans limite, mais c'était un Vide vivant, couvant potentiellement en lui la somme de toutes les existences possibles.
Le Temps infini, intemporel, était la demeure de cet Être-Un.
Il se dota de deux yeux. Il les ferma : la nuit fut engendrée. Il les rouvrit : il en naquit le jour.
La nuit s'incarna dans Lewrou, la Lune. Le jour s'incarna dans Nâ'ngué, le Soleil.
Le Soleil épousa la Lune. Ils procréèrent Doumounna, le Temps temporel divin.
Doumounna demanda au Temps infini par quel nom il devait l'invoquer. Celui-ci répondit : « Appelle-moi Guéno, l'Éternel.[1] »
Guéno voulut être connu. Il voulut avoir un interlocuteur. Alors il créa un Œuf merveilleux, comportant neuf divisions, et y introduisit les neuf états fondamentaux de l'existence.

---

1. Guéno, « l'Éternel », est, pour les Peuls, le Dieu créateur suprême (équivalent en bambara : Mâ-n'gala).

Contes initiatiques peuls

Puis il confia l'Œuf au Temps temporel Doumounna. « Couve-le avec patience, lui dit-il. Et il en sortira ce qui en sortira. »
Doumounna couva l'Œuf merveilleux et le nomma Botchio'ndé.
Quand cet Œuf cosmique vint à éclore, il donna naissance à vingt êtres fabuleux qui constituaient la totalité de l'univers visible et invisible, la totalité des forces existantes et de toutes les connaissances possibles.
Mais, hélas, aucune de ces vingt premières créatures fabuleuses ne se révéla apte à devenir l'interlocuteur que Guéno avait désiré pour Lui-même.
Alors, il préleva une parcelle sur chacune des vingt créatures existantes. Il les mélangea, puis, soufflant dans ce mélange une étincelle de son propre souffle igné, il créa un nouvel Être : Neddo, l'Homme.
Synthèse de tous les éléments de l'univers, les supérieurs comme les inférieurs, réceptacle par excellence de la Force suprême en même temps que confluent de toutes les forces existantes, bonnes ou mauvaises, Neddo, l'Homme primordial, reçut en héritage une parcelle de la puissance créatrice divine, le don de l'Esprit et la Parole.
Guéno enseigna à Neddo, son Interlocuteur, les lois d'après lesquelles tous les éléments du cosmos furent formés et continuent d'exister. Il l'instaura Gardien et Gérant de son univers et le chargea de veiller au maintien de l'harmonie universelle. C'est pourquoi il est lourd d'être Neddo.
Initié par son créateur, Neddo transmit plus tard à sa descendance la somme totale de ses connaissances. Ce fut le début de la grande chaîne de transmission orale initiatique.

Généalogie mythique de Njeddo Dewal

***

Neddo, l'Homme primordial, engendra Kîkala[1] le premier homme terrestre, dont l'épouse fut Nâgara.
Kîkala engendra Habana-koel : « Chacun pour soi ».
« Chacun pour soi » engendra Tcheli : « Fourche de la route ».
« Fourche de la route » eut deux enfants : l'un, le « Vieil Homme » (Gorko-mawdo), représenta la Voie du Bien ; l'autre, la « Petite Vieille chenue » (Dewel-Nayewel), représenta la Voie du Mal. Il en sortit deux postérités de tendances contraires :
Le « Vieil Homme » engendra Neddo-mawdo, l'« Homme digne de considération », qui lui-même mit au monde quatre enfants : « Grande Audition », « Grande Vision », « Grand Parler » et « Grand Agir ».
Sa sœur, la « Petite Vieille chenue », engendra elle aussi quatre enfants : « Misère », « Mauvais sort », « Animosité » et « Détestable ».

Comme on le voit, c'est à partir de « Fourche de la route », lui-même succédant à « Chacun pour soi », que les voies du Bien et du Mal se précisèrent.
Le « Vieil Homme » devint l'incarnation du Bien. La « Petite Vieille chenue » devint l'incarnation du Mal.
Njeddo Dewal est une incarnation légendaire peule de Dewel-Nayewel, la « Petite Vieille chenue », appelée Moussokoronin koundjé par les Bambaras (1)[2].

---

1. Kîkala : sorte d'équivalent de l'Adam biblique ; mais selon la tradition peule, il y aurait eu plusieurs Adam successifs. Kîkala est le symbole de l'ancienneté et, par extension, de la vieillesse et de la sagesse.
2. Les chiffres entre parenthèses renvoient aux notes annexes, p. 347.

Njeddo Dewal,
mère de la calamité

Conte, conte, je veux conter un conte !
Laissez-moi me coucher sur le dos et faire pantal [1],
plonger dans la parole et y nager à grandes brassées [2].
J'y nagerai, et mes pieds battant l'eau feront puntu-
panta [3].
Ce que je m'en vais dire est plus merveilleux qu'un
songe !
Pourtant, ce ne sont pas des balivernes,
c'est la langue qui fait éclater la parole !
Ce n'est pas la ruse qui actionne ma langue,
elle tinte plus clairement que la cloche royale,
elle montre la route mieux qu'un guide avisé.
Ma parole intéressera tous les doués d'intelligence,
tous ceux qui méditent et réfléchissent.
Ce conte est un conte mâle [4].
A l'écouter, parfois, certains en attrapent la fièvre...

---

1. Position de détente traditionnelle : étant couché sur le dos, une jambe est repliée vers soi en gardant la plante du pied au sol ; l'autre jambe est repliée à l'horizontale, genou vers l'extérieur, le pied venant reposer sur la hanche opposée, dessinant une sorte d'équerre.
2. Parler sans embarras ni anicroches.
3. Onomatopée : frapper l'eau un pied après l'autre, d'une manière cadencée.
4. Le qualificatif « mâle » est une indication de force et de valeur. Dans un tel conte, on trouvera beaucoup d'action, de l'audace, des aventures, du courage et de la noblesse. Les qualificatifs féminins, eux, évoqueront l'amour, la pitié, la tendresse et la compassion.

Contes initiatiques peuls

C'est notre grand-père Bouytôring[1] qui, le premier, le fit conter par un crâne à son premier fils Hellêrè, et cela durant sept semaines. Voici comment il procéda.

Bouytôring se saisit de son bâton de berger, taillé dans l'arbre sacré nelbi (2). Ce n'était certes pas un bâton ordinaire.

Il existe trois sortes de nelbi : le nelbi de terre ferme, le nelbi des eaux et, enfin, le « nelbi-de-nulle-part » qui ne pousse ni sur la terre ni dans les eaux. Ce nelbi mystérieux n'a besoin, pour produire, ni d'eau ni d'humus. Que l'hivernage soit bon ou mauvais, il fructifie. Celui qui tient dans sa main un bâton tiré de ce bois miraculeux prédit l'avenir sans erreur. Dans les branches vertes du nelbi-de-nulle-part coule une sève de feu. C'est de l'une de ses branches que Guéno coupa le premier bâton de berger qu'il donna à Kîkala, le premier homme. C'est ce bâton même qui fut transmis de père en fils jusqu'à Bouytôring.

Ce dernier se saisit donc de ce bâton miraculeux, issu d'un arbre non moins miraculeux, pour tracer sur le sol la figure d'un hexagramme ou étoile à six branches (3).

Puis il apporta un crâne humain (4), qui avait également été transmis jusqu'à lui de père en fils, et le plaça dans la case-nombril de l'hexagramme. Prenant place dans cette case avec son fils, il incanta le crâne et celui-ci se mit à parler...

---

1. Bouytôring est l'un des plus connus des grands ancêtres peuls. Il a surtout été vulgarisé par la tradition peule du Djêri, au Ferlo sénégalais (région de Linguére). Il est souvent présenté comme fils de Kîkala, le premier homme. Les récits le concernant m'ont surtout été transmis par les grands traditionalistes Ardo Dembo et Môlo Gawlô (voir note **78**).

Njeddo Dewal

Durant sept semaines, Bouytôring et son fils écoutèrent le dire du crâne, prenant place chaque semaine dans une case différente.
C'est ce dire qui fut retenu et conservé dans les mémoires. Bouytôring en fit un conte que Hellêrè recueillit et récita afin de le transmettre à sa postérité. C'est ce récit, venu du fond des âges, qu'à mon tour je vais dérouler pour vous.
Ohé, écoutez-moi ! Je m'en vais vous conter ce que contèrent Bouytôring et Hellêrè.
Je le ferai non en *mergi* au rythme cadencé, mais en *fulfulde maw'nde*, le grand parler peul [1].

Pardonnez-moi si je me trompe,
si j'en oublie ou si j'en saute
ou si ma langue devient distraite.
Pour tout dévideur,
il faut bien qu'un jour son fil s'embrouille !
Quand ses fils s'emmêlent,
il les coupe et les noue à nouveau.
Pardonnez si ma langue se lasse ou se ramollit.

---

1. *Mergi* : poésie de rythme rapide ; *fulfulde maw'nde* : prose.

Au pays de Heli et Yoyo

Le paradis perdu

L'histoire se passe dans le Wâlo[1], au pays mythique de Heli et Yoyo[2] où l'on ignorait ce qu'était passer une nuit sans souper. En ce pays, rien ne manquait : fortune, bétail ou céréales, tout s'y trouvait en abondance.

On n'y connaissait aucun souci. La mort y était rare, la progéniture nombreuse, la maladie inconnue. Tout le monde était en bonne santé. Même les vieillards à la tête chenue conservaient leur vigueur ; ils ignoraient la fièvre, la toux et la décrépitude.

Le cheptel lui aussi ignorait la maladie. Point de diarrhées épuisantes, point de maux de poumon, point de mouches piquantes. Dans les champs, les acridiens ne dévastaient point les récoltes.

---

1. *Wâlo* : « zone inondable », évoquant la fertilité par excellence, par opposition à *djêri*, « haute brousse ». Wâlo et Djêri sont également les noms de deux régions du Sénégal.
2. Les Peuls ont conservé le souvenir d'un lieu originel, véritable paradis terrestre, où ils étaient heureux. Ils en auraient été chassés par un grand cataclysme déclenché par Guéno en punition de leurs péchés. Heli et Yoyo en étaient les deux villes principales, Yoyo étant la grande capitale. (Yoyo est une onomatopée ; Heli signifie littéralement « briser »).

Contes initiatiques peuls

En ce pays béni où la mort était rare et les
« connaisseurs [1] » nombreux, la pauvreté était chose
inconnue. Celui qui ne possédait que deux troupeaux
inspirait la pitié, on le disait miséreux. A Heli et Yoyo,
seules les sauterelles venaient glaner les champs après
la récolte.

Tel était le pays où les Peuls vivaient riches et heureux !

A l'horizon se profilaient des crêtes de montagne
dont les courbes s'enchaînaient et se chevauchaient
harmonieusement. Les vallées inondables regorgeaient
de grandes mares poissonneuses couvertes de nénuphars aux fleurs épanouies, aux graines aussi nombreuses que des grains de mil et aux baies succulentes,
si douces qu'elles n'écorchaient point les gencives (6).

Dans la haute brousse, les biches gracieuses et les
grands buffles majestueux vivaient en paix car on n'y
connaissait point de fauves et les cités n'abritaient
point de chasseurs.

Le pays était tant aimé de Guéno que si la lune,
boudeuse, abandonnait son logis, disant « je ne reviendrai pas », des étoiles brillantes apparaissaient, trouant
le ciel à la façon d'un couscoussier, afin d'illuminer
l'espace et les logis des hommes.

Dans le Wâlo, les puissants fromagers côtoyaient les
larges baobabs, comme pour regarder ensemble les
grands caïlcédrats (7) étendre leurs branches volumineuses dont on tirait un bois d'œuvre précieux.

Les plaines fertiles y étaient aussi vastes que l'espace céleste.

---

1. Connaisseur (*gando*, de *andal*, « connaissance ») : savant au sens total du terme, aussi bien en théorie qu'en pratique, et ce dans tous les domaines. Sa connaissance englobe aussi bien l'aspect extérieur que le sens caché des choses (5).

Njeddo Dewal

On ne pouvait dénombrer les rivières et les cours d'eau qui arrosaient la terre en ondulant.

Ici, des bancs de sable dévalaient jusqu'au fleuve comme pour s'y nettoyer.

Là, des collines boisées, peuplées de myriades d'oiseaux, venaient plonger leurs pieds dans les eaux, comme pour se laver les jambes jusqu'aux genoux. Leurs doux vallonnements épousaient les méandres des rivières, semblant accompagner les vagues jusqu'à leur domicile nuptial.

La nature ayant horreur de l'uniformité[1], parfois des barrages de pierre paraissaient vouloir empêcher les cours d'eau de poursuivre leur chemin vers leur destination finale : le grand lac salé. Mais l'eau, cet élément-mère sans âme (8), est l'incarnation même de la patience et de la force. Quand un obstacle lui barre le chemin, elle s'élève d'abord sans se presser jusqu'à le recouvrir ; puis elle bondit, dispersant un nuage de gouttelettes au point de faire croire à la venue d'une *gatamare*, la première tornade de l'année. Une partie de ce nuage d'eau s'évapore en fumée, mais une fumée qui ne bouche pas les narines et n'empêche point de respirer ; le reste se rassemble en contrebas, formant à nouveau une belle bande blanche qui reprend sa route et roule vers son but, grignotant ses berges et excavant son lit pour augmenter son envergure (9).

Aux abords des cours d'eau, la fumée d'eau adoucissait si bien l'atmosphère que quiconque s'en approchait sentait son corps se rafraîchir et éprouvait, le moment venu, une irrésistible envie de dormir, à en piquer du nez !

---

1. Littéralement : « Dieu ne crée pas deux choses » (sous-entendu : identiques).

Contes initiatiques peuls

Bref, le pays était si agréable que l'étranger qui y mettait le pied en oubliait de retourner chez lui !

Les griots de Heli et Yoyo ont chanté en long et en large ce merveilleux pays. Ils l'ont appelé le « pays septénaire » **(10)**, car sept grands fleuves y serpentaient à travers sept hautes montagnes tandis que l'on comptait sept grandes plaines sablonneuses dont les belles dunes dévalaient comme des vagues pétrifiées.

Outre l'amandier, les arbres fruitiers qui peuplaient la brousse présentaient sept espèces dominantes : l'acacia à fruit comestible, le palmier-dattier dont les grappes serrées fournissaient un fruit plus doux que le meilleur des miels ; le jujubier dont un seul fruit pouvait emplir la bouche la plus démesurée ; le tamarinier dont le fruit soigne toutes les maladies imaginables **(11)** ; le rônier dont un seul fruit pouvait rassasier un éléphant. Quant au figuier, tenter de décrire ses fruits serait minimiser leur valeur. Enfin, oui, oui ! au pays de Heli et Yoyo chaque arbre de karité donnait assez de beurre pour nourrir tout un quartier de village pendant un an ! Ces sept arbres bénis produisaient à foison des fruits que l'on pouvait cueillir tout au long de l'année.

En ce pays, le beurre n'était pas rare ; on le tirait non seulement du karité mais aussi de l'arbre m'pegou, sans parler du beurre crémeux fourni par les vaches opulentes. L'arachide des plaines et les sardines des fleuves fournissaient toute l'huile nécessaire.

Quant au miel à la saveur délicieuse, il était si abondant qu'il ne se vendait pas.

Dans les lougans de famille ou les petits lougans

Njeddo Dewal

individuels [1], on récoltait des citrouilles et du maïs, de grosses courges, des pastèques douces et des haricots à gros grains délicieux.

Citrouilles et haricots rampaient et se chevauchaient les uns les autres si généreusement qu'ils en venaient à recouvrir en toutes saisons les toits de chaume, au point d'empêcher la fumée de les traverser pour se répandre dans l'atmosphère [2].

Dans chaque cité, dans chaque petit village se faisaient écho les cris des poules-mâles (**12**). Les aboiements des chiens y étaient aussi mélodieux que des sons de trompette, le braiment des ânes n'y offensait point le tympan. Les bœufs (**13**) mugissaient comme pour attirer l'attention sur leur beauté et leur corpulence. Quant aux bêlements des boucs sollicitant leur femelle, on aurait dit un concert de belles voix humaines.

Oui, c'était le pays où, pour réveiller les habitants, le braiment harmonieux des ânes répondait à l'appel agréable des coqs tandis que résonnaient les cris des oiseaux nocturnes retournant dans leur nid.

A Heli et Yoyo, point de chauve-souris aveuglée par la lumière naissante du jour, allant tout étourdie s'accrocher dans les épines !

Les termites de Heli et Yoyo grignotaient les tiges des céréales, non leurs épis : ils ne rongeaient pas les affaires des hommes.

---

1. Lougan : champ. Dans les villages traditionnels, il y a souvent un grand champ collectif ou familial auquel tout le monde travaille. Chacun peut avoir également son petit jardin ou potager individuel.
2. Lorsque le toit est en chaume, la fumée de la cuisine sort à travers les fibres du toit. Quand celui-ci est recouvert de feuilles, elle doit sortir par la porte. Cette image évoque la densité et la richesse de la végétation qui, de plus, protège le toit pendant la saison d'hivernage.

En un mot, rien, dans ce pays, ne pouvait causer de mal. Ni venin de scorpion ni venin de serpent n'y tuèrent jamais, pas même n'y provoquèrent la moindre enflure.

Le ciel du pays de Heli et Yoyo était semblable à la première salive de l'indigo, du bleu le plus tendre.

> La brise y était douce,
> le cheval magnifique
> et la fille bien belle.

Le voyageur y découvrait, au fil de ses randonnées, des demeures dont chacune était plus agréable que la précédente.

Guéno y faisait pleuvoir abondamment, mais les pluies n'y gâtaient ni la récolte ni le fourrage qui y poussaient dru.

Les tornades ne provoquaient pas de coups de tonnerre. Jamais la foudre n'y avait gâté quoi que ce soit : elle n'avait pas brûlé l'arbre, encore moins incendié la maison. En ce pays, tout mal était inconnu.

> Koulou diam, koulou diam !
> Koulou diam, ma Guéno !
> Gloire à toi, gloire à toi !
> Gloire à toi, Éternel !

Ta grâce était largement répandue sur cette terre qui n'était pas une terre de petite importance !

C'est le Prophète Salomon (14) lui-même, dit-on – dont l'épouse Balqis, la Reine de Saba, est considérée comme la tante des Peuls – qui traça les plans de Heli et Yoyo. Les génies qu'il avait asservis y accomplirent maintes merveilles et leur travail, certes, ne fut pas petit.

Oui, c'est dans ce pays paradisiaque qu'habitaient les descendants de Hellêrè, fils de Bouytôring,

Njeddo Dewal

ancêtres des Peuls et possesseurs de grands troupeaux (**15**) !

Les silatiguis (**16**), qui ont beaucoup observé, étudié et compris, ne sont pas tous d'accord sur le lieu où se trouvait le pays de Heli et Yoyo. D'aucuns l'ont situé à l'est de la mer Rouge, dans le pays de notre Tante Balqis, la Reine de Saba. D'autres affirmèrent qu'il se trouvait à l'ouest de la mer Rouge, entre le pays des Habasi (Éthiopie) et le pays du Pharaon roi de Misra (Égypte) [1].

Ce conte n'a pas pour but d'établir la véracité ou la fausseté de ces paroles. De toute façon, mille et mille personnes diraient-elles que le mensonge est vérité, le mensonge restera le mensonge ! Mille et mille diraient-elles que la vérité est mensonge, la vérité restera la vérité !

Ce conte fut conté pour instruire les Peuls, afin qu'ils n'oublient pas les événements lointains qui ont causé la ruine de leurs ancêtres, leur émigration et leur dispersion à travers les contrées ; afin qu'ils connaissent leur pays d'origine en ce monde, même s'ils ne peuvent le situer dans l'espace ; afin qu'ils sachent pourquoi on les a repoussés, pourquoi ils errent en tous lieux et sont devenus de perpétuels campants-décampeurs, des honnis que l'on installe en bordure des villages, mais des honnis qui ont vite fait de frapper de leurs lances ceux qui les dédaignent, de réduire en esclavage ceux qui les offensent et de stupéfier les princes qui les méprisent [2].

---

1. Ce paragraphe ainsi que ceux qui le suivent (jusqu'à la fin du chapitre) font partie du texte traditionnel du conte.
2. En devenant leurs vainqueurs.

Contes initiatiques peuls

Quand on réduit un Peul en esclavage, il accepte et sait patienter jusqu'au jour où il est sûr de prendre sa revanche.

Les Peuls n'acceptent pas d'être importunés. Si on les malmène, ils commencent par brûler leur case de paille, pour bien montrer qu'ils n'ont rien à perdre, puis ils incendient celle de leur ennemi. Ils blessent, ils tuent, puis ils quittent le pays avec leur troupeau car rien ne les retient nulle part [1].

Plus vagabonds que le cyclone, ils vengent leurs torts sans faire de bruit. Ils aiment l'honneur et la considération parfois plus que leur vie. Celui qui touche à un Peul, que ce soit pour la paix, sinon il trouvera son compte !

Les Peuls n'ont point de houe. C'est avec les sabots de leurs chevaux qu'ils creusent les poquets dans la terre.

Le bâton des Peuls est plus meurtrier qu'un fusil.

Ce qui déclenche leur colère, c'est de toucher à leur troupeau qui est leur richesse, ou à la parure de leurs femmes [2], qui est leur honneur. A celui qui s'en approche, ils feront mordre la terre.

Naissance de Njeddo Dewal

Durant un temps si long qu'on ne saurait en dénombrer les jours, les Peuls vécurent heureux au pays de Heli et Yoyo. Mais à la longue, ils se rassasièrent tant de ce bonheur qu'ils en devinrent orgueilleux et se per-

---

1. Leur seule fortune est le bétail et il se déplace avec eux. On ne les retient qu'en les honorant.
2. Il ne s'agit pas ici de bijoux ou de colifichets, mais de tout ce qui fait la valeur morale d'une femme : sa parure, ce sont ses qualités.

Njeddo Dewal

dirent eux-mêmes. Ils en vinrent à se conduire de très mauvaise manière. Certains ne respectaient plus rien, au point de se torcher avec des épis de céréales. Des femmes s'égayaient avec des animaux mâles. D'autres, délaissant l'eau, se baignaient dans du lait[1]. Elles s'en servaient même pour laver leur linge et faire la toilette de leurs enfants, laver leurs moutons de case[2] ou les étalons à robe blanche de leur époux ! N'allèrent-elles pas jusqu'à utiliser de la farine de riz délayée pour badigeonner leurs maisons ? Parfois, l'envie les prenant, elles sortaient nues dans la rue, balançant leur croupe pour bien montrer leurs avantages.

Des hommes les imitèrent et se mirent tout nus. Ils rencontraient les femmes dans la brousse pour s'y comporter comme des bêtes[3]. Peu à peu hommes et femmes refusèrent le mariage et s'en firent une gloire. Être célibataire devint un état normal[4].

Ainsi vécurent le plus grand nombre des Peuls, sans qu'aucun avertisseur vînt les mettre en garde.

Quand cet état de choses eut duré trop longtemps, Guéno se fâcha. Ayant décidé que le malheur recouvrirait les Peuls pervers, il entreprit de créer l'être qui serait l'agent de ce malheur.

---

1. Se laver avec du lait indique la sortie des normes, l'excès, l'orgueil, surtout chez les Peuls pour qui le lait est une substance sacrée.
2. Un « mouton de case » est un mouton familier, sorte d'animal mascotte, qui va et vient librement. Il appartient à la « case », c'est-à-dire à la famille. Il est aimé et très choyé.
3. En Afrique traditionnelle de la savane, l'acte sexuel est considéré comme sacré, car « le ventre de la femme est l'atelier de Guéno » ; dans une société qui met l'accent sur la maîtrise de soi, l'acte sexuel accompli hors des normes et dans le désordre des mœurs est censé ravaler l'homme au rang d'un animal.
4. Jusqu'à nos jours, l'état de célibataire était quasiment inconnu en Afrique et, à la vérité, fort mal jugé. On estimait qu'un célibataire n'était pas un homme conscient de ses responsabilités, donc sujet à caution.

Contes initiatiques peuls

Guéno prit un chat noir,
si noir qu'il en noircit le charbon
et la nuit la plus sombre !
Il prit un bouc puant au pelage de jais (**17**),
puis un oiseau d'un noir profond.
Il les brûla au moyen d'un rayon vert,
mit leurs cendres dans une outre jaune,
les pétrit dans une eau incolore.
Il plaça le mélange dans une carapace de tortue,
une grosse tortue des mers profondes (**18**),
puis il transforma le tout et en fit un œuf (**19**).
Il donna l'œuf à couver à un caïman à la peau dure,
un vieux caïman chargé d'années innombrables (**20**).

Le caïman couva.
Guéno fit éclore l'œuf.
Un être en sortit.
Cet être, à la forme vaguement humaine,
était doté de sept oreilles et de trois yeux (**21**).
C'était une fille.

Tout ce qui est venimeux et méchant,
tout ce qui vit dans les forêts
ou dans la haute brousse,
qui séjourne dans les vallées,
repose dans les fleuves
ou se cache au sein de la terre,
grimpe au sommet des collines
ou se réfugie dans les cavernes,
le mal qui réside dans le feu,
celui qui se cache dans les végétaux,
en un mot tout ce que l'on prie Guéno
d'éloigner de nous,
tous ces êtres allaitèrent tour à tour
la fille qui venait de naître.

Njeddo Dewal

L'enfant grandit et devint une fille courtaude, vilaine à voir, aux oreilles mal formées. Aucune créature de cette terre n'a jamais vu de telles oreilles !

La fillette monstrueuse reçut le nom de Njeddo Dewal Inna Baasi, la Grande Mégère septénaire, mère de la calamité[1].

Elle apprit les sept sons des paroles magiques.

Elle connut toutes les incantations propres à commander aux esprits du mal des quatre éléments et des six points de l'espace.

Capable de prendre toutes les formes, elle se métamorphosait à volonté, plongeant les esprits dans le trouble.

Ainsi enveloppée de ténèbres, entourée de tous les mauvais esprits et génies du mal, Njeddo Dewal atteignit l'âge adulte.

Un homme nommé Dandi (Piment) fils de Sitti (Salpêtre)[2] la vit et la demanda en mariage. Sa demande fut acceptée. Après leur mariage, les époux partirent habiter Toggal-Balewal, la lugubre forêt noire.

Dandi et Njeddo Dewal engendrèrent sept filles, chacune plus belle qu'un génie femelle.

Un jour, Dandi rencontra Tooké (Venin).

« Ô mon Dandi, où vas-tu ? » lui demanda Tooké.

---

1. Njeddo vient de *jeddi*, qui signifie sept. C'est donc la « septénaire ». Dewal est composé de *dew* (femme) et de la désinence *al* qui peut être péjorative ou admirative, selon le contexte. Dewal pourrait signifier la « femme extraordinaire » ; ici, le mot signifie la « femme escogriffe », ou la « grande mégère ». Inna Baasi signifie littéralement « mère de la calamité ».

2. Le piment engendre la brûlure ; quant au salpêtre, il entre dans la composition des poudres explosives, donc destructrices, et de divers maléfices. C'est dire quels éléments maléfiques, à la fois maternels et paternels, s'uniront pour donner naissance aux sept filles de Njeddo Dewal.

Sans autre forme de procès, Dandi se jeta sur lui. Tooké se gonfla alors de venin et s'éleva comme une haute berge. Puis il se saisit de Dandi et lui serra le cou jusqu'à ce que son corps devînt complètement froid.

Près de là, des crapauds à l'arrière-train affaissé et au ventre de femme enceinte avaient assisté à la scène. A leur tour ils se jetèrent sur Tooké, le tuèrent et l'avalèrent sans en rien laisser.

Des serpents, sortis on ne savait d'où, se précipitèrent sur les crapauds et n'en firent qu'une bouchée ; puis ils s'empressèrent d'aller se cacher dans des trous.

Alors des scorpions noirs, gros comme de petites tortues, attaquèrent à leur tour les serpents. Ils en triomphèrent et les avalèrent tout comme les serpents avaient avalé les crapauds[1].

D'où venaient ces scorpions (**22**) ?

Silence !... Je vais le dire pour que des bouches puissent le rapporter à des oreilles.

Ces scorpions sont plus vieux que Kîkala lui-même, l'ancêtre du genre humain.

Ils sont plus vieux que les éléphants,

plus anciens que les plus vieux vautours,

plus vieux que les baobabs,

plus vieux même que certaines montagnes (**23**).

Au jour lointain où les premières gouttes de pluie tombèrent sur la terre, les scorpions étaient déjà là et ils s'y sont lavés. Après quoi ils s'enfoncèrent dans des

---

1. La succession des animaux qui s'avalent montre que, pour chaque mal, il existe un mal plus mauvais encore.

Njeddo Dewal

excavations et attendirent que ce qui devait advenir advînt, et les trouvât là [1].

Le début des malheurs

En ce temps-là, Njeddo Dewal, instrument maléfique de la colère de Guéno, s'était installée dans un abri fait de branches de tiaïki, cet arbre magique que la pluie dessèche et que la chaleur reverdit (24). Elle était là, sept oreilles et trois yeux bien ouverts. Quand elle toussait, des étincelles jaillissaient de ses poumons. Quand elle se grattait, des abeilles sortaient de son corps. Si elle respirait face à un arbre, il se desséchait. Si elle criait sur une montagne, la montagne s'écroulait, se brisait et devenait farine de terre. Ainsi tapie dans son abri, elle opérait ses sortilèges, lesquels répandaient leurs néfastes effets sur tout le pays de Heli et Yoyo.

Un jour, des femmes peules qui s'étaient rendues au marché pour y vendre leur lait y trouvèrent des choses insolites : des récipients remplis de crottin de mouton, de grandes écuelles contenant des excréments humains, de la bouse de vache ou des cordylées de lézard, des gourdes remplies d'urine et de crachats, des tibias humains étalés sur le sol comme des tubercules de manioc...

« Yoo ! Yoo !... crièrent les femmes peules. Ce qui est répugnant et puant est entré dans le marché ! »

« Qu'est-il arrivé ? » se demandaient-elles les unes

---

1. Toute cette scène n'a d'autre raison que de présenter la mort de Dandi, dont la seule fonction fut de procréer les sept filles de Njeddo Dewal qui joueront un rôle capital dans le conte.

Contes initiatiques peuls

aux autres. Elles ne savaient pas que Guéno venait de décréter leur châtiment et que Njeddo Dewal, Mère de la Calamité, en était l'agent d'exécution.

Quand les femmes regardèrent dans leurs calebasses, elles virent que le lait y était devenu du sang et le pen'ngal[1] du pus. Elles s'enfuirent et rentrèrent qui à Heli, qui à Yoyo, clamant partout leur malheur.

Ces événements extraordinaires vinrent aux oreilles du roi[2] de Heli. A son tour, il en informa ses gens. Tous se rendirent à Yoyo, la capitale où résidait le grand roi.

Celui-ci convoqua les 22 silatiguis et les 56 grands bergers (26) du pays. Il leur demanda de dresser des thèmes géomantiques et de les interpréter afin de connaître la signification de ces étranges phénomènes. Après avoir exercé leur art, les silatiguis conclurent qu'un grand malheur allait s'abattre sur le pays de Heli et Yoyo, car les anciens avaient dit :

« Malheur au pays
quand le lait se transformera en sang et en pus,
quand les excréments et l'urine
se vendront au marché !
En ce temps-là, le monde se transformera,
Heli et Yoyo seront écrasés et moulus comme farine.
Les hautes berges des fleuves s'affaisseront
comme des murailles de pisé
sous l'effet de la tornade.
Les eaux des rivières descendront à l'étiage,

---

1. Lait caillé non écrémé.
2. Littéralement *laamdo :* « celui qui commande ». Au-dessus des chefs ou rois locaux, il y avait un roi unique du pays de Heli et Yoyo. Immédiatement après lui venait le roi de Heli (25).

Njeddo Dewal

les forêts deviendront des déserts,
les grandes cités ne seront plus qu'amas de ruines.
Là où ruisselaient des cours d'eau,
on ne verra plus que bancs de sable.
Les grandes maisons à étage
seront telles des dunes amoncelées,
d'autres semblables à des cavernes,
à des nids de lézards,
de chauves-souris ou de cancrelats.
Dans les champs, les calebassiers comestibles
ne donneront plus que citrouilles amères.
Les femmes et les vaches deviendront stériles,
saillables mais improductives.
Et si d'aventure elles enfantaient,
elles n'allaiteraient pas leurs petits.

Personne n'aura pitié de ce qui fait pitié !
Personne n'aura honte de ce qui fait honte !
L'homme n'œuvrera que pour lui-même [1].
Il se donnera toujours raison,
accusant son prochain de ses propres défauts.
Chacun se vantera en dénigrant autrui,
louant son propre travail, critiquant celui des autres.

« Tu verras les gens se parler et se sourire hypocritement, puis se moquer par-derrière et s'insulter dès qu'ils auront le dos tourné.

---

1. L'homme n'œuvrera que pour lui-même : dans la tradition africaine, l'égoïsme est considéré comme la pire des choses... A la limite, celui qui ne « partage pas » ou qui vit à l'écart de la communauté est presque considéré comme un anormal. Notons que dans le mythe de la création du monde, c'est après Habana-koel (« Chacun pour soi ») qu'apparaît la dualité, donc le bien et le mal.

Contes initiatiques peuls

« Les hommes ressembleront aux sarcelles-pêcheuses [1]. Quand l'un de ces petits canards plonge, les autres prient :

« "Ô Guéno ! Noie-le, empêche-le de sortir de l'eau !" Mais dès que le plongeur fait surface, ils lui disent aimablement : " Nous avons prié pour toi. As-tu pris quelque chose ? "

« En ce temps calamiteux qui sera présidé par la Grande Mégère, se lèvera au nord l'étoile maléfique (27).

« Alors, l'étranger qui descendra chez toi dira : " Je ne partirai plus. " Il fermera sa bourse, conservera son bien et vivra sur le tien. Mieux encore, le jour où il consentira à partir, il s'attendra à recevoir un cadeau !

« Oui, en cette époque maudite, les maîtres initiateurs coucheront avec leurs élèves féminines [2].

« Les amis intimes débaucheront les femmes de leurs amis.

« En ce temps-là, les femmes n'auront à la bouche que les mots : " Je veux divorcer, je divorcerai, et tant pis pour les enfants issus du mariage ! "

« En ce temps-là, les chefs – qui pourtant peuvent abuser sans risque puisqu'ils sont chefs – mentiront effrontément [3], et les plus riches ne répugneront pas à voler les plus pauvres.

---

1. Espèce de canard qui symbolise l'hypocrisie.
2. Symbole du renversement des valeurs, car les maîtres initiateurs (silatiguis, maîtres de la terre, maîtres du couteau...) sont considérés comme le modèle même de la probité et de la moralité. Leur fonction n'est d'ailleurs valable et efficiente que s'ils respectent des interdits majeurs : ne jamais mentir, ne pas faire montre de parti pris, ne pas commettre d'adultère, etc.
3. On dit qu'un chef, ou un roi, n'a pas à s'abaisser à mentir puisque de toute façon, quoi qu'il fasse, il ne court aucun risque. L'Afrique comprend qu'un chef abuse, non qu'il mente. Dans *L'Éclat de la grande étoile*,

Njeddo Dewal

« En ce temps-là, on croira que la terre est le ciel et le ciel la terre [1]. »
Telles étaient les prédictions.

Les chefs de Heli et Yoyo demandèrent aux silatiguis et aux bergers :
« Existe-t-il un sacrifice propre à chasser le mal ou à diminuer les tourments qui vont éclater comme une tornade ? Que faire pour que ce cyclone calamiteux avorte, pour que la tornade de malheur ne s'abatte pas sur Heli et Yoyo et que le pays ne soit pas détruit ? »

Les bergers tournèrent leurs regards vers les silatiguis [2], car ceux-ci les surpassaient en savoir.

La chose la plus difficile pour un sujet, dit-on, est de regarder le roi en face et de lui dire la vérité sans dévier. Mais les silatiguis de Heli et Yoyo n'hésitèrent pas. Leur réponse fut une parole droite qui ne balança pas. Ils dirent :

« Rien ne peut empêcher la prédiction de se réaliser.
« Ceux qui ont péché paieront [3].
« Heli et Yoyo seront détruites et les briques de leurs demeures réduites en farine.
« Les branches des arbres se dessécheront sur les troncs.

---

lorsque Bâgoumâwel donne le sceptre royal à Djendo Diêri, le jeune roi initié par lui, il lui dit (p. 91) :
 « Dans tes propos ne laisse entrer nul mensonge ;
 la fin de tout menteur est d'être corrompu.
 Qui a pouvoir de commettre des abus ne doit pas mentir. »
 1. Symbole de la confusion la plus extrême, du bouleversement total des valeurs.
 2. Les silatiguis, on l'a dit, représentent le degré suprême de l'initiation peule. Tout berger ou pasteur initié rêve de devenir silatigui (voir *Koumen*).
 3. Sous-entendu : ceux qui n'auront pas péché seront sauvés et échapperont aux calamités.

Contes initiatiques peuls

« Les rivières tariront et l'herbe deviendra broussaille.

« Les choses ne redeviendront normales qu'à la mort de Njeddo Dewal, mère de la calamité. Mais hélas ! la grande nocturne vivra longtemps, car elle est d'un métal solide et difficile à fondre (28) ! »

La cité mystérieuse de Wéli-wéli

Pendant que le roi et les chefs de Heli et Yoyo cherchaient ainsi un moyen d'éviter la calamité qui les menaçait, Njeddo Dewal avait entrepris d'édifier dans son domaine une cité invisible. Quand elle l'eut terminée, elle l'appela Wéli-wéli (Tout doux – tout doux !).

Il n'était rien, en fait de jouissance matérielle ou de leurre spirituel [1], qui ne soit présent à Wéli-wéli, sauf assez de femmes pour tenir compagnie aux hommes. Les seules femmes de Wéli-wéli étaient les sept filles de Njeddo Dewal issues de son union avec Dandi. Non seulement elles étaient belles comme des génies femelles, mais leur mère avait fait en sorte, par magie, qu'elles puissent demeurer constamment vierges. Déflorées la nuit, le lendemain matin elles redevenaient intactes.

A cette époque, les femmes de Heli et Yoyo se mirent à mourir les unes après les autres. Bientôt il ne resta plus que les femmes vertueuses, les épouses des

---

1. Tout ce que contient Wéli-wéli est illusion, mirage. La beauté ne fait que recouvrir ce qui, par essence, est la laideur même.
Le leurre spirituel, ou mirage spirituel (*makarou* en Islam), c'est tout ce qui fait s'arrêter l'adepte en chemin. Ébloui par un phénomène spirituel ou par sa propre réalisation, il perd de vue ce qui est le but réel de sa quête.

Njeddo Dewal

silatiguis ou de certains chefs [1]. A peine entendait-on dire qu'une femme libre vivait quelque part, les hommes se précipitaient par caravanes entières pour aller tenter leur chance, se combattant et s'entre-tuant chemin faisant.

Or, un jour, des voyageurs mystérieux qui parcouraient le pays de Heli et Yoyo, et qui n'étaient autres que des agents de Njeddo Dewal, répandirent une nouvelle étonnante : dans une cité lointaine vivaient sept vierges sans pareilles que leur mère, Reine de la cité, destinait au mariage. Mais, ajoutaient-ils, la Reine avait décidé de ne donner ses filles qu'aux hommes qu'elles auraient choisis elles-mêmes. Elle invitait donc les prétendants à venir tenter leur chance.

Dès que la nouvelle fut connue, les candidats affluèrent de toutes les contrées environnantes. On ne les introduisait dans la cité que par groupe de sept.

Une fois à l'intérieur, ils étaient présentés à Njeddo Dewal. Celle-ci, qui avait revêtu une apparence agréable et rassurante, les accueillait avec ces paroles :

« Je souhaite que vous preniez le temps de bien vous accoutumer à mes filles. Installez-vous et revenez demain soir. Chacun de vous passera toute la nuit à badiner avec sa compagne. De même qu'un cavalier voudrait tout savoir du caractère de la belle monture qu'il s'apprête à acquérir, celle-ci descendrait-elle de jabalen'ngou le cheval du diable, de même chaque homme aimerait connaître le caractère de la femme qu'il désire épouser. »

Hélas, les naïfs candidats ignoraient que Njeddo

---

1. Comme il a été prédit, les hommes et les femmes qui n'ont ni péché ni cédé aux facilités de l'époque ne sont pas frappés par les calamités.

Contes initiatiques peuls

Dewal avait coutume de se revigorer en buvant du sang humain, et qu'elle préférait par-dessus tout le sang des jouvenceaux au menton imberbe (**29**) ! Chacune de ses filles possédait près d'elle, dans une cachette, un long intestin lisse et bien tanné terminé par une ventouse en corne de biche naine. Or, qui ne connaît le grand maléfice qui réside dans la tête de la biche naine (**30**) dont la corne, instrument principal des sorciers et des envoûteurs, est utilisée dans bon nombre d'opérations magiques ? L'autre extrémité du long tuyau se trouvait dans la chambre de Njeddo.

Le lendemain soir, les sept soupirants se présentaient et la Reine ouvrait à chacun d'eux la demeure de l'une de ses filles.

Chaque prétendant badinait avec sa belle jusqu'au milieu de la nuit. Alors, baissant le ton de la voix et diminuant l'éclat de la lampe, il la rejoignait sur sa couche. Instinctivement, il tendait la main pour caresser le corps de sa bien-aimée. La vierge s'abandonnait au point de lui faire croire qu'elle était impatiente, mais quand il se rapprochait trop, elle reculait :

« Frère, doucement, disait-elle, ne sois pas si pressé ! La précipitation gâche plus qu'elle n'arrange. Je voudrais d'abord être sûre que tu m'aimes vraiment, que tu m'aimes comme toi-même. Je veux être à toi et que tu sois à moi, mais auparavant il faut me donner un gage de ton amour, un gage qui me prouvera qu'il n'est rien entre tes mains que tu ne sois prêt à me donner. Quand j'aurai cette certitude, je saurai que même si je te demande ton âme, tu me la donneras ; alors je te donnerai ce qui est mon honneur et ma vie : ma virginité. »

De telles paroles enflamment le cœur de l'amant. La

Njeddo Dewal

fumée de l'amour monte au ciel de son intelligence. Il s'en enivre au point de ne plus savoir où il se trouve. L'esprit affaibli, il cesse de raisonner, devient l'esclave de sa passion, momentanément ravalé au rang d'un animal. Ainsi se comporte-t-on quand la soif de la femme vous étreint.

Enflammé, le prétendant s'écriait :
« Ma sœur, demande-moi ce que tu veux, je te le donnerai à l'heure et à l'instant ! Fais de moi ce que tu voudras ! Je t'aime, je suis assoiffé de toi, ne me résiste pas ! »

Le voyant réduit à merci, la maligne répondait :
« Ohé, mon frère ! Ma mère est malade. Or, seul le sang masculin peut la guérir. Accepte que je te saigne et prenne un peu de ton sang pour ma pauvre mère. Dès qu'elle l'aura bu, elle s'endormira profondément. Je profiterai alors de son sommeil pour fléchir mon cou et tu pourras assouvir tous tes désirs. Quelle que soit la longueur de la nuit, je serai patiente et docile. Tu me trouveras pucelle et me posséderas à volonté. Les pointes de mes seins te piqueront sans mal ; ta poitrine virile pèsera sur elles et elles se rétracteront comme une armée défaite. De mes seins ne jaillira point de lait malodorant, car je suis vierge et n'allaite point d'enfant.

« J'entraverai ma pudeur et te laisserai me regarder à l'envi. La lumière atténuée de la lampe te permettra de voir comme ma taille mince est soudée à ma poitrine ferme.

« Tu admireras le galbe de mes jambes. Tu verras comment mes talons furent modelés et lissés, mes bras sculptés, mes doigts finement façonnés par Guéno. Tu contempleras mes ongles, de belle forme allongée et d'une blancheur éclatante.

« Oui, mon frère, je suis *pelemlemri*, une vierge non encore démiellée. Pour celui qui ne comprend pas ce langage, je suis une maison impénétrée... »

Jamais aucune des filles de Njeddo Dewal n'avait tenu à un prétendant de tels propos sans que celui-ci, pris au piège, ne s'exclame : « Saigne-moi, oui, saigne-moi pour abreuver ta mère, mais laisse l'assoiffé que je suis se désaltérer de ta virginité ! »

Alors, sans attendre, la fille lui piquait une veine et y appliquait la corne de biche naine. Prévenue par un moyen convenu, Njeddo Dewal se saisissait de l'autre extrémité du long intestin qui courait du lit de sa fille jusqu'au sien et se mettait à aspirer le sang du malheureux jeune homme.

Quand celui-ci avait été vidé d'une bonne partie de son sang, la jeune fille se laissait déflorer, assurée que son amant mourrait d'épuisement le lendemain ou peu de temps après et que sa mère, revigorée, pourrait continuer son œuvre macabre et maléfique.

Ainsi les jeunes gens de Heli et Yoyo furent-ils exterminés sept par sept, au fil des temps, sans que rien, jamais, vienne les empêcher de se précipiter joyeusement vers cette fin atroce.

Pendant ce temps, chaque fois que Njeddo, repue de sang frais, expirait l'air de sa poitrine infernale, son souffle desséchait les végétaux du pays, du brin d'herbe aux arbres les plus puissants. Il asséchait les rivières et les cours d'eau, n'épargnait même pas les puits. Les arbres dépérissaient dans la forêt. Les animaux herbivores et le gibier mouraient de faim ou se trouvaient décimés par des maladies inexplicables.

Toutes les calamités prédites par les voyants s'abat

Njeddo Dewal

tirent sur le pays une à une. Point de jour, de semaine, de mois ou d'année sans que l'on vît s'accomplir une catastrophe : des villes entières s'écroulaient, des rivières tarissaient, des montagnes s'affaissaient. Les vivres manquaient, les femmes et les vaches aux larges flancs n'enfantaient presque plus. Seuls étaient épargnés certains lieux peuplés de gens honnêtes et bons, mais tous souffraient. Ainsi, durant sept années, les habitants de Heli et Yoyo connurent un calvaire aussi éprouvant que le bien-être d'antan avait été agréable et enchanteur.

La grande quête de Bâ-Wâm'ndé
l'homme de bien

Un rêve annonciateur

Au village de Hayyô[1], situé au pied de l'une des sept montagnes de Heli et Yoyo et dont le chef était Hammadi Manna, vivait un homme très bon nommé Baba Waam'ndé : « Père du bonheur ». On l'appelait Bâ-Wâm'ndé. La plupart des habitants de la région de Hayyô n'avaient pas péché mais, sans conteste, le plus sage et le plus vertueux de tous était Bâ-Wâm'ndé.

Il ne comptait pas parmi les grands fortunés de Heli et Yoyo, mais il était cité comme un modèle de droiture. Jamais il n'avait trompé personne et jamais il n'avait quémandé. De nombreux pauvres venaient prendre des crédits[2] auprès de lui, mais jamais il ne réclamait son dû. Lui-même, pourtant, ne s'endettait pas, bien que très souvent, depuis la venue des grands malheurs, sa petite famille eût passé la journée sans manger et se soit endormie sans souper.

La compagne de Bâ-Wâm'ndé se nommait Weldo-

---

1. A la fois nom du village et du pays environnant, de même que Heli et Yoyo sont des noms de cités en même temps que le nom du pays.
2. Il ne s'agissait pas nécessairement d'argent (ou de ce qui en tenait lieu). Un crédit pouvait se demander en bétail.

Contes initiatiques peuls

Hôre : « Tête-douce-chanceuse ». On l'appelait Welôré. Elle était encore plus patiente que son mari, d'aucuns disaient même plus amène et plus généreuse. Chaste comme une sainte, elle réunissait en elle les quatre qualités qui font qu'une femme est considérée comme parfaite et ne saurait être doublée d'une co-épouse (31). Elle n'était pas envieuse et n'importunait jamais son mari.

Une nuit, Welôré fit un songe. Elle rêva qu'elle mangeait un plat dont elle avait cuit le riz dans le soleil et la sauce dans la lune [1]. Une fois le plat terminé, elle se vit accoucher d'un petit taurillon blanc comme du lait.

Ce rêve l'ayant fort intriguée, elle en parla à son père. Ce dernier s'en fut trouver le grand devin Aga-Nouttiôrou (32) qui savait à merveille interpréter les songes. Il lui conta le rêve de sa fille.

Aga-Nouttiôrou, après l'avoir bien écouté, s'accouda, le menton appuyé sur sa main droite. Son visage s'épanouit. Il se mit à rire. Il rit longtemps, puis dit au père de Welôré :

« Ta femme Welôré mettra au monde sept garçons et une fille, mais aucun des sept garçons n'engendrera. Seule la fille concevra un enfant mâle qui sera un garçon prédestiné. Avant sa conception, cet être mystérieux s'incarnera d'abord en une grande étoile. Chaque soir, cette étoile apparaîtra à l'est quand le soleil se

---

1. La réunion du soleil et de la lune, pôles complémentaires (masculin et féminin, or et argent, jour et nuit) implique ici une idée de totalité, donc d'harmonie. Ce n'est pas indifférent puisqu'il s'agit du signe annonçant la naissance future de Bâgoumâwel, l'enfant prédestiné qui sera envoyé par Guéno pour lutter contre Njeddo Dewal et la vaincre. Cette dernière, en tant qu'instrument du mal, est de formation incomplète, déséquilibrée, puisque uniquement composée à partir d'éléments ténébreux.

Njeddo Dewal

couchera à l'ouest et chaque matin elle disparaîtra à l'ouest au moment où le soleil se lèvera à l'est[1]. Dès que ta fille sera enceinte, l'étoile n'apparaîtra plus ni au levant ni au couchant. Elle sera dans les entrailles de ta fille où elle s'incarnera en un garçon.

« Ce sera un garçon providentiel, car son destin est de lutter âprement avec Njeddo Dewal la grande calamiteuse. Leur conflit durera sept ans. Durant ces sept années, le pays continuera de subir le grand malheur dont l'a frappé Njeddo Dewal en retenant les pluies bienfaitrices qui ne viennent plus revivifier les plantes et les pâturages, en empêchant les animaux de se reproduire, en tarissant les cours d'eau au point que le voyageur assoiffé ne trouve pas une seule gorgée d'eau pour se désaltérer ou faire boire sa monture.

« Mais après ces sept années, la terre, surchauffée par le souffle de Njeddo Dewal au point de brûler les talons, recouvrera sa fraîcheur.

« Les arbres cesseront de s'envoler à tout vent comme s'ils étaient pourvus d'ailes : ils ne voltigeront plus pour aller tout à coup s'enfoncer sous la terre et s'y perdre.

« Par l'effet des sortilèges de la grande sorcière, chaque toiture de chaume, à peine tissée, hérisse dès le lendemain sa paille comme une toison de porc-épic, laissant le soleil brûlant envahir l'intérieur de la case ; mais les ombres qui avaient fui l'intérieur des demeures y reviendront et l'atmosphère y sera à nouveau respirable et reposante.

---

1. On voit réapparaître ici le thème de l'étoile annonciatrice qui, en plus, est présentée comme une sorte de pré-incarnation de Bâgoumâwel. Apparaissant le soir à l'est, disparaissant le matin à l'ouest, elle est comme un substitut du soleil, une présence de la lumière céleste au cœur de la nuit.

Contes initiatiques peuls

« Lorsque Njeddo Dewal a enchanté le pays, elle a enfermé le grand fétiche peul (33), source de ses pouvoirs, dans une gourde métallique ; elle a incrusté cette gourde dans une pierre, enfoui la pierre dans un monticule de terre, puis placé ce monticule au milieu d'un îlot. Ensuite, elle a jeté l'îlot au centre d'un immense lac salé[1] qu'elle a animé de vagues furieuses plus hautes que de hautes montagnes et qui rejettent au loin tout ceux qui tentent d'aborder. »

Informé par son beau-père de la signification de ce songe, Bâ-Wâm'ndé, l'époux de Welôré, s'en fut demander à Aga-Nouttiôrou s'il existait un sacrifice propitiatoire propre à empêcher Njeddo Dewal de faire avorter son épouse lorsque celle-ci serait enceinte.

Aga-Nouttiôrou dressa un thème géomantique qu'il examina avec soin. Les résultats des seize maisons du thème concordaient.

« Voici le sacrifice que tu dois faire, dit-il. Tu chercheras un mouton kobbou-nollou et tu le donneras en charité à un sourd-muet-borgne. »

Bâ-Wâm'ndé fut quelque peu embarrassé, car il ignorait ce que pouvait être un tel mouton. « Je t'en prie, dit-il, sois bon, explique-moi ce qu'est un mouton kobbou-nollou.

— Le kobbou-nollou, répondit Aga-Nouttiôrou, est un mouton dont la robe est blanche et dont les deux yeux sont de couleurs différentes : l'un est brun, l'autre lacté.

---

1. On suggère ici une très vaste étendue – mer ou océan – qui échappe, en fait, à toute possibilité de mesure. En tant que réalité d'un autre monde, elle peut être immense ou infranchissable pour certains, ou aisée à traverser pour d'autres. Njeddo Dewal a caché la source de ses pouvoirs au cœur de l'océan de l'intermonde, où nul n'était censé pouvoir parvenir.

Njeddo Dewal

– Est-ce la seule définition de ce mouton ?
– Non. Sa robe doit toujours être blanche [1] ainsi que l'un de ses yeux, mais l'autre œil peut être soit brun, soit rouge. »

Bâ-Wâm'ndé remercia chaleureusement Aga-Nouttiôrou, puis rentra chez lui joyeux comme un nouveau marié. S'étant muni d'une provision de cauris, il se rendit au marché des moutons pour y chercher un kobbou-nollou bien en chair et de belle teinte blanche. Il eut la chance de trouver très vite l'animal qu'il cherchait. Contrairement à l'usage, il le paya sans marchander.

Traînant derrière lui son kobbou-nollou attaché à une corde, il se mit alors à la recherche d'un sourd-muet-borgne. Ce n'était certes pas un genre d'homme facile à trouver, mais quand les prières sont exaucées, les choses les plus rares peuvent venir à portée de la main car le ciel y est pour quelque chose ! Après quelques heures de déambulation à travers les rues et ruelles de la cité, Bâ-Wâm'ndé rencontra non pas un sourd-muet-borgne, mais un bossu-borgne-boiteux-cagneux. Il le salua avec beaucoup de respect et lui dit :

« Mon frère, peux-tu me donner un renseignement ?
– Pourquoi ne ris-tu pas de moi comme le font d'habitude ceux qui me rencontrent ? s'étonna le bossu-borgne-boiteux-cagneux.
– Et pourquoi rire de toi ?
– Parce que je suis mal bâti et que ma forme curieuse est, semble-t-il, hilarante. Ne me trouves-tu pas cocasse ? N'y vois-tu pas une occasion d'épanouir

---

1. Le blanc, couleur du lait (liquide sacré par excellence pour les Peuls), est symbole de pureté, donc bénéfique.

ta rate ? Pourquoi ne me persifles-tu pas comme les autres hommes ? »

Plus porté à la pitié qu'au rire, Bâ-Wâm'ndé, les larmes aux yeux, répondit :

« Mon frère, tu ne t'es pas fabriqué toi-même, et l'état qui est le tien, tu ne l'as pas acheté au marché. Celui qui rit de l'apparence d'une chose rit indirectement de celui qui l'a façonnée. Pour ma part, je ne vois nullement en toi un homme à tourner en ridicule, car tu es comme Guéno a voulu que tu sois. »

Le bossu-borgne-boiteux-cagneux éclata d'un rire heureux et dit :

« Quel renseignement as-tu à demander ?
– Je cherche un sourd-muet-borgne.
– Pour quoi faire ?
– Pour lui offrir ce mouton qu'Aga-Nouttiôrou m'a conseillé de lui donner, à lui seul et à nul autre.
– Peux-tu me donner une noix de kola pour dégourdir mes dents et une pincée de tabac à priser pour dégager mes narines ? » demanda l'infirme.

Comme par hasard, Bâ-Wâm'ndé avait justement sur lui un paquet de quelques noix de kola et une tabatière remplie d'almou'njalla, un tabac à priser très finement moulu et aromatisé. Au lieu de n'offrir qu'une pincée de tabac et qu'une seule noix de kola, Bâ-Wâm'ndé donna toute la tabatière et le paquet entier de noix à l'infirme. Celui-ci ouvrit en deux la plus grosse des noix, dont chaque moitié suffisait à emplir la bouche. Il prit l'une des moitiés, la mâcha à belles dents et tendit l'autre à Bâ-Wâm'ndé, l'invitant à en faire autant.

Puis, la bouche pleine de kola, il se saisit de la main droite de Bâ-Wâm'ndé et l'entraîna dans un coin.

Njeddo Dewal

« Asseyons-nous là, lui dit-il ; quelle que soit la durée réduite de la position assise, elle est toujours préférable à la position debout, on s'y repose mieux. »

Les deux hommes s'assirent à même le sol, l'un en face de l'autre. Le bossu-borgne-boiteux-cagneux ouvrit alors la tabatière que venait de lui offrir Bâ-Wâm'ndé. Entre le pouce et l'index, il prit une pincée de tabac qu'il aspira longuement des deux narines avec un sifflement caractéristique. Deux larmes coulèrent de ses yeux. Il les essuya du revers de sa main gauche et dit :

« Ainsi, tu cherches un sourd-muet-borgne et tu n'as pas dédaigné de me questionner. L'as-tu fait parce que je suis moi même bossu-borgne-boiteux-cagneux ou pour un autre motif ? »

Bâ-Wâm'ndé répondit : « Combien de fois n'est-il pas arrivé que l'on trouve une perle rare dans une petite mare alors que l'on a cherché vainement dans le grand océan [1] ?

– Eh bien, Bâ-Wâm'ndé ! Celui qui ne méprise pas de s'informer auprès de tout le monde est sûr de découvrir ce qu'il cherche. Ta bienveillance et ta considération m'ont obligé grandement. Aussi vais-je te dire où tu pourras trouver l'homme qui t'a été indiqué.

« Njeddo Dewal la calamiteuse, mère de la misère et de la désolation, a construit une ville mystérieuse qu'elle a appelée Wéli-wéli, "Tout doux-tout doux".

---

1. Cette réponse prouve que Bâ-Wâm'ndé ne cherche jamais à minimiser qui que ce soit. Il n'est pas superbe ; il considère les gens et a l'esprit ouvert. Il se conduit comme un homme qui cherche à s'instruire. Ce sont là des qualités de Bâ-Wâm'ndé que le conte mettra constamment en relief et que tout néophyte devrait posséder : l'humilité, la bienveillance, la droiture, le respect des autres et, par-dessus tout, la charité.

Elle y retient mon frère jumeau Siré, car il détient un secret qui pourrait causer sa perte. Or, de même que moi, Abdou, je suis bossu-borgne-boiteux-cagneux, mon frère Siré, lui, est sourd-muet-borgne. Njeddo Dewal le garde dans un vestibule où elle voulait nous emprisonner tous les deux, mais j'ai réussi à fuir. Elle a mis mon frère aux fers, et pour être sûre qu'il ne pourra s'échapper dans les rues de la ville, elle le laisse tout nu, sans boubou et sans pantalon. Ainsi nu et enchaîné, chaque jour il est fouetté à mort par les serviteurs de Njeddo. C'est donc à Wéli-wéli que tu trouveras celui que tu cherches. »

Après avoir révélé à Bâ-Wâm'ndé tous les secrets occultes se rapportant à son frère Siré, Abdou le bossu-borgne-boiteux-cagneux sortit de l'une de ses poches un talisman. « Porte-le à ton cou, dit-il. Il te permettra de te rendre sans dommage à Wéli-wéli. »

En route pour Wéli-wéli

Bâ-Wâm'ndé remercia Abdou comme il se devait, puis il rentra chez lui. Là, il se prépara au voyage. Le lendemain matin de bonne heure, son sac en bandoulière, tirant après lui le kobbou-nollou, il quitta sa maison et prit le chemin de Wéli-wéli où il était sûr de trouver Siré, le sourd-muet-borgne à qui il devait remettre son mouton.

Bâ-Wâm'ndé marcha. Il marcha depuis le matin jusqu'au moment où le soleil, parvenu au zénith, déversa sur la terre une chaleur si épuisante qu'elle obligeait tout voyageur à chercher un abri.

Il alla se reposer sous l'ombre d'un arbre bien touffu. A peine y était-il depuis quelques instants qu'il vit

Njeddo Dewal

s'approcher un grand vol de sauterelles. Les bestioles envahirent la zone d'ombre et se mirent à danser autour de lui.

« Bâ-Wâm'ndé, Bâ-Wâm'ndé ¹ scandaient-elles ; où t'en vas-tu comme cela ?

— Je m'en vais à Wéli-wéli, la cité mystérieuse de Njeddo Dewal.

— Et que vas-tu chercher dans cette ville détestable et infernale, totalement dépourvue de femmes sinon des sept filles de Njeddo la calamiteuse ? Les puits de Wéli-wéli ruissellent de sang. Le sol y est aussi brûlant que du feu. Chaque jour, Njeddo Dewal termine ses repas en buvant le sang des jouvenceaux. »

Bâ-Wâm'ndé répondit :

« J'y amène ce mouton kobbou-nollou que vous voyez pour l'offrir à Siré le sourd-muet-borgne, frère d'Abdou le bossu-borgne-boiteux-cagneux. Oui, kobbou-nollou sera le mouton de la délivrance de Siré le sourd-muet-borgne. Seuls Siré et son frère Abdou tiennent tête à Njeddo Dewal, car Siré détient le secret qui enlèvera toute efficacité aux pouvoirs de la sorcière et la privera des moyens qui lui ont permis de ravager Heli et Yoyo.

« Oui, par l'effet de ses sortilèges, les gens de Heli et Yoyo sont plongés dans une misère sans nom ! Les enfants y ont cessé de courir et de gambader. Chacun est épuisé comme s'il avait passé la journée à transporter un pesant fardeau de bois mort. Les gens de Heli et Yoyo accomplissent sans répit un travail harassant et infructueux et, au retour, aucun d'eux ne trouve de repas qui l'attend à la maison. Njeddo Dewal les place dans une situation comparable à celle d'un homme à qui l'on demanderait de pétrir de l'argile non mouillée. »

Contes initiatiques peuls

La doyenne des sauterelles s'écria [1] :

« Ohé, Bâ-Wâm'ndé ! Nous avons été créées par Guéno qui a réuni en nous les caractéristiques de plusieurs animaux (34). Laisse-nous te conter une chose.

« Un jour, nous avons pris notre vol, assemblées comme en un grand nuage. Nous nous sommes posées dans ton champ familial et dans ton lougan personnel, et y avons tout dévoré. Nous n'avons épargné les feuilles d'aucun arbre fruitier. Nous avons troué la terre de ton champ et y avons déposé nos œufs afin de pouvoir recommencer notre ravage l'année suivante. Or, malgré cela, le jour où tu as trouvé des enfants en train de malmener de petites sauterelles sans ailes, donc sans défense, tu as délivré nos rejetons. Cet acte de générosité dont tu as usé pour payer le mal que nous t'avions fait nous oblige, aujourd'hui, à te témoigner notre reconnaissance. Nous savons que tu vas à Wéli-wéli. Les risques de mort auxquels tu t'exposes ne sont pas minces ; aussi t'offrons-nous notre aide : prends de nos excréments et garde-les précieusement dans ton sac. Un jour, ils pourront te servir à quelque chose. »

Bâ-Wâm'ndé suivit leur recommandation. Il remplit un petit sachet d'excréments de sauterelles et le rangea dans son sac. Puis il prit congé des ravageuses et continua sa route, tirant son mouton derrière lui.

Le deuxième jour de son voyage, Bâ-Wâm'ndé tomba sur un mariage de tortues. La population de la

---

1. Les sauterelles qui parlent : dès le début de son voyage vers Wéli-wéli, Bâ-Wâm'ndé pénètre dans un autre monde, le monde des « cachés ». Il accède à des facultés nouvelles et peut percevoir le langage des animaux.
Cette intimité entre l'homme et l'animal est également une caractéristique courante des contes africains.

Njeddo Dewal

gent tortuesque était si nombreuse qu'on ne pouvait passer. La plus vieille des tortues s'adressa à lui :

« Ô homme au mouton ! T'es-tu égaré ou as-tu perdu la tête ? Quelle malchance t'a-t-elle poussé à venir là où personne ne doit accéder ? Il est sûr et certain que ta mort est cuisinée à point, sinon tu ne serais pas là en ce jour ! »

Sur ce, une petite tortue, qui était la fille du roi des tortues, s'avança et dit à son père :

« Ô papa ! Je prends Bâ-Wâm'ndé sous ma garde et lui garantis la vie sauve. Un jour, cet homme m'a trouvée dans un fossé où je mourais de faim et de soif et d'où je ne pouvais sortir par mes propres moyens. Eh bien ! Il a interrompu son voyage, m'a sortie de ma prison et transportée jusqu'à une mare qui communique avec notre fleuve. Là il entra dans l'eau et me déposa à la profondeur voulue afin que je sois hors de portée de prédateurs éventuels. »

Le roi des tortues s'exclama :

« Ohé, tambourinaires ! Battez à grands coups bien cadencés mon hymne royal en l'honneur de Bâ-Wâm'ndé ! » Et tandis que s'élevaient joyeusement les cadences de l'hymne, le roi des tortues se saisit de la main de Bâ-Wâm'ndé, la souleva bien haut et, la secouant amicalement, s'écria :

« Loué sois-tu, Bâ-Wâm'ndé, sauveur de mon enfant unique, héritière de ma couronne ! Nous savons que tu vas à Wéli-wéli, la cité de Njeddo Dewal la calamiteuse. Considère-toi comme allant vers des épreuves terribles, sinon vers une mort certaine. »

Ayant dit, le roi se fit apporter un tesson de carapace de tortue contenant un peu de terre glaise. Il le tendit à Bâ-Wâm'ndé :

Contes initiatiques peuls

« Tiens ! Mets ceci dans ton sac, ne le perds pas et veille à ce qu'il soit constamment à portée de ta main. Un jour où tu seras en difficulté, brise-le et jettes-en les morceaux dans du feu. C'est un cadeau que nous te faisons en signe de reconnaissance pour ta bonté et ta générosité. »

Bâ-Wâm'ndé remercia grandement le roi des tortues[1]. On lui ouvrit un chemin et il reprit sa marche vers Wéli-wéli, toujours accompagné de son mouton.

Le soleil venait de disparaître derrière l'horizon. Bâ-Wâm'ndé n'arrêta pas sa course pour autant. Il continua de marcher jusqu'au premier chant du coq. Alors, épuisé, tombant de sommeil, il s'écroula sur le sol. Était-ce un rêve ? Était-ce la réalité[2] ? Il vit un grand attroupement de chiens tournant autour d'une termitière. Les chiens, le découvrant, se mirent à aboyer. Babines retroussées, crocs à nu, ils se précipitèrent sur lui, prêts à le mettre en pièces. C'est alors qu'un gros chien de berger sortit de la troupe et s'écria :

« Halte, mes frères ! Ce voyageur se nomme Bâ-Wâm'ndé, l'homme de bien et de charité. Un jour, il m'a trouvé réfugié dans un vestibule, malade à mourir, envahi de gale et de tiques voraces qui suçaient le peu de sang qui me restait et me rendaient la vie impossible. On m'avait chassé de partout, car personne n'aime un chien malade. Eh bien ! Bâ-Wâm'ndé que voici me recueillit, m'amena chez lui et me donna à manger. " Cache-toi sous mon grenier à mil ", me

---

1. Tortue : voir note 18.
2. Exclamation traditionnelle peule devant un événement un peu insolite ou extraordinaire.

Njeddo Dewal

dit-il. Je m'y réfugiai, et tout le temps que j'y demeurai il ne me laissa manquer de rien, ni de viande ni de lait. Je mangeai à satiété et me reposai tout mon soûl. Bâ-Wâm'ndé me soigna. Quand je fus guéri, il m'affecta à la garde de son troupeau composé de moutons et de grands cabris. Ainsi, je pus me refaire santé et vigueur jusqu'au jour où l'envie me prit de revenir parmi vous. Même là, il n'opposa aucune difficulté à mon départ.

« Ô Bâ-Wâm'ndé ! Sois donc le bienvenu au pays des chiens qui tournent autour de la termitière merveilleuse (**35**). Mon oncle, roi de mon peuple, viendra te saluer. »

Sur ce, un vieux canidé malade et édenté, dont les yeux laissaient couler de grosses larmes tandis qu'une longue bave pendait de sa gueule, s'avança tout tremblant. Il lécha les mains et les pieds de Bâ-Wâm'ndé et dit :

« Celui qui vient de parler est l'enfant de ma sœur. Tu as été bon pour lui. Je tiens à t'en remercier car le paiement du bel-agir ne doit être, chez les braves gens, que le bel-agir. Je sais que tu vas à Wéli-wéli. Oui, Njeddo Dewal la calamiteuse a bâti cette ville occulte qu'elle a nommée Wéli-wéli (Tout doux-tout doux) alors qu'elle aurait dû l'appeler Héli-héli (Brise tout-brise tout) ! »

Le vieux chien (**36**) préleva les humeurs qui s'étaient coagulées au coin de ses yeux et les tendit à Bâ-Wâm'ndé. « Prends cela, lui dit-il. Enveloppe-le dans un chiffon et cache le paquet dans ton sac. En allant vers Wéli-wéli, tu te diriges, sans t'en douter, vers une mort mâle. Un jour où tu seras dans l'embarras et sans ressources, il se peut que tu aies à mettre dans certains yeux, après l'avoir mélangée à de l'antimoine amère, la matière que je viens de te donner (37). » Et il ajouta au paquet un peu de poudre d'antimoine amère et de cendre provenant de la cuisine.

Bâ-Wâm'ndé accepta le tout avec reconnaissance. Il remercia chaleureusement le roi des chiens, puis il prit congé et continua son chemin.

Après un certain temps, il déboucha inopinément sur une crapaudière. Les anoures, qui se rendaient à une foire, sautaient de tous côtés. Découvrant la présence de Bâ-Wâm'ndé, ils s'écrièrent :

« Que t'arrive-t-il, homme au mouton ? Où t'en vas-tu comme cela ? Est-ce la trame de tes jours qui a touché à sa fin ? Sinon il ne te viendrait jamais à l'idée d'aller à Wéli-wéli, et surtout d'emprunter le chemin qui passe chez nous. Tu vas payer de ta vie ton audace ou ton étourderie. »

Une jeune femelle crapaud s'approcha de Bâ-Wâm'ndé en sautillant.

« Ne me reconnais-tu pas ? lui dit-elle. Un jour tu m'as fait crédit d'un bienfait ; c'est à mon tour de te le payer.

– Je ne me souviens plus de t'avoir rencontrée, fit Bâ-Wâm'ndé.

– Il est habituel que l'auteur d'un bienfait oublie sa bonne action et cela est admissible, répliqua la jeune crapaude. Ce qui est condamnable et inqualifiable, c'est que le bénéficiaire de ce bienfait l'oublie. Tel n'est pas mon cas.

« Un jour où la chaleur était écrasante, mourant de soif, je fus mise au supplice. J'aperçus en effet, posé à l'ombre d'un arbre, un canari [1] rempli d'eau fraîche.

---

1. Marmite en terre.

Njeddo Dewal

Pleine d'espoir, je m'en approchai pour m'y désaltérer, mais l'ouverture était trop haute et trop étroite pour moi. Chacun de mes bonds pour l'atteindre se terminait par une glissade. Je dégringolais, roulais et me renversais sur le dos à ne plus voir que le ciel.

« C'est alors que survint un gros gamin, sans doute le fils du propriétaire du canari. Il me trouva épuisée, gisant à terre, presque morte. Je haletais comme un chien altéré. Le gros gamin se saisit de mes pattes, les attacha avec une corde et serra si fort que mes oreilles en bourdonnèrent. Il souleva la corde à laquelle je me trouvais suspendue la tête en bas, et se mit à courir en me balançant. Et, croyez-moi, ce balancement n'avait rien d'un bercement à faire s'endormir un bébé, c'était plutôt des secousses à faire vomir ses entrailles ! Mon ventre s'emplit d'air à en éclater, mes pieds entravés enflèrent. Le gamin se plaisait fort à me voir dans cet état misérable.

« C'est alors, Bâ-Wâm'ndé, que tu intervins et me délivras. Tu me détachas et réprimandas le gamin, lui interdisant de récidiver. Je ne me souviens plus de ce que tu lui as donné pour mon rachat, mais je sais que tu lui as donné quelque chose. Ce que je ne puis oublier, c'est l'action que tu as accomplie en ma faveur et qui m'a empêchée de périr. »

La maman de la jeune crapaude sortit des rangs et, cahin-caha, s'approcha de Bâ-Wâm'ndé. Elle vomit entre ses pieds une pierre blanche arrondie de la grosseur d'un œuf d'oiseau mange-mil.

« Ô bienfaiteur des bêtes et des bestioles, compatissant même pour les têtards des eaux fétides et des mares bourbeuses ! dit-elle. Les animaux terrestres et aquatiques, les bêtes des cités et des forêts te sont reconnaissants et tous les oiseaux des champs gazouillent tes louanges dans les branches des arbres de la haute brousse !

« Ô Bâ-Wâm'ndé ! Prends cette pierre et range-la dans ton sac. Elle te servira à quelque chose en un jour difficile vers lequel tu t'avances sans t'en douter, car aller à Wéli-wéli, c'est aller à la mort ! »

Bâ-Wâm'ndé rangea la pierre dans son sac. « L'adage veut, dit-il, que celui qui est reconnaissant ait autant de mérite, sinon davantage, que celui qui a fait le bien, car l'ingratitude est le propre de l'homme. »

Puis il remercia la mère-crapaud de sa bonté, salua tous les anoures assemblés et poursuivit son chemin.

Il était encore bon matin. L'air était frais. Toujours tirant son mouton, Bâ-Wâm'ndé marcha, marcha de longues heures, profitant de la fraîcheur matinale. Le soleil était voilé par des nuages, mais quand il se fut élevé dans le ciel à la hauteur de quatre hampes de grandes lances, ses rayons ardents percèrent les nuages et répandirent une chaleur si torride qu'elle sembla immobiliser l'atmosphère. Plus le moindre souffle de vent ! Bâ-Wâm'ndé se mit à transpirer abondamment. Malgré la chaleur qui l'étouffait, il avançait encore mais bien péniblement car, de surcroît, le chemin devenait de plus en plus mauvais, tantôt ondulant, tantôt défoncé, tortueux, raboteux ou encaissé si étroitement qu'il se demandait comment passer avec son mouton.

Pour comble de malheur, il aperçut au loin, à l'horizon oriental, un vaste amas de nuages semblables à des montagnes entassées. Certains de ces nuages étaient

Njeddo Dewal

blanchâtres, d'autres noir indigo, d'autres teintés de bleu. Ils avançaient lentement comme des moutons qui paissent dans la plaine. Sans doute était-ce une tornade qui se préparait, car Bâ-Wâm'ndé vit de grands éclairs illuminer l'espace. Le ciel allait ouvrir ses vannes pour inonder la terre.

Subitement, le vent souffla. Il s'engouffra dans les feuillages et gonfla le boubou de Bâ-Wâm'ndé, ce qui ne facilitait guère sa marche. Pour avancer, il fut obligé de se pencher si fortement en avant qu'il paraissait prêt à tomber sur la face d'un moment à l'autre. Il inclinait la tête comme pour parer aux gifles que de violentes bourrasques lui assenaient sur les tempes. Tirant son mouton de la main droite, il se servait tant bien que mal de sa main gauche pour appliquer contre son corps les extrémités de son boubou et l'empêcher de gonfler davantage.

Bâ-Wâm'ndé leva les yeux pour regarder l'horizon. Des éclairs sinueux éclatèrent horizontalement entre deux nuages, puis un grand éclair arborescent illumina la nue. Assurément, un orage allait éclater.

Ce n'était certes pas le moment, ni pour lui ni pour son mouton, de se faire tremper. Épuisé, ne pouvant continuer sa marche tant son boubou gonflé d'air entravait ses pas, il se réfugia sous un arbre et se mit à prier : « Ô Guéno ! Empêche le ciel de pisser sur la terre ! » Le vent soufflait toujours avec rage. L'arbre sous lequel Bâ-Wâm'ndé s'était réfugié se trouvait dans une dépression boisée d'épineux. Des oiseaux ébouriffés étaient rivés sur les branches tendres. Selon l'humeur des vents, celles-ci s'élevaient comme des vagues en furie ou plongeaient dans le vide comme une embarcation qui chavire. A chaque plongée, le vent

Contes initiatiques peuls

hérissait les plumes des oiseaux et déployait leur queue en éventail.

La prière de Bâ-Wâm'ndé fut-elle entendue ? Toujours est-il que la foudre rengaina ses flèches de feu qui menaçaient d'incendier la terre et que le vent s'apaisa. Comme pour marquer sa sollicitude envers l'homme au cœur empli de charité, Guéno ne voulut pas que Bâ-Wâm'ndé et son mouton fussent trempés. Le tonnerre s'assourdit et se réduisit à un écho lointain ; les vents chasseurs de pluie avaient éloigné l'orage. Les gros nuages sombres qui, un instant auparavant, obscurcissaient le ciel, s'éclaircirent comme une boisson coupée d'eau. Ils s'amincirent, s'étalèrent, se dispersèrent en ondulant à la manière de dunes sablonneuses. Les petits nuages les suivirent en se tortillant, plissant leur dos comme pour former un chemin ondulé.

Bâ-Wâm'ndé quitta alors son abri et continua sa route avec son mouton vers Wéli-wéli. A peine sorti du chemin encaissé et tortueux [1], il déboucha d'une manière inattendue dans une plaine encore plus difficile à franchir : c'était une immense étendue de sable très fin. Le marcheur s'y enfonçait jusqu'aux genoux. Au moindre souffle de vent, des grains de sable l'aveuglaient et mordillaient sa peau comme des milliers de fourmis rageuses.

Guéno voulant et aidant, Bâ-Wâm'ndé, après bien des efforts et des souffrances, réussit à franchir la zone meurtrière sablonneuse qui, avant lui, avait englouti plus d'un homme et plus d'une monture [2].

---

1. Chaque fois que, dans un conte, on rencontre un chemin tortueux, un fleuve à traverser, une montagne à escalader, cela symbolise une épreuve ou une étape à franchir sur la voie spirituelle.
2. La zone des sables : c'est le pays de l'initiation. Si nul ne vous y guide, vous vous y enlisez, quelle que soit votre finesse ou votre subtilité. S'enliser, c'est tomber dans les pièges qui parsèment la voie. C'est l'illu-

Njeddo Dewal

Hélas ! A peine en était-il sorti qu'il tomba sur un village de porcs-épics où, justement, siégeait un conseil du trône. Un conseil peu ordinaire, à vrai dire : c'était plutôt un tribunal. Chose étrange, l'accusé était le roi lui-même.

L'audience se tenait sur la place publique où, tous les sept ans, avait lieu une grande foire. Toute la population avait été conviée à la séance. Le roi, amarré comme un fagot de bois et transporté comme un vulgaire cadavre d'animal, fut placé au milieu du cercle qui s'était formé afin d'y subir un interrogatoire préliminaire.

Quel crime le roi avait-il donc commis pour être ainsi maltraité et déféré honteusement devant le tribunal de son peuple ? Il avait ordonné, un jour où il était de mauvaise humeur, de tuer tous les singes qui peuplaient son royaume, car, disait-il, c'étaient des étrangers indésirables, des parasites qui suçaient le pays et en appauvrissaient les natifs.

Bâ-Wâm'ndé ne put en croire ses oreilles, et moins encore ses yeux. Un roi déféré devant le tribunal de son peuple, cela pouvait encore s'admettre ; mais y paraître attaché comme un fagot de bois mort et, en plus, à cause de singes qui, de toute évidence, n'étaient en rien des porcs-épics, cela passait l'entendement ! Mais les choses sont ce qu'elles sont et il faut savoir s'y adapter. Si la coutume des temps est que les convives se frottent le ventre avant de prendre un repas, celui qui ne se frottera pas le ventre avant de manger risque d'avoir

---

sion, le mirage divin (*makarou* en Islam). On prend pour le but ce qui n'est qu'un leurre. On se croit arrivé alors que l'on n'est qu'enlisé. D'où la nécessité d'un guide sûr. Bâ-wâm'ndé ne peut avancer dans cette zone dangereuse que parce qu'il est protégé et guidé par Guéno.

une indigestion, et il ne devra s'en prendre qu'à lui-même !

Le griot des porcs-épics avait aperçu Bâ-Wâm'ndé. Il s'avança vers lui et dit :
« Qui es-tu, toi qui n'es pas un porc-épic ? Tu n'es pas de ce pays. D'où viens-tu ? Et où vas-tu si étourdiment ? Je crois que tu as oublié ta raison quelque part et suspendu ta chance à une branche du bosquet de ton village ; sinon, tu ne viendrais pas ici aujourd'hui. En effet, tout étranger qui voit ce que tu viens de voir doit périr à l'heure et à l'instant. Ô toi, étranger et fils d'Adam, le roi que tu vois ainsi amarré n'en est pas moins encore roi. Il a pouvoir d'ordonner sur tout étranger, et cela jusqu'à sa destitution qui n'est pas encore prononcée. Or, il m'a ordonné de te flécher à mort. Avance ! Je vais te mener à notre lieu de supplice, et là, je hérisserai mes piquants et les lancerai sur toi tous à la fois. Ils te transperceront et tu mourras ! »

Bâ-Wâm'ndé prit docilement les devants ; le piqueur le suivit, le guidant de la voix. Quand ils furent arrivés sur les lieux, le porc-épic se secoua énergiquement et ses aiguilles jaillirent comme des traits en direction du corps de Bâ-Wâm'ndé. Mais, ô miracle, elles tombèrent toutes en deçà de son corps et se fichèrent en terre, formant comme une haie tout autour de lui. Qu'est-ce donc qui avait pu ainsi arrêter les flèches ? Avaient-elles ricoché sur un mystérieux bouclier, un bouclier qu'aucun œil ne pouvait voir ?... A l'instant même un hérisson jaillit de l'invisible et dit :

« Ohé, porcs-épics ! Si Bâ-Wâm'ndé avait péri ce jour par votre faute, vous seriez tous exterminés par une male mort. »

Njeddo Dewal

Le roi porc-épic, bien qu'attaché comme un fagot de bois, lui demanda : « Qui est donc Bâ-Wâm'ndé ? Quand et où l'as-tu connu ? »

Le hérisson raconta :

« J'ai connu Bâ-Wâm'ndé un jour de grand malheur, un jour où je me suis trouvé bloqué au milieu d'un incendie de brousse. Le feu, qui pétillait avec rage, avançait rapidement vers moi ; ses flammes dévoraient voracement tout ce qui se trouvait à leur portée. J'éprouvais une si grande peur et mon cœur battait si fort que mes pattes se paralysèrent comme si elles avaient enflé tout à coup. Bâ-Wâm'ndé, qui avait vu la scène, sauta par-dessus les flammes pour me rejoindre. Il me prit, me mit dans son sac et derechef s'élança au-dessus du feu pour sortir de la zone d'incendie. Puis il alla me placer dans un trou. C'est en reconnaissance de ce bienfait que, pour le protéger, mes frères hérissons, invisibles à vos yeux, se sont mis en cercle autour de lui. Chacun de nous a arrêté l'une des flèches lancées par votre bourreau et l'a fichée en terre. Quant à vous, porcs-épics, vous connaissez le pouvoir magique qui est le nôtre, à nous hérissons. Si vous ne réparez pas joliment votre faute, nous vous infligerons une punition sévère ! »

Sur ce, un porc-épic borgne, aux membres à moitié brisés, avança péniblement, traînant son corps délabré. Il dressa son cou et vomit un fruit de fôgi (38). « Ô Bâ-Wâm'ndé ! dit-il. Prends ce fruit et mets-le dans ton sac. »

Puis il s'adressa aux autres porcs-épics : « Vous avez toujours eu une mauvaise opinion de moi. Chaque fois que je vous ai donné un conseil, vous avez refusé de m'écouter, me prenant pour un imbécile. Mais le fait d'être laid et d'avoir un corps difforme n'est en aucune façon une preuve d'imbécillité ; cet état extérieur ne saurait éteindre la bénédiction intérieure de Guéno une fois qu'il l'a donnée [1].

« Ô Bâ-Wâm'ndé, continua-t-il, consomme ce fruit dès que tu auras faim, puis gardes-en les noyaux dans ton sac. Ils te seront utiles un jour de difficulté, et ce jour viendra pour toi puisque tu vas à Wéli-wéli. »

Bâ-Wâm'ndé remercia le hérisson et prit congé des porcs-épics, auxquels il pardonna gracieusement leur mauvaise intention.

Poursuivant son chemin, il arriva devant un fleuve. Celui-ci avait tellement grossi qu'il commençait à sortir de son lit et menaçait d'inonder une partie de la plaine. Déjà il avait provoqué l'éboulement d'une partie de ses hautes berges, déraciné de nombreux arbres et noyé les broussailles. Sa haute crue avait presque avalé les bosquets des îlots qui n'étaient plus visibles qu'à moitié. Sous les coups répétés des vagues, une écume blanchissait les lèvres du fleuve [2], comme l'on voit parfois se couvrir d'une écume blanchâtre les lèvres desséchées d'un homme altéré qui a beaucoup parlé.

---

1. D'une manière générale, l'infirme est censé être habité par l'esprit et doté d'une puissance occulte. La croyance veut que l'infirmité soit compensée par une force magique.
  On remarquera que c'est presque toujours un animal âgé, malade ou infirme qui donne à Bâ-Wâm'ndé un cadeau merveilleux. Cela est à rapprocher du récit *Kaïdara* où le dieu Kaïdara apparaît toujours à Hammadi sous la forme d'un petit vieux pouilleux à la colonne vertébrale déformée. Hammadi sera béni parce qu'il ne méprise pas ce qui, au premier abord, est d'apparence repoussante. Il faut apprendre à reconnaître ce qui se cache derrière les apparences ; c'est pourquoi l'on dit que l'on peut trouver dans une petite mare une perle que l'on ne trouverait pas dans l'océan.
2. Les lèvres du fleuve : les rives.

Njeddo Dewal

A la vérité, ce fleuve était différent de tous les autres fleuves de la terre : c'était Gayobélé, le fleuve magique des Peuls [1]. Il alimentait de grands lacs et possédait par endroits d'immenses profondeurs. Chacune de ses poches d'eau contenait des variétés innombrables de poissons de toutes formes et de toutes tailles. Les gros poissons qui vivaient au plus profond des eaux se nourrissaient des poissons moyens qui les surplombaient. Ceux-ci, à leur tour, mangeaient les plus petits qui nageaient au-dessus d'eux, les *siiwuuji*. Pendant les périodes sans lune de la saison froide, les *siiwuuji* quittaient leur poche d'eau et remontaient le courant du fleuve. Leur voyage se poursuivait jusqu'à l'« étang dit du jujubier ». Là, ils profitaient de la crue du fleuve et de l'inondation pour s'éparpiller dans la plaine, chaque femelle sachant très exactement où aller déposer sa ponte. Le retrait des eaux coïncidant avec l'éclosion des œufs, les jeunes poissons se trouvaient drainés vers le lit du fleuve. Ils redescendaient son cours en aval, se séparaient de leur maman et allaient vivre leur vie d'adulte, chacun se retirant dans l'une des 113 poches de Gayobélé, à l'exact niveau de profondeur qui était celui de son espèce (39).

Bâ-Wâm'ndé entra dans le fleuve magique et entreprit de le traverser à la nage avec son mouton. Ngoudda, le crocodile à la queue écourtée (40) qui reposait non loin de là, aperçut le kobbou-nollou et son maître qui nageaient vers la rive opposée. Tout heu-

---

1. Gayobélé (de *gayo* : « c'est ici », et *bélé* : « mares ») ; ce nom désigne aussi le fleuve Gambie, que les Peuls de l'endroit ont appelé du nom de leur fleuve mythique.

reux, le grand reptile aquatique à l'épaisse cuirasse crut avoir ainsi à portée de ses dents une provision de nourriture pour de nombreux jours. Serrant fortement les mâchoires, il redressa bien droit ce qui lui restait de queue et entra dans le fleuve. Son nez, qui pointait à la surface, fendait l'eau comme un couteau déchire une étoffe. Deux larges bandes blanches semblaient s'écarter après son passage. Il avançait rapidement, bien décidé à se saisir du mouton aux yeux multicolores ou de son imprudent propriétaire, ou même, pourquoi pas, des deux à la fois.

Bâ-Wâm'ndé et son mouton nageaient tranquillement, ignorant le danger qui les menaçait. Au moment où ils atteignaient la berge et s'apprêtaient à sortir de l'eau, le carnassier aquatique à la peau brune et aux dents en forme de scie les rejoignit. Il ouvrit tout grand sa gueule. Bien que sa queue fût écourtée, il la recourba et la lança pour accrocher d'une seule prise Bâ-Wâm'ndé et son mouton ; après quoi il ne lui resterait plus qu'à les entraîner dans les eaux profondes pour les y étouffer et les y noyer.

Si Ngoudda le crocodile avait pu prévoir comment allait se terminer sa manœuvre, jamais il ne s'y serait lancé avec autant d'empressement et de décision. En effet, Ngabbou l'hippopotame se trouvait justement posté à proximité. Et lorsque le caïman lança sa queue avec force, celle-ci, au lieu de happer Bâ-Wâm'ndé et son mouton, se trouva saisie au vol par les deux puissantes mâchoires de Ngabbou. Le grand quadrupède amphibie des fleuves referma d'un seul coup les deux immenses pièces osseuses, fortes comme deux battants de fer, qui supportaient ses dents, poussa un terrible hennissement et, tenant fermement sa proie, se hâta de regagner la terre ferme. Le pauvre crocodile était suspendu à sa gueule comme un vulgaire fruit de baobab, sa queue faisant office de pédoncule.

Bâ-Wâm'ndé sortit de l'eau tout tremblant. Son mouton et lui venaient de l'échapper belle ! Ngabbou l'hippopotame balança le crocodile et le jeta le plus loin qu'il put. Le pauvre Ngoudda, voltigeant comme une pierre éjectée par une fronde, fut arrêté dans son vol par un baobab planté à quelques mètres de là et resta accroché entre ses branches. En s'abattant sur l'arbre, il avait heurté l'un des fruits du baobab qui tomba à terre en tintant comme une cloche. Ngabbou l'hippopotame s'écria :

« Ô Bâ-Wâm'ndé ! Ramasse le fruit qui vient de tomber et ouvre-le ! »

Bâ-Wâm'ndé se précipita, prit le fruit et l'ouvrit avec une pierre. Le fruit ne contenait pas, comme à l'accoutumée, du pain de singe, mais, ô merveille, il contenait un crâne, oui, un crâne, celui-là même que Bouytôring avait placé dans la case-nombril de l'hexagramme et qui avait conté et vaticiné (**41**) !

Ngabbou s'écria : « Ô Bâ-Wâm'ndé le bienheureux ! Si un autre fruit était tombé, ç'aurait été le signe de ta mort. Prends ce crâne et mets-le dans ton sac, car il te servira un jour où tu seras dans l'embarras. Interroge-le, et il te parlera comme il a parlé à ton ancêtre Bouytôring et à son fils Hellêré.

— Qu'ai-je fait, s'exclama Bâ-Wâm'ndé, pour mériter d'échapper ainsi au grand danger qui me menaçait ? Sans ton intervention, Ngabbou, les dents pointues du carnassier à la peau brune ne m'auraient pas manqué ! »

Ngabbou, qui était en fait une maman hippopotame, répondit à sa question :

« Un jour, dit-elle, alors que j'allaitais un tout petit bébé, il m'est arrivé d'aller fourrager dans les rizières de ton village. Des chasseurs à l'affût se préparaient à me tuer, mais tu les en empêchas, leur rappelant qu'il est interdit par la coutume de tuer une femelle qui allaite, fût-ce une maman hippopotame.

« Tout à l'heure, ajouta-t-elle, je t'ai vu entrer dans le fleuve avec ton mouton et je savais que le gourmand à la queue écourtée chercherait à te tuer. Aussi me suis-je postée au bon endroit, ce qui m'a permis de happer sa queue avant qu'elle ne se saisisse de toi ou de ton mouton. »

Bâ-Wâm'ndé remercia chaleureusement Ngabbou la maman hippopotame. Puis il ramassa le crâne, le mit dans son sac et reprit son chemin vers Wéli-wéli.

Après une demi-journée de marche, il pénétra dans une plaine rocailleuse où il vit ce qu'aucun œil n'avait jamais vu ni aucune oreille jamais ouï conter. Dans cette plaine, des œufs d'araignée étaient en train d'écraser des cailloux ! Dès qu'une pierre se trouvait touchée par un œuf, elle se réduisait en poudre et devenait comme de la farine de terre. Bâ-Wâm'ndé, au comble de l'étonnement, observa ce phénomène extraordinaire. En effet, que peut-il y avoir de plus étrange que des œufs d'araignée, symbole même de la faiblesse et de la fragilité, en train d'écraser des pierres[1] ?

---

1. Ce nouvel exemple d'inversion des phénomènes (cf. note 24) montre que BâWâm'ndé a pénétré dans un monde qui échappe aux lois naturelles. Dans cet autre monde, on trouve du feu qui ne brûle pas, de la glace qui réchauffe, etc. C'est le monde des « cohabitants parallèles » où les règles de la nature s'anéantissent (voir *L'Éclat*, p. 53).

La scène indique aussi qu'une chose fragile peut parfois se révéler plus puissante qu'une chose apparemment solide. On dit : « C'est une chose parfois banale qui détruit un royaume. »

Njeddo Dewal

Une grosse araignée noire (**42**), suspendue à un arbre par un fil invisible de sa fabrication, dit au voyageur :
« Bonhomme, d'où viens-tu et où vas-tu ?
– Je viens du pays de Heli et Yoyo et me dirige vers Wéli-wéli, la cité magique de Njeddo Dewal.
– Et que vas-tu chercher à Wéli-wéli ?
– Je cherche Siré, le grand sourd-muet-borgne, frère d'Abdou, le petit bossu-borgne-boiteux-cagneux.
– Prends une provision de mes œufs, dit alors l'araignée, et emporte-les avec toi. Un jour difficile, leur pouvoir te servira à quelque chose. »
Bâ-Wâm'ndé ne se le fit pas dire deux fois. Il ramassa une bonne provision d'œufs, les enveloppa et les mit dans son sac.
Il possédait maintenant dans sa gibecière sept choses insolites :
– des excréments de sauterelles surprises dans leur sarabande mystérieuse ;
– un tesson de carapace de tortue contenant un peu de terre glaise ;
– un peu d'humeur séchée provenant des yeux d'un vieux chien malade, mêlée à de l'antimoine amère ;
– une pierre miraculeuse vomie par un crapaud ;
– un fruit jaune et mûr de fôgi offert par un porc-épic difforme ;
– un crâne nu sorti d'un fruit de baobab ;
– enfin, des œufs casse-pierres offerts par une mère araignée.
Oui, voilà les sept choses plus ou moins extraordinaires qui se trouvaient dans le grand sac que Bâ-Wâm'ndé portait en bandoulière.

Continuant sa marche, Bâ-Wâm'ndé déboucha sur

une plaine qui ressemblait à une immense futaie : mais au lieu d'être hérissée de grands arbres, elle était plantée de pitons rocheux étroits et pointus comme des aiguilles qui semblaient vouloir transpercer la nue. Sur chaque pointe, une aigrette se tenait sur une patte, scrutant l'horizon d'un air méditatif. Certaines étaient de couleur cendrée, d'autres d'une teinte pourprée, d'autres encore d'une blancheur éclatante. Le faisceau de plumes qui ornait leur tête était lisse comme de la soie et brillant comme une pierre précieuse. A chaque brin de duvet qui garnissait leur jabot ou leurs flancs pendait une perle qui aurait pu servir de dot à une reine.

A la vue de Bâ-Wâm'ndé, toutes les aigrettes (**43**) déployèrent leurs ailes et s'écrièrent :

« Salut à Bâ-Wâm'ndé ! Salut, salut et encore salut à Bâ-Wâm'ndé, le conducteur de kobbou. Mais, ô Bâ-Wâm'ndé, où t'en vas-tu comme cela ?

— Ô aigrettes du Village des aigrettes ! répondit Bâ-Wâm'ndé, je vais à Wéli-wéli, la cité de Njeddo Dewal.

— Bâ-Wâm'ndé ! s'exclamèrent les gracieux volatiles. Alors tu vas vers la mort, car Njeddo Dewal badine avec la vie des jouvenceaux. Maintenant, tu n'es plus très loin de ton but. »

Non loin de là, nichant sur quelques pitons, des cigognes noires à ventre blanc étaient occupées à gaver de vipères et de rats leurs cigogneaux aux duvets semblables à des brins de paille. Quand elles entendirent Bâ-Wâm'ndé déclarer qu'il se rendait à Wéli-wéli, elles claquèrent du bec. « Qu'est-ce donc qui t'est passé à travers la gorge et te fait désirer la mort ? dirent-elles. Car aller chez Njeddo Dewal la méchante, c'est aller vers une mort certaine ! »

Njeddo Dewal

Pour toute réponse, Bâ-Wâm'ndé leur dit : « Ô cigognes de bon augure ! Indiquez-moi où se trouve Wéli-wéli ; et pour le reste, que la volonté de Guéno soit faite !

– Wéli-wéli se trouve derrière une montagne située non loin d'ici, répondirent les oiseaux au long bec (**44**) ; mais cette montagne, dont la crête effleure les nues, est une muraille infranchissable. Aussi, quand tu seras parvenu auprès d'elle, fouille dans ta besace et consulte le crâne qu'avaient consulté tes ancêtres. Il te dira ce qu'il faut faire pour triompher de cet obstacle. »

Bâ-Wâm'ndé remercia grandement les cigognes et poursuivit son chemin. Après quelques heures d'une marche facile, brusquement il se trouva au pied de la montagne-muraille. Il sortit alors de sa besace le crâne parleur et le supplia :

« Ô crâne conseiller de mes ancêtres ! Je t'en conjure, au nom du baobab dans le fruit duquel tu t'étais retiré, dis-moi ce que je dois faire pour pouvoir traverser cette muraille de pierre infranchissable.

– Cherche du bois de fôgi, répondit le crâne, et sers-t'en pour allumer un feu. Dès que tu auras obtenu des braises ardentes, place-les dans le tesson de carapace de tortue, verses-y les excréments de sauterelle, brûle le tout et tu verras ce que tu verras ! »

Bâ-Wâm'ndé partit à la recherche de bois de fôgi. Il trouva assez rapidement un pied de cet arbuste entouré de quelques branches mortes. Il les cassa, les rassembla et, avec son silex, enflamma le bois sec. En peu de temps il obtint les braises nécessaires.

Ouvrant son sac, il en sortit le tesson de carapace de tortue et les excréments de sauterelle. Il mit les braises ardentes dans le tesson et y jeta les excréments desséchés, qui s'enflammèrent. Il s'en dégagea une fumée blanchâtre qui monta droit dans l'air, s'épaissit, se solidifia et s'arrondit à son extrémité comme une barre à mine.

Cette énorme barre miraculeuse se mit à cogner avec force sur la muraille pierreuse. Après plusieurs coups, elle y perça une ouverture assez large pour laisser passer Bâ-Wâm'ndé et son mouton, qui s'y engagèrent aussitôt. La galerie souterraine ainsi ouverte était longue et obscure mais, en fait, sa traversée demanda plus de temps que d'efforts aux deux voyageurs.

Où Bâ-Wâm'ndé atteint son but

Une fois sorti de ce tunnel, Bâ-Wâm'ndé aperçut la ville de Wéli-wéli qui s'étirait devant lui d'est en ouest, si immense qu'il ne pouvait en discerner les limites. Il ne sut jamais comment, tout à coup, il se trouva transporté dans une grande avenue de la cité !

Chose curieuse, malgré la beauté des maisons dont beaucoup étaient à étages, il ne vit ni ne perçut aucun signe de vie ni de présence humaine. Sans savoir où il allait, il continua sa marche. Après avoir longtemps déambulé, il finit par déboucher sur ce qui, apparemment, était la place du marché. Mais au lieu d'y voir assemblée, comme il eût été normal, une foule de vendeurs et d'acheteurs, il ne vit que des animaux, et, de surcroît, des animaux qui se livraient à des activités tout à fait bizarres : sous un hangar, des chiens présentaient du mil à des singes ; ailleurs, des guenons offraient du lait de bufflonne à des porcs ; des boucs puants parlaient haut à des oiseaux géants ; des tortues s'adressaient en murmurant à des panthères.

Njeddo Dewal

Plus loin, un âne installé devant une forge fabriquait des houes, des couteaux, des clous et des aiguilles. Un petit hérisson actionnait la soufflerie. L'âne, qui se servait de sa bouche pour saisir les outils avec lesquels il forgeait à chaud ou à froid, lançait, avant chaque opération, un braiment spécial.

Devant tant de choses plus extraordinaires les unes que les autres, Bâ-Wâm'ndé resta interloqué, ne sachant que faire. « Certainement, se dit-il en lui-même, il s'agit là d'êtres métamorphosés par sortilège ! » Alors, se souvenant tout à coup de l'alliance sacrée qui existe entre Peuls et forgerons (45), il se dirigea vers l'atelier de l'âne.

« Bonjour, forgeron aux grandes oreilles qui manie ses outils au moyen de ses mâchoires ! s'écria-t-il.

– Bonjour, gandin de Peul ! répliqua l'âne. Je parie qu'au lieu de te trouver ridicule toi-même, tu crois que c'est moi qui le suis ? Et d'ailleurs, que viens-tu faire ici avec ce mouton ?

– Il n'est pas pour toi, répartit Bâ-Wâm'ndé. Je le destine à quelqu'un qui se trouve dans cette ville, je ne sais exactement où. Si tu peux me donner quelque indication à ce sujet, les mânes de mes ancêtres et des tiens t'en sauront gré, car ton geste te sera peut-être utile, à toi et à tous les êtres que je vois ici bizarrement métamorphosés.

– Alors, dit l'âne, tiens-toi bien, car je vais dégager un vent qui vous emportera, toi et ton mouton, dans un endroit où tu verras ce que tu verras. »

Bâ-Wâm'ndé saisit fermement la corde de son mouton. L'âne sortit alors de son fondement un pet aussi puissant que tonitruant. La violence du souffle fut telle que nos deux compagnons furent soulevés et projetés au loin. Ils allèrent retomber sur une charge de piments. Sous le choc, les gousses s'écrasèrent. Une fine poudre s'éleva, enveloppa Bâ-Wâm'ndé et lui piqua douloureusement les yeux et les narines. Ses larmes coulèrent en abondance. Aveuglé, il voulut s'essuyer les yeux du revers de la main. Il lâcha la corde du kobbou. Aussitôt, celui-ci s'échappa et se précipita dans une rue voisine, bêlant de toutes ses forces.

Après avoir recouvré la vue, Bâ-Wâm'ndé constata la disparition de son mouton. Entendant au loin les bêlements de l'animal, il s'élança dans la rue, tendant l'oreille, regardant à droite et à gauche, s'arrêtant de temps en temps pour mieux s'orienter. Arrivé devant une fourche où deux voies s'offraient à lui, il ne sut laquelle prendre car il n'entendait plus rien. Il récita alors la formule peule *diali'nga diali'nga*[1]. Le dernier mot lui ayant indiqué la voie de droite, il s'y engagea sans hésiter. Un peu plus loin, il trouva le mouton tout occupé à se gratter.

Au fur et à mesure que l'animal raclait sa toison de laine, des étincelles en jaillissaient pour aller retomber sur une sorte de vestibule métallique qui donnait accès à on ne savait quel édifice. Bâ-Wâm'ndé s'approcha du mouton. Au même moment, un être bizarre apparut : doté d'une tête humaine surmontant un tronc de caïlcédrat, il était porté par deux gigantesques pattes d'autruche. Cet être, à la fois humain, végétal et animal (46), s'adressa à Bâ-Wâm'ndé :

« Ô bonhomme malchanceux ! Qu'est-ce qui a pu

---

1. A l'origine, c'était une formule magique que l'on récitait pour trouver sa route. Dès le dernier mot prononcé, on savait quelle route prendre. Aujourd'hui, la formule est surtout utilisée comme un jeu par les enfants.

Njeddo Dewal

t'amener en ce lieu, interdit à tout être vivant sous peine de mort violente ? Si Njeddo Dewal apprend que tu es là, elle enverra son bourreau pour te castrer, te suspendre par les pieds et déchirer ta chair en lambeaux avant de te trancher la tête ! Si tu veux éviter ce malheur, donne-moi ton mouton. »

Au lieu de s'exécuter, Bâ-Wâm'ndé demanda à l'étrange créature quel était ce lieu et dans quelle pièce donnait ce vestibule métallique.

« Le vestibule, répondit la créature hybride, donne sur une pièce où Njeddo Dewal séquestre ses ennemis et ceux qui refusent de la servir.

- Je te remercie de ton information, dit Bâ-Wâm'ndé. Quant au mouton que tu me demandes, je ne puis te l'offrir car il ne m'appartient pas. J'ai été chargé de l'amener à Wéli-wéli pour le donner à Siré, le sourd-muet-borgne qui s'y trouve emprisonné. Or, à ce que je vois, tu es loin d'être cet homme.

- En effet, répondit l'homme-plante-animal. Je ne suis ni Siré, ni Abdou son frère puîné le bossu-borgne-boiteux-cagneux. » Et tout à coup, sans en dire plus, il disparut.

Pendant tout ce temps, le mouton avait continué à se gratter. Les étincelles qui jaillissaient de sa toison se focalisaient sur la porte du vestibule. Elles finirent par en faire fondre la serrure, mais le battant restait toujours fermé. Il était si lourd que trois éléphants n'auraient pas réussi à l'ébranler. Alors, à la manière d'un bélier prêt à charger, kobbou-nollou recula, puis fonça sur le battant qui céda miraculeusement. Suivi de Bâ-Wâm'ndé, il pénétra dans le vestibule.

Celui-ci donnait sur une cour parsemée de clous

pointus qui en tapissaient le sol aussi drument que des épines sur le dos d'un hérisson. Une voix se fit entendre : « Malheur ! disait-elle, à celui qui vient d'ouvrir la porte du vestibule pour pénétrer dans la cour interdite ! »

Au même moment, un bruit semblable à un coup de tonnerre éclata, assourdissant Bâ-Wâm'ndé. Comme par enchantement, son mouton disparut. Il était à nouveau bien embarrassé. Que faire ? Que dire ? Où aller ? A peine se posait-il la question que le ciel s'obscurcit au-dessus de sa tête. Un éclair en jaillit, suivi d'un grondement de tonnerre si violent qu'il fit trembler la terre et s'évanouir Bâ-Wâm'ndé.

Encore à moitié inconscient, il sentit qu'on le transportait, puis qu'on le déposait sur le sol. Quelque chose lui léchait le bras. Il entrouvrit les yeux. C'était son kobbou-nollou, tout aussi miraculeusement réapparu, qui le réveillait ainsi avec douceur[1].

Il vit qu'il avait été déposé au pied d'une termitière géante, tout entière façonnée d'argile jaune clair, sculptée de reliefs puissants terminés par des sortes de pinacles, comme on en voit au faîte des maisons ou au sommet de certaines collines. La reine tourna le dos à Bâ-Wâm'ndé, lui présentant son abdomen aussi énorme qu'une grosse tortue de fleuve salé. Quant au roi, dont la tête était aussi volumineuse que celle d'un éléphanteau, il fit face à Bâ-Wâm'ndé. Le temps de

---

1. Avant d'arriver devant la termitière où il va découvrir Siré, première grande étape de sa quête, Bâ-Wâm'ndé s'évanouit. Autrement dit, il perd la conscience propre à son monde habituel. C'est un passage à un autre niveau de conscience, un changement de plan, une petite mort. La conscience lui est rendue par un geste du mouton miraculeux, c'est-à-dire par une aide des forces supérieures incarnées dans cet animal bénéfique.

Njeddo Dewal

quelques clignements de paupière et sans qu'on sache comment, les deux termites géants avalèrent le mouton kobbou-nollou sans en laisser de traces. Puis ils rotèrent, comme font certains après un bon repas.

Les ouvrières-termites, dont chacune était aussi grosse qu'un énorme crocodile, sortirent de leur cité avec affolement, cherchant un endroit où se cacher. Chacune se mit à creuser un trou dans le sol, malgré les cris du roi et de la reine leur ordonnant de rester sur place. Tous les termites finirent par disparaître sous terre.

Brusquement, la reine se jeta sur son mâle, le dévora, puis courut vers la termitière pour s'y réfugier. Mais celle-ci, comme rongée par l'action d'une pluie persistante, s'effondra sur elle-même, découvrant aux regards Siré, le sourd-muet-borgne, qui se tenait en son milieu. Bâ-Wâm'ndé constata que ce dernier était non seulement borgne, sourd et muet, mais encore bossu par-devant et par-derrière. Son cou était pris dans un carcan et ses membres chargés de chaînes rivés à un gros tronc de caïlcédrat. Son corps était couvert de brûlures et de plaies où des vers se nourrissaient de sa chair.

La reine des termites vint auprès de Siré.

« Mon salut dépend de toi, dit-elle, et de toi seul. C'est notre maîtresse Njeddo Dewal, la grande magicienne aux yeux rouges comme un soleil couchant, qui nous a donné l'ordre, à mon mari, mes compagnons et moi-même, de te charger de fers et de maçonner notre demeure autour de ton corps afin que personne ne puisse te délivrer. Elle a ensuite fait entourer notre termitière d'une muraille si haute et si lisse que même un lézard n'y peut grimper sans glisser et retomber à terre.

Contes initiatiques peuls

Cette enceinte n'a qu'une entrée : un vestibule métallique magiquement fermé par une porte dont le battant est si épais et si lourd que la foudre elle-même ne peut le transpercer. »

Siré – dont la langue et l'ouïe s'étaient déliées comme par enchantement dès l'instant où le mouton kobbou-nollou avait pénétré à l'intérieur de l'enceinte – lui demanda :

« Pourquoi Njeddo Dewal me séquestre-t-elle et me fait-elle maltraiter nuit et jour au fouet et au fer rouge ?

– Tu es détenteur d'un secret mortel pour elle, répondit la reine. Or elle n'a réussi ni à te l'arracher, ni à te faire accepter de devenir son allié pour l'aider à parfaire son œuvre, qui est la destruction du pays de Heli et Yoyo et l'extermination de ses habitants par le feu, l'eau, le vent et la sécheresse. Le seul pouvoir qu'elle a eu sur toi a été de t'emprisonner comme elle l'a fait.

« Ta libération équivaut à sa perte. Le vestibule a été miraculeusement ouvert je ne sais comment ni par qui. C'est l'heure de ta délivrance qui vient de sonner, car il était dit que celle-ci surviendrait quand mes ouvrières auraient disparu sous terre et que j'aurais dévoré mon mari après que tous deux nous ayons avalé un mouton kobbou-nollou. Je ne sais qui a introduit le kobbou-nollou dans notre demeure ni comment on s'y est pris pour le faire. Quoi qu'il en soit, nous sommes devant le fait accompli et maintenant, pour mon salut, je dois trouver une cachette sûre. »

Siré eut pitié de la reine des termites. Non seule-

Njeddo Dewal

ment il lui pardonna, mais il oublia à l'instant même tout le mal qu'il avait subi par sa faute [1].

« Que puis-je faire pour t'éviter les représailles de Njeddo Dewal ? lui demanda-t-il.

— Presse sept fois mon abdomen avec les trois premiers doigts de ta main gauche en tenant repliés les deux derniers », répondit-elle.

Siré s'exécuta sans se le faire répéter deux fois. Sous la pression de ses doigts, l'abdomen de la reine creva comme un abcès mûr. Il en sortit deux gros nuages, l'un sombre et épais comme la nuit, l'autre léger et clair comme la lumière. Tous deux s'élevèrent rapidement dans l'atmosphère. Le premier rejoignit la nuit et augmenta son obscurité, le second rejoignit le jour et intensifia sa clarté.

Les chaînes et les carcans qui rivaient Siré fondirent comme beurre au soleil. D'un seul coup, il fut non seulement délivré de ses liens mais miraculeusement guéri et de ses plaies et de ses infirmités. Ces dernières n'étaient dues en effet, tout comme celles de son frère Abdou, qu'à un charme de Njeddo Dewal, et ce charme se trouvait rompu.

Une fois recouvrées sa santé et sa forme normale,

---

1. Les héros du conte, Bâ-Wâm'ndé, Siré et Bâgoumâwel, ont toujours une attitude de noblesse, de générosité, de pardon et de pitié envers toutes les créatures vivantes, même les plus mauvaises ; ce qui leur vaut, comme par compensation, de toujours bénéficier d'une aide imprévue dans les moments les plus difficiles. Dans la tradition peule, on donne une grande valeur au pardon. On l'accorde même à celui qui vous a fait le plus de mal. La vengeance est considérée comme un réflexe regrettable. On dit qu'un homme qui peut se contenir ne se venge pas. Dans les enseignements africains, la vengeance n'est ni admirée ni mise en valeur. On laisse à un homme le droit de se venger s'il a subi un tort. S'il pardonne, c'est bien ; mais s'il ne pardonne pas, on ne peut pas non plus le lui reprocher.

Contes initiatiques peuls

Siré se révéla être un homme bien bâti et fort comme un taureau.

Voyant devant lui Bâ-Wâm'ndé, il lui dit :

« O Bâ-Wâm'ndé ! Voilà sept ans que je t'attends. A chaque soleil qui se levait, j'espérais te voir arriver avec le mouton providentiel kobbou. Et chaque fin de journée, chaque fin de semaine, de mois et d'année ne faisaient qu'augmenter mon désespoir. Mais mieux vaut tard que jamais[1]. Tu es là, et me voici non seulement libéré de ma prison mais aussi guéri de mes infirmités. »

Cela dit, il se secoua énergiquement et s'étira comme un homme qui vient de se réveiller d'un long et lourd sommeil. Puis il reprit :

« Partons d'ici sans attendre, car Njeddo ne tardera pas à apprendre ce qui vient de se passer. Or, c'est un signe de malheur pour son pouvoir ! »

Nouvelle étape vers l'inconnu

Siré et Bâ-Wâm'ndé quittèrent les lieux en courant. Dès qu'il eurent gagné la rue, Siré arracha deux poils de ses aisselles, un à gauche et un à droite. Il les noua et souffla dessus. Les deux poils se métamorphosèrent en un boa long de quatorze coudées et gros comme un tronc de baobab.

« Bâ-Wâm'ndé, s'écria-t-il, monte sur ce serpent et frappe ses deux flancs de tes talons. Il lui poussera des ailes et il s'envolera dans les airs (47). Il sera aussi rapide que l'éclair. Ne t'effraie pas des bruits que tu entendras et pour rien au monde ne te retourne pour

---

1. Littéralement : « Que cela dure longtemps vaut mieux que si cela ne se faisait pas. »

Njeddo Dewal

regarder en arrière. Et si d'aventure quelque chose te frôle et semble prêt à se saisir de toi, n'éprouve aucune peur. Et surtout, je te le répète, ne te retourne pas, à aucun prix ! Il y va de ton salut » !

Bâ-Wâm'ndé enfourcha l'énorme boa et le piqua des talons, comme l'aurait fait un cavalier de ses éperons. Aussitôt, le reptile géant prit les airs comme un oiseau. Il s'éloigna rapidement dans le ciel avec son passager [1].

A l'instant même, Njeddo Dewal, dans sa demeure, fut prise d'un malaise terrible. L'air lui parut anormalement lourd, sa respiration devint difficile, sa poitrine se rétrécit. Elle se mit à se trémousser sur sa couche, pressentant que quelque chose se passait au vestibule métallique. Pour s'en assurer, elle envoya l'un de ses esprits serviteurs vérifier sur place si tout était en ordre.

Une fois parvenu sur les lieux, l'esprit-serviteur trouva la lourde porte du vestibule entrebâillée. Il entra et constata la disparition de la termitière jaune clair. Ce que voyant, son ventre se remplit du désir d'informer [2]. Il prit le chemin du retour avec hâte, crai-

---

1. Le fait que, pour la première fois, Bâ-Wâmn'dé prend les airs, qui plus est en chevauchant un animal hautement initiatique d'une grande puissance occulte, signifie que, là encore, il a changé de plan, autrement dit de niveau de conscience ; d'où l'importance du conseil qui lui est donné de ne pas céder à la peur et de ne jamais regarder « en arrière », de ne pas retomber dans les réactions propres à son niveau habituel. C'est une étape importante dans sa quête et il est significatif que Njeddo Dewal éprouve un malaise précisément à ce moment-là, et non quand Siré a été délivré.

2. Dans le langage africain, on emploie souvent le mot « ventre » à la place de « tête ». On ne dit pas : « il a cela dans la tête » mais « il a cela dans son ventre ».

On considère le ventre comme une sorte de cerveau, de lieu de force central. Cette grande cavité centrale est d'autant plus mystérieuse qu'elle contient les sept viscères : pancréas, foie, cœur, intestins, estomac, reins, rate.

Contes initiatiques peuls

gnant que son ventre trop rempli ne se déchire[1] et que les informations qui y étaient contenues ne s'échappent. Hélas, malgré toutes ses précautions, son ventre se déchira et les nouvelles se répandirent sur la terre. Il les ramassa à la hâte, les remit dans son ventre et cousit la déchirure. Sept fois, sur le trajet qui sépare le vestibule métallique de la demeure de Njeddo, son ventre se déchira et sept fois il le recousit. Lorsqu'il arriva enfin en face de Njeddo, il se mit à bégayer de frayeur : « Nje... Nje... Njeddo Dewal ! J'ai trouvé le vestibule ouvert. La termitière a disparu et les clous se sont rétractés sous la terre comme des griffes de félin au repos. »

A cette nouvelle, Njeddo Dewal poussa sept cris stridents. Une brusque chaleur lui parcourut tout le corps. Une sueur chaude détrempa son visage. Ne pouvant rester en place, elle s'agitait, se trémoussait, elle en vint même à souiller ses vêtements. Quand elle fut un peu calmée, elle appela sept esprits qui faisaient partie de ses serviteurs dévoués.

« Allez voir immédiatement ce qui se passe au vestibule métallique, commanda-t-elle. Si d'aventure Siré le sourd-muet-borgne se trouve sur les lieux, emparez-vous de lui et tranchez-lui la tête avec le sabre que voici. » Et elle remit au chef des sept esprits un sabre dont la lame était faite d'un alliage de sept métaux. « Avant d'exécuter Siré, ajouta-t-elle, allez ouvrir les sept cratères des sept monts volcaniques qui entourent Wéli-wéli. Commandez aux montagnes de vomir les feux de leurs entrailles. Que les flammes consument les

---

1. Expression métaphorique évoquant la peur qu'éprouve le porteur de nouvelles d'être devancé par un autre, de voir son secret découvert.

Njeddo Dewal

nuages du ciel et carbonisent tout sur la terre, jusqu'aux grains de sable, et que tout soit réduit en cendre grise ! Que le feu ne laisse aucune vie subsister, qu'il empêche toute respiration, que rien ne demeure sur sa base ni dans son état naturel ! Allez ! »

Comme une flèche, les esprits s'élancèrent, prêts à exécuter les ordres donnés par Njeddo Dewal. Arrivés devant le vestibule métallique, ils cherchèrent des yeux Siré, mais ils ne le virent pas. « Peut-être, se dirent-ils entre eux, Siré s'est-il caché dans un coin du vestibule ? Allons nous en rendre compte. »

Se suivant à la queue leu leu, ils se rapprochèrent craintivement du vestibule, hésitant à y pénétrer bien que le battant en soit entrebâillé. Ils étaient en train de se concerter, quand Siré surgit tout à coup derrière eux. Il leur ordonna sur un ton incantatoire :

« Entrez dans le vestibule malgré vous ! Telle est la volonté de Guéno [1] ! »

Les sept esprits se sentirent attirés comme par un aimant. Malgré leur résistance, ils furent précipités à l'intérieur du vestibule. La salle s'enflamma aussitôt et tous les sept périrent dans le feu. La lourde porte se referma et, miraculeusement, le vestibule et la muraille d'enceinte disparurent sous terre.

A ce moment, Bâ-Wâm'ndé et sa monture volante n'étaient plus qu'un petit point noir à l'horizon.

Njeddo Dewal, dans sa prescience, ressentit en elle ce qui venait de se passer. Furieuse comme un grand feu de brousse, elle se leva et prononça sept paroles

---

1. Ces paroles prouvent que Siré est, lui aussi, un grand magicien mais, à l'inverse de Njeddo Dewal, il agit au nom de Guéno et uniquement pour le bien. On comprend mieux pourquoi Njeddo Dewal devait le retenir prisonnier.

magiques. Immédiatement, le firmament rougit comme s'il venait d'être teint avec du sang. Le soleil s'obscurcit, se détacha de son embasement, se rapprocha de la terre et déversa sur elle une chaleur infernale.

La sorcière fit alors venir un gros oiseau auprès d'elle. Les uns disent que c'était un aigle pêcheur de très grande envergure ou un aigle chasseur, d'autres que c'était un aigle de haute montagne qui ne descend que rarement dans la plaine. Toujours est-il que Njeddo fixa sur le dos de l'oiseau gigantesque un siège dans lequel elle s'assit confortablement.

Elle commanda à son gardien de tam-tam de battre de son tambour de sorcier recouvert de peau humaine. Au fur et à mesure que les sons du tam-tam se répandaient dans l'espace, les bêtes les plus méchantes de la terre sortaient de leurs nids ou de leurs terriers pour se lancer à la poursuite de Siré et de Bâ-Wâm'ndé qu'elles avaient mission de rechercher. Njeddo Dewal avait su, en effet, que le mouton kobbou-nollou avait été amené par Bâ-Wâm'ndé. « Il faut coûte que coûte que vous attrapiez ces deux hommes, hurla-t-elle. Sinon, c'est la fin de mon pouvoir ! »

Avant de partir, elle prit soin d'installer ses filles dans les branches touffues d'un grand caïlcédrat entouré d'un bosquet d'acacias [1]. Puis elle commanda à son oiseau de prendre les airs.

Siré, après avoir vu périr les sept esprits et disparaître sous terre muraille et vestibule, avait prononcé

---

1. Symbole même de la protection complète. Les caïlcédrats sont en effet de très grands arbres et les acacias des épineux dont les haies sont quasiment impossibles à franchir.

Njeddo Dewal

quelques paroles magiques. Aussitôt le mouton kobbou-nollou – qui avait, on s'en souvient, été avalé en un clin d'œil par la reine et le roi des termites – ressuscita et apparut devant lui, mais beaucoup plus grand qu'auparavant. Il avait la taille d'un pur-sang des sables [1]. Siré l'enfourcha et ils s'élancèrent dans la direction qu'avait prise Bâ-Wâm'ndé. Ils fonçaient au galop sur la terre tandis que, perché sur son boa ailé, Bâ-Wâm'ndé fendait les airs.

Njeddo Dewal se lança à la poursuite de Bâ-Wâm'ndé. Son coursier ailé étant particulièrement rapide, elle eut tôt fait de le rattraper. Elle toussa plusieurs fois. Aussitôt, un essaim de guêpes et d'abeilles sortit de ses narines. Elle leur ordonna d'aller piquer le boa volant jusqu'à ce que ses contorsions fassent tomber son cavalier, puis de descendre piquer Siré qu'elles trouveraient non loin de l'endroit où s'abattrait Bâ-Wâm'ndé.

Armés de leur dard, les insectes prirent leur vol, si nombreux qu'ils en obscurcissaient le ciel. Ils donnèrent la chasse à Bâ-Wâm'ndé, mais celui-ci disparaissait régulièrement derrière des nuages semblables à des montagnes, les uns noirs comme du fer, les autres blancs comme des flocons de coton.

L'oiseau de Njeddo flottait sur les airs comme une embarcation sur l'eau. Tantôt il s'élevait si haut qu'il paraissait frôler les nues, tantôt il descendait si bas qu'il semblait vouloir balayer la terre.

Quant à sa maîtresse aux yeux rouges, ses cheveux

---

1. Après sa mort provisoire, kobbou ressuscite plus grand. En accédant au statut de monture (étape nouvelle) le mouton providentiel devient pour nos amis un auxiliaire plus précieux encore.

étaient ébouriffés comme de l'herbe folle, ses ongles aussi pointus que des javelots, ses talons épais comme une masse de forgeron, ses bras tranchants comme des sabres, sa bouche aussi grande qu'une caverne, ses dents plus grosses que celles d'un hippopotame. Son costume était fait d'un treillis métallique.

Les abeilles et les guêpes avaient rattrapé Bâ-Wâm'ndé. Elles s'attroupèrent autour de lui, prêtes à le piquer ainsi que sa monture. Siré, qui suivait la scène de loin, récita quelques paroles magiques. Ces paroles donnèrent naissance à une fumée tourbillonnante qui s'éleva rapidement dans le ciel. La fumée enveloppa les insectes voltigeurs, puis se transforma en un feu ardent qui leur brûla les ailes. Privées de leurs ailes, les porteuses d'aiguillon devinrent tels de gros vers maladroits et tombèrent sur le sol comme de vulgaires grêlons.

Njeddo Dewal, persuadée que son armée d'insectes avait réussi à désarçonner Bâ-Wâm'ndé, éperonna son oiseau et piqua vers la terre pour s'attaquer à Siré. Elle l'aperçut monté sur Kobbou. Aussitôt, elle comprit intuitivement qu'il venait de sauver Bâ-Wâm'ndé. Elle piqua sur lui, mais Siré fonça vers une montagne qui se trouvait à l'horizon. Arrivé devant la montagne, il l'incanta. Elle s'ouvrit et il s'y réfugia avec sa monture. L'ouverture étant restée béante, Njeddo et son oiseau s'y engouffrèrent. Immédiatement, les deux parois du tunnel se resserrèrent et happèrent l'oiseau, le serrant si fort qu'il en pondit un œuf. L'œuf se cassa et il en sortit une colonie de fourmis dont chacune était armée de dents en fer trempé, plus tranchantes qu'un taillet [1]

---

1. Sorte de ciseau de forge ; épaisse masse de fer terminée en biseau très tranchant, capable d'entamer le métal.

Njeddo Dewal

de forgeron. Les fourmis se ruèrent sur la montagne. Le temps de quelques clignements d'yeux, elles la grignotèrent en totalité. L'immense masse rocheuse fut réduite en une farine de pierre qui s'étala comme une vaste plaine sablonneuse.

Njeddo Dewal avait magiquement suscité les fourmis pour détruire la montagne, ouverte par Siré non moins magiquement. N'entendant ni ne voyant rien qui puisse signaler la présence de Siré, Njeddo crut qu'il avait été enterré sous les sables. Elle remonta sur son oiseau qui avait été délivré et se lança à la poursuite de Bâ-Wâm'ndé, cherchant ses traces entre ciel et terre.

Elle balaya du regard les points cardinaux et collatéraux, mais elle n'aperçut rien, pas le moindre petit point dans le ciel, pas même un semblant de trace ! Furieuse, elle cria sa colère, hurla de douleur, vociféra de désespoir. Or les cris de Njeddo sont aussi puissants que le tonnerre. Tous les êtres qui les entendirent crurent que c'était le ciel qui tonnait à en faire craquer les pierres et trembler la terre. Comme pour leur donner raison, la terre se mit à trembler au point que les racines des arbres s'extirpèrent de leur logement. Rien ne resta paisible. Des déserts jadis calmes et silencieux comme une nuit profonde entrèrent en ébullition, telle l'eau d'une marmite surchauffée. Les eaux des fleuves, des lacs, des rivières et même des puits se mirent à bouillir.

Les plantes et les herbes vertes de la zone d'inondation se desséchèrent. Les animaux qui se trouvaient dans les environs crevèrent. Pas même un chaton n'échappa à la catastrophe. Tous les êtres vivants étaient plongés dans la terreur. Ils s'entremêlaient, se tortillaient, se desséchaient avant de mourir lamentablement. L'angoisse et les tortures étaient telles que chacun appelait la mort comme une délivrance.

Pendant ce temps, Bâ-Wâm'ndé continuait d'avancer dans les airs sur son boa qui transperçait les nuages comme une flèche lancée à travers l'espace. Au fur et à mesure que le boa se pliait et se dépliait, les distances disparaissaient, comme avalées une à une. Tout à coup, le boa sentit qu'il était poursuivi. Il péta et ses pets se transformèrent en un ouragan capable d'emporter à la dérive tout ce qui se trouvait derrière lui.

Njeddo Dewal vit l'ouragan déchaîné se diriger vers elle. Elle en déduisit que Bâ-Wâm'ndé se trouvait de l'autre côté. Elle orienta son oiseau en conséquence et lui ordonna de se tenir prêt, lorsque les vents approcheraient, à s'envoler plus haut qu'eux. A peine avait-elle fini de parler que l'ouragan s'enfla démesurément, formant comme une muraille unissant le ciel à la terre.

Le boa volant et le coursier ailé de Njeddo se livrèrent alors dans l'espace à un duel fantastique. Ils s'élevaient si haut qu'ils en frôlaient le plafond du ciel où les étoiles semblaient paître comme du bétail paisible, ou descendaient si bas qu'ils rasaient le sommet des collines. Ils semblaient jouer à cache-cache à travers l'espace, contournant les grandes étoiles pour se cacher derrière elles, enjambant les petites, bousculant les moyennes, sans parvenir jamais à se trouver nez à nez nulle part !

Njeddo Dewal fit sortir un coq de sa poitrine. Le coq saillit l'oiseau qui pondit un nouvel œuf entre terre et ciel. Njeddo attrapa l'œuf au vol et le plaça dans sa bouche pour le chauffer. Quand il fut brûlant, elle le

Njeddo Dewal

jeta sur l'ouragan. L'œuf s'y écrasa et l'inonda de son liquide gluant. Aussitôt, la tempête s'apaisa comme par enchantement.

Toute réjouie, Njeddo Dewal fit redescendre son oiseau. Elle piqua du ciel vers la terre. Dans sa descente vertigineuse, elle se heurta à des étoiles qui s'entrechoquèrent comme des poissons-chats troublés dans l'eau d'un fleuve. Des queues d'étoiles filantes laissaient de grandes traînées de lumière. Dans la crainte de recevoir les projectiles qui semblaient pleuvoir du ciel, toutes les créatures de la terre baissaient la tête.

Chaque fois que Njeddo Dewal se rapprochait du sol, elle levait les yeux pour embrasser du regard l'étendue du ciel, espérant y apercevoir Bâ-Wâm'ndé ne serait-ce qu'au loin, ou sentir sa présence plus près d'elle. Ayant accompli plusieurs fois ce manège sans rien découvrir, la mégère, folle de colère, descendit de son oiseau. Elle frappa la terre de son talon tout en mordillant son index jusqu'à la deuxième phalange. Et chaque fois qu'elle mordait son doigt, un crachat épais, puant comme un excrément de poule, se répandait dans l'air.

Un vieux vautour des hautes montagnes, alléché par l'odeur puante, accourut afin de se régaler. Njeddo lui dit :

« Tu ne te repaîtras de ce dont tu as senti l'odeur qu'à condition d'accepter de me servir en exécutant aveuglément mes ordres ! »

Le vautour accepta.

« Alors vole, vole très haut, dit-elle, et fouille l'horizon pour y découvrir les traces d'un fils d'Adam monté sur un boa volant. Dès que tu l'apercevras, lance sur lui la corde à nœud coulant que voici. Si tu l'accroches, tire avec force sur la corde, puis place son extrémité dans un feu ardent.

Contes initiatiques peuls

— Et comment ferai-je pour trouver du feu alors que je serai dans les airs ? » demanda le vautour.

Njeddo Dewal lui tendit deux pierres : « Tiens-les dans tes serres. Et lorsque tu auras besoin du feu, cogne-les l'une contre l'autre. Il en jaillira des étincelles qui enflammeront la corde. »

Le vautour prit son élan. Il s'éleva très haut, entra dans les nuages et fonça dans la direction où il pensait trouver Bâ-Wâm'ndé. Filant plus rapidement que le boa, il ne tarda pas à l'apercevoir. Il augmenta encore sa vitesse. Arrivé à quelques coudées, il lança vers Bâ-Wâm'ndé la corde que Njeddo Dewal lui avait donnée. Cette corde, qui était aussi solide que du métal, traversa l'espace en faisant entendre un sifflement aigu. A ce bruit, le boa comprit qu'un projectile était lancé contre eux et piqua vers le bas, à une vitesse qui surprit le vautour. La corde passa par-dessus Bâ-Wâm'ndé et sa monture. Poursuivant sa course, elle heurta un gros nuage qui alla en percuter un autre. Des étincelles jaillirent ; une détonation assourdissante retentit ; l'atmosphère devint brûlante comme si elle avait pris feu. Des nuages entrechoqués jaillit une immense langue de flamme qui s'étira jusqu'à atteindre le boa. Celui-ci, faute d'avoir pu s'esquiver suffisamment à temps, eut les ailes brûlées et le corps touché.

Il décrocha et se mit à tomber, roulant comme une pierre, pirouettant sur lui-même, Bâ-Wâm'ndé toujours fermement rivé à son dos. Après plusieurs culbutes, ils amorcèrent une chute vertigineuse vers la terre où rien ne semblait pouvoir les empêcher de s'écraser.

Siré, parvenu à proximité, vit leur chute. Il descendit en toute hâte du dos de Kobbou et lui ordonna de

Njeddo Dewal

s'envoler afin d'aller saisir Bâ-Wâm'ndé et sa monture dans leur descente mortelle. Aussitôt, Kobbou prit son essor. Tel un aigle-chasseur étalon, il fendit les airs à la vitesse d'un bolide et attrapa au vol Bâ-Wâm'ndé qui se retrouva miraculeusement assis à califourchon sur son dos.

Malheureusement pour le boa, la langue de flamme ne s'était pas contentée de lui brûler les ailes, elle avait également cuit son corps. Celui-ci, carbonisé, finit par se disperser dans l'atmosphère.

Son passager solidement agrippé à sa toison, Kobbou redescendit à terre et se posa doucement devant Siré. « J'ai pu sauver Bâ-Wâm'ndé, lui dit-il, mais non le boa. Il a péri et son corps calciné s'est volatilisé. »

Siré remonta sur Kobbou et prit Bâ-Wâm'ndé en croupe[1]. Après avoir cheminé quelque temps, ils aperçurent au loin, leur barrant la route, une montagne infranchissable. Elle était si haute que nul n'aurait pu l'escalader et si vaste qu'on n'aurait pu en faire le tour, même en plusieurs mois de voyage. Les fugitifs n'en continuèrent pas moins d'avancer vers elle.

Njeddo Dewal avait assisté de loin à la chute vertigineuse du boa et de son cavalier. Certaine d'être arrivée au bout de ses peines en ce qui concernait Bâ-Wâm'ndé, elle pensa n'avoir plus à chercher que Siré et Kobbou et à les tuer comme elle l'avait fait du boa. Le plaisir qu'elle en ressentit fut tel qu'elle se pâma de rire. Elle était aussi joyeuse qu'une ânesse altérée qui tombe inopinément sur une mare et qui, de contentement, brait à s'en égosiller et pète à s'en déchirer le

---

1. Nouvelle étape symbolique sur le chemin de nos amis vers l'unité.

rectum ! « Ah ! se dit-elle en elle-même, au comble de la joie, les ailes du boa ont flambé et la terre n'a même pas daigné accepter ses cendres. Sans aucun doute, Bâ-Wâm'ndé n'est plus. Maintenant, Siré, à nous deux ! » Et elle enfourcha à nouveau sa monture volante.

L'oiseau s'élança si haut qu'il semblait vouloir frôler la calotte du ciel. Njeddo Dewal aperçut au loin la montagne dont, à la vérité, elle connaissait tous les secrets. Elle savait que si le mouton miraculeux parvenait à l'atteindre, dès que son regard multicolore se poserait sur sa paroi, le tunnel secret qui permettait de la franchir serait dévoilé, car seul le regard de Kobbou pouvait opérer ce miracle.

Qu'était-ce donc que cette montagne mystérieuse vers laquelle Siré se dirigeait et que la grande magicienne voulait à tout prix l'empêcher d'atteindre ? C'était la frontière entre le monde visible et palpable des hommes et le monde caché que seuls peuplent les génies (48). Cette montagne de forme circulaire entourait un lac d'eau salée d'une étendue incommensurable [1]. Au milieu du lac se dressait une île, et c'est au cœur de cette île, on s'en souvient, que Njeddo Dewal avait enfoui sous terre la gourde métallique contenant son grand fétiche dont le pouvoir lui permettait d'opérer ses miracles et de dominer les êtres des trois règnes de notre terre : minéral, végétal et animal.

Njeddo Dewal s'avança vers la montagne, scrutant l'horizon de tous côtés ; mais elle n'y découvrit trace ni de Siré ni de sa monture. Alors, expirant profondément, elle fit jaillir de ses poumons un puissant rayon lumineux avec lequel elle éclaira la gigantesque paroi

---

1 Lac d'eau salée : voir note 1 p. 54.

Njeddo Dewal

afin de pouvoir y déceler le moindre mouvement, de la base jusqu'au sommet. Puis elle chargea l'un de ses esprits, Bourreau-exterminateur-de-ses-ennemis, d'aller explorer minutieusement chaque recoin des environs de la montagne. Elle l'arma d'un *palel*, petite gourde ronde en calebassier, et lui dit :

« Cette gourde contient *tayre-kammu*, la foudre [1]. Va au pied de la montagne, et cherche Siré monté sur Kobbou. Dès que tu l'apercevras, approche-t'en jusqu'à 44 coudées et lance sur lui le *palel*. Mais prends garde, car Siré a le pouvoir de se métamorphoser de multiples façons. Aussi, vise tout ce qui bouge ou te semble insolite !

« Ce *palel* ne manquera pas de frapper violemment le crâne de Siré. La foudre qu'il contient grillera son cerveau et coagulera son sang dans ses veines. Son corps se flétrira comme une herbe de saison sèche. Tu arracheras ses nerfs [2] en les tirant. Ils se sépareront facilement de sa chair car ils sont aussi fermes et solides que des fils métalliques. Sa moelle durcie sortira des tuyaux de ses os par ses doigts, ses orteils, ses paumes et ses talons.

« Si Siré et son mouton nous échappent, un grand malheur m'attend et, par voie de conséquence, t'attend également ainsi que tous mes serviteurs. Aussi, déploie tous tes efforts en vue de réussir ta mission ! Va ! »

L'esprit, éclairé par le rayon de Njeddo Dewal, se dirigea vers la montagne. Quand il en fut proche, il aperçut sur ses parois l'ombre non pas d'un, mais de deux cavaliers avançant sur une même monture :

---

1. Littéralement « feu du ciel ».
2. Le mot « nerf » désigne également les veines.

c'était l'ombre de Siré et de Bâ-Wâm'ndé montés sur Kobbou.

Njeddo Dewal avait aperçu l'ombre en même temps que l'esprit. Elle poussa un cri si puissant que la terre en trembla.

« Malheur ! Malheur ! s'écria-t-elle. Notre perte est en train de se consommer car, sans nul doute, Siré, Bâ-Wâm'ndé et Kobbou sont déjà au pied de la montagne. Or, il est dit que le jour où le regard du mouton aux yeux multicolores se posera sur sa paroi, l'entrée secrète du tunnel qui la traverse apparaîtra au grand jour. »

Njeddo activa sa monture, laquelle redoubla de vitesse. Arrivée à proximité de la montagne, elle commanda à l'oiseau de voler le plus bas possible afin de pouvoir observer attentivement les lieux.

Tout à coup, elle aperçut une autruche mâle occupée à solliciter sa femelle. L'oiseau poussait des cris semblables au rugissement du lion, mais loin d'exprimer la colère, c'étaient là cris de tendresse et de câlinerie, manière, pour le grand volatile, de cajoler sa compagne.

C'est le moment que Njeddo choisit pour s'écrier : « Ô autruche ! Viens vers moi en courant de toute la vitesse de tes longues jambes ! »

Le galant oiseau fit la sourde oreille. Il continua de chatouiller délicatement la croupe de sa bien-aimée, agitant ses ailes comme pour lui donner de l'air et déployant les plumes de sa queue en éventail comme pour mieux l'éblouir.

Devant son entêtement, Njeddo Dewal mit pied à terre. Elle lui renouvela l'ordre de venir se mettre à son service. Derechef, l'amoureux au long cou refusa.

Njeddo Dewal

Alors, furieuse, Njeddo Dewal prononça contre lui et sa descendance une imprécation dont nous constatons encore aujourd'hui les effets : « Périssent tes deux ailes, ô autruche de malheur ! s'écria-t-elle. Jamais plus tu ne pourras t'envoler comme tu le faisais jusqu'à présent ! »

L'autruche femelle, tout aussi récalcitrante que son soupirant, lui chuchota à l'oreille : « Puisque nous ne pouvons plus nous envoler, essayons de courir avant que Njeddo Dewal ne maudisse aussi nos pattes... »

L'attention de la grande sorcière venait d'être attirée par l'ombre qui se profilait à nouveau sur les parois de la falaise. Les deux oiseaux en profitèrent pour détaler à toute vitesse vers le pied de la montagne. Quand Njeddo se retourna, elle constata qu'ils avaient disparu. Les fuyards avaient déjà réussi à rejoindre Siré et Bâ-Wâm'ndé auxquels ils signalèrent la présence de Njeddo dans les environs. Puis ils reprirent leur course.

De son côté, l'esprit serviteur qui devait détruire Siré n'était pas encore parvenu à ses fins. Son *palel* à la main, il suivait l'ombre qui se mouvait sur la paroi de la montagne, cherchant à découvrir son origine.

Les autruches ne se doutaient pas que, dans leur course folle, elles se dirigeaient tout droit vers lui. Il perçut leurs pas. Pensant qu'il s'agissait de Siré et de Bâ-Wâm'ndé, il leva le bras et s'apprêta à lancer son *palel*. Quand les oiseaux-coureurs furent à quelques coudées de lui, il s'écria :

« Malheur à toi, Siré ! Malheur à toi, Bâ-Wâm'ndé ! car vos mères ont accouché de cadavres[1] !

– Ô esprit, répliqua l'autruche mâle, tu fais erreur,

---

1. Expression signifiant : vous pouvez vous considérer comme morts.

nous ne sommes ni Bâ-Wâm'ndé ni moins encore Siré. Bien au contraire, nous sommes des oiseaux tout dévoués à Njeddo Dewal. Celle-ci nous a dépêchés vers toi pour te conduire à l'entrée du tunnel que recherche Siré. Il ne tardera pas à le découvrir : aussi est-ce là que tu dois l'attendre. »

Naïvement, l'esprit tomba dans le piège. Le voyant si bien disposé, le grand oiseau ajouta : « Mon long cou et ma tête plate lanceront le *palel* bien mieux que ta main ne saurait le faire, d'autant que ma haute taille me permettra d'apercevoir Siré et Bâ-Wâm'ndé plus vite et mieux que toi ! »

Comme pris sous l'effet d'un charme, l'esprit trouva la proposition judicieuse. Il plaça le *palel* sur la tête de l'astucieux oiseau et prit sa route dans la direction que celui-ci lui indiquait, tandis que le couple aux longues pattes rebroussait chemin pour aller avertir Siré et Bâ-Wâm'ndé. Dès qu'ils les eurent rejoints, l'autruche mâle dit à Siré :

« J'ai réussi à détourner dans une fausse direction l'esprit-serviteur de Njeddo Dewal. Il était chargé de lancer sur vous l'engin que voici. A toi d'en faire ce que tu voudras, Siré, mais fais vite, car Njeddo ne tardera pas à réaliser que son serviteur a été berné et à nous découvrir tous. Le moins que nous risquions est notre capture, qui nous mènera inévitablement à la mort. »

Avant même que l'autruche eût fini de parler, Bâ-Wâm'ndé perçut des cris épouvantables qui le remplirent d'effroi. Son affolement fut tel que Siré en fut troublé au point de perdre momentanément ses moyens et de ne savoir que faire. Ce que voyant, l'autruche mâle leur dit : « Ne bougez pas et tenez-vous tranquilles ! Je vais exécuter ma danse magique

Njeddo Dewal

en traçant autour de vous un hexagramme. Si vous restez en son centre, vous bénéficierez d'une protection occulte [1]. »

Le magicien ailé entama sa danse hiératique. Évoluant de gauche à droite, il traça un premier triangle dont il entoura ses protégés, puis un second triangle de forme inversée, obtenant ainsi une figure composée de six cases encerclant une septième case centrale. Sa danse terminée, il sauta à pieds joints dans la case centrale où se trouvaient déjà sa compagne et ses nouveaux amis.

Les cris perçus par Bâ-Wâm'ndé avaient été poussés par l'oiseau géant de Njeddo Dewal. Celle-ci approchait rapidement. Elle survola bientôt Siré et ses compagnons sans les découvrir, voilés qu'ils étaient par les vertus occultes de l'hexagramme. Pendant qu'elle était ainsi occupée à chercher Siré et à retrouver son démon exterminateur, le mouton Kobbou leva la tête et fixa la montagne de ses yeux bicolores. Tout un pan de la muraille s'écroula et laissa apparaître l'entrée d'un passage [2].

« Vite ! Vite ! crièrent l'autruche et sa femelle à Siré et à Bâ-Wâm'ndé. Entrez dans le tunnel avant que la porte ne se referme ! »

---

1. Hexagramme : voir note 3.
2. Seul le regard miraculeux du mouton prédestiné peut faire apparaître l'ouverture secrète de la montagne. L'un de ses yeux est blanc, couleur du lait, symbole de la pureté totale : il peut donc voir le pôle spirituel ou caché des choses. L'autre est brun ou rouge, couleur de la terre : il peut donc voir le pôle matériel. Autrement dit, son regard couvre tout l'éventail des couleurs : or les couleurs symbolisent les différentes manifestations de la Réalité Une qui, elle, est sans couleur. Le regard de Kobbou, comme celui de l'initié accompli, fait s'évanouir l'illusion et apparaître la réalité secrète cachée derrière les apparences (ici l'ouverture secrète de la montagne).

Contes initiatiques peuls

Aussitôt, Siré et Bâ-Wâm'ndé enfourchèrent Kobbou qui s'élança vers l'ouverture. Mais hélas, le *palel* que Siré tenait à la main, et qui était destiné à Njeddo Dewal, lui échappa, roula jusqu'au seuil de la galerie béante et s'y engagea. Là il heurta la paroi intérieure. Il éclata. Des flammes jaillirent et se répandirent dans la galerie qui devint un véritable puits de feu d'où s'échappait une épaisse fumée asphyxiante.

Des langues de feu, sortant du tunnel, s'élevèrent et embrasèrent la montagne comme un vulgaire toit de chaume. En un instant, elle devint un brasier ardent. Tous les petits animaux, crapauds, souris, rats, « gueules-tapées », lézards et renards, pour ne citer que ceux-là, furent rôtis par les flammes.

Njeddo Dewal contemplait de loin avec délectation cette rôtisserie aussi gigantesque qu'inattendue. Pour mieux jouir du spectacle, elle commanda à son oiseau de s'approcher davantage. Ils formaient dans le ciel comme un épais nuage noir qui grossissait rapidement. Bâ-Wâm'ndé fut le premier à l'apercevoir. « Ô Siré, s'écria-t-il, notre mort est à point car ce gros nuage noir qui évolue vers nous ne peut être que Njeddo et son sinistre oiseau. Or, il nous est impossible de nous engager dans le tunnel en feu. Qu'allons-nous faire ? »

Il avait à peine fini de parler que la calamiteuse était au-dessus d'eux. Elle éclata d'un grand rire féroce, puis prononça des paroles magiques propres à rompre le charme qui les protégeait encore.

« Malheur à vous ! s'écria-t-elle, car je vais lancer contre vous un deuxième *palel,* puisque le premier n'a fait qu'embraser la montagne. » Aussitôt, un gecko gros comme un caïman et rouge comme une braise sor-

Njeddo Dewal

tit sa tête des flammes **(49)**. Ouvrant tout grand sa large gueule, il dit :

« Ô pourchassés de Njeddo Dewal ! Entrez sans peur dans ma bouche. Je vais vous faire traverser le tunnel sans dommage et la grande sorcière n'aura pas raison de vous.

– Qui donc es-tu, ô animal providentiel ? questionna Siré.

– Je possède plusieurs noms, répondit l'animal, mais le plus courant est gueddal. La gent saurienne à laquelle j'appartiens vit dans les régions chaudes. Guéno nous a dotés d'une tête plate et large et de doigts garnis de lamelles adhésives qui nous permettent de courir le long des parois et même des plafonds. Bien que nous soyons intelligents, les hommes ne nous aiment pas. Ils nous considèrent comme des êtres nocturnes haïssables.

« Siré, ajouta-t-il, ton compagnon est un ami fidèle des animaux. Aussi, par devoir de reconnaissance, vais-je vous faire passer de l'autre côté de la montagne. »

Sans perdre une seconde, Siré, Bâ-Wâm'ndé et Kobbou se jetèrent tous les trois dans la gueule enflammée de gueddal le gecko.

Juste au moment où celui-ci refermait ses mâchoires sur les trois compagnons, l'oiseau de Njeddo Dewal se posa devant l'entrée du tunnel. Njeddo descendit, *palel* en main. Elle le lança contre la montagne. Il en jaillit des flammes d'une puissance prodigieuse qui rendirent le brasier plus ardent encore. Persuadée que les fugitifs étaient à l'intérieur, elle tenait à réduire en cendres la montagne et ses occupants. Mais ce fut peine perdue ! C'était sans compter avec la formidable capacité de résistance de la montagne.

Contes initiatiques peuls

S'approchant de l'entrée de la galerie, Njeddo Dewal aperçut le gecko mais ne put l'identifier en raison de son envergure et, surtout, de la grosseur de son ventre.

« Qui es-tu, lui dit-elle, ô animal qui nage dans les flammes comme un silure dans l'eau ? A quelle espèce appartiens-tu ? Je ne te reconnais pas. Je n'ai jamais vu de rampants tels que toi. Ta tête, tes pieds et ta queue ressemblent à ceux d'un gueddal des cavernes, mais ton envergure et le volume de ton ventre ne sont pas ceux des geckos ordinaires. Comment et pourquoi te trouves-tu à l'entrée de ce tunnel ? Que fais-tu là ? Qui cherches-tu ?

— C'est à toi, répliqua le gueddal, de me dire pourquoi tu es là et ce que tu cherches.

— Je cherche trois grands malfaiteurs, répondit Njeddo : deux hommes et un mouton magique qui peut marcher sur terre et voler dans les airs avec la rapidité de l'éclair. Les deux hommes se nomment Siré et Bâ-Wâm'ndé et leur monture Kobbou. Je suis moi-même Njeddo Dewal, la propriétaire de l'île magique située au milieu du grand lac salé qu'entoure cette montagne. J'ai enfoui dans l'île une gourde métallique contenant un secret mortel. C'est cette gourde que Siré convoite. Et le jour où il la trouvera et l'ouvrira, l'île, le lac et la montagne qui les entourent seront anéantis. Je te demande donc, ô gueddal, de collaborer avec moi pour empêcher mes trois ennemis de franchir la montagne et d'accéder à l'île ! En récompense de ta collaboration, je te donnerai le turban de la royauté et tu commanderas à tous les êtres de la montagne.

— Ô Njeddo Dewal, dit le gueddal, je reconnais ta puissance ! Si tu vois mon ventre si gonflé, c'est qu'il est rempli de mes œufs que je suis en train de pondre.

Njeddo Dewal

Éloigne-toi un peu de l'entrée, assieds-toi et attends que j'aie fini d'expulser les œufs qui renferment ma progéniture. Ensuite, je deviendrai ton serviteur dévoué et ne laisserai aucun être vivant passer. »

Joignant le geste à la parole, le gueddal souleva sa queue et se mit à geindre, comme étreint par les douleurs de l'enfantement.

Njeddo s'éloigna sans méfiance.

Le gueddal pondit effectivement quelque chose : c'étaient nos trois amis, qui sortirent de son ventre par son anus. Dès qu'ils furent au-dehors, l'air marin qui soufflait doucement depuis l'autre extrémité du tunnel les revigora. A l'instant même, les feux de la montagne s'éteignirent. Au plus grand étonnement de Njeddo Dewal, non seulement le gueddal disparut mais l'entrée du tunnel se referma si hermétiquement qu'elle parut n'avoir jamais existé.

En voyant s'éteindre les flammes, Njeddo comprit qu'elle était en voie de perdre la partie. Mais il en fallait beaucoup plus pour décourager la grande sorcière. Elle s'écarta de quelques coudées du lieu où elle était tapie et poussa un cri semblable au ululement du hibou. Intensifié par l'écho, ce cri gronda comme un tonnerre lointain. La calamiteuse fit alors venir son oiseau, le chevaucha et lui commanda de franchir la muraille de pierre. L'oiseau prit son élan. En un clin d'œil il s'éleva si haut qu'il atteignit le sommet de la montagne. Il passa de l'autre côté, redescendit et déposa sa maîtresse à l'entrée de la plaine qui dévalait jusqu'aux rives du grand lac salé.

Siré, Bâ-Wâm'ndé et Kobbou avaient devancé Njeddo Dewal et étaient déjà arrivés au bord de la rive.

Contes initiatiques peuls

Ils virent une tortue de mer géante qui nageait à la surface des eaux. Épuisée, elle faisait le va-et-vient entre les rives du lac et les bords de l'île, cherchant visiblement de la nourriture. Bâ-Wâm'ndé sortit de son sac le fruit de fôgi donné par le porc-épic et le lui jeta. La tortue se précipita sur le fruit, dévora ses graines et s'en rassasia. Puis, joyeuse comme une nouvelle mariée, elle nagea vers Bâ-Wâm'ndé, lançant allègrement ses pattes en de larges brassées.

« Ô Bâ-Wâm'ndé, dit-elle, puisse Guéno te récompenser dignement ! Tu m'as trouvée affamée à hurler, les tubes de mon estomac et de mes intestins si emmêlés que mon âme avait tout désappris. Huit jours durant, mon ventre est resté collé, rien n'y est entré et rien n'en est sorti. Tu m'as apporté ce fruit de fôgi et j'en ai mangé à satiété. Maintenant que j'ai recouvré mes forces et ma vigueur, si je puis quelque chose pour toi et tes compagnons, dis-le. J'essaierai de vous être utile en remerciement de ton bienfait.

– Ô tortue de bon augure ! répondit Bâ-Wâm'ndé. Puisse Guéno prolonger tes jours et qu'ils soient aussi nombreux que les grains de sable de l'île que j'aperçois là-bas au milieu du lac ! Tu peux effectivement nous aider. Mon compagnon et moi voudrions atteindre cette île et y débarquer. Je dois y amener le mouton kobbou que voici afin qu'il y fourrage et se rassasie de son herbe abondante. J'aime tellement mon mouton que je suis prêt à aller partout où il trouvera de la bonne herbe à brouter.

« Mon compagnon que tu vois se nomme Siré, ajouta-t-il. Nous sommes liés par un serment plus sacré que celui du sang paternel ou du lait maternel (**50**). Solidaires pour le meilleur et pour le pire,

Njeddo Dewal

nous allons partout ensemble et ne voulons pas nous séparer[1].

– Ô Bâ-Wâm'ndé, s'écria la tortue, prends garde ! Abstiens-toi d'aller sur cette île où les ongles et les dents des visiteurs tombent comme des fruits mûrs. Oui, homme de bien, l'île est peuplée de vers énormes dont les poils gros comme des brosses de sanglier sont hérissés comme des pics : ces vers grignotent et réduisent en poudre tout ce qui se trouve à portée de leur bouche.

« Je vous ai suffisamment informés sur ce qui vous attend dans cette île. Je ne vous en ai rien caché, rien du tout. Mais si, malgré cette mise en garde, vous désirez toujours vous y rendre, alors je peux vous y conduire en vous servant d'embarcation. »

Bâ-Wâm'ndé ayant acquiescé, elle continua :

« Je vous conseille cependant de me laisser accoster à l'endroit de mon choix. Je connais en effet un coin de l'île qui échappe au contrôle de Njeddo Dewal[2]. Celui qui manque ce débarcadère va vers une mort certaine. Laissez-moi donc vous y déposer. Le lieu, je vous en préviens, est infesté de mouches et de sauterelles. On y trouve aussi un fourmilier et une femelle de scorpion, qui est la reine du lieu. Dès que vous serez arrivés, allez lui demander l'hospitalité. »

Siré, Bâ-Wâm'ndé et Kobbou montèrent sur le dos de la tortue. Les deux hommes s'y assirent en tailleur,

---

1. Le lien initiatique et spirituel est considéré comme plus puissant que les liens naturels du sang et du lait.
2. Ceci pour bien montrer que le pouvoir total est impossible : il n'appartient qu'à Guéno. Le pouvoir du bien n'est jamais total, pas plus que celui du mal. Il y a toujours un grain de mal dans le bien et un grain de bien dans le mal, une partie de nuit dans le jour et une partie de jour dans la nuit...

Contes initiatiques peuls

Bâ-Wâm'ndé tenant fermement son mouton. La tortue leur fit d'ultimes recommandations :
« De fortes vagues vont déferler avec fureur, dit-elle. Elles s'étireront longuement et se lanceront en d'immenses langues hautes comme des montagnes. Quoi qu'il arrive, restez assis comme vous êtes et, surtout, ne craignez rien[1]. Et que Siré musèle Kobbou pour l'empêcher de bêler durant toute la traversée. »
La tortue n'avait pas fini de parler que ses passagers virent d'énormes vagues s'élever comme sous l'effet d'une tempête et se ruer vers eux, se tortillant et se chevauchant furieusement. Chacune d'elles ressemblait à une montagne mobile qui paraissait devoir immanquablement s'écraser sur eux et les engloutir. Mais la tortue escaladait les lames les unes après les autres et dévalait leur versant opposé avec l'agilité d'un singe grimpeur. Ce fut une traversée bien mouvementée, faite d'une succession périlleuse de montées abruptes et de descentes vertigineuses[2] !

---

1. On retrouve ici le conseil déjà donné à Bâ-Wâm'ndé sur le dos du boa volant : ne pas avoir peur, rester immobile et surtout ne pas se retourner. Dans l'initiation africaine, il y a toujours une épreuve de courage. C'est un exercice de volonté, une préparation, un combat sur soi-même. L'initiation a besoin de courage car le désespoir ou la peur neutralisent l'homme dans son action et le perturbent.
La confiance et la foi sont nécessaires : si la peur est là, elles ne peuvent s'établir. En outre, la peur engendre le leurre, elle crée des images de choses qui n'existent pas. La peur est l'une des causes d'élimination dans l'initiation africaine. L'homme doit avoir le courage et la volonté de tout affronter, même ce qui est le plus étrange ou le plus inattendu.
2. Après avoir, grâce au gueddal, traversé l'épreuve du feu, nos amis doivent maintenant affronter une mer en tempête. La mer, lorsqu'elle est furieuse, est l'image des passions et des émotions qui agitent notre monde intérieur et qu'il faut apprendre à connaître d'abord, à maîtriser ensuite. Ses vagues symbolisent aussi les illusions et les mirages qui, dans le monde intermédiaire, prennent des formes attrayantes mais éphémères. C'est le monde des montées grisantes suivies de chutes vertigineuses. Faute d'un guide ou d'un moyen de traversée sûrs, on s'expose à de graves dangers.

→

Njeddo Dewal

Après une atroce demi-journée de voyage, la tortue atteignit enfin le débarcadère annoncé. Elle y déposa ses passagers et, avant de prendre congé d'eux, leur donna ses derniers conseils :

« Pour pénétrer dans l'île, dit-elle, marchez droit devant vous, sans vous écarter du premier sentier qui se présentera. Ce sera une sorte de venelle qui vous mènera droit au trou où réside la Reine scorpion. Dès que vous serez à la porte de sa demeure, dites-lui que vous êtes des étrangers venus lui demander l'hospitalité. Tout d'abord, elle vous ordonnera méchamment de décamper et d'aller loger ailleurs. En guise de réponse, asseyez-vous à terre et dites-lui : " Nous sommes ici au nom de la Tradition et votre mauvaise humeur ne nous fera point partir. "

« Elle entrera alors dans une grande colère ; mais ne craignez rien, ce ne sera qu'un simulacre. Elle menacera de vous faire avaler par un ver de terre. Rétorquez-lui que, justement, vous avez bien envie de visiter le tube digestif d'un ver car vous ignorez comment il est fait. Sur ce, un énorme ver de terre se précipitera sur vous, ouvrira sa bouche et commencera par avaler Kobbou. Puis il vous dira : " Retournez d'où vous venez ou vous subirez le même sort que votre mouton ! " Répondez-lui que vous êtes plutôt pressés de

---

Les montées et les descentes sont aussi le symbole de la succession cyclique des temps d'effort et des temps de facilité.
   Ici, le rôle de guide est dévolu à la tortue, animal dont le caractère initiatique est encore accentué par le fait qu'elle nage, c'est-à-dire qu'elle maîtrise à la fois l'élément terre et l'élément eau. Symbole d'ancienneté et de protection, la tortue est aussi symbole de prudence. Elle ne se hâte jamais, ce qui est très important en initiation (cf. note 18).
   En fait, tous ces obstacles à franchir sont des étapes intérieures, des victoires à remporter sur soi-même.

rejoindre votre blanche monture dans ses entrailles. Alors l'énorme invertébré vous avalera tous les deux et vous verrez ce que vous verrez. »

Ayant dit, la tortue prit congé de nos compagnons, retourna vers la rive, fit un grand plongeon et disparut dans les profondeurs des eaux.

Suivant à la lettre ses instructions, Siré et Bâ-Wâm'ndé marchèrent droit devant eux. Ils empruntèrent le premier sentier qui se présenta, lequel, comme annoncé, les mena tout droit au nid de la Reine scorpion. Celle-ci se tenait à l'entrée de son trou, comme pour se réchauffer au soleil et prendre l'air tout à la fois. Dès qu'elle perçut la présence de Siré et de ses compagnons, elle recroquevilla sa queue, ouvrit largement ses tenailles et prit sa position de combat.

« D'où venez-vous ? leur cria-t-elle. Qui êtes-vous ? Que cherchez-vous ? Il faut que vous soyez les plus malappris et les plus malchanceux des êtres pour vous aventurer ici comme dans une foire. Une male mort va vous lancer sa pierre et vous périrez comme périssent tous ceux qui osent violer l'île de Njeddo Dewal la grande magicienne. Allez vous perdre dans les profondeurs du lac et mourez-y, cela vaudra encore mieux pour vous que de rester ici !

— Non, nous n'irons nulle part ! » répondit Bâ-Wâm'ndé.

Siré surenchérit : « Nous sommes tes hôtes et nous le resterons. Que la calamité dont tu nous menaces vienne, qu'elle brûle nos chairs, brise nos os et les réduise en poudre plus fine que la plus fine des farines et qu'ensuite la farine de nos os soit éparpillée dans l'air, nous sommes ici et nous y resterons ! »

Bâ-Wâm'ndé s'écria : « Tu vois, ô puissante Reine,

Njeddo Dewal

nous n'avons nullement l'intention de déguerpir. Nous sommes chez toi et n'en partirons pas. Pique-nous de ton aiguillon et que ton venin nous empoisonne ou assène-nous des coups de barre de fer si le cœur t'en dit. Plutôt que de quitter ces lieux, nous subirons le cœur tranquille n'importe quel châtiment. Ne perds donc pas ton temps, ô Reine au dard puissant et venimeux, car rien ne nous fera changer d'avis. »

Devant leur détermination[1], la Reine scorpion s'adoucit : « Il me répugne, dit-elle, de recevoir Kobbou et Siré chez moi car Njeddo livrera une guerre sans merci au logeur téméraire qui hébergera son ancien prisonnier. Or, je n'ai nulle envie d'avoir affaire à la grande sorcière aux yeux tantôt rouge sang et tantôt d'un noir de jais.

— Ô Reine scorpion ! reprit Bâ-Wâm'ndé. Puisse Guéno prolonger tes jours ! Tout ce que tu dis de Njeddo est vrai, mais de notre côté nous n'ignorons pas qu'elle n'a aucune emprise sur toi et que ta demeure est un lieu sûr que jamais elle n'osera violer. Elle craint en effet que ta flèche ne la pique et ne lui traverse la poitrine de part en part. C'est parce que nous connaissions ce secret que nous sommes venus nous placer sous ta protection. Njeddo Dewal ne peut rien contre celui que tu protèges. »

---

1. Tout a été dit pour décourager les voyageurs de poursuivre leur voyage. De même, en initiation, il arrive des moments où le maître effarouche le néophyte afin de vérifier s'il a bien « maîtrisé son cœur. » L'endurance est une condition *sine qua non* du passage. Si, par exemple, le découragement ou la peur rebutent l'adepte au moment où il va franchir une étape, il rétrograde. Or, toute rétrogradation est une chute. Nombre d'adeptes ne s'en relèvent pas ; leur initiation s'arrête à mi-chemin. Ils deviennent des « initiés ratés » (cf. le conte *Petit Bodiel*). Or on craint toujours qu'un initié raté ne devienne un charlatan, car ceux qui n'ont parcouru qu'une partie du chemin veulent souvent jouer un rôle à tout prix.

Contes initiatiques peuls

Aussitôt, la Reine détendit sa queue [1], referma ses tenailles et demanda aux deux compagnons :

« Que cherchez-vous dans cette île maudite ?

— Nous cherchons, répondit Siré, une gourde métallique dans laquelle Njeddo Dewal a enfermé son grand fétiche avant d'aller enfouir le tout en quelque lieu secret de l'île. Or, c'est grâce à la puissance et aux sortilèges de ce fétiche qu'elle peut assujettir à son pouvoir les êtres des trois règnes de la nature et les métamorphoser en tout ce qu'elle veut. La grande sorcière peut ainsi semer partout la mort et la désolation, car Guéno la laisse faire.

— Allez vous reposer à l'ombre du palmier que vous voyez là-bas, dit alors la Reine. Mettez-vous-y à l'aise et soyez patients. Et surtout, n'ayez aucune peur de ce que vous verrez ni de ce qui vous arrivera. »

Avec leur mouton, nos deux amis se dirigèrent vers le palmier que la reine venait de leur désigner. Dès qu'ils furent installés sous son ombre, l'arbre se transforma en un gros ver de terre, tout semblable à celui que leur avait dépeint la tortue. Le ver ouvrit son énorme bouche et, d'un seul coup, avala Kobbou. Puis, s'adressant aux deux hommes : « La reine des lieux vous avait bien mis en garde contre ce que vous risquiez si vous restiez sur cette île. J'ai avalé votre mouton en guise d'avertissement, pour vous donner un avant-goût du sort qui pourrait être le vôtre si vous vous obstiniez à rester ici. »

Bien que saisis d'une peur compréhensible, Bâ-

---

1. Il existe toujours une parole capable de désarmer quelqu'un immédiatement. Un homme plongé dans une violente colère peut être désarmé par un seul mot. Malheureusement, la plupart du temps, on ne connaît pas cette parole ou on ne la trouve pas au moment approprié.

Njeddo Dewal

Wâm'ndé et Siré répondirent d'une seule voix : « Nous avons hâte, ô grand Ver, d'être avalés par toi pour retrouver notre mouton. »
 Aussitôt, Bâ-Wâm'ndé se sentit happé par les pieds. « Siré, ô Siré ! s'écria-t-il, attrape mes bras et tire-moi, le ver est en train de m'avaler [1] ! » Siré se saisit des bras de Bâ-Wâm'ndé et tira de toutes ses forces, mais en un clin d'œil non seulement le ver avait avalé Bâ-Wâm'ndé, mais les bras de Siré avaient disparu dans sa gueule. Le reste de son corps y fut bientôt englouti à son tour.
 A peine l'énorme invertébré avait-il fini d'avaler le mouton et ses deux cavaliers que Njeddo Dewal arrivait sur la rive de l'autre côté du lac, là où nos compagnons s'étaient embarqués sur le dos de la tortue. Elle se mit à fouiller partout pour retrouver trace des fugitifs, mais en vain. En désespoir de cause, elle se lança à la recherche du gueddal. Également en pure perte. Elle chercha longtemps, se fatigua beaucoup, fut énormément perturbée par cette quête aussi épuisante qu'inutile. Elle était si lasse qu'elle ne pouvait plus marcher normalement et n'avançait qu'en titubant. Vacillant sur ses jambes, le cœur empli d'inquiétude, elle se dirigea vers l'embarcadère. Ses intestins se mirent à se tortiller et à grouiller dans son ventre. Une morve épaisse et fétide s'épanchait de ses narines [2]. Des larmes chaudes et amères cascadaient de ses yeux.

---

 1. La peur, dit-on, ne peut-être totalement effacée du cœur de l'homme, quel que soit son degré ; c'est sa patience qui aura raison de sa peur. « Si le poltron pouvait être suffisamment patient, dit l'adage, il verrait le preux courir. »
 2. Dans les contes, il émane toujours des sorciers quelque chose de malodorant. Ils sont en relation avec tout ce qui est répugnant, puant, difforme, lugubre ou fantasmagorique. La fantasmagorie est l'ambiance de la sorcellerie.

Contes initiatiques peuls

Par des moyens qui lui étaient propres, elle traversa le lac et débarqua sur l'île. Sans perdre une minute, elle courut fébrilement vers le lieu discret où elle avait enfoui la gourde métallique. A son grand soulagement, elle constata que l'endroit ne présentait aucune trace de visite insolite. Toutefois, pour être certaine que ses ennemis n'avaient pas débarqué dans l'île, elle entreprit d'en fouiller tous les coins et recoins, recherchant la moindre trace, voire la moindre odeur d'ovin ou de fils d'Adam. Mais elle ne perçut rien de tout cela. En effet, le ver, après avoir avalé Siré, Bâ-Wâm'ndé et Kobbou, les avait évacués sous terre avant de reprendre sa forme initiale de palmier.

Quelque peu rassurée, Njeddo Dewal éprouva le besoin de réparer ses forces. Apercevant le palmier, elle alla se reposer sous son ombre. Là, elle se sentit envahie d'une somnolence inaccoutumée. De crainte d'être surprise par ses ennemis durant son sommeil, elle voulut résister, mais n'y parvint pas. Ses yeux se fermèrent et elle s'endormit.

Elle vit en songe que quelque chose, elle ne savait quoi, creusait la terre en direction de l'endroit où elle avait enfoui sa gourde métallique. Elle se réveilla en sursaut. Constatant qu'une salive épaisse avait coulé de sa bouche et sali son cou et sa poitrine, elle courut vers la rive pour se nettoyer.

La vision que Njeddo Dewal avait eue pendant son sommeil n'était pas un simple rêve ; c'était une révélation, la vision réelle de ce qui était en train de s'accomplir sous la terre. En effet, Bâ-Wâm'nde et Siré avaient trouvé, dans la fosse souterraine où le ver merveilleux les avait déposés, un fourmilier mâle qui était un terrassier vigoureux. Celui-ci leur avait dit : « J'ai

Njeddo Dewal

reçu l'ordre de vous servir[1] en creusant une galerie qui vous mènera jusqu'à la gourde de Njeddo Dewal. Mais la grande sorcière, par l'effet de ses sortilèges, a rendu mes yeux si myopes que, pour distinguer un objet, il faut que le bout de mon nez vienne à tomber dessus. Pour rompre le charme qui m'obscurcit la vue, il faudrait de l'humeur séchée provenant des yeux d'un vieux chien mêlée à un peu d'antimoine et délayée dans de l'eau. Dès que je m'en laverai le visage, ma vue redeviendra normale. »

On s'en souvient sans doute, Bâ-Wâm'ndé possédait dans sa besace tout ce qu'il fallait pour guérir la myopie du fourmilier. Il prépara donc la solution indiquée et la lui tendit. Dès que le fourmilier l'eut passée sur ses yeux, il recouvra la plénitude de sa vue. Aussitôt, il se mit au travail.

Pendant ce temps, Njeddo Dewal, persuadée que les fugitifs n'étaient pas dans l'île, avait retraversé le lac et fouillait jusque dans les moindres anfractuosités de la montagne où, pensait-elle, ils s'étaient sûrement camouflés.

Le fourmilier travaillait avec vigueur et efficacité. Sa galerie avançait régulièrement. Mais hélas, il fut tout à coup arrêté dans sa progression par un mur de pierre solidement maçonné, apparemment infranchissable. Il se tourna vers Bâ-Wâm'ndé et Siré. « Sans nul doute, leur dit-il, la gourde métallique de Njeddo se trouve derrière ce mur, mais mes griffes ne peuvent venir à bout d'une telle construction. Que pouvons-nous faire ? »

---

1. Sous-entendu : j'ai reçu cet ordre de la Reine scorpion maîtresse de cette partie de l'île.

Contes initiatiques peuls

Bâ-Wâm'ndé se souvint alors du crâne qu'il avait trouvé dans le fruit du baobab et que son aïeul consultait chaque fois qu'il se trouvait devant une difficulté insurmontable. Il traça un hexagramme sur le sol, plaça le crâne en son centre et l'incanta :

« Ô merveilleux crâne d'un homme que je ne connais pas mais qui fut sans nul doute une personnalité sans pareille, riche et puissante à tous égards, je te conjure de nous dire ce que nous devons faire ! » Et le crâne parla. Il en sortit une voix sourde et nasillarde qui prononça ces mots :

« Ô Bâ-Wâm'ndé ! Sors de ta besace la pierre qui a été vomie par le crapaud, jette-la contre le mur et tu verras ce que tu verras. »

Bâ-Wâm'ndé fouilla dans sa besace, en sortit la pierre et la lança contre l'obstacle. Un grand pan de mur s'effondra. La gourde métallique, aussi ronde qu'un très gros fruit de calebassier, apparut à leurs yeux. Mais il restait encore à l'ouvrir...

Un allié de taille

Soudain, une armée de bousiers géants, débouchant d'une galerie, apparut. Leur chef s'écria :

« Rangez-vous de côté, Bâ-Wâm'ndé et Siré ! Nous avons reçu ordre de rouler la gourde métallique de Njeddo Dewal jusqu'à la demeure de la Reine scorpion. Le fourmilier nous a facilité la tâche en creusant cette galerie. Quant à vous, ouvrez les yeux, ouvrez-les bien grands pour nous voir à l'œuvre ! » Et ils firent avancer la gourde en la faisant rouler sur elle-même, comme la nature leur avait appris à le faire. Bâ-Wâm'ndé et Siré se contentèrent de les suivre. Lorsqu'ils eurent atteint

Njeddo Dewal

la demeure de la Reine scorpion [1], celle-ci leur remit la gourde : « C'est à vous, leur dit-elle, qu'il appartient de trouver le moyen de l'ouvrir pour libérer le fétiche qui y est enfermé. »

Une fois encore, Bâ-Wâm'ndé traça sur le sol un hexagramme et plaça en son centre le crâne parleur.

« Ô crâne merveilleux, lui dit-il, que faire pour ouvrir la gourde de Njeddo Dewal ? Sois bon, donne-nous un conseil ! »

Une fois encore, le crâne parla. Il dit : « Que le mouton kobbou-nollou se place à sept coudées de la gourde, puis qu'il concentre son regard sur le bouton qui se trouve à sa surface. »

Bâ-Wâm'ndé fit reculer Kobbou de sept coudées. Celui-ci braqua son regard sur la partie appropriée de la gourde. De ses yeux sortirent sept rayons de lumière de couleur différente [2]. Ils se focalisèrent sur le bouton,

---

1. Après avoir traversé l'épreuve du feu dans la montagne, puis l'épreuve de l'eau et de l'air (l'océan et la tempête), nos amis effectuent la fin de leur voyage sous terre, d'abord pour accéder à la gourde merveilleuse, puis pour la ramener en lieu sûr chez la Reine scorpion. Le cycle des quatre éléments est donc complet.

Dans la logique du conte, l'île étant sous le contrôle de Njeddo Dewal à l'exception du territoire de la Reine scorpion, nos amis doivent voyager sous terre afin de passer inaperçus. En fait, chaque fois qu'il y a un voyage souterrain, c'est qu'il y a une étape occulte à franchir. Le monde souterrain symbolise toujours le monde caché, le monde des mystères et des significations ésotériques. Dans le conte *Kaïdara*, le voyage sous terre est un voyage ésotérique alors que le voyage à la surface est un voyage exotérique. La terre symbolise également la protection : Bâ-Wâm'ndé et Siré sont parfaitement à l'abri dans ses entrailles.

Cet aller et retour sous terre représente aussi la nécessité de la discrétion. En s'emparant de la gourde métallique, Bâ-Wâm'ndé et Siré ont remporté une très grande victoire sur le plan occulte. Il sied de ne pas le crier sur les toits. Moins ils seront vus et connus, mieux cela vaudra pour eux.

2. Ici, les 7 rayons de couleur différente contenus potentiellement dans le regard bicolore de kobbou-nollou (voir note 2 p. 105) se manifestent

Contes initiatiques peuls

et la gourde s'ouvrit comme une fleur sous l'action du soleil. Un sac en peau de chat noir contenant un esprit parleur en sortit et tomba à terre.

Dès que le sac fut en contact avec l'air, l'esprit qu'il contenait, croyant être en présence de Njeddo Dewal, s'écria :

« Je te salue, ô ma Maîtresse ! Je suivrai docilement tous tes ordres, mais permets-moi de te demander ce que tu vas me servir à boire [1], car je suis altéré et ma soif m'empêche d'éventer pour toi les secrets du cosmos, les secrets des sept cieux et des sept terres (**51**), les secrets du ciel et de son épouse, la terre contemplatrice des étoiles ; les secrets de la terre, mère des règnes de la nature, qui élabore les vertus des plantes et fait vivre tous les animaux, qu'ils se nourrissent d'herbe, de fruits ou de chair ; enfin les secrets de la lune son alliée, détentrice des secrets de l'eau, du feu et du vent (**52**).

« Pour que je parle, ô Maîtresse, il faut que je boive à satiété. Quand je suis désaltéré, mes yeux perçoivent aussi bien ce qui s'est passé hier que ce qui arrivera demain. Rassasié, je peux dévoiler le secret du fœtus enfermé dans la matrice, des graines en train de germer dans les profondeurs de la terre, des métaux précieux qui dorment dans les pierres. Oui, repu, je vois les perles riches au sein des coquillages qui reposent au

---

pleinement. Sous un tel regard, symbole d'Unité et de Connaissance totale, le désordre ne peut que devenir ordre : l'illusion disparaît, les sortilèges fondent comme beurre au soleil. En outre, Njeddo Dewal ayant utilisé ses 7 forces maléfiques pour asservir le dieu Koumbasâra prisonnier dans la gourde, il fallait 7 rayons de nature opposée pour en neutraliser les effets.

1. Ce que tu vas me « servir à boire », c'est-à-dire ce que tu vas me sacrifier, me donner en offrande.

Njeddo Dewal

fond des mers ; aucun secret, fût-il enfoui au tréfonds de la terre, ne me reste inconnu ! »

Bâ-Wâm'ndé tira légèrement le boubou de Siré et lui dit à voix basse :

« Réponds-lui et demande-lui ce qu'il désire boire. Ventre plein parle mieux que ventre vide. Or il importe que nous ayons ce fétiche à notre merci puisqu'il nous confond avec sa maîtresse Njeddo Dewal. »

Siré suivit son conseil : « Ô serviteur dévoué ! dit-il à l'esprit, dis-moi ce que tu as envie de boire, je te l'apporterai sur l'heure et à l'instant. Tu te désaltéreras, puis tu renouvelleras entre mes mains ton serment d'obéissance. »

L'esprit parleur répondit : « J'ai envie de foie de poisson pilé avec de la gomme, du cerveau de grenouille et de l'intestin de lézard. Le tout, desséché puis finement pilé après avoir été pimenté, sera versé dans une écuelle remplie de lavure de gros mil. Il faudra me tremper dans cette lavure durant une nuit entière. Alors, au premier chant du coq, je vaticinerai après avoir renouvelé mon serment d'obéissance entre tes mains. »

L'histoire ne dit pas comment Siré et Bâ-Wâm'ndé réussirent à se procurer les ingrédients réclamés par l'esprit parleur, mais tout laisse à penser que la protection de la Reine scorpion y fut pour quelque chose. Toujours est-il qu'à la tombée de la nuit la lavure était dûment préparée. Siré en remplit une écuelle, y trempa le sac noir renfermant l'esprit, puis alla prendre quelque repos ainsi que ses compagnons.

Le lendemain matin, au premier chant du coq, il accourut auprès de l'écuelle. Il constata que l'esprit parleur contenu dans le sac avait non seulement bu

Contes initiatiques peuls

toute la lavure, mais aussi croqué le bois de l'écuelle. Il s'était métamorphosé en un gros et long boa replié sur lui-même comme un peloton de corde. Dès que Siré, suivi de Bâ-Wâm'ndé, s'approcha, le serpent leva la tête et dit :

« Ô Siré ! Je te prenais pour Njeddo Dewal, ma première maîtresse, qui m'avait asservi et ne m'employait qu'à faire du mal. Je vous salue, vous qui venez de me délivrer. Je suis Koumbasâra, l'un des vingt-huit dieux du panthéon des Peuls pasteurs **(53)**. J'ai été enfermé par la grande maléfique dans cette gourde composée d'un alliage de sept métaux différents.

« Elle m'avait formellement interdit d'entrer en contact avec un mouton kobbou-nollou. Mais je sais qu'en dépit de toutes les difficultés, Bâ-Wâm'ndé et toi avez pu accéder à l'île magique et amener avec vous votre kobbou. Je vous demande de me laisser contempler les yeux de ce mouton prédestiné, car seul son regard a le pouvoir de me libérer définitivement du pouvoir maléfique de Njeddo. Une fois affranchi, je vous appartiendrai totalement et serai votre serviteur, espérant accomplir avec vous davantage de bien que Njeddo ne m'a fait faire de mal. »

Bâ-Wâm'ndé demanda à Siré de faire venir Kobbou afin que l'esprit-boa puisse le voir. Lorsque le mouton fut en face de lui, le serpent, levant la tête, regarda avidement toutes les parties du corps de l'animal. Pour terminer, il fixa ses yeux sur ceux de Kobbou. Dès que leurs yeux devinrent quatre [1], le serpent se transforma

---

1. Leurs yeux devinrent quatre : expression signifiant : leurs regards se rencontrèrent. Ici encore, rôle capital du regard de Kobbou en tant que pouvoir libérateur.

Njeddo Dewal

en un majestueux aigle des montagnes de très grande envergure. S'adressant aux deux hommes, il dit :

« Votre chance est d'avoir été hébergés et protégés par la Reine scorpion. Sinon, bien malgré moi, je vous aurais réduits en miettes. Maintenant, ajouta-t-il, allez vite remercier la Reine, puis venez en toute hâte grimper sur mon dos afin que nous nous envolions loin d'ici, car Njeddo ne tardera pas à savoir que j'ai été libéré. Et dès qu'elle le saura, l'île tout entière sombrera dans le lac, à l'exception de la demeure de la Reine scorpion. »

Bâ-Wâm'ndé et Siré s'en furent remercier comme il convenait la Reine scorpion à laquelle ils devaient tant, puis ils revinrent rapidement vers l'aigle. Ils sautèrent sur son dos, entraînant Kobbou avec eux.

Aussitôt le majestueux oiseau prit son vol. Il s'éleva si haut qu'il se perdit dans les nuages. Survolant le grand lac salé, il le traversa et parvint au-dessus de la plaine où Njeddo Dewal perdait toujours son temps en de vaines recherches. Lasse, elle s'était assise. Tout à coup, ses oreilles se mirent à bourdonner comme si elles percevaient un lointain mais puissant grondement de tonnerre. C'était le bruit provoqué par les ailes de l'aigle. Elle essaya de se lever, mais en fut incapable. Très vite, elle comprit qu'un événement mauvais pour elle s'était produit dans l'île. Elle déploya tous ses efforts pour se mettre debout, mais ne put y parvenir. Ses fesses étaient littéralement collées au sol.

Comprenant alors que l'esprit qu'elle avait asservi avait été libéré, elle fit appel à toutes ses ressources personnelles. Elle souffla neuf fois sur chacune des phalangettes de ses doigts. Ses ongles devinrent comme des houes dont elle se servit pour creuser la terre tout autour d'elle. Elle constata que les nerfs de son corps s'étaient allongés comme des radicelles et qu'ils s'enfonçaient dans la terre où, s'entrecroisant avec des pierres et des racines, ils avaient tissé une sorte de natte. Njeddo sut qu'elle était rivée au sol par l'effet d'un sortilège puissant, plus puissant encore que celui dont elle avait coutume de frapper ses victimes.

La grande sorcière récita une incantation. Elle souffla sur son côté droit, souffla sur son côté gauche. Ses ongles en forme de houe se transformèrent en aiguilles. Elle s'en servit pour découdre ses nerfs un à un. Enfin, elle parvint à se délivrer et à se lever. Elle courut vers la rive, traversa le lac et, une fois dans l'île, se précipita vers le lieu où elle avait enterré sa précieuse gourde. Mais elle n'y trouva plus qu'un trou empli de braises ardentes. Elle comprit que son trésor avait été découvert et qu'elle avait perdu tout pouvoir sur celui qui jusqu'à ce jour avait été son auxiliaire majeur et son serviteur aveugle : le dieu Koumbasâra.

Levant la tête, elle aperçut à l'horizon un aigle de grande envergure. Juste à ce moment, il disparaissait derrière la crête de l'immense montagne qui entourait le lac et interdisait l'accès de l'île. Réalisant l'ampleur de sa défaite, elle poussa un cri désespéré et piqua une colère d'une telle violence qu'elle en vomit toute sa bile. Elle prononça alors une terrible imprécation ; et l'île tout entière, à l'exception de la demeure de la Reine scorpion, s'abîma dans le lac et s'y délaya comme un morceau de sel plongé dans l'eau.

Transformant ses quatre membres en ailes qu'elle déploya autour d'elle, Njeddo, folle de rage, prit son vol et avança en ramant dans les airs comme jamais aucun oiseau ne l'avait fait. Elle se lança à poursuite de

Njeddo Dewal

l'aigle, son ancien serviteur : mais grands furent son étonnement et son embarras quand elle s'aperçut que, malgré la vitesse vertigineuse à laquelle elle se déplaçait, elle ne pouvait le rattraper. La poursuite épuisante dura plusieurs jours. Finalement l'aigle et ses passagers allèrent se poser dans le village de Bâ-Wâm'ndé et disparurent aux regards de Njeddo Dewal. Incapable désormais, faute de traces, d'orienter ses recherches, elle se résigna, la mort dans l'âme, à regagner Wéli-wéli son domaine.

Siré et Bâ-Wâm'ndé remercièrent grandement le dieu-oiseau. Celui-ci leur dit : « Si vous voulez que désormais je réponde à chacun de vos appels, donnez-moi une provision d'œufs d'araignée. »

Bâ-Wâm'ndé comprit alors que chacun des dons qui lui avaient été faits par les divers animaux rencontrés sur son chemin répondait à un but bien précis. Il fouilla dans sa besace, en sortit le paquet contenant les œufs que lui avait donnés la mère araignée et les offrit à leur sauveur. Celui-ci les prit avec joie, puis s'envola et disparut dans les airs.

Siré prit congé de Bâ-Wâm'ndé et rejoignit son frère Abdou qu'il retrouva miraculeusement guéri, lui aussi, de ses infirmités.

Bâgoumâwel
l'enfant prédestiné

Le sacrifice de Kobbou

L'accalmie apparente entraînée par la retraite de Njeddo était-elle synonyme de paix définitive ? Loin de là ! Elle ne signifiait en rien l'arrêt des hostilités entre la grande calamiteuse et le peuple peul.

Ne se laissant point tromper par le semblant de paix qui régnait sur le pays, Bâ-Wâm'ndé jugea bon de consulter à nouveau le crâne parleur. Comme à l'accoutumée, il le plaça au centre d'un hexagramme qu'il avait tracé sur le sol, puis le conjura de lui indiquer le moyen efficace de se protéger contre les maléfices que Njeddo ne manquerait pas de leur jeter encore. La voix étrange se fit à nouveau entendre :

« Égorge Kobbou, dit la voix. Prends son cœur et sa cervelle (**54**), apprête-les et fais-les manger à ton épouse. La nuit où elle les consommera devra coïncider avec la fin de ses règles. De ton côté, fais-toi raser la tête. Lorsqu'elle aura mangé le plat, jette tes cheveux dans un tesson de marmite empli de braises ardentes. Ensuite, commande à ton épouse de l'enjamber et de se tenir au-dessus, afin que la fumée produite par tes cheveux brûlés (**55**) s'élève et pénètre en elle. Cette même nuit, unis-toi à elle trois fois de suite. Après chaque relation, ton épouse devra lécher sept fois les cinq parties de ton corps où ne poussent jamais de poils : les deux paumes de la main, les deux plantes des pieds et la langue. »

Tout attristé à l'idée de devoir égorger Kobbou, Bâ-Wâm'ndé alla le chercher et voulut lui expliquer le sort qui l'attendait. « Ô Kobbou !... » commença-t-il ; mais le mouton l'interrompit : « Bâ-Wâm'ndé, fais vite ce que le crâne t'a commandé de faire. C'est là ma destinée et c'est un jour que j'ai attendu avec grande impatience. Ne t'apitoie pas sur mon sort, car ma mort sauvera bien des vies. Hâte-toi donc d'exécuter les instructions du crâne.

« Je te confirme, ajouta-t-il, que ta femme, après avoir engendré sept garçons, concevra une fille. Aucun de tes garçons ne procréera, mais ta fille mettra au monde un enfant miraculeux, un garçon, qui deviendra une véritable arête dans la gorge de Njeddo Dewal la grande calamiteuse.

« Tu donneras à ton petit-fils le nom de Bâgoumâwel et le surnom de Gaël-wâlo, Taurillon de la zone inondée (56). Maintenant, accomplis ton devoir[1]. »

Réconforté par ces paroles, Bâ-Wâm'ndé égorgea Kobbou ; puis il apprêta son cœur et sa cervelle et les fit consommer à sa femme au moment approprié.

---

1. Kobbou accepte sa mort ; c'est le summum de la voie initiatique. L'initié accepte de mourir pour que les autres vivent. C'est peut-être la plus grande forme de charité ; c'est en tout cas un exemple idéal.

L'homme doit savoir parfois imiter la graine, qui accepte de mourir pour que la plante pousse.

Kobbou est ici l'exemple de l'initié parfait. Son sacrifice aidera à la naissance future de Bâgoumâwel. Le mystère de la nature du mouton miraculeux et de son lien avec Bâgoumâwel demeure.

Njeddo Dewal

Où l'on retrouve Wéli-wéli

Pendant ce temps, que devenait Njeddo Dewal ? Elle avait perdu tout pouvoir, excepté celui de désenchanter Wéli-wéli[1], ce qu'elle fit dès son retour de l'île où elle venait de perdre la bataille contre Siré et Bâ-Wâm'ndé.

Wéli-wéli redevint la cité merveilleuse qu'elle était auparavant. Située au confluent de sept fleuves regorgeant de poissons à la chair savoureuse et de quantité d'autres délicieux produits aquatiques, la cité possédait tout en abondance : seules les femmes y étaient aussi rares que l'eau dans le désert. Les quelques femmes qui y résidaient étaient ravissantes et aucun homme ne pouvait rester insensible à leur vue, mais, entre toutes, les sept filles de Njeddo Dewal étaient sans conteste les plus belles. Elles étaient si parfaites que l'œil le plus exercé n'aurait pu déceler en elles le moindre défaut. Dès qu'un homme était mis en présence de l'une d'elles, l'envie de la posséder s'emparait de lui et l'enivrait au point qu'il en radotait et devenait semblable à un démon[2]. Le parfum qui se dégageait du corps des filles de Njeddo embrasait l'homme le plus froid. Leurs paroles vous soûlaient plus que de l'hydromel. Et elles

---

1. Njeddo Dewal avait changé l'aspect de sa ville lorsque Bâ-Wâm'ndé y était entré, afin qu'il n'y trouve que rues désertes et animaux bizarres. Elle lui rend maintenant son aspect merveilleux, mais il ne faut pas oublier que toutes les créations de Njeddo Dewal reposent, par définition, sur l'illusion.
2. Chez les Peuls, un homme qui ne peut dominer ses instincts et qui tombe dans la débauche est comparé à un démon, car un démon, dit-on, n'a honte de rien et est fondamentalement dépravé. C'est le contraire même de la maîtrise de soi qui est tant prônée dans la tradition et les initiations africaines.

étaient, on le sait, des vierges perpétuelles, recouvrant leur virginité au lendemain de chaque défloration.

Toutes avaient la taille svelte, de gros yeux étirés en amande, une chevelure lisse comme de la soie et abondante comme une herbe bien venue. Leur croupe agréablement rebondie et leur poitrine ferme étaient soudées à leur taille fine comme en une architecture bien réussie. Leurs seins étaient si parfaitement ronds qu'on les aurait dits sortis d'un moule spécial. Leurs attaches étaient fines, leurs bras et leurs jambes d'un galbe admirable. Enfin trois choses, en elles, étaient d'une blancheur éclatante : les dents, la peau [1] et le blanc de l'œil.

Njeddo Dewal avait installé ses filles dans des demeures qui étaient de véritables paradis terrestres Reprenant son ancienne coutume, elle envoya à travers le pays des agents chargés d'inciter les jeunes gens à se rendre à Wéli-wéli où, proclamaient-ils, vivaient sept filles nubiles à marier plus belles les unes que les autres.

La propagande de Njeddo Dewal fut si bien orchestrée que jamais Wéli-wéli ne manqua de sept étrangers prétendant en même temps à la main des jouvencelles. Ils continuaient de subir le même sort que leurs devanciers sans que nul s'en doutât : aux nouveaux arrivants, on disait que les anciens, refusés, avaient quitté la ville par une autre porte...

Plus que jamais, Njeddo Dewal avait besoin de sang masculin juvénile pour recouvrer la force magique qu'elle avait perdue en même temps que sa gourde métallique.

---

1. La « blancheur » de la peau est l'un des canons de la beauté peule. Il s'agit, en fait, d'un teint extrêmement clair.

Njeddo Dewal

Le temps passa...

Comme l'avait prédit Kobbou, Welôré, la femme de Bâ-Wâm'ndé, mit successivement au monde sept garçons que leur père appela Hammadi, Samba, Demba, Yero, Pâté, Njobbo et Delo (57), puis une fille qui fut nommée Wâm'ndé, la « Chanceuse ».

Une fois devenus de beaux jeunes gens, les sept garçons entendirent parler de sept jeunes filles à marier suprêmement belles, princesses d'un pays merveilleux sur lequel régnait une grande reine. Ils demandèrent à leur père l'autorisation de partir vers la lointaine cité pour courir leur chance.

Bâ-Wâm'ndé, ne se doutant nullement que la reine en question était Njeddo Dewal et que la cité merveilleuse n'était autre que la bizarre et répugnante Wéliwéli qu'il avait connue, accorda à ses fils l'autorisation d'entreprendre le voyage et leur donna sa bénédiction.

Tout joyeux, les sept frères se rendirent auprès de leur jeune sœur Wâm'ndé pour lui faire part de leur intention et prendre congé d'elle. A ce moment, elle était justement enceinte de l'enfant prédestiné qu'attendait Bâ-Wâm'ndé son père. La jeune femme, comme mue par un pressentiment, éprouva quelque crainte à l'idée de ce voyage et manifesta à ses frères son inquiétude.

« Je suis la moins âgée de vous tous, dit-elle, mais une cadette a toujours le droit sinon de donner des conseils, du moins d'exprimer sa pensée. Certes, vous avez obtenu l'autorisation de notre père, mais j'éprouve néanmoins une crainte, peut-être mal fondée, à vous voir ainsi partir à l'aventure dans un pays inconnu, et surtout pour aller demander la main de princesses ! Notre aïeul Bouytôring n'a-t-il pas vivement recommandé de se méfier de trois choses : tout d'abord, d'une princesse accordée en mariage à un étranger ordinaire ; ensuite, du don fait à un étranger d'un grand champ situé juste derrière le village ; enfin, d'une génisse que des Peuls auraient abandonnée dans un campement ? Pour être ainsi cédées, ces trois choses si précieuses ne peuvent être que de véritables porte-malheur. Or, pour ce lointain royaume, vous n'êtes que de vulgaires étrangers. Si vous m'en croyez, mes frères, annulez donc votre voyage et cherchez ici des compagnes de même condition que vous. Vous finirez bien par en trouver dans notre pays. »

Les jeunes gens lui rirent au nez, répliquant que pour acquérir une grande réputation, il fallait oser courir de grands dangers. « Oui, c'est vrai, dirent-ils, nous ne sommes que des étrangers ordinaires, mais nous tenterons quand même notre chance. Et crois-nous, avant quelques mois, tu seras la belle-sœur unique de sept magnifiques princesses. Tout ce que nous te demandons, c'est de prier pour nous et de nous accompagner de tes bonnes pensées.

— Puisque vous ne voulez pas tenir compte de mes conseils, répondit leur sœur, je n'ai d'autre ressource, en effet, que de prier pour vous. Mais je l'aurais fait même si vous ne me l'aviez pas demandé. »

Sur ce, les jeunes gens prirent congé d'elle. Et le lendemain matin, au moment où le jour commençait à naître, tout joyeux ils s'engagèrent sur la route qui menait à la cité aux sept vierges.

Une naissance miraculeuse

Wâm'ndé passa toute la nuit et toute la matinée à prier et à pleurer. Elle versa des larmes si abondantes

Njeddo Dewal

que la source semblait devoir en tarir. Le deuxième jour, elle se leva dès l'aurore et se mit encore à pleurer. Lorsque le soleil atteignit dans le ciel une hauteur de sept longueurs de hampe de *gawal*, la grande lance peule, elle entendit une voix qui lui disait :

« Ô Wâm'ndé, sèche tes larmes ! Je veillerai à ce que rien n'arrive à tes frères. »

Wâm'ndé, stupéfaite et quelque peu apeurée, s'écria : « Ô voix de bon augure, à qui appartiens-tu ? Où se trouve ton maître ? »

La voix répondit : « Mon maître se trouve dans ton ventre. J'appartiens à l'enfant que tu portes dans tes entrailles. » Et la voix ajouta : « Accouche-moi[1] tout de suite, afin que je puisse voler au secours de mes oncles. Fais-le, fais-le vite, car plus tard tout sera gâté !

— Ô bébé miraculeux ! s'écria Wâm'ndé. Un enfant dans le ventre de sa mère qui sait dire "Maman, accouche-moi" est certainement capable de s'accoucher lui-même !

— Qu'à cela ne tienne, répliqua l'enfant merveilleux. Tiens-toi bien, je vais sortir ! »

Obéissante comme une élève docile, Wâm'ndé prit la position des parturientes. Comme éjecté par un ressort, l'enfant jaillit de son corps et sauta dans une grande calebasse pleine d'eau qui se trouvait près de là. Il s'y lava à la manière dont s'ébrouent les canards. Puis, sortant de l'eau, il dit :

« Mère, maintenant je dois partir. Souhaite-moi bon voyage, mais auparavant donne-moi un nom.

---

1. « Accouche-moi » : traduction littérale de *rimam*. Cette tournure, bien qu'incorrecte en français, a été utilisée afin de garder à l'expression le caractère direct et concis qu'elle a en peul, ce que n'aurait pas permis une tournure française correcte mais de forme indirecte ou plus métaphorique.

— Tu te nommes Bâgoumâwel, dit Wâm'ndé, et ton surnom est Gaël-wâlo, le jeune Taurillon des zones inondées. » Alors elle lui souhaita bon voyage et lui donna sa bénédiction.

Le voyage des sept frères et de leur étrange neveu

Bâgoumâwel prit la route. Avant même d'avoir rejoint ses oncles, il avait déjà atteint la taille d'un garçonnet de sept ans. Lorsqu'il aperçut les voyageurs, il les appela :
« Ohé, mes oncles ! Ohé ! Attendez-moi, je suis Bâgoumâwel, votre neveu, fils de votre sœur Wâm'ndé. »
Les jeunes gens se retournèrent, abasourdis, pour mieux voir cet enfant qui se prétendait leur neveu. « Nous ne te connaissons pas, lui dirent-ils. Nous ne pouvons donc pas être tes oncles.
— Il n'y a pas de mal à ce que vous ne me connaissiez pas, dit l'enfant. Je me nomme Bâgoumâwel, dit Gaël-wâlo, et je suis l'enfant que votre sœur Wâm'ndé a mis au monde ce matin. Je viens pour vous tenir compagnie et pour vous éviter la mort vers laquelle vous vous dirigez joyeusement sans vous en douter.
— Écarte-toi de nous ! s'exclamèrent les sept frères. Va-t'en ! Tu ne peux être que l'incarnation d'un fils de diable et non le fils de notre sœur Wâm'ndé ! Même si notre sœur avait accouché d'un garçon ce matin, celui-ci ne pourrait avoir ta taille. Disparais donc de notre vue, sinon nous te battrons tous les sept chacun à notre tour jusqu'à ce que tu périsses ! »
Bâgoumâwel refusa de retourner sur ses pas. Hammadi, l'aîné des frères, se saisit de lui et lui donna une grande gifle. Il s'apprêtait à lui en donner une

Njeddo Dewal

deuxième quand Bâgoumâwel s'échappa de ses mains et disparut comme par enchantement. Pensant en être débarrassés, les voyageurs reprirent leur route.

Après avoir marché quelque temps, Hammadi aperçut tout à coup, au bord du chemin, un *ten'ngaade*, le grand chapeau de paille des Peuls, orné de broderies en cuir multicolore. Il s'écria : « Ô ma chance ! J'ai trouvé de quoi me coiffer pour me faire beau et marcher fièrement ; cela ne manquera pas d'impressionner l'aînée des sept princesses ! » Cela dit, il ramassa le chapeau et s'en coiffa. Ainsi paré, il reprit la route en compagnie de ses frères.

Tout à coup, une voix se fit entendre, qui semblait sortir du chapeau :

« Ô mon oncle ! dit la voix. Si tu n'es pas fatigué de porter un si lourd chapeau, bien qu'il te protège des rayons du soleil, moi je suis fatigué d'être porté comme un chapeau ! » Hammadi, qui avait reconnu la voix du jeune garçon et qui était persuadé avoir à faire à un esprit malin, arracha fébrilement sa coiffure et la lança loin de lui hors du chemin.

Pris de peur, les sept frères se mirent à courir afin de s'éloigner au plus vite du chapeau enchanté. Dans leur affolement, ils ne se rendirent pas compte qu'ils avaient quitté le sentier pour s'enfoncer dans une broussaille de plus en plus profonde. Tout à coup, les branches des arbres qui les entouraient se mirent à s'entrechoquer avec violence. Ils entendaient des grincements semblables à des crissements de dents de bêtes sauvages. Ces sons bizarres, mêlés aux piaillements des oiseaux, étaient provoqués par un vent qui soufflait avec force, ployait et déployait tout sur son passage, du moindre brin d'herbe aux branches les plus puissantes.

Contes initiatiques peuls

Apercevant un grand baobab, Hammadi et ses frères coururent vers lui pour trouver un abri. Afin de mieux résister à la tempête, ils s'assirent dos au tronc et se pelotonnèrent étroitement les uns contre les autres.

« Ce vent ne me paraît pas normal, dit Hammadi. C'est sûrement le diablotin métamorphosé en chapeau qui nous l'a envoyé. Je n'aurais pas dû le jeter, mais plutôt le brûler !

– Ô mon frère Hammadi, se lamenta Samba, le deuxième fils, comment ferons-nous maintenant pour retrouver le chemin de la cité aux sept vierges ? »

A peine avait-il fini de parler que les sept frères virent s'approcher d'eux un essaim d'abeilles qui volaient en bourdonnant. Ces abeilles, qui revenaient de butiner les fleurs, avaient établi leur demeure dans un creux situé entre les branches du géant de la brousse. Dès qu'elles furent à proximité, elles perçurent la présence insolite de plusieurs fils d'Adam – sans nul doute des voleurs de miel ! – et se préparèrent à les attaquer afin de protéger la précieuse substance qu'elles avaient mis tant de mois à préparer.

L'essaim était si dru au-dessus de la tête des jeunes gens qu'ils ne discernaient même plus les feuilles de l'arbre. Au moment précis où les abeilles allaient se ruer sur eux, une troupe volante de lézards ailés, sortie on ne savait d'où, apparut soudain entre ciel et terre et, tombant sur les abeilles, les avala en un clin d'œil jusqu'à la dernière [1]. Voilà qui laissa les sept frères bien perplexes car, d'évidence, c'était contraire à tout ce que l'on pouvait savoir des lézards. « Ô Hammadi, s'écria

---

1. A ce point du récit, il va de soi que toute manifestation venant au secours des sept frères est une manifestation de Bâgoumâwel.

Njeddo Dewal

Samba, fuyons au plus vite afin que les lézards qui viennent d'avaler les abeilles ne finissent pas par nous avaler nous-mêmes ! »

Les jeunes gens coururent à travers bois jusqu'à ce qu'enfin ils débouchent sur un sentier. Ce sentier était-il celui qui menait à la cité merveilleuse ? A vrai dire, pour l'instant, ils ne s'en souciaient guère : l'essentiel était de mettre le plus de distance possible entre eux et le baobab et de sortir de la broussaille. « Puisque nous sommes sur une route, reprenons un peu notre souffle », dit Hammadi. Ils se reposèrent donc quelques instants, puis s'engagèrent sur le sentier et reprirent leur avance.

Peu après, Samba aperçut un turban bien lustré jeté au bord du chemin. « Ô ma chance, ma chance, ma grande chance ! s'écria-t-il. Je suis le premier à avoir vu ce turban ; je puis donc me l'approprier car celui qui voit une chose le premier a sur elle les mêmes droits que le premier occupant d'un lieu. Ce turban me servira à compléter ma toilette et il ne fait pas de doute qu'en me voyant ainsi paré la deuxième princesse, qui me sera certainement destinée puisque je suis le deuxième fils, me trouvera beau. »

Ayant dit, Samba courut ramasser le turban qu'il enroula fièrement autour de sa tête. Tout ragaillardi, il encouragea ses frères : « Allons, marchons ! Une route finit toujours par arriver quelque part ! »

Les sept frères reprirent leur marche. Au bout de quelque temps, Samba entendit une voix lui dire à l'oreille : « Ô mon oncle ! Si tu n'es pas fatigué de porter un turban lustré, moi je suis fatigué d'être un turban lustré que l'on porte ! » Sursautant, Samba défit en toute hâte son turban et, à l'exemple de son frère, le jeta au loin dans la broussaille. « Va retrouver ta mère, et que le vent t'emporte, diablotin tentateur ! » s'écria-t-il avec colère.

Et les voyageurs continuèrent leur route. Tout à coup, sur leur droite, ils virent une colonie de singes perchés sur un arbre. Des femelles portant leurs petits suspendus comme des outres sous leur ventre sautaient de branche en branche. Malgré la vitesse et la hauteur de leurs sauts, les petits, comme rivés à leur mère, ne décrochaient pas. D'autres singes se tenaient suspendus à une branche par une main ; se balançant nonchalamment et poussant de petits cris, ils lançaient leur autre main vers les voyageurs, comme pour les saluer ou les inviter à venir les rejoindre. D'autres encore se tenaient simplement assis sur des branches, jambes étendues, se grattant distraitement la hanche ou se livrant à la masturbation, comme pour narguer les sept jeunes gens que le désir d'amour conduisait vers une male mort.

Ne se laissant point distraire par le spectacle des singes [1], nos sept compagnons poursuivirent leur chemin. Mais voici qu'à son tour Demba, le troisième fils, s'écria : « Ma chance ! Ma grande chance ! Ô Hammadi, ô Samba, je suis plus chanceux que vous, car voici là-bas un boubou qui m'attend ! » En effet, il venait d'apercevoir, posé sur le sol, un superbe boubou brodé que ses frères ne voyaient pas. Il courut le ramasser et, l'ayant revêtu, parada fièrement. « Sans aucun doute, dit-il, la troisième princesse, qui sera la

---

1. Sur le chemin de l'initiation, tout est disposé pour détourner l'attention du néophyte et le distraire de son but. Les singes représentent ici l'abandon aux douceurs de la vie, voire à la bestialité. Il est important que l'attention reste fixée sur le but et que la détermination ne fléchisse pas.

Njeddo Dewal

mienne selon l'ordre de naissance, me trouvera superbe ainsi vêtu. Elle me classera parmi les hommes fortunés et se donnera à moi sans difficulté. »

Ils reprirent leur marche. Demba avait à peine fini de parler de son boubou et ses frères de l'admirer qu'une voix se fit à nouveau entendre : « Ô mon oncle ! Si tu n'es pas fatigué de porter un boubou brodé, moi je suis fatigué d'être un boubou que l'on porte ! » Tout comme ses frères, Demba se dépouilla de son boubou en un éclair et le jeta au loin, pestant contre le petit diablotin.

Pensifs, les sept voyageurs continuèrent à avancer dans le sentier. Soudain, une tornade se déclencha juste devant eux, avançant en tournoyant à une vitesse prodigieuse. Ce spectacle était d'autant plus extraordinaire que la saison n'était pas propice à un tel phénomène. Tout à coup, se ruant sur eux, la tornade les souleva comme des feuilles mortes et, miraculeusement, alla les déposer sans mal sur la route qui menait à Wéli-wéli. Le sentier qu'ils suivaient auparavant les aurait menés, sans qu'ils s'en doutent, dans une forêt peuplée de fauves dangereux.

Abasourdis, décontenancés par tous ces événements insolites, ils restèrent un moment sans parler. Devant le silence de ses frères, Yero, le quatrième fils, prit la parole : « Mes frères ! Pensez-vous que les singes qui nous ont nargués et que l'ouragan qui vient de nous transporter soient ordinaires ? Pour ma part en tout cas, je ne le crois pas. Ne faudrait-il pas réviser notre position en ce qui concerne le garçonnet que nous avons considéré comme un diablotin alors qu'il se prétendait notre unique neveu, fils de notre sœur Wâm'ndé ? »

Contes initiatiques peuls

Demba, le troisième fils, répliqua : « Yero, ferme ta mâchoire de cheval, car une bouche humaine qui ne profère que des bêtises n'est guère plus qu'une ganache [1]. » Yero se tut, la tradition ne lui permettant pas de répliquer à un aîné. Pensif, il baissa la tête. Mais lorsque, quelques instants plus tard, il la releva, il aperçut au loin une culotte bouffante brodée de soies de toutes les couleurs. « La récompense d'un petit frère respectueux de son aîné ne tarde jamais à venir ! s'écria-t-il. Voici que j'aperçois là-bas, sur notre route, une culotte merveilleuse. C'est ma chance, ma grande chance qui me l'offre car je suis le premier à l'apercevoir. » Et de toute la vitesse de ses jambes, il se précipita pour ramasser la culotte, qu'il enfila. « Ah ! s'exclama-t-il, la quatrième princesse, qui sans nul doute sera la mienne, me trouvera l'homme le plus pudique de la terre maintenant que je possède un riche vêtement pour soustraire mon sexe à la vue du commun des mortels... »

Yero et ses frères poursuivirent leur chemin, parlant entre eux de tous les événements étonnants qui leur étaient arrivés jusqu'à la découverte de la culotte. Soudain, une voix coupa leur conversation : « Ô mon oncle Yero, dit-elle, si tu n'es pas fatigué de porter une culotte bouffante brodée, moi je suis fatigué d'être porté comme une culotte bouffante ! » En moins de temps qu'il n'en faut pour le dire, Yero avait arraché la culotte. Il la jeta à son tour dans la broussaille en criant : « Diablotin ! Va rejoindre ta mère et essaie de la téter mieux que tu ne l'as fait jusqu'ici [2] ! » Et les

---

1. Ganache : mot qui désigne à la fois la mâchoire du cheval et une personne dépourvue d'intelligence.
2. L'attitude inconséquente de Yero est typique de l'incohérence et de l'inconséquence propres à la nature de l'homme. Les sept frères (comme

Njeddo Dewal

jeunes gens s'éloignèrent en courant, aiguillonnés par la peur du diablotin qui ne cessait de les braver avec malignité.

Pâté, le cinquième fils, était le plus rapide à la course. Arrivé le premier à une courbe de la route, il vit au bord du chemin une paire de sandales richement travaillées. « Mes frères ! s'écria-t-il. J'aperçois devant moi une magnifique paire de sandales. C'est ma chance, ma grande chance, car elles me permettront de paraître dignement aux yeux de la cinquième princesse qui, certainement, sera mon épouse. » Et il chaussa allègrement les sandales. « En attendant, ajouta-t-il, elles m'aideront toujours à mieux marcher ! »

Les voyageurs reprirent leur route. Une fois encore, une petite voix s'éleva : « Ô mon oncle Pâté, cinquième fils de mon grand-père Bâ-Wâm'ndé ! Si tu n'es pas fatigué de porter des chaussures, moi je suis fatigué d'être porté comme des chaussures. » Pâté, non moins surpris que ses quatre aînés, se hâta de se déchausser et de jeter les sandales le plus loin possible. « Petit diablotin, s'exclama-t-il, va retrouver ta mère et demande-lui de te chanter une berceuse afin que tu t'endormes et cesses de venir tenter les fils d'Adam ! »

Les sept frères étaient fatigués de marcher et de courir. Ils avaient faim, chaud et soif. Enfin ils aperçurent

nous tous) agissent en oubliant à l'instant ce qu'ils avaient dit auparavant, oubliant au fur et à mesure le fruit de l'expérience passée, répétant constamment les mêmes erreurs. Chacun croit toujours que l'épreuve est pour les autres, non pour lui. Ainsi, dans la vie, est-il très difficile de profiter de l'expérience des autres. Chacun doit faire sa propre expérience, et parfois la renouveler plusieurs fois avant d'en comprendre la signification.
Les frères – autre caractéristique bien humaine – sont également très entêtés. Quand ils ont une idée en tête, rien ne les fera changer d'avis.

au loin, plantés en un triangle serré, les trois grands arbres de la brousse : un baobab, un caïlcédrat et un fromager (58). Leurs dômes étaient si épais et leurs branches si entremêlées qu'ils formaient une épaisse voûte de verdure sous laquelle régnait une ombre bienfaisante. Ils se hâtèrent vers cet abri providentiel et s'écroulèrent sur le sol, aspirant à réparer leurs forces. Or au pied du baobab se trouvait un grand canari rempli d'eau fraîche ; entre les épaisses racines du fromager une marmite reposait sur trois pierres, et sous le caïlcédrat plusieurs paniers contenant de la viande fraîche et toutes sortes de céréales et de condiments avaient été posés.

Njobbo, le sixième fils, était le seul à avoir décelé la présence du canari, de la marmite et des paniers. Il chuchota à son frère Pâté :

« Vois-tu ce que je vois en ce moment au pied des trois arbres ?

— Non, répondit Pâté.

— Alors je retire ma parole et n'ai rien dit. »

Les sept jeunes gens s'étendirent de tout leur long. Sous le poids de la fatigue, ils ne tardèrent pas à s'endormir comme des bébés. Mais ventre vide peut-il dormir longtemps ? Certes non : aussi ne restèrent ils assoupis que le temps de réparer leurs forces. Le sommeil s'évada de leurs yeux et ils se réveillèrent, chacun serrant davantage la corde de son pantalon autour de son ventre pour tromper sa faim et tirant la langue sous l'effet d'une soif inextinguible. Leur vue était devenue si trouble qu'ils ne virent pas, posées non loin d'eux, une grande écuelle emplie de mets délicieux miraculeusement préparés et une calebasse contenant suffisamment d'eau fraîche pour étancher leur soif. Le

Njeddo Dewal

fumet du repas chatouilla néanmoins leurs narines et leur dessilla les yeux. Dès qu'ils eurent découvert la grande écuelle appétissante, aucun d'eux ne prit le temps, comme l'usage l'aurait voulu, d'inviter l'autre à se mettre autour du plat. Ils y plongèrent la main tous à la fois et se restaurèrent copieusement, après quoi ils se désaltérèrent.

Quand ils furent bien rassasiés, Njobbo se leva pour aller déposer le plat un peu plus loin [1]. Il vit alors scintiller sur le sol une bague magnifique, sertie d'une pierre précieuse si rayonnante qu'elle éclairait comme une lampe. « Ma chance, ma grande chance ! s'écria-t-il. Ô mes aînés, je viens de trouver une bague précieuse. Je la porterai à mon annulaire et la sixième princesse, qui, cela va sans dire, sera mon épouse, aura pour moi une haute considération et un avant goût de ma fortune, car la bague que je lui présenterai n'est digne que d'un roi. » Et Njobbo tout heureux mit la bague à son doigt.

Bien restaurés et reposés, les sept frères reprirent leur voyage avec davantage de courage et d'endurance. Ils marchèrent une bonne partie de la soirée. A un moment donné, la voix qu'ils connaissaient bien se fit à nouveau entendre : « Ô mon oncle Njobbo, sixième fils de mon grand-père Bâ-Wâm'ndé ! Si tu n'es pas fatigué de porter une bague à ton doigt, moi je suis fatigué d'être porté comme une bague ! » A l'exemple de ses frères, Njobbo arracha la bague de son doigt et la lança le plus loin possible dans la brousse en s'écriant :

« Maudit petit lutin ! Va retrouver ta diablesse de

---

[1]. Selon la coutume, c'est le cadet qui accomplit les petites tâches pour ses aînés.

Contes initiatiques peuls

maman et demande-lui de te porter dans son dos jusqu'à ce que tu grandisses davantage et cesses de venir mystifier les bonnes gens ! »

La marche continua. Le soleil disparut à l'horizon occidental. Une obscurité intense recouvrit la nature de son grand manteau sombre. Ne voyant plus rien, les voyageurs décidèrent de s'arrêter. Mais voilà que Delo, le septième et dernier fils de Bâ-Wâm'ndé, aperçut à quelques pas de lui une ceinture miraculeuse qui s'allumait et s'éteignait comme un ver luisant. « Ma chance, ma grande chance ! s'écria-t-il. Réjouissez-vous mes frères, car voilà que Guéno met à notre disposition de quoi éclairer notre route. J'aperçois en effet une ceinture lumineuse qui me revient de droit. Non seulement elle éclairera notre route et nous permettra de continuer notre chemin, mais encore elle convaincra la septième princesse de m'épouser en lui donnant une idée de la qualité et de la quantité de ma fortune. » Cela dit, Delo alla ramasser la miraculeuse ceinture de cuir et s'en ceignit. Les rayons lumineux qui en jaillissaient éclairaient la route comme l'aurait fait une grande torche.

Les sept frères profitèrent de la fraîcheur de la nuit pour diminuer la distance qui les séparait encore de la cité aux sept vierges. Ils marchèrent sans se fatiguer et sans être inquiétés par quoi que ce soit jusqu'au premier chant du coq. Alors seulement ils décidèrent de se reposer. Quittant le chemin, ils allèrent s'asseoir au pied d'un grand baobab planté à quelques pas de là. A peine y étaient-ils installés que la petite voix s'éleva encore : « Ô mon oncle Delo, septième frère de ma mère Wâm'ndé ! Si tu n'es pas fatigué de te ceindre, moi je suis fatigué d'être porté comme un ceinturon ! »

Njeddo Dewal

Les sept frères se regardèrent. Hammadi, l'aîné, dit à Delo le cadet : « Donne-moi cette ceinture. Il nous faut en finir avec ce diablotin qui ne cesse de nous mystifier. » Delo défit sa ceinture et la tendit à Hammadi. Celui-ci la posa devant lui et dit : « Ceinture ! Dis-nous en toute vérité qui tu es et pourquoi tu nous suis. »

Aussitôt, la ceinture se métamorphosa en un garçonnet de dix à douze ans.

« Ô mes oncles ! dit le garçonnet. Que vous l'admettiez ou non, je suis le fils de votre cadette Wâm'ndé. Mais je ne suis pas un enfant ordinaire : je suis un garçon prédestiné. Ma mission est de lutter contre les maléfices de Njeddo Dewal la grande sorcière et de la rendre inoffensive afin que le pays de Heli et Yoyo recouvre son ancienne prospérité et vive à nouveau dans la paix et le bonheur. En vérité, la cité merveilleuse vers laquelle vous vous dirigez n'est autre que Wéli-wéli, la cité magique dont Njeddo Dewal est la maîtresse, et les sept princesses à marier ne sont autres que ses filles.

« Souffrez que je vous accompagne à Wéli-wéli, car sans moi vous n'en reviendrez pas vivants. Njeddo Dewal sucera votre sang et jettera votre chair aux vautours qui nichent au sommet des sept montagnes dont la cité est entourée. »

Samba et Demba, se tournant vers leur frère aîné, prirent la parole :

« Ô Hammadi ! Acceptons notre neveu, faisons-en notre compagnon. Malgré toutes ses mystifications, il ne nous a fait aucun mal. Au contraire, il nous a sauvés chaque fois que nous nous sommes trouvés en difficulté. Pour consacrer notre accord, décousons chacun une bande de notre vêtement et réunissons ces sept

Contes initiatiques peuls

bandes pour en faire un boubou dont nous habillerons notre neveu. »

Les sept frères tombèrent d'accord. Ils acceptèrent leur neveu et lui confectionnèrent un boubou tiré de leurs propres vêtements. Puis ils se préparèrent à partir. « Gaël-wâlo, jeune taurillon, dirent-ils à l'enfant, tu seras non seulement notre protecteur mais notre guide. Certes, nous sommes tes oncles et tu es notre neveu, mais nous te faisons confiance. Avec toi pour nous protéger, nous sommes prêts à aller affronter Njeddo Dewal elle-même.

– Mes chers oncles, répliqua Bâgoumâwel, je vais maintenant me transformer en un gros nuage. Je me déplacerai au-dessus de vos têtes pour scruter l'horizon et voir comment se présentent les choses, car j'ai l'impression que nous sommes déjà entrés dans la brousse de Wéli-wéli [1]. »

Joignant l'acte à la parole, Bâgoumâwel se métamorphosa en un gros nuage qui s'éleva très haut dans le ciel. De là, il cria à ses oncles : « Je vois au loin une grande mare que nous aurons à traverser avant d'atteindre Wéli-wéli. Je vais vous précéder. Vous me trouverez sur la rive. »

Cela dit, il piqua droit sur la mare qu'il atteignit en un rien de temps. Une fois à terre, ayant repris la forme d'un garçonnet de douze ans, il inspecta minutieusement tous les coins et recoins de la mare et des alentours, puis s'assit et attendit patiemment ses oncles.

Ceux-ci arrivèrent après une assez longue marche.

---

1. C'est-à-dire le domaine ou les abords de Wéli-wéli. Chaque village, chaque cité a sa « brousse », c'est-à-dire ses abords, sa campagne environnante. Puis vient sa « haute brousse » dont la limite correspond au commencement de la haute brousse d'un autre village.

Njeddo Dewal

Assoiffés, écrasés de chaleur, leur premier geste fut de se déshabiller pour plonger dans la mare et s'y désaltérer. Bâgoumâwel les arrêta :

« Ô mes oncles ! dit-il, gardez-vous de vous laver dans cette mare et de boire de son eau. Elle est polluée par le déversement des urines de Njeddo Dewal. Tout homme qui s'y lavera le corps ou en boira ne fût-ce qu'une gorgée deviendra ivre, abruti et si borné qu'il dépassera en idiotie le plus crétin des crétins. Il fera sans tergiverser tout ce que demanderont les filles de Njeddo Dewal. »

Effrayés, les oncles de Bâgoumâwel suivirent son conseil. Ils gardèrent leurs vêtements et traversèrent prudemment la mare, qui était guéable. Ils arrivèrent devant Wéli-wéli quelques instants avant le coucher du soleil. C'était l'heure où les vaches rentrant du pâturage mugissaient comme pour appeler leurs petits ; où les oiseaux de toute taille, fatigués du long vol de la journée, s'assemblaient dans les branches des arbres, piaillant à qui mieux mieux comme pour se raconter les événements de la journée. Les veaux beuglaient de toute leur frêle voix, semblant répondre aux appels de leurs mères. Les ânes poussaient des braiments nostalgiques, comme pour pleurer la disparition du soleil dans les ténèbres de la nuit. Des coqs à la tête ornée de crêtes crénelées comme le fronton d'un palais royal ou épaisses et tissées comme la coiffure d'une reine lançaient des cocoricos triomphants auxquels répondaient les cris des bébés qui protestaient contre la toilette du soir ou réclamaient leur tétée.

Dans l'antre de la sorcière

A l'entrée de la ville, les sept frères trouvèrent un gardien, portier de la cité. Il avait pour fonction d'ac-

Contes initiatiques peuls

cueillir et d'héberger les jeunes gens qui venaient solliciter la main des filles de Njeddo. Nul autre que lui n'avait le droit ni l'audace d'adresser la parole aux étrangers qui arrivaient à Wéli-wéli. Il reçut aimablement Bâgoumâwel et ses oncles et les mena en un lieu où avaient été aménagés des logements somptueux. Les murs en étaient élevés, parfaitement droits, et leur crépi si lisse et si uni qu'on aurait pu y aiguiser la lame d'un couteau. Ils étaient recouverts de dessins admirables qui représentaient tous les êtres de la nature avec une telle fidélité qu'on les aurait crus vivants et prêts à bondir. Ces dessins étaient de toutes les couleurs mais, on ne sait pourquoi, le vert dominait. Quant aux battants des portes, ils étaient en argent serti de lamelles d'or.

Le portier logea les voyageurs dans des chambres agréablement aérées, rafraîchies par une douce température qui ne rendait point malade. Des pagnes richement historiés ornaient des couchettes surélevées. Rien ne manquait en ces lieux ni pour se sustenter ni pour se distraire. Après avoir bien installé les jeunes gens, le portier leur dit :

« Soyez les bienvenus ! Vous êtes arrivés là où il faut arriver pour être à l'aise. Désormais, vous ne connaîtrez plus ni soucis ni maladie et vous n'aurez plus besoin de personne. Mais il est de coutume – car telle est la volonté de ma maîtresse – que je demande aux étrangers qui entrent dans la ville le motif de leur voyage et leur intention secrète. Déliez donc vos langues, laissez-les exprimer directement vos désirs, n'ayez ni peur ni honte, et surtout ne biaisez point. En effet, il est des circonstances où la honte[1] fait perdre à

---

1. En Afrique, ce mot ne recouvre pas seulement ce que l'on entend par là en français, mais également la pudeur, la réserve, la timidité, qui sont

Njeddo Dewal

un homme ce qu'il était venu chercher et qu'il croyait difficile à obtenir. »

Hammadi remercia grandement le gardien, puis il dit :

« Ce qui nous amène ici valait la peine d'un long voyage. En effet, tout homme, lorsqu'il a atteint sa majorité, doit fonder un foyer s'il veut être pris au sérieux [1]. Nous sommes sept frères, même père même mère [2], et nous sommes venus demander en mariage les sept filles de la Reine de la cité. » Ayant prononcé ces paroles, il se tut.

Le gardien détailla chacun des jeunes gens depuis l'extrémité des orteils jusqu'au sommet du crâne. Il les fit se tourner et se retourner, les tâta un peu partout comme un boucher le ferait d'un mouton ou d'un taureau. « Et le garçon qui vous accompagne, demanda-t-il, pourquoi est-il venu ? Que cherche-t-il ? »

Hammadi, qui avait toujours la parole en tant qu'aîné, répondit :

« C'est un neveu à nous, le seul que nous ayons. Or il n'accepte personne, pas même sa mère. Il ne peut se passer de nous, ni nous de lui. Il ne mange, ne boit et ne dort qu'après nous avoir vus et avoir reçu de nous une caresse ou quelques bonnes paroles.

– Vous avez clairement parlé ! s'exclama le gardien.

---

considérées comme autant de manifestations de noblesse de caractère, particulièrement chez les Peuls.
1. Dans les sociétés traditionnelles, le célibataire était considéré comme un mineur.
2. Même père même mère (traduction littérale) : cette précision, qui étonne souvent les Européens, n'est pas superfétatoire en Afrique car le mot « frère » s'étend non seulement à tous les demi-frères, qui sont nombreux dans les familles polygames, mais aussi à tous les cousins paternels, surtout chez les Peuls.

Contes initiatiques peuls

Installez-vous donc. Je m'en vais de ce pas informer ma maîtresse de votre arrivée et lui dire l'intention qui vous anime. » Et il se rendit sur-le-champ auprès de Njeddo Dewal à qui il fit un rapport détaillé et fidèle de tout ce qui venait de se passer. La mégère exulta ! Enfin, elle avait atteint son but : attirer les enfants de Bâ-Wâm'ndé dans sa cité afin d'assouvir sa vengeance !

« Retourne auprès d'eux, dit-elle au gardien. Déclare-leur qu'ils sont les bienvenus ici et que nous n'avons qu'un accueil chaleureux à leur réserver. Ajoute que demain, après le petit déjeuner, je recevrai mes sept hôtes et peut-être futurs gendres. Dis-leur cela de ma part et prends toutes les précautions nécessaires afin que tout se passe comme je le désire. »

Le lendemain matin, les sept frères, accompagnés de leur inséparable neveu, se présentèrent à Njeddo Dewal qui, pour la circonstance, avait revêtu une apparence agréable et des plus rassurantes. Elle les regarda un bon moment, puis sourit largement. « Mettez-vous à l'aise, dit-elle, en attendant que je revienne. » Elle s'absenta quelques instants, puis revint accompagnée de ses sept filles parées comme pour rejoindre la chambre nuptiale. Elle les présenta aux sept frères.

« Voici mes filles, dit-elle. Si elles vous choisissent elles-mêmes pour compagnons, elles seront votre propriété et vous connaîtrez alors mes bienfaits. Je vous autorise à aller dès maintenant badiner avec elles, car de même que tout cavalier aimerait bien connaître sa monture, tout mari aspire à connaître sa future femme. Seulement, je vous préviens : mes filles sont difficiles ! Il vous appartient d'être patients et adroits avec elles et de savoir vous en faire aimer. Quand elles viendront

Njeddo Dewal

me dire qu'elles vous acceptent pour époux, je donnerai mon consentement et vous consommerez votre mariage. Chacun de vous sera isolé dans une chambre avec l'une d'elles. Quant aux dépenses de fiançailles et de mariage, je vous en dispense dès maintenant. »

Toute méfiance envolée[1], les jeunes gens furent enchantés de cette réception et, surtout, des paroles agréables qu'ils venaient d'entendre.

Une journée exquise s'écoula, dans un tendre tête-à-tête entre les sept frères et les sept sœurs.

Au coucher du soleil, par délicatesse[2] et peut-être aussi par coquetterie, pour se faire un peu prier, les prétendants demandèrent à leurs bien-aimées la permission de se retirer jusqu'au lendemain matin. « Ce n'est pas la coutume chez nous, répondirent les jeunes filles. Les prétendants doivent rester avec nous sept jours durant afin que nous fassions mûrement connaissance. Celui qui n'accepte pas cette condition est purement et simplement refusé. » On devine avec quel empressement les sept frères acceptèrent ce tête-à-tête

---

1. A l'inconséquence et à l'entêtement, les sept frères ajoutent la naïveté, liée à l'oubli des mises en garde de Bâgoumâwel. Ils sont comme endormis ; ils n'ont aucune ligne directrice intérieure personnelle. Leur ligne directrice est toujours extérieure : soit le hasard des événements, soit la volonté ou l'action de Bâgoumâwel. En réalité, à part Bâgoumâwel, qui était un prédestiné et un initié, personne ne pouvait garder sa vigilance et sa raison pure face à Njeddo Dewal en raison de son pouvoir sur tout le pays.

Il faut voir là aussi un trait de caractère peul : sa méfiance, même après beaucoup de déconvenues, peut être effacée d'un seul coup par quelques bonnes paroles, comme peut mourir d'un coup sa confiance. Son amour-propre est si vif qu'une parole suffit à le blesser, comme une parole suffit à le calmer.

2. Comme la pudeur, la délicatesse fait partie du code peul de savoir-vivre dans les relations humaines.

Contes initiatiques peuls

nocturne, qu'ils espéraient secrètement sans trop oser y croire.

Les jeunes filles appelèrent le gardien. Elles lui ordonnèrent d'aller aviser leur mère qu'elles avaient décidé de garder leurs prétendants durant toute la semaine afin d'être avec eux, le jour et la nuit, comme un beignet de farine de mil dans du lait miellé.

Avant de rejoindre Njeddo Dewal, le gardien prit avec lui Bâgoumâwel :

« Étant donné ton âge, lui dit-il, c'est ta grand-mère la reine qui te recevra chez elle. La tradition faisant du petit-fils le " petit mari " platonique de sa grand-mère, pendant que tes oncles badineront avec leurs futures femmes, toi aussi tu plaisanteras agréablement avec " ta femme " (59). Ainsi tout le monde sera si content que les oisillons eux-mêmes en piailleront de plaisir dans leur nid ! »

Joignant le geste à la parole, il prit dans sa main droite la main gauche de Bâgoumâwel et le conduisit dans la chambre de Njeddo. Dès que celle-ci croisa le regard de l'enfant et que leurs yeux devinrent quatre, elle éprouva un choc inexplicable. Son double avait-il perçu tous les dangers que ce gamin peu ordinaire allait lui faire courir ? Peut-être. Quoi qu'il en soit, elle ne laissa rien paraître de son trouble et garda le visage serein d'une bonne vieille femme auguste et bienveillante. Elle prit Bâgoumâwel par les deux mains et lui dit : « Tu passeras tes journées et tes nuits avec moi pendant que tes oncles et tes futures tantes s'habitueront les uns aux autres. De leur accord dépendent en effet les liens qui nous uniront peut-être plus tard et qui feront de moi ta vraie grand-mère par alliance. »

Durant cette conversation, Bâgoumâwel, d'un coup

Njeddo Dewal

d'œil rapide et presque indiscernable, avait scruté la demeure de Njeddo. Il avait vite découvert le moyen subtil grâce auquel elle parvenait à s'abreuver du sang des jouvenceaux que le mauvais sort jetait dans le lit de ses filles.

Il resta donc avec la vieille pendant que ses oncles badinaient avec leurs compagnes. Après le dîner, quand se fut éteint le dernier écho des danses et des chants qui précédaient le coucher du petit peuple, un grand calme se répandit sur la ville. Njeddo Dewal s'installa pour dormir et invita l'enfant à en faire autant, une couchette ayant été spécialement aménagée pour lui à côté de son lit.

De leur côté, les oncles de Bâgoumâwel s'étaient laissé griser par la beauté des sept sœurs, par l'odeur suave qui émanait de leur corps, de leurs vêtements, de toute leur personne. Leur voix était si douce qu'elle semblait chanter une berceuse ; leurs mains lisses comme de la soie étaient aussi expertes en câlineries que les mains des femmes habituées à se vendre au plus offrant.

Quand la nuit fut avancée et qu'ivres de désir ils se trouvaient collés corps à corps avec les jeunes diablesses, ils tentèrent, cela va de soi, de s'unir à elles. Les jeunes filles leur firent alors connaître le prix qu'elles demandaient pour se donner à eux. Les soûlant de paroles caressantes et de promesses enivrantes, elles leur expliquèrent qu'ils devaient donner un peu de leur sang pour leur mère, qui ne pouvait dormir sans ce breuvage. Complètement subjugués, toute raison endormie, les sept oncles de Bâgoumâwel acceptèrent de bon cœur de donner un peu de leur sang avant de pouvoir assouvir leurs désirs. Chaque fille appliqua alors sur le corps de son compagnon la corne de biche naine qui servait à drainer le sang, à travers le long boyau, jusqu'à la bouche de Njeddo Dewal. Celle-ci n'attendait qu'un signal pour se mettre à tirer sur l'autre extrémité comme un fumeur tire sur une pipe bien bourrée.

Croyant Bâgoumâwel endormi, Njeddo se leva pour se livrer à son œuvre macabre. Elle toussota un peu, pour s'assurer qu'il dormait profondément. L'enfant ne réagissant pas, elle s'empara des tubes et les porta à sa bouche. A peine y posait-elle les lèvres que Bâgoumâwel s'écria :

« Que fais-tu là, ô grand-mère bien aimée ? Pourquoi te trémousses-tu ? Pourquoi ne dors-tu pas ? Des moustiques t'auraient-ils piquée ou bien des puces te suceraient-elles le sang ? »

Njeddo Dewal écarta vivement les tubes de sa bouche.

« Ô gamin aux yeux durs comme de la pierre[1] ! gronda-t-elle, qu'est-ce qui t'empêche de dormir ?

— Ce qui m'empêche de dormir, ô ma bonne vieille grand-mère à la bouche ouverte comme un trou, répliqua Bâgoumâwel, c'est que ma mère avait coutume, avant mon coucher, de me servir un plat de moustiques grillés. Si, la première journée de la semaine[2], je ne mange pas de ce plat, je ne puis dormir et celui dont je partage la chambre ne peut rien réaliser de ses inten-

---

1. « Durs comme la pierre » : difficiles à endormir. On dit : « Aujourd'hui, j'ai les yeux comme de la pierre » ; ou : « Cette nuit, mes yeux ont durci ».
2. Rappelons qu'en Afrique, comme en Orient, la nuit précède le jour. La nouvelle journée commence donc le soir et non le matin comme en Europe.

Njeddo Dewal

tions, qu'elles soient bonnes ou mauvaises. Alors, ôte ces tubes de ta bouche et essaie d'attraper autant de moustiques qu'il faudra pour me préparer ce plat avant le lever du jour. Sinon, ni cette nuit ni toute la journée de demain tu ne pourras rien faire, et tu te trouveras aussi mal à l'aise dans ton corps que dans ton esprit ! »

Njeddo Dewal se leva et passa le reste de la nuit à attraper des moustiques [1] ; mais chaque insecte capturé s'écrasait entre ses mains, si bien que le soleil apparut sans qu'elle ait pu réunir de quoi confectionner le plat réclamé par Bâgoumâwel. Elle était épuisée, dans un état pitoyable. Après chaque expiration, elle éprouvait un mal inouï à renouveler l'air de ses poumons.

Ignorant que leur mère n'avait pu boire le sang des jeunes gens, les jouvencelles se laissèrent déflorer vers le petit jour. Ensuite, ayant comme à l'accoutumée recouvré leur virginité, elles se rendirent auprès de leur mère pour la saluer. Elles la trouvèrent pantelante, couchée à même la terre, incapable de se lever. Elles s'interrogèrent avec inquiétude : « Qu'a donc notre mère pour rester couchée si longtemps ? » – « Qu'as-tu, maman ? Pourquoi tardes-tu ainsi à te lever ? demanda l'aînée.

– Bâgoumâwel et moi, répondit Njeddo, avons passé une nuit blanche à essayer de donner la chasse aux moustiques. »

Ses paupières et ses lèvres étaient enflées. Ses yeux versaient des larmes chaudes. Une morve épaisse et fétide coulait de ses narines. Elle n'avait même pas la

---

1. Njeddo Dewal est, elle aussi, subjuguée par Bâgoumâwel car le pouvoir magique de celui-ci est plus fort que le sien. Devant lui, elle perd toute faculté de réflexion et de jugement.

force de se moucher. Consternées, les jeunes filles retournèrent chez elles. La journée s'écoula bien péniblement pour Njeddo Dewal !

Vint la deuxième nuit. Quand elle fut à son milieu, Njeddo Dewal, pensant que l'enfant était profondément endormi, se leva pour s'abreuver enfin du sang des jeunes gens qui, pour la deuxième fois, partageaient la couche de ses filles. Comme elle embouchait l'extrémité des tubes conducteurs, l'incorrigible Bâgoumâwel se mit à tousser pour lui signifier qu'il ne dormait pas.

« Ô enfant dont les yeux, comme les molécules d'eau, ne cessent jamais de rouler ! s'écria-t-elle. Pourquoi ne dors-tu pas ?

– Vieille enchanteresse, répliqua-t-il, je ne puis dormir car ma mère avait coutume, la deuxième nuit de la semaine, de me faire boire une gorgée d'eau puisée au moyen d'un filet. Tant que tu ne me serviras pas cette gorgée d'eau, je resterai éveillé et tu ne pourras rien réaliser de tes intentions, ni cette nuit ni dans la journée de demain. Mais dès que j'aurai absorbé cette gorgée, ma raison s'envolera de mon corps, mes paupières s'alourdiront, je les fermerai malgré moi et m'endormirai comme un poisson qui hiberne dans la vase. »

La pauvre Njeddo se rendit au bord de son puits et passa le reste de la nuit à essayer de recueillir une gorgée d'eau à l'aide d'un filet. Quand le jour se leva, elle n'avait pu, bien sûr, se procurer la moindre goutte d'eau. Mourante de fatigue, elle rentra dans sa chambre, se jeta à terre et se mit à râler comme une bête qu'on égorge.

Njeddo Dewal

Au cours de la nuit, ses filles s'étaient laissé déflorer à nouveau comme la nuit précédente, expliquant à leurs amants que rien ne pouvait les empêcher de redevenir vierges après chaque défloration. Le matin venu, elles allèrent se présenter à leur mère qu'elles trouvèrent dans un état aussi lamentable que la veille.

« Qu'a donc notre mère, s'exclama la cadette, pour rester couchée si tard au lieu de vaquer à ses affaires comme à l'accoutumée ?

– J'ai passé toute la nuit au bord du puits, expliqua Njeddo d'une voix mourante, à essayer de puiser avec un filet une gorgée d'eau que Bâgoumâwel me réclamait avant de s'endormir. »

A ces paroles, les jeunes filles se prirent à douter de la raison de leur mère, pourtant si intelligente et si éveillée d'ordinaire. « Puiser de l'eau au moyen d'un filet ? se dirent-elles ; il faut vraiment que notre mère soit envoûtée pour se livrer à une si folle entreprise ! »

La deuxième journée ne fit qu'augmenter la lassitude de Njeddo Dewal.

Dissimulant leur inquiétude, les jeunes filles se préparèrent à retourner auprès de leurs soupirants. Elles se parèrent plus coquettement que jamais et se parfumèrent avec des aromates choisis par les meilleurs experts en la matière. Une fois en présence des jeunes gens, elles redoublèrent de séduction :

« Nous sommes toutes prêtes à vous témoigner notre amour comme les deux nuits passées, dirent-elles. Et pour vous prouver le désir que nous avons de vous et la docilité avec laquelle nous nous livrerons, nous nous montrerons à vous complètement nues [1]. »

---

[1]. Il pourrait paraître surprenant qu'après deux nuits d'intimité les jeunes filles n'aient pas encore découvert leur nudité à leurs compagnons.

Contes initiatiques peuls

Vint la troisième nuit. Les jeunes filles, qui s'étaient concertées, tinrent chacune à peu près le même langage à leurs amoureux. Leurs douces paroles se terminaient toutes par cette demande : « Si vraiment tu m'aimes, si ton amour n'est pas seulement sur ta langue [1], si tu es prêt à te donner à moi comme je me donne à toi, accepte de sacrifier un peu de ton sang pour ma mère qui est mourante depuis deux jours. »

Chacun des jeunes gens, comme s'ils s'étaient également concertés, répondit à sa compagne : « Mon cœur n'est pas une pierre pour que la douceur de tes paroles ricoche sur lui sans le pénétrer. Prends de moi ce que tu veux pour guérir les tortures de ta mère. Le fait de revenir auprès de moi pour la troisième fois n'est-il pas une preuve de ta fidélité ? Cela ne mérite-t-il pas le peu de sang que tu me demandes ? Ne tarde pas plus longtemps. Applique sur mon corps la ventouse et dis à ta mère de sucer à satiété [2]. »

Njeddo Dewal, prévenue par ses filles, se leva au milieu de la troisième nuit. Persuadée qu'après deux nuits blanches le petit phénomène dormirait enfin, elle emboucha ses tubes. Elle s'apprêtait à aspirer quand, à sa plus grande surprise, Bâgoumâwel se mit à bâiller bruyamment. Il se trémoussa sur sa natte, finit par s'asseoir et dit :

« A quelle scène vas-tu te livrer cette nuit, ô ma

Chez les Peuls, cela n'a rien d'étonnant. Dans cette tradition où l'extrême pudeur est la règle, une femme peut passer sa vie auprès de son mari sans jamais s'être montrée à lui en pleine lumière.
 1. C'est-à-dire « si ce ne sont pas seulement des paroles ».
 2. Les sept frères acceptent bien volontiers de donner leur sang car ils ne ressentent, et pour cause, aucune fatigue !

Njeddo Dewal

grand-mère à l'âme préoccupée et aux yeux écarquillés ?

— Pourquoi ne dors-tu pas, enfant espiègle aux globes oculaires [1] aussi durs que la roche ?

— Je ne dors pas parce qu'après chaque dîner de la troisième nuit de la semaine ma mère a l'habitude de décrocher pour moi de la Voie lactée une étoile avec laquelle je joue au tèlè [2]. Ce n'est qu'après avoir marqué plusieurs buts avec cette étoile que le sommeil me prend, et là, je m'endors comme une souche ! Alors, si tu veux que je m'endorme, fais pour moi ce que ma mère avait l'habitude de faire. »

Toujours subjuguée par Bâgoumâwel, Njeddo Dewal sortit et monta sur la terrasse. Elle se confectionna un outil en attachant bout à bout un très grand nombre de perches et passa le reste de la nuit à essayer de gauler une étoile pour faire taire enfin celui qu'elle appelait « son énergumène de petit-fils » !

Comme on s'en doute, cette troisième nuit et la journée qui la suivit n'apportèrent aucune amélioration à l'état physique et mental de Njeddo Dewal.

La quatrième nuit ne devait pas être plus heureuse, malgré tous les efforts déployés par les jeunes filles pour ensorceler leurs compagnons et leur faire accepter de donner leur sang. Les adolescents, qui ne se doutaient toujours de rien et qui ne se sentaient nullement diminués — et pour cause ! — se laissaient tromper par

---

1. Littéralement : « graines des yeux ». Le globe oculaire est appelé « graine » en raison de sa forme circulaire et aussi parce qu'il est logé dans une cavité, comme la graine est cachée dans le fruit ou dans la terre.
2. Tèlè : jeu un peu semblable au golf, qui se joue à deux équipes. On frappe une balle avec un bâton pour lui faire atteindre non un trou, mais un but. Chaque équipe essaie d'empêcher l'autre de marquer des points.

la virginité permanente de ces filles qui, lorsqu'elles marchaient devant eux, balançaient doucement leur hanches comme le vent du nord balance les rameaux nonchalants d'un arbre.

Pour la quatrième fois, la nuit tomba.
Bâgoumâwel avait dîné à satiété. Njeddo Dewal, elle, mourait de faim. Quel argument devait-elle inventer pour réussir à échapper à ce diablotin de gamin dont l'insomnie s'endurcissait chaque nuit davantage ? Comment faire, se demandait-elle, pour boucher l'ouïe de ce lutin et le faire sombrer dans un sommeil de plomb qui lui permettrait à elle, Njeddo Dewal, de réparer enfin ses forces en suçant le sang des jouvenceaux ? « Jamais de ma vie, ajouta-t-elle à mi-voix, aucun être humain ou fils de génie n'a pu affronter mon redoutable fétiche ni braver les terribles dangers que je fais courir à ceux qui se mettent en travers de ma route. Faudrait-il aujourd'hui que je me rende auprès de l'hyène au pelage noir, princesse héritière de l'or également noir, Diatrou la grande suzeraine (60) de tous les carnassiers et de leurs compagnons les singes hurleurs, pour lui demander laquelle des seize cases du thème géomantique je dois utiliser afin d'envoûter Bâgoumâwel, le balayer comme un fétu de paille de ma route et le neutraliser enfin ? »

Ces réflexions ne devaient pas lui servir à grand-chose car lorsque, une nouvelle fois, elle se leva au milieu de la nuit pour porter à sa bouche l'extrémité des sept fins boyaux, Bâgoumâwel se dressa et s'assit sur sa couche.

« Quelle déception sera la tienne, ô mienne vieille grand-mère, lança-t-il, car je ne dors pas encore, et

Njeddo Dewal

tant que je resterai éveillé tu ne pourras rien entreprendre ! »
Cette fois-ci, excédée, Njeddo Dewal s'écria : « Si tu passes toute la nuit sans dormir, moi je la passerai tout entière à te frapper ! » Et se saisissant de Bâgoumâwel, elle le courba en avant et l'emprisonna entre ses jambes afin que son dos fût bien à la portée de ses coups. Du plat de la main, elle le frappa une première fois sur la tête, puis une deuxième fois sur le dos. Elle leva le bras pour lui assener un troisième coup, mais dès que sa main toucha le dos de Bâgoumâwel, celui-ci, comme un poisson électrique, émit une telle décharge que la mégère en eut les membres pétrifiés et qu'elle sentit un poids aussi pesant qu'une charge d'âne lui ployer le cou.
« Qu'as-tu dit, qu'as-tu fait, ô farfadet engendré par une diablesse ! s'écria-t-elle. Pourquoi ne dors-tu pas comme tous les garçons de ton âge à une heure si avancée de la nuit ?
– Je ne dormirai pas, répondit Bâgoumâwel, et tes membres resteront gelés si tu ne me donnes pas ce que ma mère a l'habitude de me donner le quatrième jour de chaque semaine.
– Maudit garçon ! Dis-moi donc ce que ta mère a l'habitude de te donner pour dormir le quatrième jour de la semaine !
– Chaque quatrième jour, expliqua-t-il, ma maman me sert, après le dîner, une calebassée de babeurre provenant d'une bufflonne qui a vêlé pour la première fois.
– Dégèle mes membres, s'écria la sorcière impuissante, et avant que le coq n'ait chanté, je t'apporterai une pleine calebassée de babeurre de bufflonne ! »

Contes initiatiques peuls

Njeddo Dewal, délivrée par Bâgoumâwel, se lança dans la brousse à la recherche d'un troupeau de buffles. Trouver un troupeau de buffles n'est certes pas très difficile, mais trouver pour la traire une bufflonne qui vient de vêler pour la première fois n'est chose aisée pour personne, même pour Njeddo Dewal, maîtresse des sortilèges et enchanteresse invétérée. Aussi la malheureuse passa-t-elle la nuit à courir après des bufflonnes, mais aucune de celles qu'elle aperçut n'allaitait pour la première fois.

Lorsque le disque jaune du soleil parut à l'horizon, le troupeau de buffles regagna la haute brousse et Njeddo rentra au logis bredouille, la tête plus basse que jamais.

Comme chaque matin, ses filles se présentèrent à elle pour la saluer. Elle était si épuisée qu'elle ne put même pas répondre comme il convenait à leurs salutations. Inquiètes, ses filles s'en retournèrent auprès de leurs soupirants pour reprendre avec eux leurs ébats habituels, puisque le but visé par leur mère n'était pas encore atteint.

Pendant que les sept filles et les sept garçons se livraient à leurs jeux galants, Njeddo Dewal, médusée, stupéfiée, restait clouée sur ses fesses, les yeux grands ouverts, les lèvres béantes, bavant comme un chien malade, des larmes coulant de ses yeux comme les eaux d'une source vive. Sa soif était devenue insupportable, sa faim une torture. Elle vécut ainsi une véritable journée de damnée – on peut même dire qu'un condamné aux peines de l'enfer ignore de tels tourments et de telles souffrances !

Le cinquième soir arriva, avec son cortège de sur-

Njeddo Dewal

prises. Njeddo espérait que, cette nuit-là, Bâgoumâwel finirait tout de même par succomber sous le coup d'un sommeil toujours possible pour un garçon de son âge.
Comme chaque jour, le soleil déclina. Il déversa sur la nature une lumière jaune d'or avant que la nuit ne vînt la recouvrir de son manteau bleuté, obligeant les êtres diurnes à regagner leur logis pour faire place aux êtres nocturnes qui sortaient de leur repaire en quête de nourriture.
Le ciel, d'un bleu sombre et profond, s'étendait au-dessus de la terre. Aucune étoile n'était restée cachée : toutes étincelaient comme des éclats de diamant, présentes au rendez-vous comme pour une fête de mariage.
Njeddo Dewal attendit que la nuit se fût écoulée aux deux tiers. Alors, persuadée que Bâgoumâwel dormait enfin profondément, elle se leva, emboucha ses tubes comme à l'accoutumée et se prépara avec délices à sucer de toutes ses forces. Las ! Ce qui lui semblait impossible après cinq nuits d'insomnie se produisit cependant. Bâgoumâwel se dressa brusquement sur son séant en s'écriant : « Recouche-toi, grand-mère ! Ôte de ta bouche ces tubes qui partent d'ici pour aller je ne sais où. Je ne dors pas encore, parce que tu n'as pas fait pour moi ce que ma mère a l'habitude de faire le cinquième jour de la semaine.
– Ô petit lutin ! s'exclama Njeddo Dewal désespérée. Dis-moi vite ce que ta mère a l'habitude de te servir le cinquième jour de la semaine et j'en ferai autant pour qu'enfin tu t'endormes sans chuchoter ni tergiverser !
– Ma mère a l'habitude de me faire boire de la poudre de pierre délayée dans du lait de chauve-souris », répondit tranquillement Bâgoumâwel.

Contes initiatiques peuls

Njeddo Dewal, en soupirant, ramassa sa besace qui contenait son arsenal magique et se rendit à la grotte des chauves-souris, située au pied de l'une des sept montagnes de la cité. Elle réussit à traire des femelles chauves-souris et à moudre quelques graviers qu'elle s'était procurés, mais quant à faire fondre cette farine pierreuse dans le lait de chauve-souris, c'était une autre affaire ! Le soleil apparut à l'horizon sans qu'elle ait pu y parvenir.

Elle rentra au logis, plus bredouille qu'un chasseur malheureux et plus honteuse qu'un roi qui non seulement aurait perdu une bataille mais qui – comble de l'indignité ! – y aurait laissé et son turban et son armure [1]. Une fois dans sa chambre, elle se jeta sur le sol.

Quand ses filles vinrent lui dire bonjour, elles la trouvèrent abattue et rompue comme si elle avait passé toute la nuit férocement ligaturée. Comprenant que leur mère venait d'échouer pour la cinquième fois, elles retournèrent chez elles et tinrent à leurs compagnons ce discours :

« Nous ne pouvons vous dissimuler la situation grave dans laquelle se trouve notre mère. Nous revenons vers vous pour continuer ce que nous avons commencé, afin qu'elle puisse survivre. Si le septième jour, c'est-à-dire après-demain, elle n'a pas obtenu de vous ce qu'elle désire, alors elle vous fera saisir dru, étouffer dur et tuer net ! Ni Dounfoun-bâfâli, ni Fountoun-bâfâli, ni Woulokono-sibo [2] ne vous protégeront.

---

1. Le turban est, comme la couronne, l'emblème de la chefferie. On peut perdre une bataille, mais perdre son turban et son armure est le comble de la honte. Généralement, dans un tel cas, le roi (ou le chef) se suicide.
2. *Dunfun-bâfâli, Funtun-bâfâli, Wulokono-sibo* font partie des 28 dieux du panthéon peul.

Njeddo Dewal

Le plus puissant des quadrupèdes carnassiers, le seigneur Lion à la grosse tête et à la vaste crinière que l'on appelle Yen-ten-ten, qui en entrant fait padiaj et en sortant saïbankoun [1], se saisira de vous. Il vous tordra le cou, boira votre sang, mangera votre chair et avalera la moelle de vos os. Puis on attribuera à chacun d'entre vous, en dehors de la ville, une case à la terrasse au ras de terre [2]. Vous êtes prévenus. A vous d'avertir votre galopin de neveu afin qu'il cesse de siffler dans sa petite flûte maléfique qui oblige notre mère à galoper chaque nuit après l'insaisissable.

« Qu'il le sache ou non, votre neveu n'est qu'un jeune prétentieux. Il met tout en œuvre pour ridiculiser notre mère, mais quand le tour de celle-ci viendra, alors tous les vaisseaux et les nerfs du corps de votre neveu s'entrelaceront pour tisser comme des boules solides. Aucune médication ne pourra le guérir des tumeurs dures qui apparaîtront sur son corps. Au début, elles seront indolores, mais à la fin elles lui cuiront la chair et seront si purulentes qu'aucun odorat, même celui d'un charognard, ne pourra supporter le relent qui s'en dégagera. Vous êtes prévenus, afin que vous puissiez avertir votre neveu. Mais cette mise en garde, soyez-en assurés, ne troublera en rien notre badinerie. »

La sixième nuit arriva comme les autres. Gaël-wâlo, le petit taurillon, avait-il été prévenu par ses oncles d'avoir à se tenir tranquille et de laisser faire la vieille

---
1. Yen-ten-ten : l'un des noms donnés au lion. Padiaj et saïbankoun sont des onomatopées.
2. Une tombe dans le cimetière.

sorcière ? Les apparences portaient à le croire car, au lieu de rester couché là où il en avait l'habitude, il était allé s'étendre en travers de la porte pour y dormir, tout au moins faire semblant. Il ronflait même de temps en temps pour rassurer pleinement Njeddo Dewal. La première partie de la nuit s'écoula ainsi paisiblement.

L'enfant reposait tranquille, comme un dormeur innocent.

Le moment venu, la mégère, épuisée, mit tout ce qui lui restait de forces à se lever pour emboucher comme chaque nuit les tubes que nous connaissons.

Aussitôt Bâgoumâwel, comme piqué par une puce ou chatouillé par une punaise, bondit et se dressa sur son séant. Il fouilla dans son vêtement, secoua vigoureusement sa couverture et s'exclama :

« Sans cette punaise et cette puce, je ne me serais certainement pas réveillé pour m'apercevoir, ô Njeddo Dewal, que tu recommences à vouloir sucer le sang de mes oncles [1]. Eh bien, chère grand-mère ! ce ne sera pas encore pour cette nuit, car, heureusement, mon sommeil a été interrompu par une puce et une punaise. L'insecte piqueur et l'insecte puant n'ont pas été néfastes pour moi. Et maintenant, je t'en informe, je ne dormirai pas du reste de la nuit si tu ne me sers ce que ma mère avait l'habitude de me servir le sixième jour de la semaine. »

Folle furieuse, Njeddo Dewal vociféra : « Damnés soient ton père et ta mère ! Maudit soit le jour de ta conception ! Honni soit le jour de ton baptême ! Que la

---

1. Le drame approchant de sa fin, Bâgoumâwel se sent assez fort pour montrer à Njeddo Dewal que si ses oncles sont dupes, lui ne l'est pas. Il assomme Njeddo avec cette déclaration avant de lui donner, à l'épreuve suivante, le coup de grâce.

Njeddo Dewal

plus terrible des pestes étouffe tous tes parents ! Dis-moi donc ce que ta mère, qui a engendré un mal que rien ne peut arrêter, te donne le sixième jour de chaque semaine ! »

Bâgoumâwel éclata de rire. « Ma mère, répliqua-t-il narquoisement, a coutume de me servir un repas chaud cuit au fond d'une poche d'eau. »

Comme elle en avait maintenant l'habitude, Njeddo Dewal prit son sac à fétiches, le jeta sur son épaule et se dirigea péniblement vers le fleuve, à un endroit où se trouvait une poche d'eau habitée par des hippopotames. Une fois parvenue sur la rive, elle s'assit et incanta la poche d'eau, ordonnant aux hippopotames, caïmans et lamantins qui y vivaient de venir à son secours afin de l'aider à satisfaire Bâgoumâwel le diablotin.

Allumer du feu au fond de l'eau et y préparer un repas chaud, certes, c'était là un exploit qu'aucune magicienne n'avait jamais réussi à accomplir depuis que le soleil avait commencé à se lever à l'orient et à se coucher à l'occident. Aussi, comme les fois précédentes, Njeddo Dewal passa-t-elle vainement le reste de la nuit à tenter l'impossible. Comme tous les autres matins, elle reprit, bredouille, le chemin du retour, mais cette fois-ci elle semblait plongée dans une grande confusion. Elle parlait tout haut d'une manière peu distincte, s'adressant aux êtres animés ou inanimés qu'elle croisait sur sa route.

Une fois arrivée dans sa chambre, elle continua à bredouiller, comme divaguant dans un cauchemar. Se ressaisissant, elle se dit, toujours à mi-voix : « Courage, Njeddo, ne laisse pas faiblir ta vaillance ! Demain, le septième jour, sera le jour fatal pour Bâgoumâwel car j'ai pu subtiliser le petit talisman attaché à une corde de cuir qu'il porte sous ses vêtements. Cette nuit, il dormira malgré lui, et cette nuit non seulement je sucerai tout le sang de ses oncles, mais je les égorgerai et j'alignerai leurs têtes sur le seuil de façon que ce soit la première chose que verra Bâgoumâwel en se réveillant ! »

Un peu réconfortée par cette agréable perspective, Njeddo Dewal tomba à terre et s'endormit profondément.

Bâgoumâwel, qui était resté couché sans bouger, se leva sans bruit. Il contempla la vieille sorcière étendue de tout son long, inanimée comme un cadavre, puis alla se camoufler dans un coin de la case car les filles de Njeddo n'allaient pas tarder à arriver pour leur salut matinal et il ne voulait pas être vu d'elles.

Comme chaque matin, les sept jeunes filles entrèrent dans la chambre. Elles trouvèrent leur mère plongée dans un sommeil profond, ses deux poings solidement fermés comme pour empêcher le sommeil de s'évader de son corps. Respectant son repos, elles retournèrent auprès de leurs amants pour reprendre avec eux leurs badineries habituelles.

Pendant que les jouvenceaux et les jouvencelles se livraient à leurs jeux sans se soucier de Njeddo et moins encore de Bâgoumâwel, celui-ci fit respirer à la sorcière, pendant son sommeil, un puissant somnifère afin d'être assuré qu'elle ne se réveillerait pas avant longtemps. Puis il enjamba son corps, sortit de la chambre et gagna, à l'extérieur de la ville, le bois sacré de Wéli-wéli. Il y cueillit des plantes aux vertus somnifères puissantes ainsi que plusieurs variétés de gomme. Une fois provision faite, il rentra vers le milieu de la

Njeddo Dewal

journée. Njeddo Dewal dormait toujours, les poings hermétiquement clos.

Bâgoumâwel réussit à contacter discrètement son oncle Hammadi. Il le prévint :

« C'est au cours de cette nuit, la septième, que le destin sera scellé. C'est une question de vie ou de mort. Ou bien ce sont les filles de Njeddo qui mourront, ou bien ce sera nous. Si vous hésitez à exécuter le plan que je vais vous soumettre, demain, avant que la lumière argentée du jour ne remplace les rayons jaunes du soleil levant, vos sept têtes seront alignées à la porte de Njeddo Dewal pendant que l'on inhumera vos corps dans le village silencieux [1].

— Dis-nous quel est ton plan, répondit Hammadi. Nous l'exécuterons les yeux fermés, car sans toi nous serions déjà morts depuis longtemps.

— Tenez ! dit Bâgoumâwel. Voici des feuilles que vous brûlerez dans vos appartements ; leur fumée plongera vos compagnes dans un sommeil aussi lourd que la mort. Pour vous, voici une poudre que vous absorberez, délayée dans de l'eau, avant de procéder à la fumigation ; elle vous empêchera de vous endormir sous l'effet de la fumée. De plus, voici un couteau qui ne s'émousse pas. Vous vous en servirez pour raser de très près la chevelure nattée de vos sept compagnes pendant leur sommeil ; chacun de vous s'en coiffera à la manière d'une perruque. Vous les dépouillerez aussi de leurs bijoux et de leurs vêtements, que vous porterez. Ensuite, vous habillerez les sept filles de Njeddo de vos propres costumes d'homme et coifferez leur tête nue de vos bonnets. Vous raserez vos barbes et vos

---

1. Le village silencieux : le cimetière.

favoris que vous collerez à leur menton et à leurs tempes avec la colle que voici. Cela fait, vous poserez sur leur corps les ventouses qu'elles vous ont infructueusement appliquées chaque nuit, puis vous les installerez dans vos propres lits. Après avoir ramassé tous vos effets et préparé vos baluchons, vous vous coucherez à leur place. Là, faites semblant de dormir, et si vous entendez des râles dans la nuit, que cela ne vous trouble point.

« Demain matin, à son réveil, Njeddo Dewal attendra vainement ses filles car elles ne viendront pas lui souhaiter la bonne matinée comme d'habitude. Et quand elle verra ce qu'elle verra, elle se mordra les doigts jusqu'à la deuxième phalange et, de dépit, introduira machinalement ses deux index dans les cavités de ses yeux comme pour en extraire les graines. »

Hammadi prit tous les ingrédients fournis par son neveu et l'assura qu'il procéderait exactement selon ses recommandations.

La septième nuit arriva enfin. Les sept filles de Njeddo Dewal, assurées que cette nuit serait décisive et que leur mère triompherait enfin de Bâgoumâwel, revêtirent leurs plus beaux atours. Elles portèrent leurs bijoux les plus précieux et versèrent sur elles des arômes aphrodisiaques capables de ranimer l'ardeur fût-ce d'un homme impuissant. Ainsi parées, elles prirent en compagnie de leurs amants un dîner exquis, arrosé de boissons délicieuses qui enthousiasment le cœur et l'esprit sans pour autant assombrir le cerveau.

Après le dîner, les jeunes gens devisèrent avec encore plus d'entrain que d'habitude. Quand vint le moment de la séparation, Hammadi se leva et alla fermer la

porte principale qui, de l'extérieur, donnait accès aux appartements. Puis il dit aux jeunes filles :
« Chacun de nous porte sur lui des feuilles cueillies sur un arbre merveilleux qui ne pousse que dans notre pays. Une fois jetées sur des braises, ces feuilles dégagent une fumée miraculeuse. Celui qui la respire voit exaucer toutes les prières qu'il formule avant de s'endormir. Si vous le voulez bien, nous procéderons dans nos chambres à cette fumigation. Elle purifiera l'air et détruira tous nos soucis. Et demain matin, nous nous réveillerons comblés de tous les bienfaits que la terre peut prodiguer à ses habitants ! »
N'y voyant point malice, les filles de Njeddo acceptèrent bien volontiers. Chaque frère prit alors sa compagne par la main et les couples se retirèrent dans leurs chambres respectives.
Les sept frères s'étaient procuré des brûle-parfums contenant des braises. Ils y jetèrent les feuilles fournies par Bâgoumâwel, non sans avoir, auparavant, discrètement absorbé la poudre antisommeil. Les jeunes filles, qui ne se doutaient de rien, aspirèrent longuement la fumée dont la senteur leur parut plus suave que tous les parfums qu'elles avaient pu respirer jusqu'alors. Elles ne tardèrent pas à sombrer dans un sommeil de plomb. Leurs compagnons en profitèrent pour leur raser la tête sans abîmer la disposition de leur coiffure. Après s'être rasé eux-mêmes la barbe et les favoris, ils en collèrent les poils sur le menton et les tempes des jeunes filles. Puis ils les coiffèrent de leurs propres bonnets et les habillèrent de leurs costumes de garçon. De leur côté, ils placèrent les coiffures nattées sur leur tête et s'affublèrent des vêtements de leurs compagnes. Ils les couchèrent dans leurs propres lits et appliquèrent

sur leur corps les cornes de biche naine qu'ils connaissaient si bien. Enfin, après avoir préparé leurs baluchons, eux-mêmes s'étendirent à la place des jeunes filles et ne bougèrent plus.

Au milieu de la nuit, Njeddo Dewal se leva. Pour s'assurer que Bâgoumâwel était vraiment endormi, elle toussota plusieurs fois, éternua, déplaça même quelques objets avec bruit. Mais Bâgoumâwel ne bougea pas. Au contraire, il intensifia la profondeur de sa respiration, poussant la malice jusqu'à émettre quelques légers grognements.

« Soyons prudente ! se dit cependant Njeddo Dewal. Bâgoumâwel est comme une lune capricieuse qui peut paraître dans un coin du ciel où on ne l'attend pas. » Par précaution, elle se recoucha un moment. Puis, rassurée, elle se releva et se saisit des tubes comme à l'accoutumée. Elle les emboucha et, ô merveille, n'étant point interrompue, elle put enfin aspirer de toute la force de ses poumons ! Sept longues coulées de sang, drainées en même temps, se précipitèrent dans les tubes et confluèrent dans la grande bouche de la vieille sanguinaire. A grandes gorgées gloutonnes, elle avala ce sang chaud et vermeil et s'en emplit le ventre. Enfin rassasiée, elle rota plusieurs fois pour manifester et sa satiété et la victoire qu'elle pensait avoir enfin remportée sur Bâgoumâwel et ses oncles.

Après s'être ainsi bien repue sans le savoir du sang de ses propres filles, Njeddo Dewal se leva et s'arma de son couteau à deux tranchants, si finement aiguisé qu'il pouvait, disait-on, couper l'air en deux morceaux. Elle enjamba le corps de l'enfant, toujours apparemment plongé dans un sommeil si profond qu'il lui ôtait toute sensibilité extérieure, et, ragaillardie par son fes-

Njeddo Dewal

tin, se rendit dans les appartements privés de ses filles dans l'intention d'y égorger les oncles de Bâgoumâwel. Tout doucement, elle ouvrit une à une les portes des chambres et y pénétra à pas de loup. L'obscurité y était intense et c'est à tâtons qu'elle essayait de distinguer ses filles de leurs compagnons. Les deux amants étant couchés côte à côte, elle tâtait rapidement les têtes et les parures. Et chaque fois que sa main passait sur une tête au menton et aux tempes velus surmontée d'un bonnet masculin, elle n'hésitait pas à la couper comme on l'aurait fait d'un vulgaire animal de boucherie. Ainsi sept fois, dans chacune des sept chambres, elle égorgea avec une férocité sans nom qui emplissait son cœur d'un plaisir ineffable.

Lorsqu'elle eut terminé sa sinistre besogne, elle rengaina son couteau et retourna dans sa chambre. Elle enjamba à nouveau Bâgoumâwel, toujours endormi à poings fermés en travers de la porte. Enfin elle se jeta sur sa couche, expirant l'air de ses poumons dans un soupir qui exprimait la satisfaction la plus grande.

A peine était-elle allongée sur son lit qu'elle sombra dans un sommeil si lourd que le plus puissant tonnerre n'aurait pu la réveiller. Ce n'était pas, on s'en doute, un sommeil normal. Bâgoumâwel avait en effet profité de l'absence de la sorcière sanguinaire pour saupoudrer sa couche d'une puissante poudre somnifère et y répandre une gomme gluante magique, si bien que Njeddo, endormie comme un cadavre, était littéralement collée à son lit, lequel était lui-même fiché en terre par quatre pieds solides.

La vieille femme se mit à respirer bruyamment, signe manifeste d'un sommeil profond. Bâgoumâwel en profita pour se rendre dans les appartements de ses oncles, qui se tenaient prêts à fuir avec lui. Il ramassa les sept têtes des filles de Njeddo et vint les aligner sur le seuil de la chambre à coucher de la mégère. Puis il s'en fut trouver le fétiche parleur Demba-Nyassorou [1], l'un des gardiens de Njeddo Dewal, et lui dit :

« Ô Demba-Nyassorou ! Njeddo Dewal ne pourra se réveiller qu'après que mes oncles et moi-même aurons quitté Wéli-wéli et ses domaines. Lorsqu'elle se réveillera, tu lui diras de ma part, puisqu'elle n'a pas cru bon de me demander ce qu'il me fallait pour m'endormir réellement cette nuit, que le dernier jour de chaque semaine ma mère avait l'habitude de ficeler mes poignets et mes chevilles avec des fibres de pierre. Or je ne pense pas que Njeddo possède un couteau assez tranchant pour écorcher la pierre comme on le ferait de l'écorce du baobab. Croyant que je dormais, Njeddo est sortie pour aller égorger mes oncles. Apprends-lui que, sans le savoir, elle a coupé de sa main la tête de ses propres filles. " Le bois pourri d'une margelle de puits finit toujours par tomber dans le puits ", enseigne l'adage. Autrement dit, celui qui prépare le mal à l'intention de son prochain verra tôt ou tard ce mal se retourner contre lui. »

Sur ce, Bâgoumâwel se transforma en une pirogue volante [2], embarqua ses oncles et s'envola avec eux pour Heli et Yoyo.

Njeddo Dewal dormit trois jours de suite. A la fin du

---

1. Autre dieu du panthéon peul asservi par Njeddo Dewal.
2. Le fleuve étant considéré comme la route menant à la Connaissance (l'océan salé), la pirogue est considérée, par analogie, comme le véhicule de l'initié pour son voyage spirituel. Ici, Bâgoumâwel devient véhicule à la fois pour lui-même et pour les autres.

Njeddo Dewal

troisième jour, lorsqu'elle se réveilla, elle se trouva fixée au sol comme un morceau de fer soudé à un autre. Elle appela Demba-Nyassorou, son fétiche parleur. Celui-ci lui répondit :

« Ô Njeddo Dewal ! Bâgoumâwel t'a plongée dans un sommeil de plomb, puis il a rivé ton corps au sol. Tu ne seras libérée de ta couche que lorsqu'il aura quitté le pays qui dépend de ta puissance. Sept têtes coupées de tes mains sont alignées à ta porte. A toi de les identifier... » Puis il se tut, et malgré tous les efforts de Njeddo Dewal, il ne reprit plus jamais la parole.

Dès que Bâgoumâwel eut franchi la limite du pays dominé par la grande magicienne, celle-ci fut délivrée des liens qui la maintenaient clouée au sol. Elle se leva et se dirigea vers la porte. Aucune stupéfaction ni céleste ni terrestre ne saurait égaler celle qu'elle éprouva lorsqu'elle reconnut les têtes de ses sept filles, bizarrement affublées de barbe et de favoris comme des hommes et la tête rasée comme celle d'un vieux vautour. Elle poussa un cri si perçant et si épouvantable que les entrailles de la terre faillirent en être extirpées et que les étoiles du ciel faillirent tomber comme des fruits mûrs ! Les deux mains sur la tête, elle se mit à pleurer et à chanter tout en se balançant :

« Ô Guéno [1] ! Toi qui connais le bien et le mal,
toi qui as créé le mâle et la femelle,
qui as créé les minéraux,

---

1. Dans le malheur, Njeddo Dewal se tourne enfin vers Guéno, contrairement à ses habitudes. Elle ne dispose d'ailleurs plus de ses moyens habituels pour faire appel aux esprits intermédiaires. Le proverbe dit : « Un petit lézard galopin ne retrouve le chemin du trou que lorsqu'on lui coupe le bout de la queue. »

les végétaux et les animaux,
pourquoi m'as-tu abandonnée
à la merci de Bâgoumâwel ?
Pourquoi m'as-tu fait égorger mes sept filles ?
Elles étaient la fraîcheur de mes yeux,
elles étaient la paix de mon cœur ! »

Chancelante, elle sortit de la maison et se dirigea vers le grand baobab aux vautours (61). A ce moment, tous les charognards à la tête chauve se trouvaient réunis dans ses branches. Une vieille hyène[1], qui logeait dans le creux du baobab, était également présente. Njeddo Dewal lança un appel :

« Ohé, hyène du baobab !
Ohé, vautours du baobab !
C'est vous qui consommiez
tous les cadavres de mes victimes,
hommes ou animaux !
Bâgoumâwel m'a fait égorger mes filles.
Il a réduit au silence
Demba-Nyassorou, mon gardien vigilant.
Je fais appel à vous, je demande votre secours.
Aidez-moi contre Bâgoumâwel,
contre ses oncles et tous les habitants de son pays !
Dites-moi ce que je dois faire
pour que Demba-Nyassorou
recouvre ses facultés d'antan. »

La vieille hyène sortit du creux du baobab. Elle commença par s'étirer comme un chien qui s'éveille,

---

1. Une hyène « grande sorcière » (voir note n° 60).

Njeddo Dewal

puis appliqua son museau contre terre et hurla si fort que la terre en trembla. Huit hyènes, neuf vautours et cinq grands singes (**62**) ne tardèrent pas à se réunir autour de Njeddo Dewal[1]. La vieille hyène leur dit :

« Je vous ai fait venir afin que nous tenions un conseil en vue d'aider notre bienfaitrice Njeddo Dewal. Une guerre sans merci vient d'éclater entre elle et Bâgoumâwel. Vous, les neuf vautours, prenez votre vol, visitez le pays et réunissez tous les renseignements qui nous permettront de combattre efficacement Bâgoumâwel et ses acolytes et de triompher d'eux. Quant à vous, singes, fouillez les forêts ! Et vous, hyènes, rôdez autour des villages de Heli et Yoyo et rapportez-moi tout ce qui se dit là-bas, de bouche à oreille ou à haute voix. Au besoin, devinez les pensées intimes des gens !

« Et ne vous laissez pas découvrir, car Bâgoumâwel n'est pas un ennemi méprisable. C'est un adversaire de taille, malgré sa petitesse apparente. S'il est encore à l'intérieur des frontières de Njeddo Dewal, il n'est pas à l'abri de notre action et nous ne risquons rien ; mais s'il les a franchies, le danger que nous courons n'est pas mince. Nous ne prendrons donc jamais trop de précautions pour nous prémunir contre le petit diablotin. »

Sitôt dit, les agents de Njeddo Dewal se dispersèrent sur terre et dans les airs. Elle-même resta assise sous le baobab, observant tout ce qui bougeait autour d'elle et formulant des incantations :

« Ô esprit *ete ete* (**63**) !
Esprit de la chaleur

---

1. 22 animaux : chiffre de force.

qui sais enthousiasmer les âmes !
Inspire mes envoyés, guide leurs pas,
ouvre leurs yeux, débouche leurs conduits auditifs !
Que rien n'échappe à leur vue,
que leurs oreilles entendent tout !

Ô esprit *Nenye-nenye,*
gardien du deuil et de la tristesse !
Fais pleuvoir mort et désolation
sur Bâgoumâwel et les siens.
Dessèche les mains du diablotin,
qu'elles ne puissent plus ni saisir ni lâcher.

Ô esprit *Lundendyaw,*
gardien des dangers !
Embouche le tube métallique
monté sur un fût de cuivre !
Tonne, brise et tue
tous les héros de Heli et Yoyo !

Que leurs cris soient désormais :
Mi Heli Yooyoo, mi Heli !
Mi Heli Yooyoo, mi Heli (64) !

Ô esprit *Kefadyaw,*
massacreur impitoyable !
Extirpe les âmes
des hommes et des animaux de Heli et Yoyo
comme on cueille un fruit mûr !

En cela, par cela, pour cela et avec cela,
je renouvelle ma soumission à Doundari[1]

---

1. Doundari : autre nom de Guéno. Terme impliquant l'idée de toute-puissance. Littéralement : « Qui peut agir sans redouter la conséquence de ses actes. »

Njeddo Dewal

en citant la chaîne
dont je suis l'un des chaînons (65).
Venez, ô esprits ! J'attends votre action
du treizième au vingt et unième jour [1]
de la prochaine lunaison ! »

Après avoir lancé cette invocation, elle poursuivit son monologue intérieur :
« Koumbasâra, le grand fétiche, a été délivré par Siré et Bâ-Wâm'ndé de ma gourde métallique. Depuis, j'ai perdu sa trace. Lui seul pourrait me faire savoir si celui que l'on appellera Gaël-wâlo est né, car sa naissance ne signifie rien de bon ni pour moi ni pour mes affaires. Lui seul pourrait me conseiller et me dire ce que je dois faire [2].

« J'ai envoyé en reconnaissance des hyènes à la crinière rude, des singes agiles grimpeurs, des vautours grands voiliers, excellents planeurs. Ils ont pris les airs, envahi les bois et les alentours des villages afin de me rapporter des renseignements sur Koumbasâra et Bâgoumâwel. »

Le temps s'écoula. Plongée dans ses pensées, Njeddo Dewal attendait toujours au pied du baobab. Enfin, elle vit revenir ses auxiliaires, mais tous étaient bredouilles. Son désarroi fut porté à son comble. Dans sa colère, elle les traita d'imbéciles, les chassa et perdit ainsi, sans s'en douter, de précieux informateurs.

---

1. Du 13ᵉ au 21ᵉ jour : soit 7 jours. On retrouve là, comme partout ailleurs dans le conte, la présence du septénaire, marque de Njeddo Dewal.
2. De même que Bâ-Wam'ndé et Bâgoumâwel consultent le crâne sacré, Njeddo Dewal, en cas de difficulté, consultait le fétiche contenant l'esprit de Koumbasâra. Celui-ci, s'il était resté à son service, l'aurait avertie de la naissance de son adversaire prédestiné et lui aurait dit que faire pour en triompher.

Contes initiatiques peuls

Vexé on ne peut plus, le silatigui des singes[1] répliqua : « Ne t'avise plus jamais de demander aide à la gent ailée, aux quadrupèdes des bois et moins encore aux animaux grimpeurs ! Et si tu l'ignores, ô Njeddo Dewal, Gaël-wâlo, ton adversaire prédestiné, est né. Miraculeusement sorti du ventre de sa mère sans l'assistance d'une matrone, il a pris de lui-même son premier bain. Et cet enfant remarquable n'est autre que Bâgoumâwel lui-même ! »

La révélation assomma la mégère. Privée de ses moyens habituels, désemparée, ne sachant que faire, elle se mit à se lamenter : « Certes, gémit-elle, mon premier traître fut le gueddal, le plus misérable des lézards que Guéno ait jamais créés. C'est lui l'animal infernal qui permit à Bâ-Wâm'ndé, Siré et Kobbou de traverser les flammes et d'atteindre l'île au milieu du lac. Je n'avais pas prévu l'intervention de la Reine scorpion, non plus que celle de son ver souterrain, ce lombric qui, coupé en deux, donne naissance à deux lombrics, que l'on appelle " aiguille de la terre " et qui stimule le fourmilier.

« Ô Guéno !
Puisses-tu faire tomber les dents de Bâgoumâwel[2]
et lui inoculer une variole
qui laissera ses pustules sur son corps,
l'enlaidira et lui crèvera les yeux !
Qu'il tombe malade et que ses facultés dépérissent !
Que sa chair se consume !

---

1. Le savant, l'initié des singes ; autrement dit, leur chef.
2. Autrement dit « lui ôter tous ses moyens », les dents étant considérées comme le symbole des moyens.

Njeddo Dewal

Que ses os pourrissent !
Que sa peau se dessèche et se ratatine !
Qu'il pue comme un village d'ordures [1]
installé auprès d'un abattoir !
Que les vers grouillent en lui
et qu'il en perde son sang !
Que rien désormais ne lui soit plus facile !
Que ses nerfs se dévident
comme le fil d'un écheveau !
Que ses lèvres se boursouflent !
Qu'il gonfle et se remplisse de pus ! »

Après cette terrible imprécation, la grande sorcière frappa la terre de son pied droit. Son coursier ailé apparut.

« Mène-moi, ordonna-t-elle, au lieu où est enterré Kîkala, le premier homme apparu sur la terre. Je passerai la nuit auprès de sa tombe afin d'avoir un rêve prémonitoire qui m'indique le moyen de combattre le taurillon du Wâlo. Il faut que je le tue avant qu'il ne me tue. Je casserai la maison [2] de son père et de sa mère, je casserai le village où naquirent ses parents paternels et maternels. Je les tuerai tous et je contemplerai leurs cadavres ! »

Ayant dit, elle s'envola sur le dos de son grand oiseau qui se dirigea tout droit vers Sabêrê, le lieu où était enterré Kîkala. Cette antique cité, dont il ne restait que des traces, était située dans une plaine spacieuse appelée Bôwael-Mâma [3], la plaine même où les

---

1. Expression signifiant « dépôt d'ordures ».
2. C'est-à-dire : je ruinerai la famille. « Casser » a le sens de ruiner.
3. Sabêrê : littéralement « ruines ». Bôwael Mâma : « plaine des ancêtres ».

génies, qui ont été créés bien avant les hommes, se réunissaient pour se concerter et discuter de leurs affaires.

Une fois sur les lieux, Njeddo Dewal chercha la tombe de Kîkala. Elle la trouva à côté de celle de Nâgara, son épouse.

Elle piégea et attrapa un vieux vautour au chef dépourvu de tout duvet et lui coupa la tête. Elle alla quérir des poils provenant de la crinière d'un vieil âne aux forces épuisées. Elle rechercha également du *dondolde* de cheval, cette matière blanche qui se forme au coin de l'œil malade. Elle coupa la tête d'un coq. Enfin, elle cueillit un peu d'herbe qui avait poussé sur une tombe anonyme.

Elle déposa le tout dans un canari en terre cuite et y versa de l'eau en récitant la grande formule magique qui commence par : « Jom-têti, man-têti[1] ! » Elle se tourna alors successivement vers les six points fondamentaux de l'espace : les quatre points cardinaux auxquels elle fit face, puis le zénith et la nadir qu'elle regarda en levant et en baissant la tête. Dans chaque direction, elle récita huit fois ces deux paroles rituelles. Ensuite elle ajouta :

« Ô esprits des éléments réunis dans ce canari !
Arrachez leurs secrets aux six points de l'espace
et répondez aux questions que je vous poserai,
mais non à celles que je ne vous poserai pas. »

Elle cracha sept fois dans le canari[2] et fit bouillir le

---

1. *Jom-têti, man-têti :* paroles magiques situées en tête de certaines invocations rituelles lorsqu'elles sont destinées à obtenir quelque chose. *Jom-têti* signifie littéralement « celui qui possède les moyens d'arracher » ; *man-têti :* « quand a-t-il arraché ? ».

2. La salive est considérée comme le véhicule, l'instrument de transmission des forces qui sont contenues dans les paroles.

tout. Quand le mélange eut bien bouilli, elle en recueillit le liquide. Elle en utilisa une partie pour faire cuire un dîner qu'elle consomma debout. Avec le reste, auquel elle ajouta de l'eau provenant d'un vieux puits peuplé de grenouilles, elle prépara un bain dans lequel elle se purifia, après quoi elle confectionna une sorte de coussin circulaire en tressant des branches tendres de ngelôki et un autre en tressant des branches de safato (66). Cela fait, elle s'allongea sur le sol à côté de la tombe, plaça le coussin de ngelôki sous sa tête et le coussin de safato sous ses pieds. Puis, la tête tournée vers l'ouest, dans l'attente d'un rêve prémonitoire, elle s'endormit [1].

Quelques instants avant le premier chant du coq, elle fit un songe. Un esprit lui apparut, qui lui disait :

« Ô Njeddo Dewal ! Tiens-toi sur tes gardes car les choses vont changer pour toi. Le taurillon du Wâlo est né. Il est en train de grandir à une cadence que jamais ne connut fils de femme. Chaque jour lui apporte la croissance d'un mois. C'est un prédestiné venu au monde pour lutter contre tous les maux qui affligent le peuple peul. »

Njeddo se réveilla en sursaut, bouleversée par ce songe. Elle refusait d'y croire. Ce ne pouvait être qu'un cauchemar ! Elle se leva en hâte, monta sur son oiseau et prit la fuite, abandonnant ces lieux qui n'étaient plus pour elle qu'une plaine d'inquiétude.

Une fois de retour chez elle, elle incinéra les corps de ses filles, recueillit leurs cendres dans des paquets sépa-

---

1. Jusqu'à présent, cette pratique est encore en vigueur pour provoquer le rêve prémonitoire, notamment chez les Peuls pasteurs du Ferlo sénégalais, dans le canton de Moguère.

rés et mit le tout dans un sac. A sa plus grande stupéfaction, Wéli-wéli se transforma soudain sous ses yeux en un amas chaotique de cailloux et de pierrailles, creusé par endroits de cavernes et d'excavations comme on en voit parfois dans la brousse la plus sauvage. C'était l'effet d'un sort jeté par Bâgoumâwel.

Wéli-wéli n'était plus peuplée que de vieilles hyènes amaigries, de lions presque édentés, de panthères sans griffes. Les serpents avaient perdu tout venin. Les crapauds et les lézards envahissaient les rues. Les seuls habitants que l'on y croisait désormais étaient des biches, des antilopes et des ânes sauvages, des écureuils, des varans et des porcs-épics. La cité n'était plus qu'une immense ruine devenue le rendez-vous de tout ce qui naît dans les forêts, éclot dans les trous, est couvé dans les nids, et cela au milieu de toutes espèces d'herbes et de plantes plus garnies d'épines que de fleurs et plus vénéneuses que comestibles ou guérisseuses.

Anéantie par ce spectacle qui faisait suite à son rêve sinistre, Njeddo Dewal se retira dans l'une des cavernes de sa cité en ruine.

Une expédition périlleuse

Pendant ce temps-là, Bâgoumâwel et ses oncles étaient rentrés chez eux. Un beau jour, les sept frères vinrent trouver leur neveu et lui demandèrent avec insistance de leur faire faire une promenade aérienne au-dessus des domaines de Njeddo Dewal. Ils voulaient voir ce qu'était devenue Wéli-wéli. Tout d'abord, Bâgoumâwel refusa, les mettant en garde contre les risques qu'une telle aventure leur ferait courir à tous.

Njeddo Dewal

Les jeunes gens firent alors intervenir leur sœur Wâ-m'ndé. Celle-ci, malgré les craintes qu'elle éprouvait, demanda à son fils de donner satisfaction à ses oncles [1].

Peut-on refuser une demande formulée par la maman [2], cet être au sein duquel nous avons logé pendant neuf mois, dont la matrice nous a servi de chambre à coucher, de salle à manger et de lieu d'aisances, et qui, au risque de perdre ses jours, nous a donné les nôtres ? N'est-ce pas elle qui, après notre naissance, nous a encore portés durant vingt-quatre mois pendus à ses mamelles, blottis dans son giron, ou attachés dans son dos ? Vraiment, qui pourrait jamais payer sa mère ? Personne ! Le plus grand témoignage de reconnaissance que nous puissions manifester à notre maman est donc de satisfaire ses moindres désirs, quels qu'ils soient, avec le plus d'empressement possible.

Bâgoumâwel n'ignorait pas ce qu'il devait à sa mère et comment il devait se comporter à son égard. Aussi lui répondit-il : « Puisque tu me le demandes avec

---

1. Malgré sa réticence pour transmettre une telle demande, Wâm'ndé ne peut rien refuser à ses frères aînés, car telle est la tradition. Une sœur peut être amenée à accomplir des actes apparemment étranges afin de donner satisfaction à ses frères, mais ceux-ci seront également prêts à faire n'importe quoi pour elle.
   Ici, la raison n'intervient pas. On ne juge pas si l'acte est bon ou pas. C'est « plaire » à son frère ou à sa sœur qui est l'objectif. Les conséquences ou les risques de l'action n'entrent pas en ligne de compte.
2. Selon une tradition de la savane occidentale, il y a quatre personnes à qui l'on ne doit jamais dire non : ses procréateurs, son maître initiateur, son roi et l'étranger que Dieu vous envoie. On admet parfois, sous certaines conditions, un refus envers le père, mais jamais envers la mère. On n'accède pas à la demande de cette dernière pour rendre un service ou pour telle ou telle raison de bon sens, mais seulement par subordination totale et inconditionnelle.

insistance, je vais donc, avec mes oncles, affronter le danger que représente une expédition dans les domaines de Njeddo Dewal. » Et il se transforma derechef en pirogue volante, embarqua ses oncles et prit son vol pour le périlleux voyage.

De son côté la grande mégère, tapie dans sa caverne, réfléchissait sur le moyen de connaître l'interprétation exacte du songe qu'elle avait fait auprès de la tombe de Kîkala et sur la meilleure action à entreprendre pour prendre sa revanche sur Bâgoumâwel et ses oncles. Dans sa retraite, elle n'avait plus pour compagnons que des chauves-souris puantes, des puces et des punaises et son fidèle coursier aérien.

Un beau jour, elle entendit le bruit provoqué par le déplacement dans l'espace de la pirogue volante. Elle sortit précipitamment de sa caverne. « C'est Gaël-wâlo le provocateur, s'écria-t-elle, qui vient avec ses oncles pour se réjouir de l'état désastreux de ma cité ! » Et s'élançant sur son oiseau, elle prit les airs pour attaquer Bâgoumâwel. Celui-ci, qui avait eu le temps de survoler la cité en ruine, s'était déjà engagé sur le chemin du retour.

L'oiseau de Njeddo Dewal filait à une vitesse telle qu'il ne tarda pas à se rapprocher de la pirogue volante. Njeddo lança vers celle-ci un lasso de sorcier. Le sifflement de la corde attira l'attention de Bâgoumâwel. Aussitôt, il jeta vers Njeddo un balai magique. Le balai dressa son faisceau de tiges de jonc comme un hérisson dresse ses piquants et se déploya en éventail. La corde magique vint s'y enrouler. Croyant avoir fait une bonne prise, Njeddo tira ; mais les joncs étaient tranchants ; ils coupèrent la corde en quatre morceaux qui tombèrent sur la terre. Le premier se transforma en un

Njeddo Dewal

gouffre si profond qu'il donnait le vertige à quiconque le survolait ; le deuxième devint un grand fleuve agité de vagues furieuses : le troisième se métamorphosa en une montagne si haute que l'aigle le plus puissant ne pouvait la survoler ; enfin le quatrième devint un incendie de plaine si violent qu'il embrasait jusqu'à l'atmosphère.

Tenant encore à la main ce qui restait de son lasso, Njeddo Dewal activa l'allure de son oiseau. Mais lorsque celui-ci commença à survoler le gouffre, il subit une sorte d'attraction qui lui fit perdre progressivement de l'altitude. Finalement, lorsqu'il arriva au beau milieu du trou béant, il y tomba patatras ! Ses plumes s'agglutinèrent les unes aux autres comme si elles avaient été trempées dans de la colle. Njeddo Dewal, désarçonnée, fut obligée de recourir à ses propres jambes.

L'excavation était obscure comme une nuit profonde. Pendant de longues heures, la mégère marcha au hasard, à la recherche d'une issue. Enfin elle aperçut devant elle un petit trou qui n'était guère plus grand que le chas d'une aiguille.

Njeddo Dewal portait toujours en bandoulière sa besace de sorcière qui contenait maintenant, en plus de son arsenal magique habituel, les cendres de ses filles. Elle en sortit un sachet, l'ouvrit et y prit une pincée de poudre explosive qu'elle mélangea à une pincée de cendres. Elle creusa dans le sol, tout près du petit trou, un autre trou d'une profondeur d'une coudée et y plaça le mélange. Elle sortit alors de sa besace un morceau de couverture *kasa* [1] et en frotta énergiquement sa cheve-

---

1. Couverture composée de bandes tissées de laine, généralement écrue et comportant des ornements de couleurs, le plus souvent brun foncé.

Contes initiatiques peuls

lure. La pièce de laine s'alluma. Njeddo posa cette mèche improvisée à côté du trou et s'éloigna pour se mettre à l'abri derrière une petite éminence. Ramassant une branche morte qui traînait par là, elle s'en servit pour pousser le morceau de *kasa* enflammé dans le trou. Une déflagration retentit et le petit trou, gros comme un chas d'aiguille, s'élargit en une déchirure suffisante pour permettre le passage. La sorcière sortit de sa cachette et s'évada par cette issue providentielle. Hélas, ce fut pour aller tomber dans le fleuve où les vagues étaient si furieuses qu'elles projetaient en l'air les petits animaux marins comme de vulgaires grêlons.

Luttant contre les vagues, un gros hippopotame réussit à s'approcher de Njeddo Dewal : « Qui es-tu, cria-t-il, pour oser pénétrer dans ce fleuve en un moment si tourmenté ? Et où vas-tu, candidate à la mort ?

— Je suis, dit-elle, une servante dévouée de Gaëlwâlo Bâgoumâwel, le grand magicien bienfaiteur né d'autres bienfaiteurs des animaux et des hommes. Il est entré en guerre contre Njeddo Dewal, la reine de Wéli-wéli, et il m'a chargée de surveiller ses va-et-vient. Eh bien, elle est entrée en campagne ! Elle porte en bandoulière son sac à malices qui contient les plus terribles des formules et des recettes magiques, de quoi faire se volatiliser la terre tout entière et faire crouler les cieux en quelques clignements d'yeux. Je sais qu'elle est partie ce matin de chez elle, chevauchant un gros oiseau endurant et rapide. Elle sera dans les parages avant demain matin, au plus tard demain dans l'après-midi. Or aucune force, sinon celle de Bâgoumâwel lui-même, ne pourra lui barrer le chemin. Si le taurillon du Wâlo n'est pas prévenu à temps,

Njeddo Dewal

Njeddo Dewal le surprendra et neutralisera à coup sûr son système de protection. Aussi dois-je l'avertir au plus vite afin qu'il s'apprête à affronter la grande sorcière. »

Abusé par cette déclaration, le naïf hippopotame prêta son énorme dos à la grande magicienne. Elle s'y installa confortablement et put ainsi traverser sans dommage le fleuve en furie.

Une fois débarquée sur l'autre rive, elle vit se dresser devant elle une montagne solidement fichée jusqu'au fond de la septième terre et si élevée que son sommet semblait transpercer les nues. Elle passa toute la journée à chercher une issue ou un moyen d'escalader ce nouvel obstacle infranchissable. Tantôt elle marchait en souriant, levant les yeux pour observer l'énorme paroi ; tantôt elle examinait le sol, penchée comme pour ramasser du bois mort ; tantôt elle marchait à quatre pattes... mais rien de tout cela ne servit à rien [1].

De guerre lasse, elle résolut d'escalader la muraille, dût-elle s'y rompre l'arbre du cou [2] ou la fourche centrale de son corps [3]. Sept fois elle tenta l'escalade, sept fois elle dégringola comme une pierre dévalant du sommet d'une colline.

Gravement écorchée, ses blessures saignaient comme des fontaines, mais elle ne se découragea pas.

---

1. « Marcher en souriant » est une attitude pour attirer la chance. On dit qu'agir en souriant favorise la réussite alors qu'une expression attristée attire l'insuccès. Dans cet esprit, jadis, les artisans chantaient en travaillant ou poussaient des onomatopées rythmées. Njeddo Dewal utilise tous les moyens possibles pour « charmer » la montagne, mais en vain. On dit de quelqu'un : « Il a déployé tous ses moyens : il a marché, il s'est couché, il a rampé, il a tout tenté, mais rien à faire ! »
2. Les vertèbres cervicales.
3. La colonne vertébrale.

Sortant une poudre de sa besace, elle la mélangea avec un peu de cendres de ses filles et s'en enduisit la plante des pieds, les paumes et les genoux. Immédiatement, ces zones de son corps devinrent aussi adhésives que des pattes de gecko. Se plaquant contre la paroi, elle s'éleva péniblement, pouce par pouce, coudée par coudée, et parvint enfin à atteindre le sommet. Hélas, celui-ci débouchait brusquement sur une pente si glissante qu'avant même de s'en apercevoir Njeddo était entraînée et glissait jusqu'au pied de la montagne. Là, semblant l'attendre, un grand incendie faisait rage. Tout crépitait ! Les langues des flammes s'étiraient, se lançaient dans l'espace et vomissaient une fumée si épaisse et si noire qu'elle en voilait le ciel. De grands rapaces, planant au-dessus de l'incendie, attrapaient au vol les oiseaux et les insectes qui tentaient d'échapper aux flammes. Des lièvres flambaient comme des bûches de bois mort, des tortues rôtissaient comme des poules au four.

Comprenant que jamais elle ne pourrait traverser cette plaine de feu sans brûler vive, Njeddo Dewal eut recours à un subterfuge : elle s'enduisit le corps de cendres de gecko, mêlées à de la poudre provenant d'une plante qui empêchait le feu de brûler. Ainsi protégée, elle pénétra dans l'incendie. Et la voici qui foulait la terre brûlante, marchait sur les braises ardentes, enjambait les bûches enflammées ! Tout enveloppée de flammes et de fumée, elle joua si bien des mains et des pieds qu'à la fin elle parvint à la limite de l'incendie et en sortit. Mais ses cheveux et ses poils, non protégés par la poudre, avaient été léchés et calcinés par les flammes, si bien que son crâne resta nu et son corps bruni comme un mouton dont on a flambé la peau.

Njeddo Dewal

Certes, elle avait échappé à la mort, mais elle sentait le cadavre et ses yeux étaient devenus aussi rouges que la fleur du kapokier.

Enfin sortie de toutes ces épreuves, Njeddo Dewal constata que Bâgoumâwel avait eu le temps de lui échapper. Il avait dépassé les limites de ses domaines et elle n'avait plus aucune prise sur lui. Effondrée, elle alla s'asseoir sous un grand fromager peuplé de chauves-souris et se mit à pleurer à chaudes larmes, se mordant les doigts de dépit. Elle était si malheureuse que l'espace, malgré son immensité, lui parut aussi resserré qu'un cachot exigu. Impuissante, ne sachant plus que faire ni que dire, elle s'attaqua dans sa colère aux arbres et aux plantes qui l'entouraient. Pestant et maudissant, elle les arrachait avec furie et les jetait comme des projectiles dans la direction où avait disparu Bâgoumâwel.

Les chauves-souris qui logeaient dans le fromager vinrent l'entourer. « Ô Njeddo, lui dirent-elles, une fois encore Bâgoumâwel t'a échappé. Voici notre conseil : roule-toi dans la poussière, badigeonne ton corps avec du kaolin, porte un vêtement fait de feuilles cousues et rentre chez toi sous ce camouflage. Tu ressembleras à une touffe de branchages poussée par le vent et cela te permettra de regagner ta retraite sans t'exposer aux effets des sortilèges que Bâgoumâwel a semés sur ta route. Si tu n'agis pas ainsi, non seulement tu ne retrouveras pas le chemin de ta demeure, mais, sois-en certaine, tu périras avant sept jours. Quant à Bâgoumâwel, il a rejoint Heli et Yoyo sans mal et ses oncles sont rentrés chez eux, après avoir congratulé leur sœur Wâm'ndé et béni le ciel de leur avoir donné un neveu aussi merveilleux ! »

Contes initiatiques peuls

Njeddo Dewal appliqua à la lettre les conseils des chauves-souris (67). Bien cachée sous son camouflage vert, elle put regagner sans dommage sa caverne dans la cité en ruine. Une fois à l'abri dans sa retraite, elle passa sept jours à réfléchir sur ce qu'elle devait faire pour prendre sa revanche sur Bâgoumâwel ; mais contrairement à ses vœux, elle ne trouva aucune solution. Épuisée, souhaitant se remettre de ses trop grandes émotions, elle prit un breuvage somnifère qui la fit dormir durant toute une semaine. A son réveil, rien n'avait changé. Ne pouvant résister plus longtemps aux tourments qui l'agitaient, elle alla décrocher sa besace et en sortit un sachet qui contenait une poudre préparée avec les cendres d'un caméléon. Elle se lava à la manière dont on lave rituellement les cadavres. Elle délaya la poudre magique dans de l'eau et s'en badigeonna tout le corps, puis elle but une partie de cette mixture. Cela fait, elle alla s'asseoir sur un siège en lianes de fôgi tressées. Faisant face à l'ouest, elle attendit le moment où le disque du soleil commença à disparaître derrière l'horizon. Alors elle prononça cette incantation :

« Ô Guéno, écoute ma voix.
Tu es le Maître,
le Maître absolu de tout.
Je suis une mère,
une mère désespérée
qui pleure la mort de ses sept filles.
De même que le soleil
va disparaître dans l'obscurité,
Ô Guéno, fais que mon aspect habituel
disparaisse comme disparaît

Njeddo Dewal

le cadavre dans sa tombe !
De grâce, ô Guéno !
Fais que je devienne une belle femme
dont la vue enivrera les hommes
et leur fera perdre toute raison.
Ô Guéno, détenteur de la splendeur !
Fais de moi une femme splendide,
experte, aimable et attrayante ! »

Après cette prière, elle regagna sa couche et s'endormit comme une âme innocente qui n'a jamais rien eu à se reprocher...

Une foire vraiment pas ordinaire

Le lendemain matin, au réveil, Njeddo découvrit qu'elle était devenue une jeune femme à la beauté incomparable, semblant tout droit sortie du paradis [1] ! Elle était entourée de sept courtisanes, toutes plus ravissantes les unes que les autres. Elle leur dit : « Le temps est en train de fuir. Partons le plus vite possible, car le temps perdu ne revient pas. » Sans attendre, elles montèrent sur de magnifiques chevaux richement harnachés que la magie de Njeddo venait de susciter, et se dirigèrent sur le pays de Heli et Yoyo.

---

1. Pourquoi Guéno exauce-t-il la prière de cet agent du mal qu'est Njeddo Dewal ? N'oublions pas qu'il l'a lui-même suscitée et que, par définition, ses desseins sont impénétrables... surtout pour le jugement hâtif ou superficiel. En fait, sous cette forme nouvelle, Njeddo Dewal a encore un rôle à jouer pour le bon déroulement de l'histoire jusqu'à son dénouement final et ce qu'elle croit être une transformation bénéfique pour elle ne fera que l'acheminer plus sûrement encore vers son destin. Le proverbe dit : « Tout moyen déployé pour éviter le sort ne fait que vous précipiter vers lui. »

Contes initiatiques peuls

La grande sorcière avait pris soin de dépêcher au-devant d'elle des émissaires montés sur des chevaux rapides. Ils annonçaient partout l'arrivée d'une grande caravane chargée de riches marchandises, conduite par une commerçante fortunée qui venait à Heli pour y assister à la foire annuelle d'une semaine. Avant de partir, ils distribuaient à foison des échantillons de toute beauté permettant d'apprécier la qualité et la richesse des articles qui seraient offerts aux amateurs.

Une fois arrivée à Heli, Njeddo installa son campement hors de la cité. Elle y fit élever des édifices provisoires si bien agencés et disposés si harmonieusement que tous les habitants de Heli, aussi bien que les amateurs de foire accourus des quatre coins du pays, en furent charmés. L'endroit était d'autant plus aimable et riant qu'il était recouvert d'une splendide végétation et qu'entre les arbres au feuillage touffu un bras de rivière se tortillait comme un serpent qui se love. Bref, l'attrait du campement de Njeddo était tel que bientôt la foire de Heli s'y transféra presque tout entière.

Le campement était inondé d'objets précieux en or et en argent, de bracelets, de perles, de colliers et de bagues. On y trouvait des ustensiles et des outils en cuivre jaune ou rouge finement ciselés, des habits de soie garnis de glands et de franges et brodés de fils d'or pur, de grands chevaux pur sang bien dressés et mille autres merveilles, le tout mis à l'encan pour presque rien ! Les ânes n'y étaient pas des ânes ordinaires, mais des bardots [1]. Les moutons et les chèvres rivalisaient de taille avec les antilopes. Quant aux vaches, elles étaient si bonnes laitières qu'il pleuvinait du lait de leurs tétines à chacun de leurs mouvements.

---

1. Produit du croisement entre un cheval et une ânesse.

Njeddo Dewal

La population se rua à la foire de l'étrangère. Les articles étaient si bon marché que, durant sept jours, on ne fit qu'acheter ; personne n'eut le temps de rien vendre.

La réputation de la riche marchande s'étendit bientôt dans tout le pays. C'était ce qu'espérait Njeddo Dewal. Sa poitrine, jusqu'alors rétrécie à l'extrême, se dilata. Enfin, ses souhaits étaient en train de se réaliser ! Elle fit proclamer qu'elle allait donner, avec ses compagnes et ses compagnons, une grande fête destinée aux jouvenceaux, dans l'espoir qu'à cette occasion se noueraient des liens matrimoniaux qui lieraient plus étroitement encore son propre pays au pays de Heli et Yoyo.

La proposition souleva l'enthousiasme. On en parla au marché, dans les rues, sur les places publiques comme dans les demeures privées. Pour tout le monde, la venue de cette femme aussi riche que Salomon et plus puissante que la reine Balqis était une bénédiction en même temps qu'un don du ciel dont il fallait profiter. La chance n'est-elle pas, dit-on, comme un poil capricieux ? Puisqu'on ne sait pas sur quelle partie du corps il va pousser, il faut le surveiller et savoir s'en saisir à temps.

Au jour dit, la fête promise fut donnée. Les oncles de Bâgoumâwel s'y rendirent malgré les réticences de leur neveu. Celui-ci leur recommanda de se montrer aussi vigilants et prudents que possible car, à son avis, la distribution à l'encan d'une telle fortune ne pouvait que cacher un dessein inavouable.

Lorsque les jeunes gens se présentèrent à son campement, la riche commerçante choisit les six plus belles filles de sa cour et les jeta dans les bras des six plus jeunes frères, elle-même se réservant Hammadi, l'aîné. Chacune d'elles promit à son cavalier qu'elle l'épouserait. Et ce qui arriva cette nuit-là, qui pourrait mieux le dire que ce petit poème peul ?

Aga (68) t'a dit : « Homme, prends garde !
Crains l'éventail tressé par la femme [1],
il est plus dangereux que la lance guerrière.
Dans la femme tu peux te noyer,
te perdre et sombrer sous les yeux de tous.
Qui touche à l'immondice [2], ses mains souillera.
La beauté de la femme aveugle le mâle.
Il en divague au point de disloquer son honneur ;
il tâtonne, il bégaie, il béguète en vain.
S'il réussit, c'est la honte,
S'il échoue, c'est le mépris (69). »

Hélas, les oncles de Bâgoumâwel ne prirent pas garde à l'éventail tressé par la belle et riche commerçante. Ils acceptèrent aveuglément les propositions de leurs compagnes et promirent de les suivre afin de les demander traditionnellement en mariage à leurs parents [3]. Mais ils avaient touché à l'immondice, et les

---

1. L'« éventail de la femme », ce sont ses manèges et ses artifices.
2. L'immondice désigne ici l'adultère, c'est-à-dire les rapports sexuels hors mariage si réprouvés dans la tradition du Bafour (savane occidentale). Dans cette tradition, ce n'est pas l'acte sexuel en soi qui est mauvais – au contraire il est sacré car « le sexe de la femme est l'atelier de Guéno » (ou de Mâ-n'gala) –, c'est son accomplissement hors des rites et des normes.
3. Le fait que les jeunes femmes, contrairement à la coutume, se soient proposées elles-mêmes en mariage et que les sept frères aient accepté ne suffit pas pour « nouer » le mariage selon la coutume. Les jeunes gens sont obligés de se rendre dans les familles des jeunes femmes afin de régulariser la situation.

Njeddo Dewal

rapports qu'ils avaient eus avant le mariage leur avaient fait perdre la raison.

Averti, Bâgoumâwel réunit le conseil des vieux de Heli et de Yoyo. « Mes oncles se sont laissé tenter, leur dit-il. Croyant avoir trouvé des compagnes idéales, ils veulent les suivre pour aller faire la connaissance de leur futurs beaux-parents. Mais cette femme qui est venue inonder notre foire de ses marchandises aussi nombreuses que des grains de sable me donne des inquiétudes. Je doute fort qu'elle soit ce qu'elle paraît être.

« Certes, la coutume des Peuls rouges [1] veut que les sept premières nuits de noce se passent dans la maison des beaux-parents et je comprends que mes oncles veuillent respecter la tradition, mais je doute fort que tout cela se termine bien. Je crains que Njeddo Dewal ne soit derrière cette affaire. Comment comprendre, en effet, qu'une femme si belle et si riche soit obligée de parcourir le pays pour se trouver un époux et en procurer à ses belles compagnes ?

« Il est de coutume qu'une marchande cherche à tirer bénéfice de son commerce ; or celle-ci vend ses marchandises précieuses au plus bas prix. A mon sens, elle cherche tout autre chose qu'un bénéfice commercial, c'est aussi clair que le soleil à son zénith ! Mais hélas, comme dit le proverbe : " L'oiseau qui doit mourir d'un coup de flèche ne perçoit pas le sifflement avertisseur du danger ", ou encore : " Celui qui doit mourir ne perçoit pas le déplacement d'air de la balle qui le tuera ". »

Bien malgré lui, Bâgoumâwel dut accepter le voyage

---

1. Nom donné aux Peuls pasteurs.

Contes initiatiques peuls

de ses oncles, car rien ne pouvait entamer leur détermination. Dès le lendemain matin, on prépara la caravane. De beaux étalons richement harnachés furent offerts aux sept jeunes gens. Les marchandises non vendues furent réunies en paquets que l'on fixa solidement sur le dos des animaux de bât. De robustes bardots furent chargés à en faire ployer leur dos. Enfin, après une journée entière de préparatifs, le convoi fut prêt à partir pour une destination inconnue. Il quitta Heli et Yoyo au milieu de la nuit.

Les sept cercueils de pierre

L'obscurité était si intense que personne ne pouvait voir même la paume de sa main. La riche commerçante était montée sur un grand bœuf porteur. Les sept oncles de Bâgoumâwel caracolaient à ses côtés. Tout fiers, ils faisaient marcher l'amble à leurs montures et même, parfois, les faisaient danser pour honorer leurs futures épouses (**70**).
La caravane progressa toute la nuit. A l'aurore, la riche commerçante dit à Hammadi : « Prenez les devants, toi et tes six frères : vous nous servirez d'avant-garde. Le reste du convoi vous suivra en file indienne. » Hammadi partit en tête, suivi par ses six frères. Njeddo Dewal venait immédiatement après Njobbo, le cadet.
Tout joyeux, Hammadi déclamait des chants d'amour et des airs de bravoure. Il les entrecoupait de poèmes bucoliques remémorant les exploits des grands bergers d'antan, ou de chants guerriers glorifiant des héros qui avaient donné leur sang pour défendre la femme, l'orphelin et le bovidé. Ses jeunes frères, eux,

Njeddo Dewal

se limitaient aux chants nuptiaux, comme pour anticiper la consommation prochaine de leur union. Pendant que les oncles de Bâgoumâwel se laissaient ainsi enivrer par leurs propres chants, ils ne s'apercevaient pas que derrière eux, au fur et à mesure de leur avance, la caravane diminuait régulièrement, comme peu à peu avalée par la terre. Ils marchaient droit devant eux, ne se préoccupant que de l'horizon qui reculait au loin comme un futur inaccessible.

Bientôt, la totalité du convoi avait disparu sous terre et la prétendue commerçante se retrouva seule derrière les sept oncles de Bâgoumâwel. Tout à coup, à l'immense stupéfaction des jeunes gens, leurs montures disparurent sous terre, comme avalées par un enlisement, et chacun d'eux se retrouva assis sur le sol. Surpris on ne peut plus, Hammadi se releva. Ne voyant plus la caravane, il interrogea sa fiancée qui se tenait debout devant lui, plus belle que jamais :

« Ô Woûranîkam, ma Vie [1], où sont donc passés le convoi et nos montures ? Où sommes-nous ?

— Pourquoi es-tu inquiet ? lui répliqua-t-elle d'une voix doucereuse. As-tu peur ? Si tel est le cas, sache que je ne puis aimer un poltron et que je ne lui accorderai jamais ma main. Mais je dois te dire la vérité. Je ne suis pas belle pour rien, sache-le. Ma mère est la fille d'un homme et d'une femme, mais mon père est un génie. Je ne saurais compter le nombre des hommes qui ont demandé à m'épouser, mais celui que j'ai aimé et choisi parmi tous c'est toi, et j'ai choisi tes frères pour mes compagnes. C'est pour vous éviter d'avoir à desseller vos chevaux et à les entraver que je les ai fait

---

1. Woûranîkam : littéralement « Vie mienne ».

disparaître. Ne désire-t-on pas éviter toute peine à celui que l'on aime ? »

Pendant que Njeddo parlait, les sept jeunes gens sentirent soudain que de puissantes forces invisibles les obligeaient malgré eux à s'allonger sur le sol et les y maintenaient immobiles, tandis que l'on maçonnait autour d'eux quelque chose d'aussi dur que de la pierre. Effectivement, Njeddo Dewal avait ordonné à un groupe de génies-maçons d'enfermer les oncles de Bâgoumâwel dans une sorte de sarcophage qui enveloppait leur corps et leur tête, ne laissant libre que leur visage. Ainsi les pauvres jeunes gens se trouvèrent-ils bientôt emmurés dans un cercueil de pierre, tels des vivants parmi les morts ou des morts parmi les vivants.

Pour empêcher que la mort ne les délivre trop tôt de leurs souffrances, Njeddo avait prévu de les soutenir par un peu de nourriture. Elle ordonna ensuite à ses génies de lever les sarcophages et de les planter debout tout autour d'une circonférence de sept coudées de diamètre. Quand ils furent ainsi plantés comme une haie macabre, elle alla chercher son sac et en sortit les sept sachets contenant ce qui restait des cendres de ses filles. Elle entra au milieu du cercle et vida chaque sachet au pied de chacun des sept sarcophages.

« Ô oncles de Bâgoumâwel ! s'exclama-t-elle. A chacun son tour ! Votre neveu m'a fait égorger mes filles dont vous avez les cendres devant vous. Je vous ai attirés dans mon domaine. Or, sachez-le, les gardiens de ce pays sont des serpents venimeux, les chefs de guerre des lions furieux et les serviteurs des éléphants astucieux. Vous n'aurez donc aucun moyen de vous évader de vos prisons ! »

Njeddo Dewal sortit alors de son sac un sachet de

poudre. Elle en jeta une partie sur chacun des sept tas de cendres. Elle mélangea le tout au moyen d'une baguette de jujubier[1], cracha sept fois sur chaque tas, puis prononça des paroles inintelligibles pour toute autre qu'elle. Les cendres se mirent à remuer comme de la crème que l'on baratte. Le mélange devint semblable à un grumeau de sang. La matière agglutinée monta comme sous l'action d'un levain et s'arrondit en forme de gourde, évoquant le ventre d'une femme enceinte. Mais la gourde était transparente et, sous les yeux des sept momifiés, les gros morceaux de sang se transformèrent en os, en chair et en nerfs. Le tout s'ajusta miraculeusement et s'agença en une construction semblable à une termitière qui aurait eu vaguement l'aspect d'un corps de femme, mais un corps privé de tête.

Quelques instants après cette transformation hallucinante, Njeddo Dewal, qui s'était absentée, réapparut avec les sept têtes de ses filles. Elle les présenta aux sept garçons emmurés : « Reconnaissez-vous ces têtes ? C'est votre neveu qui me les a fait couper. Soyez certains que je vous ferai mourir chacun sept fois pour venger mes filles dont vous voyez les corps en forme de termitière ! »

Un mois s'était écoulé depuis le départ de la caravane. A Heli et Yoyo, on n'avait reçu aucune nouvelle des jeunes gens. Wâm'ndé, la mère de Bâgoumâwel, se rendit auprès de son fils : « Mes frères ont suivi la femme commerçante et voilà un mois que nous sommes sans nouvelles d'eux, gémit-elle. Je crains

---

1. Baguette de jujubier : voir note 71.

Contes initiatiques peuls

qu'il ne leur soit arrivé quelque malheur. » Alors, soulevant ses seins et les pointant vers Bâgoumâwel, elle lui dit en le regardant bien en face : « Je t'en conjure, par le liquide nourricier que tu as sucé de ces deux organes que je pointe vers toi [1], Bâgoumâwel mon fils, dis quelque chose pour me rassurer sur le sort de mes frères, ou fais quelque chose pour me les ramener. Ô taurillon du Wâlo ! Ils sont tes oncles ! Eux et moi sommes sortis du même ventre et avons sucé le même lait. Leur malheur est le mien et par ricochet il est aussi le tien. »

Wâm'ndé n'était pas la seule à s'inquiéter à Heli et Yoyo. Le pays tout entier s'interrogeait anxieusement sur le sort des sept frères qui s'étaient laissé emporter par la force aveugle de l'amour.

Pour recevoir une révélation, Bâgoumâwel se rendit sous le jujubier sacré de Heli et Yoyo, cet arbre merveilleux qui produisait en toute saison et sur lequel les pires sécheresses restaient sans effet (71). Il se gava de ses fruits, s'abreuva à la source limpide qui coulait à ses pieds ; après quoi il sortit d'un sac le crâne parleur dont il avait hérité de son grand-père Bâ-Wâm'ndé [2].

Comme le rite le prescrivait, il traça sur le sol un hexagramme et plaça le crâne en son centre. Ensuite, assis face à l'est, il attendit jusqu'au moment où le disque solaire apparut à l'horizon, telle une grosse

---

1. Certes, dans la réalité des faits, Bâgoumâwel n'a pas eu le temps de boire le lait de Wâm'ndé. Pourtant, traditionnellement, celle-ci, en tant que mère, a le droit de prononcer cette formule sacramentale. Même la sœur de la mère (considérée comme une mère) peut la prononcer, car elle est l'expression même de la maternité, physique ou morale.
2. Hérité de son grand-père Bâ-Wâm'ndé : le conte laisse supposer qu'entre-temps Bâ-Wâm'ndé est mort, bien qu'il ne le dise pas expressément.

Njeddo Dewal

boule ronde posée sur un socle invisible. Faisant face au soleil, il dit :

« Je suis Bâgoumâwel Gaël-wâlo. J'ai reçu mon initiation de mon grand-père Bâ-Wâm'ndé, lequel l'a reçue lui-même d'une chaîne qui remonte à Koumen. Ô crâne parleur ! Tel jadis Silé Sadio qui cherchait sa vache égarée, je suis en quête de mes oncles disparus. En son temps, Silé Sadio avait entendu la voix de Koumen (72). Aujourd'hui, en vertu des interjections *Hurr ! Hurr ! Hurr !* et par les mots *Fitan ! Firan ! Fiti ! Filti ! Firi !* [1], je te conjure par le soleil levant, ô crâne sacré, de me dire ce que je dois faire pour retrouver mes oncles qui sont certainement détenus en quelque lieu secret par Njeddo Dewal, mère de la calamité.

« Les mâles et les femelles de ce monde possèdent dans leurs entrailles la semence de vie qui permettra à leur espèce de se reproduire et de se perpétuer. Njeddo Dewal, elle, ne contient en son âme et en son esprit que des germes de mort et de destruction, des semences de sécheresse, de famine et de maladie.

« Ô crâne, fais en sorte que je puisse débusquer Njeddo Dewal quelle que soit sa cachette ! »

Le crâne répondit :

« Oui, je suis le serviteur dévoué que Guéno a placé sous l'autorité de Bouytôring, l'ancêtre des Peuls. Je resterai toujours dévoué à sa descendance tant qu'elle n'abandonnera pas l'élevage des trois espèces : bovine, ovine et caprine.

« Maintenant, Bâgoumâwel, va dans la chambre à coucher de ton grand-père Bâ-Wâm'ndé. Tu y trouve-

---

1. *Hurr !... Firi !* : onomatopées incantatoires intraduisibles, prononcées par Koumen dans la première clairière (cf. *Koumen,* pp. 38-39).

Contes initiatiques peuls

ras une abeille, une très grosse abeille. Demande-lui : " Où est la grenouille qui coasse en faisant *Fabouga ! Fa faabouga ! Bouga foundoundour !*[1] ? "

« L'abeille (73), qui est une grande Reine, te mènera à cette grenouille. Tu diras alors à la grenouille : " Ordonne à la Reine abeille (74) de me transporter là où Njeddo Dewal a séquestré mes oncles. " Ayant reçu cet ordre, la Reine abeille t'avalera. Puis, à la tête de son essaim, elle prendra son vol et partira butiner les fleurs à travers tout le pays. Les plantes finiront par lui révéler le lieu où Njeddo Dewal détient tes oncles. Vous vous y rendrez. Une fois sur place, la Reine te dira comment faire pour délivrer les tiens. »

Suivant les instructions du crâne, Bâgoumâwel se rendit dans la chambre de son grand-père. Il y trouva effectivement la Reine abeille, qui le conduisit à la grenouille Fabouga. Celle-ci commanda à la Reine d'avaler Bâgoumâwel et d'aller le déposer sur les lieux où ses oncles étaient détenus par Njeddo Dewal. L'énorme insecte avala Boumâwel avec autant de facilité que s'il s'était agi du suc d'une fleur ; puis, à la tête de son essaim, la Reine prit son vol.

Après une longue matinée de butinage à travers le pays, les abeilles ouvrières apprirent enfin de certaines fleurs en quel endroit Njeddo la sorcière gardait les oncles de Bâgoumâwel. L'essaim, conduit par la Reine, s'envola dans cette direction.

Njeddo Dewal vit l'essaim s'approcher. « Enfin ! s'écria-t-elle, Guéno a compassion de moi ! Voilà qu'il m'envoie une colonie d'abeilles qui me fournira le miel

---

1. Grenouille Fabouga : grenouille mythologique qui figure également dans le texte de *Koumen* (pp. 38 et 39).

Njeddo Dewal

indispensable à la préparation de mon hydromel ! » Elle avait coutume en effet, chaque fois qu'elle manquait de sang vermeil tiré de jouvenceaux imberbes, de se revigorer en buvant un hydromel fabriqué avec du miel. Aussi ne fit-elle rien pour empêcher l'essaim d'aller nicher dans le creux d'un gros baobab qui se dressait non loin de là, non plus que pour empêcher les butineuses de ramasser des provisions partout alentour.

Après sept jours de fouilles minutieuses, les abeilles découvrirent les auges de pierre dans lesquelles étaient emprisonnés les malheureux oncles de Bâgoumâwel. Elles eurent bientôt la certitude que les sept frères étaient vivants mais qu'ils souffraient plus que des damnés, car c'était le plaisir de Njeddo que de les voir mourir à petit feu. Elles prévinrent la Reine et emmagasinèrent dans leur nid un grand nombre de remèdes qu'elles avaient butinés sur toutes sortes de fleurs. La Reine sortit Bâgoumâwel de son ventre et l'informa de l'état lamentable dans lequel se trouvaient ses oncles.

« Que dois-je faire ? demanda Bâgoumâwel. Comment dois-je m'y prendre pour les délivrer ? »

La Reine abeille lui répondit :

« Guéno a superposé onze forces fondamentales dans la nature. Elles procèdent toutes les unes des autres, chacune pouvant détruire celle dont elle est issue (75). Ainsi le fer, qui provient de la pierre, a le pouvoir de la briser. Il nous faut donc nous adresser au génie tutélaire du fer (76) afin qu'il ordonne à ses auxiliaires de briser les auges de pierre où sont enfermés tes oncles.

– Qui est le " Maître du fer " (77) ? demanda Bâgoumâwel. Il nous faut en effet nous adresser à lui afin qu'il récite les incantations appropriées et dispose favorablement les esprits du fer à notre égard.

Contes initiatiques peuls

– Interroge le crâne parleur dont tu as hérité de tes ancêtres », dit la Reine.

Bâgoumâwel traça sur le sol la figure habituelle, y plaça le crâne dont il ne se séparait jamais et l'interrogea. Une fois encore la voix mystérieuse se fit entendre :

« Invoque sept fois le nom de Nounfayiri, l'ancêtre des forgerons. Il t'apparaîtra. Rappelle-lui alors le pacte primordial qui fut scellé entre Peuls et forgerons dans la vallée de Bokoul, à l'intérieur de la première termitière sortie de terre. Ce jour-là Nounfayiri, le berger pasteur, fut transformé en forgeron travailleur du fer, alors que Bouytôring, le forgeron ouvrier du fer, devint un pasteur (**78**). Bouytôring le Peul a transmis à Nounfayiri les secrets du fer et du feu qui en provient, tandis que Nounfayiri a enseigné à Bouytôring le secret de la vache qui produit le lait, du lait qui produit le beurre, et du beurre qui aromatise les aliments à la cuisson.

« Par le secret du beurre et du lait (**79**), Nounfayiri ordonnera au fer de délivrer tes oncles de l'emprise de Njeddo Dewal la grande calamiteuse. »

Bâgoumâwel prononça l'incantation. Nounfayiri apparut, debout devant une termitière noire qui se dressait à l'ombre d'un grand baobab.

« Ô Nounfayiri ! dit Bâgoumâwel. Toi qui étais berger et qui es devenu forgeron, je t'en conjure, par la vertu de l'alliance que tu as contractée avec mon aïeul Bouytôring le forgeron devenu berger, ordonne au fer, issu de la pierre et destructeur de la pierre, de briser les auges dans lesquelles Njeddo Dewal a hermétiquement enfermé mes oncles. Et si le fer hésitait à exécuter tes ordres, menace-le du feu qui procède de lui et qui peut le fondre. »

Njeddo Dewal

Nounfayiri dit : « Éloigne-toi jusqu'à une journée de marche, et attends. » Puis il disparut sous terre. Bâgoumâwel entendit sa voix qui commandait au fer noir [1] d'aller briser les cercueils de pierre où Njeddo Dewal gardait ses malheureux prisonniers. La tradition ne dit pas ce que firent les esprits du métal noir pour arracher l'enveloppe de pierre du corps des sept frères comme un boucher arrache la peau des animaux ; toujours est-il que les cercueils, vidés de leur contenu, roulèrent et allèrent obstruer l'issue de la caverne où demeurait Njeddo Dewal.

Les génies tutélaires du fer transportèrent les jeunes gens inanimés auprès de leur neveu. Ce dernier avait profité de son attente pour préparer, avec les provisions des abeilles, des médicaments et des philtres propres à ranimer ses oncles à demi morts et à leur faire recouvrer leur énergie d'antan. Il les leur administra. Dès que les sept frères furent rétablis, Bâgoumâwel et ses oncles rejoignirent Heli et Yoyo en brûlant les étapes.

Un étalon de malheur

Njeddo Dewal mit sept jours à se débarrasser de l'amoncellement de pierres qui obstruait l'entrée de sa caverne. Une fois encore, elle avait perdu la bataille contre Bâgoumâwel ! Consultant son arsenal magique, elle sut que les esprits du fer étaient venus au secours de son ennemi mortel.

Elle se métamorphosa alors en Kongourou, un cheval étalon à la robe de jais, aux pattes blanches propre-

---

1. Littéralement « métal noir » (*négé fin*). C'est le nom donné au fer. Le forgeron de « métal noir » ne travaille jamais ni l'or ni l'argent.

ment lavées, au visage marqué de blanc comme si une comète y avait laissé sa trace. Puis elle alla errer dans la brousse de Heli et Yoyo. Ce Kongourou était harnaché des équipements les plus magnifiques. Tout portait à croire qu'après avoir désarçonné son cavalier il avait pris la brousse où il errait au hasard.

Des palefreniers qui étaient allés chercher du fourrage aperçurent l'étalon, l'attrapèrent et l'amenèrent au roi de Heli. « Seigneur ! lui dirent-ils, ce beau cheval sans pareil et si richement harnaché est digne de votre écurie. Il vous appartient de droit car, selon la tradition, toute richesse dont le propriétaire est inconnu revient au roi. »

Le Kongourou semblait un cheval bien dressé. Ni oreillard ni courtaud, il n'avait pas une croupe de mulet et ne montrait aucune boiterie. Ses yeux n'étaient ni cernés ni semblables à ceux du porc. Il n'était ni ombrageux ni vicieux. Il ne souffrait d'aucune des maladies qui ôtent au cheval ses qualités. Il savait exécuter tous les mouvements élégants, se cabrer et se couper joliment et, en face des belles femmes, faire la courbette de galanterie sans attendre la sollicitation de son cavalier. Telles étaient les qualités de Kongourou !

Bien à contrecœur, le roi fit annoncer publiquement qu'un Kongourou avait été trouvé et que son propriétaire pouvait le récupérer aux écuries royales. En vérité, le roi ne souhaitait nullement que le propriétaire se fît connaître, mais sa probité l'avait emporté sur son égoïsme. Au bout d'un certain temps, personne – et pour cause ! – ne s'étant manifesté, l'étalon devint la propriété du roi. Il en fit sa monture préférée et le chevauchait les jours de grande parade.

Njeddo Dewal

Quand le nouvel an arriva (**80**), le roi organisa une grande course à laquelle il convia tous les villages du pays de Heli et Yoyo. Ceux-ci envoyèrent leurs meilleurs coursiers pour disputer cette épreuve dont la gloire était la seule récompense (**81**).

Le roi fit monter Kongourou par son premier fils Sakkaï, le dauphin, enfant préféré de sa femme préférée. Le jeune prince était très aimé de la population. Beau garçon, affable, poli avec tout le monde, il était charitable envers les pauvres, respectueux à l'égard des vieillards et défenseur inconditionnel des faibles, des veuves et des orphelins. Il avait un cœur d'or que servait une main longue, car il distribuait sans compter les richesses que lui donnait son père, et celui-ci lui en donnait beaucoup !

Quand tous les chevaux devant participer à la compétition furent réunis, on prépara la grande course finale en organisant au préalable des courses éliminatoires afin de sélectionner les meilleurs coursiers du pays. Les chevaux coururent d'abord par groupes de quinze. Seuls les trois premiers gagnants de chaque course furent retenus. Cette première sélection dura cinq jours. On fit ensuite courir les chevaux sélectionnés par groupes de cinq. Cette deuxième épreuve, qui dura toute une journée, permit de désigner les sept meilleurs coursiers de tout le pays. Inutile de dire que Kongourou, monté par Sakkaï et premier à toutes les épreuves, figurait parmi eux.

Le jour de la grande course arriva. On aligna les sept chevaux. Le départ fut donné. Le temps de quelques clignements d'yeux, Kongourou avait déjà pris la tête du peloton. Bientôt il distança le second cheval de plus de sept longueurs.

Contes initiatiques peuls

Deux tours étaient prévus. Le premier tour, avec Sakkaï en tête, s'acheva sous les acclamations, à la plus grande satisfaction du roi.

Le second tour fut entamé avec plus de rigueur, chaque cavalier entendant tirer le maximum de sa monture. Néanmoins Kongourou restait toujours en tête, maintenant la distance qui le séparait du coursier suivant. Il franchit en trombe la ligne d'arrivée, portant l'enthousiasme des spectateurs à son comble.

Pour le stopper, le prince tira sur les rênes de toutes ses forces, mais rien n'y fit. Kongourou, qui avait pris le mors aux dents, continua sur sa lancée à la vitesse d'un cyclone comme s'il voulait accomplir un troisième tour. Personne ne prêtait plus attention aux autres coursiers qui, eux, s'étaient normalement arrêtés. Tous les yeux étaient fixés sur Kongourou qui emportait dans un galop effréné le jeune prince, chéri de ses parents et adoré de son peuple.

Arrivé au tournant de la piste, Kongourou, au lieu d'en suivre la courbe, continua tout droit et s'enfonça comme une flèche dans la brousse, où il disparut. La foule, interdite, resta pétrifiée, figée comme une montagne. Ainsi la fête, qui aurait dû se poursuivre dans la joie et l'allégresse, se termina-t-elle dans la tristesse et dans l'angoisse.

Dans son désarroi, le roi fit venir tous les magiciens, géomanciens, voyants et devins afin qu'ils consultent le sort et lui disent ce qu'était devenu le prince. Lui-même alla se jeter sur sa couche et se lamenta : « Ô Guéno ! Pourquoi m'as-tu envoyé cet étalon de malheur ? Combien j'aurais préféré que Kongourou m'ait emporté moi-même plutôt que mon fils, fraîcheur de mon cœur, tranquillité de mon âme et espoir de mon peuple ! »

Njeddo Dewal

Les magiciens et les géomanciens se livrèrent à leur art. Tous convinrent que Kongourou n'était pas un cheval ordinaire mais l'incarnation d'un esprit malfaisant, désireux d'assouvir une haine implacable et qui ne reculerait devant aucun forfait pour parvenir à ses fins.

Connaissant les pouvoirs de Bâgoumâwel, le roi l'appela auprès de lui et lui demanda son aide. Le jeune garçon promit de faire tout son possible, puis se retira pour consulter le crâne parleur. Après avoir procédé au rite habituel, il lui demanda conseil. Le crâne répondit :

« Ô Gaël-wâlo ! Le fils du roi a été ravi par Njeddo Dewal, cela ne fait aucun doute. Elle l'a emporté dans son domaine où elle le retient en otage. Elle enverra bientôt au roi des émissaires pour lui faire connaître les conditions à remplir s'il veut revoir son fils. S'il refuse, elle tuera le jeune prince, quoi qu'il en résulte.

– Que dois-je dire à mon souverain, ô crâne hérité de mes aïeux ? Il me faut trouver un moyen de délivrer l'héritier du trône, car il est très aimé de son peuple. »

Après un moment de silence, le crâne reprit :

« Va sous le jujubier ancestral[1] et cueille un plein sac de ses fruits. Ensuite, distribue ces fruits aux singes qui vivent dans les bosquets, sur les rives du fleuve noir[2] qui sépare le pays de Heli et Yoyo du pays de Njeddo Dewal. »

---

1. Jujubier : voir note 71.
2. Un fleuve, une montagne, une chaîne de dunes sablonneuses, voire un arbre, symbolisent souvent la frontière entre deux mondes. Il y a toujours quelque chose pour marquer la limite.
« Fleuve noir » signifie aussi fleuve mystérieux. Le noir ne symbolise pas forcément ce qui est mauvais (comme « sorcier noir » par opposition à « sorcier blanc ») mais aussi ce qui est mystérieux, inconnu.

Contes initiatiques peuls

Sans perdre un instant, Bâgoumâwel se rendit auprès de l'arbre sacré et remplit un plein sac de jujubes. Puis il gagna le bord du fleuve noir et y attendit patiemment le retour des singes qui s'étaient éparpillés dans la brousse à la recherche de nourriture. Bâgoumâwel se tenait précisément au bord du point d'eau où les singes avaient coutume de venir s'abreuver. Bientôt, la soif se faisant sentir, ils accoururent en désordre, mais aucun ne se permit de se désaltérer ; leur chef n'était pas encore arrivé et leur coutume leur interdisait de boire avant lui. Bâgoumâwel ne bougea pas et ne sortit point ses jujubes, se réservant de les offrir au roi des grimpeurs. Celui-ci ne tarda pas à les rejoindre, et les singes l'accueillirent avec force cris de joie et gesticulations.

Bâgoumâwel s'avança vers le roi des « hommes des bois », un vieux cynocéphale, et lui tendit le sac de jujubes.

« Ô vénérable vieillard ! lui dit-il. Njeddo Dewal la sorcière s'est métamorphosée en Kongourou pour ravir notre prince qu'elle détient certainement dans l'un de ses lieux secrets. Je t'ai apporté ces fruits pour que tu les distribues à tes sujets. Je voudrais que tu les envoies à la recherche de notre prince.

— Il n'est aucun travail, répondit le roi des singes, que mon peuple n'accomplisse si on lui sert le fruit du merveilleux jujubier ancestral. Le soleil est présentement au zénith. Avant qu'il ne disparaisse à l'occident dans le trou noir de la nuit, nous aurons découvert ce que tu cherches. »

Et les singes se mirent en campagne. Comme l'avait prédit le vieux roi, ils mirent peu de temps à découvrir le lieu où était séquestré le jeune prince par Njeddo

Njeddo Dewal

Dewal : c'était le lieu même, au sein de sa cité de rocailles, où elle avait dressé en cercle les cercueils de pierre des oncles de Bâgoumâwel. Elle avait fait subir au jeune prince le même traitement, l'enfermant dans une auge de pierre qui ne laissait libre que son visage afin de pouvoir le nourrir et un orifice pour l'évacuation. Mais, cette fois-ci, elle avait pris soin de placer le sarcophage au fond d'un trou d'une profondeur de vingt et une coudées.

A leur retour, les singes firent part de leur découverte à Bâgoumâwel. Celui-ci s'efforça d'aller jusqu'au trou où se trouvait le jeune prince, mais ne put y parvenir [1]. Découragé, une tristesse infinie dans l'âme, il retourna à Heli et informa le roi de ce qu'il avait appris. Celui-ci lui demanda conseil. « Attendons, répondit Bâgoumâwel. Njeddo finira bien par se mani-

---

1. Il peut paraître étonnant que les singes découvrent sans difficulté l'endroit où est détenu le jeune prince alors que Bâgoumâwel le prédestiné ne peut y parvenir. Tout d'abord, il n'eût pas été conforme à la logique du conte que Bâgoumâwel découvre et délivre le jeune prince dès ce moment-là, car il avait été annoncé par le crâne que Njeddo Dewal enverrait des émissaires pour faire connaître ses volontés. Or, cette prédiction n'est pas encore accomplie. Ensuite, l'un des enseignements de cet épisode est que jamais les Peuls ne donnent le pouvoir absolu à qui que ce soit, sauf à Guéno. C'est pourquoi l'on dit que personne - quel que soit son degré - ne voit jamais le sommet de son propre crâne ; pour y voir clair, vient toujours un moment où l'on a besoin de l'aide d'un tiers. Même un prédestiné comme Bâgoumâwel peut présenter des lacunes ; autrement il serait Kaïdara lui-même (l'une des manifestations de Guéno). Il a beaucoup de pouvoirs, mais pas le pouvoir total qui n'appartient qu'à Guéno ; sinon, l'unicité divine serait détruite car il y aurait deux détenteurs du pouvoir.
Un autre enseignement est que les néophytes, malgré l'enseignement des maîtres, ne réussissent pas toujours du premier coup ; certains réussissent une épreuve immédiatement, d'autres doivent renouveler plusieurs fois la tentative.

fester pour faire connaître ses exigences. Nous verrons alors ce qu'il faudra faire. »

Une lourde rançon

Pendant que le prince se mourait dans sa prison de pierre, les habitants de Heli et Yoyo étaient plongés dans une tristesse profonde, s'attendant à l'annonce d'un deuil cruel. Les cœurs étaient étreints par l'angoisse. Le soir venu, les hommes se couchaient en même temps que les poules[1]. Chacun s'enfermait pour verser des larmes abondantes sur le sort du jeune prince, si bon et si charmant. Les chèvres et les moutons ne bêlaient plus. Les poulets avaient cessé de caqueter. Le martèlement des pilons dans les mortiers ne résonnait plus à travers la ville. Les chants joyeux et les rires clairs n'animaient plus les abords des puits. Le temps lui-même était devenu pesant. L'air était si brûlant que nulle part on ne pouvait plus respirer à l'aise. La joie s'était évadée des cœurs et des visages. Le seul travail de la journée consistait désormais à aller s'asseoir à l'ombre des murs d'enceinte pour scruter l'horizon, dans l'espoir de voir revenir le prince bien-aimé enlevé par la grande calamiteuse. Le bétail lui-même n'allait plus pâturer.

L'attente se prolongea toute une semaine. La nuit ne valait pas mieux que le jour ni le jour que la nuit.

Le septième jour de cette triste semaine, au moment où le soleil déclinait au couchant, on vit apparaître au loin un homme monté sur un bœuf porteur, escorté par

---

[1]. Signe de deuil et de tristesse : plus de distractions, plus de causeries ou de chants le soir à la veillée.

Njeddo Dewal

sept cavaliers chevauchant des étalons pur sang richement harnachés. Arrivé à proximité de la ville, l'homme arrêta son escorte et installa son campement hors des murs d'enceinte. Puis il envoya un émissaire au roi pour lui faire savoir qu'il était le messager de Njeddo Dewal, laquelle détenait le prince Sakkaï, héritier du turban de Heli et Yoyo.

Pour libérer son prisonnier, Njeddo Dewal exigeait à titre de rançon vingt jouvenceaux âgés de quatorze à vingt et un ans, plus Bâgoumâwel. Si le roi hésitait ou tergiversait, non seulement elle tuerait le prince, mais elle ferait s'abattre sur le pays des épidémies mortelles et des maladies incurables auxquelles nul ne pourrait échapper.

Elle donnait au roi trois fois sept jours pour s'exécuter, après quoi le pays connaîtrait toutes sortes de maladies : maux de poitrine aigus, gonflement des membres, plaies dans le ventre, épouvantables coliques, chaudes-pisses et chancres sexuels, sans parler des maux de tête, des vers solitaires et des vers de Guinée !

« Que le roi choisisse, avait stipulé Njeddo : ou bien il livre la rançon demandée et son fils lui sera rendu, ou bien il condamne le peuple à subir ces calamités et son fils mourra. »

Le roi réunit son conseil et lui exposa la situation. La mort dans l'âme, les conseillers se résignèrent à accepter les conditions de la calamiteuse ; le roi, lui, s'y refusa. Le conseil informa alors la population en faisant proclamer des avis par crieurs publics.

Les notables et les chefs de famille se réunirent. Le lendemain, sous la conduite de leurs chefs de quartier, ils se rendirent au palais et firent savoir au roi que la population unanime acceptait de se plier aux exigences de Njeddo Dewal. Bâgoumâwel avait été le premier à accepter de se sacrifier. Restant sur sa position, le roi rejeta la proposition populaire.

« La seule vie de mon fils, bien qu'il soit l'héritier du trône, ne vaut pas celle de vingt et un jeunes gens, déclara-t-il. En outre, étant donné les pouvoirs et les connaissances dont Guéno a doté Bâgoumâwel, la vie de ce dernier peut être plus utile au pays qu'une armée de guerriers, de guérisseurs ou de voyants. Je ne puis donc sacrifier l'intérêt général à mes seuls sentiments paternels. Il est des moments où un chef doit savoir faire taire son cœur pour n'écouter que ce que la raison lui susurre à l'oreille.

« Certes, sauver un prince au prix de nombreuses vies humaines est une coutume héritée de nos ancêtres et pratiquée jusqu'à nos jours ; mais sauver une valeur réelle et profitable à tous est un devoir auquel un roi ne doit pas faillir. Aussi pour rien au monde je ne livrerai Bâgoumâwel à cette sorcière, pas plus que les vingt garçons qui me sont si généreusement offerts par leurs parents pour sauver mon fils !

« Que Njeddo me demande toute la fortune du royaume, je suis prêt à la lui offrir pour sauver mon enfant. Mais si elle n'en veut pas, qu'elle fasse du prince ce qui lui plaira, et cela sans qu'il soit question de délai de sept jours, de quatorze, de vingt et un ou même de vingt-huit jours (82) ! »

Ayant ainsi affirmé sa volonté, le roi manda auprès de lui l'émissaire de Njeddo Dewal et lui communiqua sa réponse.

Le chef de la délégation avait été averti par sa maîtresse, avant son départ, que très certainement le roi de

Njeddo Dewal

Heli et Yoyo ne céderait pas et que pour rien au monde il ne consentirait à livrer Bâgoumâwel. Aussi lui avait-elle donné des sachets de poudre vénéneuse qu'il devait, en cas de refus de la part du roi, répandre discrètement dans les puits de la ville. La tâche était facile car les puits étaient situés à l'extérieur de l'enceinte, donc sans protection ni surveillance. Le roi l'avait voulu ainsi afin que les caravanes arrivant de nuit puissent s'approvisionner en eau même après la fermeture des portes de la cité.

Les émissaires de Njeddo empoisonnèrent systématiqument tous les points d'eau, puis s'en retournèrent auprès de leur maîtresse.

Le lendemain, sans méfiance, les femmes allèrent comme à l'accoutumée remplir qui son canari, qui sa jarre, qui sa gourde, qui sa calebasse ou son écuelle. Quand les habitants de Heli burent de cette eau et s'en servirent pour se laver ou nettoyer leur linge, leurs poitrines furent tout d'abord secouées d'un hoquet incoercible. Puis ils se mirent à baver comme des chiens malades. Chacun toussait à en vomir son cœur ou ses poumons. Personne ne pouvait plus dormir. Pour finir, tout le monde attrapa une diarrhée inexplicable. Même les arbres se desséchèrent, ne donnant plus aucune ombre. A l'intérieur des demeures, l'air était aussi chaud que dans le foyer d'une forge !

Njeddo Dewal ne s'était pas seulement contentée de faire empoisonner l'eau des puits ; elle avait aussi fait enterrer par-ci par-là des fétiches maléfiques dont les émanations troublaient l'atmosphère et rendaient les gens fous furieux.

Devant le désastre qui s'était abattu sur le pays et

qui n'épargnait ni homme, ni bête, ni plante, Bâgoumâwel, à l'insu du roi, réunit un conseil de notables. Il demanda vingt jeunes volontaires prêts à l'accompagner chez la calamiteuse pour se livrer à elle comme rançon du prince Sakkaï. Il ne mit pas longtemps à réunir sa petite troupe.

Avant de partir, Bâgoumâwel donna des instructions à son oncle Hammadi : « Si tu es sans nouvelles de moi, lui dit-il, demande à ma mère de te donner mon sac. Tu y trouveras le crâne parleur hérité de nos ancêtres. Consulte-le sur mon sort et demande-lui ce qu'il faut faire pour me retrouver. »

Pour ne pas éveiller les soupçons du roi, le convoi quitta discrètement la cité à la nuit tombée.

A quelques lieues de la ville, les jeunes gens rencontrèrent un serviteur de Njeddo Dewal. Bâgoumâwel le chargea d'aller prévenir sa maîtresse que le lendemain, à l'heure où l'on trait les laitières, la rançon qu'elle avait réclamée contre la liberté du prince lui serait livrée par Bâgoumâwel lui-même.

Quand la commission fut faite à la grande mégère, elle n'en crut pas ses oreilles. Elle en éprouva une telle joie qu'elle en fut toute saisie. Elle ne s'était pas attendue à ce que la résistance du roi fût brisée aussi rapidement, ni, surtout, à ce qu'il accepte de sacrifier Bagoumâwel. « N'y aurait-il pas là-dessous, se demanda-t-elle, quelque traquenard ? Alors que chaque jour je désespère davantage de pouvoir jamais arriver à triompher de ce taurillon et l'avoir à ma discrétion, est-il possible que je parvienne ainsi à mes fins sans coup férir ? Restons sur nos gardes, mais sachons toutefois profiter de l'occasion car il semble que, maintenant, nous allions vers le dénouement de la lutte qui m'oppose à Gaël-wâlo... »

Njeddo Dewal

Au petit matin, les vingt et un jeunes gens arrivèrent. Njeddo Dewal les fit entrer dans son village pétrifié, bien décidée à se refaire une santé en se gorgeant du sang des jouvenceaux.

« Quant à Bâgoumâwel, se dit-elle, je lui réserverai un sort si cruel et si raffiné que même les plus experts en matière de raffinement en seront stupéfaits. Les musiciens mettront l'événement en musique et cela deviendra un hymne à la gloire de la cruauté et de la méchanceté ! »

Njeddo Dewal se saisit de Bâgoumâwel et alla le suspendre par les pieds au-dessus d'un trou de quarante-neuf coudées de profondeur[1]. Ce trou était bourré de braises qui vomissaient des flammes si ardentes qu'elles en embrasaient l'atmosphère.

« Tu resteras ainsi suspendu pendant vingt jours, ricana-t-elle, c'est-à-dire juste le temps qu'il me faut pour sucer tout le sang de tes petits compagnons et m'en rassasier. Et après chaque repas, je viendrai roter ma joie auprès de toi afin que le souffle brûlant de mes poumons entre par tes narines, monte jusqu'à ton cerveau pour le réduire à rien, descende dans ton cœur pour blanchir ton sang rouge et jaunir ton sang noir. Tu mourras lentement, et pendant ce temps-là, moi je rirai aux éclats ! »

Comme on l'imagine, la ville de Heli, qui avait découvert le départ des vingt et un garçons, était dans le plus grand émoi. Le roi éprouvait tant de remords qu'il en était comme fou. Il fit venir les sept oncles de Bâgoumâwel et leur exprima tous ses regrets, en même temps que son infinie reconnaissance pour les coura-

---

1. Toujours un multiple de 7, le nombre de Njeddo Dewal.

geux jeunes gens qui s'étaient volontairement sacrifiés pour sauver son fils.

Il ne doutait pas, en effet, que son fils lui serait rendu. En cette époque, la parole donnée était sacrée chez les bonnes gens comme chez les hommes les plus mauvais. Elle valait plus que l'or et que l'argent, plus que la vie, même, de celui qui la donnait. Aussi Njeddo Dewal, malgré sa férocité et son désir permanent de nuire, respecta-t-elle sa parole : elle libéra le prince et le fit raccompagner jusqu'au palais de son père.

Le retour du jeune prince fut fêté comme un grand événement par toute la population de Heli et Yoyo, à l'exception du roi : celui-ci avait pris le deuil des vingt et un garçons qu'il considérait comme des martyrs volontaires morts pour sauver leur prince.

Nul ne savait ce qu'ils étaient devenus. Hammadi, sans nouvelle de Bâgoumâwel, décida de mettre en œuvre ses instructions. Il demanda à sa sœur Wâm'ndé de lui apporter le sac de son neveu. Il l'ouvrit, en sortit le crâne parleur et le consulta de la bonne manière. Voici ce que le crâne lui ordonna :

« Rends-toi au pied du jujubier ancestral et fouille les trois bosquets qui l'entourent. Tu trouveras la Reine des araignées (83) entre les branches d'un grand caïlcédrat aussi vieux que le jujubier. Demande-lui, au nom de l'art du tissage que Guéno lui enseigna, de s'employer à découvrir l'endroit où Njeddo Dewal détient Bâgoumâwel et ses compagnons. »

Hammadi obéit sans attendre. Il trouva la reine araignée et lui exposa sa requête. Se souvenant de la bonté de Bâ-Wâm'ndé pour les animaux, la reine ordonna à toute la gent araignée, partout où elle se

Njeddo Dewal

trouvait, de capturer les mouches de toutes espèces et de toutes tailles et de les mettre en demeure de découvrir avant le coucher du soleil l'endroit où Njeddo la grande sorcière s'était réfugiée pour commettre son forfait.

Sitôt dit sitôt fait. Les mouches, capturées puis libérées, s'éparpillèrent dans le pays. Elles fouinèrent partout : dans les villes, les villages, les hameaux, dans tous les coins et recoins de la campagne et de la haute brousse. Elles finirent par découvrir l'endroit où Njeddo Dewal s'était retirée avec ses prisonniers, sans pouvoir, toutefois, localiser précisément ces derniers.

Hammadi en fut informé. Il consulta à nouveau le crâne afin de savoir comment découvrir le lieu précis où étaient détenus Bâgoumâwel et ses compagnons. Le crâne lui conseilla d'invoquer Koumbasâra, le dieu-fétiche qui avait été libéré par Bâ-Wâm'ndé et Siré de la gourde métallique où Njeddo Dewal le tenait enfermé. Il lui enseigna le rite d'incantation et lui dit ce qu'il devait demander.

Hammadi procéda à l'incantation. Koumbasâra apparut devant lui.

« Ô Esprit puissant ! lui dit-il. Prends la provision d'œufs d'araignée qui t'a été donnée par mon père Bâ-Wâm'ndé lors de votre séparation, et utilise-la pour aller délivrer Bâgoumâwel et ses compagnons[1]. »

Koumbasâra appela Goumbaw, le lion noir (**84**). Il le chevaucha et lui dit :

« En vertu des pouvoirs transmis par Dikoré Dyâwo

---

[1]. Notons que Hammadi, à ce stade dramatique de l'histoire, accède à un statut nouveau, plus responsable, celui d'incantateur du crâne sacré et d'interlocuteur.

à Diafaldi, lequel les transmit à Kogoldi (85) à qui Dieu avait donné un troisième œil frontal pour voir le caché et deux mains pour cacher ce qui est apparent[1], en vertu de cette chaîne, je te commande, ô Goumbaw, de me mener là où se trouve Njeddo Dewal. »

Aussitôt, Goumbaw s'élança. Ce n'était vraiment pas un lion ordinaire. Sur terre, il était plus rapide qu'un cyclone. Dans l'eau, il nageait mieux qu'un silure. Dans les airs, il volait à une vitesse que n'aurait pu atteindre même l'épervier fonçant sur sa proie.

Après deux jours de voyage, il déposa Koumbasâra à quelques pas de la fosse infernale au-dessus de laquelle Bâgoumâwel était suspendu par les pieds. Koumbasâra sortit un lasso qui avait été tressé avec les poils de la queue et de la crinière d'une vieille jument édentée et dont il était seul à savoir que rien ne pouvait le briser. Il le plaça de telle manière que lorsque la grande sorcière viendrait narguer Bâgoumâwel pour le plaisir de son cœur, elle se trouverait prise à l'intérieur du nœud coulant.

Ce moment ne tarda pas. Njeddo Dewal, ignorant la présence invisible de Koumbasâra qu'elle ne pouvait détecter depuis qu'il n'était plus sous sa domination, s'approcha du trou. A sa plus grande surprise, elle constata que les flammes n'avaient pas rôti Bâgoumâwel. Il faut savoir que, lorsque Njeddo avait rempli la fosse de braises ardentes, elle s'était enduit le corps,

---

1. Par un geste des mains, on peut recouvrir, cacher quelque chose qu'on ne veut pas laisser voir. « Cacher ce qui est apparent », c'est cacher le secret de l'initiation. L'œil frontal, œil de la connaissance, est destiné à déceler ce qui est caché ; les mains, symbole du pouvoir de l'homme en tant qu'instrument et moyen d'action, sont censées voiler (cacher) ce qui ne doit pas être dévoilé.

Njeddo Dewal

pour se protéger contre le feu, d'un produit de sa préparation. Or, au moment où elle s'éloignait, le récipient était tombé dans le puits et son contenu avait recouvert Bâgoumâwel, si bien que le feu n'avait plus de pouvoir sur lui. C'était ce qui l'avait sauvé.

Njeddo Dewal ne comprenait pas pourquoi Bâgoumâwel ne criait pas, ne se tordait pas de douleur, et surtout pourquoi il ne brûlait pas. Pour en avoir le cœur net, elle s'approcha davantage et vint se placer, sans s'en douter, au beau milieu du lasso qu'elle ne voyait pas. Aussitôt, Koumbasâra et le lion Goumbaw, unissant leurs forces prodigieuses, tirèrent sur la corde. Njeddo se trouva encerclée par le milieu du corps, les bras entravés. Ses efforts pour se libérer restèrent vains. Elle était prise comme un animal sauvage dans un piège inattendu.

Elle comprit qu'une fois encore elle avait perdu la bataille contre Bâgoumâwel. Mais ce qui la troubla le plus, ce fut l'apparition soudaine de Koumbasâra et de Goumbaw, car il lui avait été prédit que le jour où Koumbâsâra, délivré, s'allierait avec Goumbaw, le lion noir à la crinière brune, ce serait l'annonce de sa défaite totale [1].

Contre sa liberté, elle offrit la vie des vingt garçons et de Bâgoumâwel.

« Ô Ndjeddo Dewal ! s'exclama narquoisement Koumbasâra. Tu es prise, tu es bien prise ! Combien de

---

1. L'alliance de Koumbasâra et de Goumbaw n'augure rien de bon pour Njeddo Dewal. Non seulement Koumbasâra, qui lui était auparavant asservi, met maintenant ses forces prodigieuses au service du bien, mais il a lui-même asservi la puissance de Goumbaw qui, traditionnellement, s'oppose à l'heureux aboutissement de l'initiation (cf. *Koumen*). Cet épisode enseigne aussi que la force n'est en soi ni bonne ni mauvaise. Tout dépend de l'utilisation qui en est faite.

fois ai-je été moi-même un agent puissant, mais inconscient, de tes méfaits ? Combien de fois ai-je exécuté tes ordres avec ivresse, permettant à tes charmes maléfiques de faire des veuves et des orphelins et de provoquer le malheur de tout un pays ? Jamais tes mains n'ont caressé que la brutalité, la désolation et la mort ! Maintenant, tu vas être soumise au jugement de Bâgoumâwel. A lui de te libérer ou de t'enfermer dans la case du tourment [1]. Ne te donne donc pas la peine de nous proposer sa libération et celle de ses compagnons. Ils ont été libérés à l'heure et à l'instant. Ouvre les yeux, et tourne-toi pour voir la scène qui se déroule à tes dépens. »

Ficelée comme un fagot de bois, Njeddo Dewal se retourna et vit alignés devant elle les vingt garçons et Bâgoumâwel, tous en parfaite santé. Elle ne perdit pas son temps à demander des explications, comprenant d'elle-même que les jeunes gens se préparaient à regagner leur village.

Goumbaw la traîna, ligotée, jusqu'à Bâgoumâwel. Celui-ci prit la parole :

« Ô Koumbasâra ! Ô Goumbaw ! Au nom de notre ancêtre Bouytôring, au nom de Koumen et de son épouse Foroforondou [2], déesse du lait et reine du beurre, nous vous remercions de votre intervention.

« Quant à Njeddo Dewal, ne la tuez pas, ne la maltraitez pas [3]. Allez plutôt la soumettre au rayon

---

1. Le cachot.
2. L'épouse de Koumen, déesse du lait et reine du beurre, est la grande maîtresse de l'initiation peule féminine (cf. *Koumen*).
3. Expression de la noblesse de caractère de Bâgoumâwel et de sa faculté de pardon, qualités qui sont celles de tous les « agents du bien » dans ce conte.

Njeddo Dewal

orange (86) que le soleil déverse sur le grand caïlcédrat, au bord de la rivière rouge qui arrose son pays, et maintenez-la attachée jusqu'à ce que mes compagnons et moi ayons atteint Heli. »

Cela dit, Bâgoumâwel et ses compagnons prirent le chemin de Heli et Yoyo tandis que Njeddo Dewal était conduite à l'ombre du caïlcédrat où Koumbasâra et Goumbaw la maintinrent prisonnière.

Certes, la grande sorcière n'avait plus tous ses moyens d'antan, mais il lui restait encore deux tours à jouer. Malgré la clémence dont Bâgoumâwel avait fait preuve à son égard, elle se demandait si elle pourrait utiliser ces deux derniers tours contre lui, car elle n'était pas sûre que Koumbasâra et Goumbaw la délivreraient le moment venu. En effet, elle avait entendu Koumbasâra dire à Bâgoumâwel : « Garde-toi de donner la vie sauve à cette sorcière ! Son désir de te faire mourir emplit son cœur et son corps au point qu'elle en transpire par tous les pores de sa peau. Vivante, elle ne se tiendra jamais tranquille ! »

L'angoisse dans l'âme, presque asphyxiée par la peur de mourir avant d'avoir pu tuer Bâgoumâwel, Njeddo Dewal avait les yeux hors des orbites, l'oreille tendue comme une bête aux abois. Elle attendait, inquiète, hagarde... Son supplice dura sept jours : le temps, pour Bâgoumâwel et ses compagnons, de regagner leur demeure.

A la fin du septième jour, sans qu'elle sût comment, le lasso qui la maintenait entravée se défit comme par enchantement. Elle se secoua et se hâta de rejoindre sa retraite invisible où elle resta enfermée sept jours durant, le temps de refaire ses forces.

Contes initiatiques peuls

L'avant-dernière flèche de Njeddo Dewal

Une fois rétablie, Njeddo Dewal s'enfonça profondément dans le sol. Là, avançant en déchirant les entrailles de la terre, elle évolua jusqu'à se trouver sous le pied du jujubier ancestral de Heli. Elle fit disparaître l'arbre en le tirant sous la terre, puis, se métamorphosant elle-même en jujubier, prit sa place.

Comme chaque semaine, tous les enfants de Heli sortirent de la ville et allèrent s'attrouper au pied de l'arbre sacré pour en cueillir les fruits. Quelle ne fut pas la surprise des gens de Heli quand, soudain, ils virent le jujubier s'envoler dans les airs, emportant avec lui un morceau de terre circulaire de vingt et une coudées de diamètre ! Ainsi Njeddo Dewal avait emporté d'un coup tous les enfants de Heli, ne laissant aux parents que leurs yeux pour pleurer !

Dès que le faux jujubier se fut éloigné dans les airs, le vrai jujubier ancestral sortit de terre et reprit sa place.

La ville fut plongée dans un deuil qui fit vite oublier la joie qu'avait provoquée le retour inattendu des vingt et un jeunes gens. La population tout entière accourut vers le palais du roi, se lamentant :

« Ô Roi ! Quand réussiras-tu à débarrasser le monde de Njeddo Dewal, mère de la calamité, qui ne cesse de nous endormir par ses sortilèges et de nous faire boire chaque fois la coupe amère du vin de sa méchanceté !

« Vers qui tourner nos yeux rougis par la douleur, que nos paupières languissantes ne parviennent même plus à protéger ? Notre sommeil s'est envolé comme une hirondelle migratrice. Njeddo Dewal vient de

Njeddo Dewal

planter des épines dans nos cœurs. Ô Roi ! Dis quelque chose ! Fais quelque chose ! »

Plus triste que jamais, le roi sortit de son palais, le visage boursouflé et tout baigné de larmes. Cet homme, qui était d'une belle stature, s'était recourbé comme une faucille. Son teint, jadis d'un brillant d'ébène, avait pris une couleur de cendre. En une seule nuit, il était devenu aussi maigre qu'une vieille jument des régions désertiques en saison sèche ; ses cheveux et sa barbe avaient grisonné. Tout ce qui, en lui, était d'une blancheur éclatante – le blanc des yeux, des dents, des ongles – avait noirci. Tel était son état, tant les soucis le rongeaient devant le malheur de son peuple.

Il ne lui restait qu'un seul espoir, à la vérité non négligeable : Bâgoumâwel. Aussi l'appela-t-il auprès de lui sans tarder. Il lui dit :

« Celui qui a dix étapes à franchir et qui n'en franchit que neuf et demie a perdu sa peine ; c'est comme s'il n'avait rien fait. Il en est de même pour toi. Toutes les victoires que tu as remportées sur Njeddo Dewal au cours de vos engagements meurtriers resteront vaines tant que la grande calamiteuse vivra et continuera de semer la désolation dans le monde. Le peuple ne sait pas que je ne peux rien par moi-même, car ma force réside en lui et non en moi. Je recours donc à toi, ô Bâgoumâwel, car Guéno qui peut tout t'a doté d'une puissance extraordinaire, et cette puissance, tu n'as jamais hésité à la mettre au service des malheureux et des victimes du sort.

« Nos enfants viennent d'être enlevés magiquement par Njeddo Dewal ; elle seule, en effet, peut agir de la sorte. Le peuple me demande de dire quelque chose, de faire quelque chose. A mon tour de passer par toi pour demander à Guéno[1] de dire et de faire quelque chose pour la délivrance des enfants de mon peuple. »

Bâgoumâwel remua la tête de bas en haut à trois reprises, geste qui signifiait une acceptation inconditionnelle. Puis il prit congé du roi et rentra chez lui.

Il consulta le crâne parleur. Celui-ci lui indiqua comment il devait procéder pour se métamorphoser en un doux zéphyr :

« Une fois que tu seras devenu un vent doux et agréable, ajouta le crâne, déplace-toi en soufflant vers l'est jusqu'au pays de Njeddo Dewal. Lorsque tu seras arrivé aux portes de sa cité, tu trouveras son troupeau en train de paître. Tu verras une belle génisse toute blanche : c'est Blanchette, la génisse préférée de Njeddo. Introduis-toi dans sa matrice. Elle t'engendrera sous l'aspect d'un veau si beau que Njeddo en tombera amoureuse. Lorsque cet événement se produira, Guéno t'inspirera ce qu'il faudra faire pour sauver les enfants des griffes de la grande mégère. »

Transformé en zéphyr, Bâgoumâwel souffla vers l'est jusqu'à la cité de la calamiteuse. Aux portes de la cité, il trouva effectivement le troupeau de Njeddo au pâturage. Il s'introduisit dans la matrice de Blanchette. Après quelques mois de gestation, celle-ci engendra un veau comme on n'en avait jamais vu de semblable. Sa peau était lisse comme de la soie ; le poil de son corps était aussi fin que le duvet du kapokier ; ses gros yeux étaient tout pareils à des perles blanches pêchées dans les grandes profondeurs des océans orientaux. Blan-

---

1. « Passer par toi... » : toujours pour respecter la règle traditionnelle qui veut que l'on passe par un intermédiaire pour présenter une requête.

chette fut bonne laitière. Au fur et à mesure qu'elle allaitait son petit, sa propre peau devint aussi soyeuse que celle de son veau.
Ce que le crâne avait prédit se réalisa. Njeddo Dewal fut prise, pour ce veau exceptionnel, d'un amour si puissant qu'elle ne pouvait se passer un instant de le contempler et de le caresser. Elle avait interdit aux enfants de Heli, qu'elle utilisait à l'entretien et à la garde de son troupeau, de mener son veau au pâturage. Il devait rester à la maison sous leur garde.
Le veau grandit. Il devint un taurillon très capricieux. Malgré la surveillance des enfants, il réussissait toujours à s'échapper pour rejoindre le gros du troupeau au pâturage. Chaque jour, il faisait deux ou trois escapades. Njeddo envoyait les enfants courir après lui pour le rattraper. Ils ne manquaient jamais de le ramener, mais elle les grondait de se montrer incapables, malgré leur nombre, de le retenir.
Un jour, comme de coutume, le taurillon prit la brousse. Njeddo envoya tous les enfants à sa poursuite. Au lieu de rejoindre le troupeau comme il en avait l'habitude, le taurillon se dirigea vers la haute brousse. Les enfants le suivirent. Quand ils furent très éloignés de la cité en ruine, Bâgoumâwel, à leur plus grande joie, reprit son apparence humaine. Il leur demanda s'ils étaient au complet. Après avoir vérifié, ils déclarèrent qu'ils étaient tous là.
Bâgoumâwel se demandait comment s'orienter et quel chemin suivre pour échapper à Njeddo Dewal lorsqu'elle se lancerait à leur poursuite. Immédiatement, une colonie de fourmis apparut et se mit à marcher devant lui. Il ne trouva rien de mieux que de suivre les petites bêtes dans leur voyage. Le sentier

ainsi tracé le ramena sans embûches, lui et ses petits compagnons, aux portes du pays de Heli.

Comme on peut l'imaginer, son retour et celui des enfants donnèrent lieu à de folles réjouissances. Une très grande fête fut donnée par le roi lui-même.

La dernière flèche

Njeddo Dewal ne s'était pas inquiétée tout de suite du temps que les enfants mettaient à retrouver le taurillon. Elle pensa qu'ils le ramèneraient le soir, en même temps que le reste du troupeau. Elle fut donc fort étonnée quand elle vit rentrer le troupeau sans le taurillon et sans les enfants et quand, de surcroît, elle constata que Blanchette était redevenue une génisse ! Comprenant ce qui s'était passé, elle hurla sa colère :

« Ô Bâgoumâwel, Bâgoumâwel ! Quelque chose me disait bien que la beauté de ce veau, surtout la beauté de ses yeux, n'avait rien de bovin. Mais j'ai été distraite, je me suis occupée à des riens, je n'ai pas voulu croire ce que mon instinct me suggérait. Et voilà qu'une fois de plus Bâgoumâwel m'a possédée !

« Il ne me reste plus qu'un pouvoir. C'est la dernière flèche de mon arc. Je vais la lancer, mais si elle manque Bâgoumâwel, elle se retournera pour me transpercer le cœur, et ce sera ma fin.

« Qu'est devenue ma vie... J'aurais dû m'apercevoir que le mal ne reçoit pour paiement qu'un mal plus grand encore. Mes fétiches, mes gris-gris, l'asservissement des esprits que j'ai réduits en esclavage, tout cela ne m'a servi à rien. J'ai amorcé la descente sur la pente glissante. Elle est si raide et si rapide que je ne sais

Njeddo Dewal

comment faire pour ne pas être précipitée dans le gouffre qui s'ouvre à ses pieds [1]. »

Pendant sept jours, Njeddo Dewal demeura prostrée, comme plongée dans un deuil sans fin. Mangeant peu et ne buvant presque pas, elle était à moitié vivante et à moitié morte.

Puis, sortant de cet état, elle passa à l'action. Elle n'avait plus qu'une dernière flèche à lancer contre Bâgoumâwel ? Eh bien, elle allait la lancer, et advienne que pourra ! « Je suis comme un homme au ventre déchiré, se dit-elle. Peu lui importe que la récolte soit bonne ou mauvaise puisque, de toute façon, il ne pourra la manger. »

Njeddo se transforma alors en inondation. Ondulant avec une rapidité incroyable, elle envahit le pays de Heli et Yoyo, remplissant les trous et les cavernes de son eau fétide. Elle submergea les bosquets et les monticules, imbiba les murs en pisé, fit s'écrouler les cases. Elle recouvrit les prairies et noya les animaux qui y paissaient.

Le roi ordonna à toute la population de fuir et d'aller se réfugier au sommet des collines, heureusement nombreuses dans le pays. Puis, appelant Bâgoumâwel, il lui demanda ce qu'il pensait de cette inondation bizarre, que rien ne justifiait hors saison.

« C'est la dernière flèche que Njeddo Dewal lance contre Heli et Yoyo, répondit Bâgoumâwel. Tu as bien

---

1. Pour la première fois, Njeddo Dewal fait un retour sur elle-même et se livre à une réflexion lucide et salutaire. Cela illustre ce qui a été dit à la note 2 p. 111, à savoir qu'il y a toujours un grain de bien dans le mal et un grain de mal dans le bien. Quoi qu'il en soit, cet accès de conscience morale ne saurait durer chez Njeddo Dewal puisqu'elle a été créée pour accomplir le mal.

fait, ô Roi, de conseiller aux gens de fuir en emportant tout ce qui leur est précieux. »

Wâm'ndé, la mère de Bâgoumâwel, entendit le grondement des eaux. Elle sortit précipitamment de sa case, laissant sur le foyer un tesson de canari dans lequel cuisait du salpêtre selon une recette héritée de son père Bâ-Wâm'ndé. Pourtant, son père lui avait bien recommandé de ne jamais abandonner cette substance lorsqu'elle la ferait cuire sur le feu, et cela quoi qu'il arrive.

Voyant les flots progresser vers sa case, Wâm'ndé appela son fils :

« Taurillon du Wâlo, cria-t-elle, aide-moi, fais tout pour sauver ce salpêtre que je dois à une recette de ton grand-père. Voilà l'inondation qui ondule vers ma case. Elle va éteindre le feu et faire fondre le salpêtre. Or nous ne devons le perdre à aucun prix. Si une telle chose se produisait, mon père m'a prédit que ce serait une catastrophe non seulement pour nous, mais pour tout le pays.

– Ô maman ! répondit Bâgoumâwel, cette inondation que tu vois n'en est pas une. C'est Njeddo Dewal en personne qui se lance contre moi. Elle veut m'attirer en un lieu où elle ouvrira sa bouche infernale large comme une excavation afin que je m'y engouffre pour toujours. Et je crains fort que, pour cela, l'intérieur de ta case ne soit l'endroit idéal ; elle pourra m'y avaler aussi facilement qu'un boa avale un lapin. Hors de cette case, la sorcière ne pourra rien contre moi, j'en suis sûr. Mais à l'intérieur, je serai totalement à sa merci, j'en suis tout aussi sûr.

– Mon père, répliqua Wâm'ndé, m'a recommandé

Njeddo Dewal

de ne jamais perdre ce salpêtre, fût-ce au péril de ma vie. Puisque tu risques de te faire avaler si tu pénètres dans la case, j'irai moi-même. Mieux vaut que je perde mon salpêtre, et même ma vie, plutôt que risquer de te perdre toi, dont la vie est si nécessaire à notre peuple. »
Et Wâm'ndé, sans crainte des conséquences de son acte, s'apprêta à retourner dans la case. Le temps d'un éclair, Bâgoumâwel pensa en lui-même :
« Un fils digne de ce nom peut-il assister sans réaction au sacrifice de sa mère ? Et puis, pour que ma mère tienne à ce salpêtre plus qu'à sa propre vie, il faut que sa valeur soit immense. Mieux vaut donc que Njeddo ait affaire à moi plutôt qu'à ma mère. Et ne serais-je pas le plus méprisable des enfants et le plus avorton des fils si je ne rachetais la vie de ma mère au prix de la mienne ? »
Il se précipita pour arrêter Wâm'ndé, l'écartant avec douceur. « Reste là, lui dit-il gentiment, et prie pour moi. Je vais chercher ton salpêtre, même si je dois pour cela sacrifier ma vie. » Et joignant l'acte à la parole, animé d'une foi décuplée par l'amour filial, il pénétra dans la case [1].
Il se dirigea vers le foyer. Le tesson était posé sur trois pierres entre lesquelles brûlaient des morceaux de bois. Se retournant, il s'aperçut que l'inondation l'avait rejoint et que la « tête de l'eau » pénétrait après lui dans la maison. Il se hâta de soulever le tesson de

---

1. Tout l'enseignement du conte culmine dans cet épisode où Bâgoumâwel fait le sacrifice de sa vie pour sauver sa mère. Au sens moral, c'est l'amour de la mère et le sacrifice pour les siens qui est exalté. Au sens mystique, c'est l'occasion de montrer que la victoire spirituelle passe toujours par le sacrifice de soi, le renoncement, le dépouillement. En effet, c'est précisément ce geste de Bâgoumâwel qui entraînera la défaite définitive de Njeddo Dewal.

canari dans lequel le salpêtre était maintenant cuit à point. L'eau envahit la case et éteignit le feu. Bâgoumâwel, tenant assez haut le tesson, s'apprêtait à sortir lorsqu'il sentit des sortes de tentacules s'enrouler autour de ses jambes. Il en émanait une matière gluante qui essayait de se répandre sur tout son corps. Il se secoua avec force pour se dégager et essayer de rejoindre la porte. Immédiatement, le niveau de l'eau monta, atteignit sa poitrine. Bâgoumâwel ne bougea plus. Il resta calme, attentif, car il se doutait qu'avant longtemps Njeddo Dewal lui apparaîtrait, sous une forme ou sous une autre.

Au moment même où il formulait cette pensée, l'eau s'agita comme si elle entrait en ébullition. Elle prit la forme d'une grosse tête munie de sept oreilles et de trois yeux, dont un au beau milieu du front[1]. La tête monstrueuse ouvrit une bouche aussi large qu'un gouffre. Elle dit :

« Ô Bâgoumâwel ! Sache que le plus vaillant des guerriers, fût-il couvert de mille victoires, peut tomber un jour sur le champ de bataille. Ce sera ton cas aujourd'hui. Tu as toujours triomphé de moi. Les jours d'antan ont été des jours de victoire pour toi et de deuil pour moi. Mais ils sont maintenant révolus, tombés dans l'oubli du passé. Ce jour est celui de ma revanche. Il ne me reste plus qu'à tendre la main pour la cueillir. Elle effacera de ma mémoire, comme de celle des hommes, le souvenir des jours fâcheux qui ont vu mes nombreuses défaites. Aujourd'hui, je suis comme un

---

1. 7 oreilles et 3 yeux : parvenue au terme de ce long combat, dont elle croit la victoire assurée, Njeddo Dewal se montre à Bâgoumâwel sous son vrai visage, celui avec lequel elle a été créée ; autrement dit, elle montre sa vraie réalité.

Njeddo Dewal

boa, et toi comme un lièvre à ma merci. Je vais enduire ton corps de matière gluante afin de t'avaler sans difficulté. Mais auparavant je vais t'immobiliser, réduire à néant ton énergie, et c'est les yeux grands ouverts que tu verras la profondeur de ma bouche dans laquelle, impuissant, tu vas sombrer comme dans une nuit obscure qui ne serait suivie d'aucune aurore brillante. »

Et Njeddo ouvrit grandement ses trois yeux et le gouffre de sa bouche, d'une profondeur sans fin. Au moment où elle s'apprêtait à avaler Bâgoumâwel, elle ne put résister au plaisir d'ajouter : « Ô Bâgoumâwel ! Je savais que le jour où je me transformerais en inondation pour envahir ton pays serait le jour de ton trépas. C'est donc aujourd'hui que tu vas mourir ! »

Instinctivement, comme inspiré par l'esprit de son grand-père Bâ-Wâm'ndé, Bâgoumâwel jeta dans les yeux et dans la bouche de Njeddo le salpêtre contenu dans le tesson qu'il tenait encore à la main. La mégère hurla. Son cri se répercuta comme un puissant roulement de tonnerre. « Oh ! oh ! se lamentait-elle... Aujourd'hui où j'ai cru vaincre Bâgoumâwel, hélas, c'est lui qui me vainc définitivement, car le salpêtre de Bâ-Wâm'ndé qu'il a lancé dans mes yeux et dans ma bouche est un poison sans antidote qui entraînera inéluctablement ma mort. »

Dès que le tonnerre des cris poussés par la grande sorcière cessa de retentir, l'inondation disparut et Njeddo Dewal reprit sa forme habituelle ; mais c'était une Njeddo devenue aveugle et muette. Affolée, courant de tous côtés, elle butait contre les obstacles, tombait, se relevait et reprenait sa course désordonnée. Pour finir, trébuchante, elle alla s'affaler sur la pointe aiguë d'une souche de bois aussi dure que du métal

Contes initiatiques peuls

trempé, et s'y empala[1]. Son ventre fut déchiré et tout l'intérieur de son corps – intestins, foie, pancréas, poumons, cœur – se répandit sur le sol. Ainsi périt l'incarnation du mal, Njeddo Dewal, mère de la calamité.

Au même instant, l'obscurité profonde qui avait submergé le pays se dissipa.

Au coucher du soleil, on vit, ô merveille, la multitude des étoiles faire une ronde autour des vingt-huit étoiles majeures ! Fait inouï, celles-ci étaient apparues toutes en même temps dans le ciel. Elles scintillaient comme une couronne autour des douze grands signes zodiacaux qui eux-mêmes encerclaient les sept astres assemblés[2] (87).

Sur la terre, les arbres fruitiers et les plantes médicinales de la haute brousse, auparavant desséchés, reverdirent comme en un début d'hivernage. Tout ce qui était devenu maigre ou squelettique engraissa instantanément. Les céréales remplirent à nouveau les champs. Le lait redevint abondant. Au fil des jours, chaque traite, chaque récolte, chaque cueillette fut meilleure que la précédente.

Le pays tout entier se revivifia, car le mauvais sort dont Njeddo Dewal l'avait frappé s'était évanoui à

---

1. Curieuse rencontre avec le mythe occidental du vampire qui veut que celui-ci ne puisse trouver la mort que le ventre traversé par un pieu de bois.
2. Ici, les 28 étoiles (voir note 87) apparaissent toutes en même temps ainsi que les 7 astres et les 12 signes du Zodiaque, entourées de la multitude des étoiles du firmament, comme si la totalité du temps et de l'espace était rassemblée en cet instant où toute obscurité est abolie. La scène se passe dans un autre temps que le temps humain habituel.
Après la disparition du principe du mal, la nature retrouve son innocence première. Une expression peule dit : « On est retourné au point de départ... »

Njeddo Dewal

l'instant même où la grande sorcière avait cessé de vivre. Chacun redevint joyeux. Les rires remplacèrent les pleurs. Le peuple remercia Guéno et rendit hommage à celui qui avait été l'agent de son bonheur retrouvé : Bâgoumâwel, le taurillon du Wâlo. Car toute chose a une cause, et jamais l'homme sage ne méprisera ou n'oubliera la cause.

Là où m'a trouvé le conte de Njeddo Dewal, là il me laisse. Quant à lui, il poursuit sa route sur l'aile du temps vers des lendemains qui ne cesseront de se renouveler, vers de nouvelles oreilles qui ne cesseront d'écouter, vers de juvéniles intelligences qui ne cesseront d'interpréter, d'adapter et de mettre en pratique[1].

Ainsi marche la vie, à petits pas ou rapidement, à la rencontre de la mort qui, elle aussi, s'approche à petits pas, ou plus rapidement.

---

1. Mettre en pratique : littéralement, « imiter » le conte, c'est-à-dire méditer sur les comportements des divers personnages afin d'en tirer leçon et d'y puiser un modèle.

Kaïdara

Avant de lire *Kaïdara*

Il est des histoires où l'on peut plonger sans préparation aucune, comme *Petit Bodiel* qui, au départ, est un conte *(tinndol)* qui ressemble à tous ceux qui font la ronde autour de la planète. Ou comme *Wangrin*, ou *Amkoullel*,[1] ces deux superbes récits où Amadou Hampâté Bâ, auteur africain francophone, s'est livré au plaisir d'évoquer des souvenirs, une époque, des personnages hauts en couleur qu'il a connus, aimés ou détestés. Romans ? biographies ? mémoires ? un peu tout cela ensemble. Hampâté n'aimait guère les tiroirs des genres.

Cependant la littérature peule en connaît plusieurs[2]. Avec le *Kaïdara*, nous abordons le genre du *jantol*, qui est un récit très long. Il peut développer un mythe, comme *Njeddo Dewal, mère de la calamité*, une fable didactique, comme ici Petit Bodiel le rusé dont Hampâté a étoffé en geste des épisodes qui, ailleurs, se

---

1. Voir « Du même auteur ».
2. Roger Labattut, Alpha Sow, P. Lacroix, Abdoul Aziz Sow, Yoro Sylla, Yoro Dooro Diallo ont publié là-dessus maints ouvrages. Christiane Seydou en a fait de belles études dans *Silamaka et Poullorou* et dans *Bergers des mots* (Ed. Classiques africains - Les Belles Lettres). Sur l'épopée peule, signalons aussi les textes d'Amadou Ly, Abel Sy et Issagha Correra.

Contes initiatiques peuls

retrouvent sous la bannière des mille tours de Leuk le Lièvre. Le *jantol* peut enfin retracer un voyage initiatique, comme c'est le cas pour *Koumen* et pour *Kaïdara*.

Koumen[1], récit allégorique de l'initiation au pastorat, est un texte d'intense poésie, et qui reste assez difficile malgré les explications en regard. *Kaïdara* est plus aisé, plus pittoresque, et donne les clefs de ses mystères à la fin. Cependant, à y regarder de plus près, les seuls symboles expliqués sont ceux qui précèdent la rencontre avec le dieu. Et, comme dans *Koumen,* on est obligé de recourir fréquemment à l'appareil des notes pour comprendre la dimension d'un geste, la profondeur d'une parole, les différents niveaux de signification d'une image.

Ces récits sont littéralement « codés », et seuls les « mentons velus », déjà initiés, ont accès à leurs signifiés ultimes. Il est d'ailleurs des versions abrégées pour enfants. Car, comme le rappelle souvent Hampâté : « Le récit initiatique est la corde qui relie le veau au piquet, il n'est pas le piquet. » Autrement dit, le récit relie, conduit le candidat à l'initiation, il n'est pas l'initiation. De plus, le *Kaïdara* sera complété d'un autre récit poursuivant plus avant l'initiation au pouvoir royal, et dont l'ésotérisme s'épaissira au fur et à mesure de symboles et de rituels sur lesquels l'auteur deviendra très discret.

Retenons donc que, tout d'abord, il y a plusieurs initiations sur le chemin de la vie d'un Peul. Hampâté a bien évoqué[2] les neuf étapes de l'existence divisée en

---

1. Voir « Du même auteur ».
2. Dans *La Notion de personne en Afrique noire*, Ed. CNRS et L'Harmattan.

Avant de lire Kaïdara

tranches de sept ans, depuis la petite enfance, en passant par la circoncision qui ouvre l'accès au mariage et aux activités d'adulte, jusqu'à l'âge de soixante-trois ans où le Peul « sort du parc ». Selon ses capacités, ses goûts, son évolution morale et intellectuelle, il aura acquis les qualités pour faire face aux nécessités concrètes du quotidien... ou plus, ou beaucoup plus. Il y a des degrés. Il y a aussi des spécificités. Il est certain que rares sont les Peuls qu'on initie au pouvoir. Tout le monde n'est pas appelé à diriger, cependant que tout Peul est appelé à soigner un troupeau. On initie aussi à différents savoirs.

Donc, théoriquement, tout individu, fille ou garçon du groupe, peut gravir les degrés de l'initiation selon le temps et l'intelligence qu'il consacrera à ces enseignements. Une sélection s'opère naturellement, qui fera que sur dix adeptes, un ou deux arriveront à maîtriser un ensemble de notions de plus en plus touffues qu'il s'agit de mémoriser et d'utiliser. En effet, cet enseignement anecdotique et imagé n'est pas pour autant sans difficultés. Le maître parle beaucoup par images, mais c'est un mode de raisonnement aussi précis que notre maniement de concepts abstraits. Chaque image recèle un symbole, et derrière le symbole gît une idée souvent complexe, quand ce n'est pas tout un faisceau de notions (exemple le scorpion), sans compter l'interférence des nombres dont l'ésotérisme ponctue le récit tout entier.

Les nombres évoqués ne sont jamais fortuits ; une pierre à deux faces, douze symboles, trois sources, sept étoiles, trente pieds, tout signifie, rien n'est indifférent. Réalise-t-on ce que cela demande comme gymnastique intellectuelle pour l'apprenti ? Le nombre comme l'image doit être médité, relié à tout ce qui lui correspond ; ainsi les deux faces de la pierre correspondent (reconduisent, dirait Gilbert Durand) au mystère du deux : la gémellité, l'opposition binaire, le noir et le blanc, le bien et le mal, le masculin et le féminin, bref, la dualité de tout être et toute action... « Ce qui est acquis à l'Est est perdu à l'Ouest. La vie et la mort mises en nous y demeurent torse contre torse, elles s'y trouvent, elles y luttent. »

De la même manière correspondent les espèces, les astres, les couleurs : le soleil correspond au rouge, au baobab, au lion, à l'or, au roi... Il faut apprendre à raisonner comme cela, ce récit nous y exerce ; ces réseaux de correspondances, les poètes occidentaux (Baudelaire, Rimbaud, Breton) les avaient pressentis ; mais dans les sociétés animistes cela est précisé, analysé, vécu et opératoire. La nature est parlante aussi clairement que les voix du pays de Kaïdara.

Chez les Peuls, le monde est cependant divisé en trois pays : le pays de clarté où logent les vivants, le pays de pénombre où se meuvent les esprits, génies et autres forces surnaturelles, et le pays de nuit profonde, séjour des morts et des futurs naissants. Bien entendu, aucune cloison n'est étanche, et rien que dans notre récit, les vivants se promènent longtemps au pays de pénombre. Dans les contes comme dans la vie, les relations sont fréquentes avec les esprits de toutes sortes : ici ce seront ces génies-nains dont on n'entend que les voix, et bien sûr le dieu-initiateur Kaïdara.

Mais le Peul ordinaire a surtout rapport avec ses *lâred'i*, génies gardiens qu'il honore sur son autel domestique *(kaggu)* ; il y en a douze pour se partager les trois catégories de pasteurs (caprins, ovins, bovins)

Avant de lire Kaïdara

dans les quatre clans (Bâ, Diallo, Barry, Sow) ; il en est vingt-huit autres qui correspondent aux jours du mois lunaire. Au-delà, il communique avec les génies du cheptel *(Koumen)*, de la chasse *(Kondoron)*, de l'eau (les *Tyanaba* et autres génies de fleuves et de mares). Il peut aussi rencontrer divers génies des éléments (feu, vent) ou habitants de collines ou de fourrés dans le *diéri* (brousse) où le conduit son troupeau au hasard des transhumances.

Plus loin, à l'horizon de son imaginaire, se situent les dieux d'origine sur lesquels il greffe les noms de ses enfants : Ham, Dem, Yer, etc. ; puis Doundari, Njeddo la calamiteuse ou Kaïdara, émanations de Guéno le Créateur. Guéno n'entre pas en contact avec les humains, et si on en parle on ne lui offre pas de culte spécifique. « Guéno est celui qui donne la vie et l'arrache. Le mal comme le bien vient de Guéno, et la prière le dit clairement : Donne-moi ton bien, non ton mal, et si tu me donnes ton mal, donne-moi la force de le supporter. La paresse, les vices, les guerres, tout vient de Guéno. Son autorité n'est pas contestable. Guéno n'a pas de comptes à rendre aux hommes, pas plus que le père de famille à ses enfants. » Or les parents, comme le chef, ont tous les droits. On les suppose assez sages pour ne pas en abuser. « Les parts de Guéno sont-elles égales ? – Non. – Alors prends ce qu'on te donne, et quand ton tour de partager viendra, tu en feras à ta guise. »

Les sociétés sahéliennes furent longtemps féodales ; cela se sent en particulier dans *L'Éclat de la grande étoile*, suite du *Kaïdara* ici publié. La conception du chef est significative : tout d'abord, il doit être noble, comme Hammadi le héros gagnant de toutes les

Contes initiatiques peuls

épreuves, face à ces roturiers de Hamtoudo et Dembourou, dont les noms indiquent l'origine servile. Ensuite, il doit posséder toutes les qualités de la *Pullagu*, code d'honneur peul. Enfin il doit être savant et riche. Voilà pourquoi les trois voyageurs partent à la recherche de Kaïdara qui est le dieu de l'or et de la connaissance.

Ce but du voyage n'est pas dit au début de l'histoire. Et c'est après avoir vu l'élimination progressive des concurrents non dignes, que l'on comprend que l'issue de cette aventure est la royauté. Cependant qu'il nous est répété par cent paraboles que la conquête de l'or n'est valable que pour obtenir la connaissance, et que même le pouvoir royal ne peut faire l'économie d'une recherche ultérieure du savoir. Car « l'or est le socle du savoir, mais si vous confondez le savoir et le socle, il tombe sur vous et vous écrase ». C'est par cupidité et étourderie que les deux compagnons d'Hammadi perdront la vie. Ils se sont trompés de quête. C'était l'or seulement qui les intéressait.

Il ne s'agit donc pas de lutte entre les conquérants du pouvoir. Le récit initiatique semble dire : que le meilleur gagne ! Mais il se fait que le meilleur, c'est le noble. Cela se passe malgré sa générosité et ses judicieux conseils à ses malheureux compagnons.

Lorsque, dans *L'Éclat de la grande étoile,* le dieu se manifestera encore pour parachever l'initiation du roi, il lui enseignera clairement les différences de valeur entre les hommes, et comment il lui faudra traiter chacun selon ses mérites : les supérieurs, les moyens, les inférieurs. Il s'agit, bien sûr, de valeurs morales, et certes il y a des bons et des mauvais dans toutes les couches sociales.

Avant de lire Kaïdara

Il demeure cependant que, dans les sociétés à castes – comme l'est déjà le royaume peul dont il est question ici, où il existe une cour, des courtisans, des captifs, des artisans, sur le modèle des royaumes du Fouta Tooro, du Macina, du Kounari, d'où proviendrait ce récit –, dans les sociétés à castes, donc, il convient que chacun reste à sa place et qu'un certain type de comportement soit considéré comme normal, selon la caste à laquelle on appartient de par la naissance. Ainsi, il est normal que le griot soit louangeur jusqu'à la flagornerie, ou médisant jusqu'à la calomnie, en fonction de son intérêt. De même, il pourra quémander sans honte, alors que le noble préférerait mourir de faim. On admet chez les castés et les captifs une certaine grossièreté, des attitudes agressives ou bruyantes, une cupidité ou une gloutonnerie qui sont totalement proscrites chez les nobles.

Ces derniers se doivent d'être généreux jusqu'à la prodigalité, courageux jusqu'à l'héroïsme, discrets et pleins de retenue dans leurs manières, et totalement maîtres de leurs instincts animaux, de leurs pulsions et de leurs passions. C'est cela, très exactement, la *Pullagu*. C'est donc un noble, champion de cette *Pullagu*, qui remportera la victoire du parcours d'épreuves pour arriver à la royauté ; tout pouvoir peul étant bien entendu lié au sacré, depuis celui du *silatigi* et du *ardo*, jusqu'à celui du *lamido* islamisé.

Mais encore, Kaïdara ? me direz-vous. Le dieu de l'or est sous la terre, comme l'or lui-même, c'est logique. Il siège sur un trône tournant, il a sept têtes, douze bras, trente pieds. L'ensemble constitue une parfaite allégorie du cosmos. Cette vision impressionnante reste très abstraite, c'est une image-idée, comme le dirait L.S. Senghor, et elle suggère seulement la réflexion sur ses composantes.

Par contre, les avatars de Kaïdara qui apparaîtront dans la suite sous forme de vieillard perclus ou de vieux fou en haillons offriront à la quête de l'adepte une prise plus gratifiante. Ce sera Kaïdara « le bien proche » qui révélera les secrets à celui qui a su les mériter. Le contact spirituel ainsi établi est d'ordre mystique, de même que l'amour immense qui jaillit entre le Maître de Lumière et son Fidèle. On retrouve ici des accents que partagent les mystiques de toutes les religions, lorsque se produit la rencontre sublime avec le divin.

Et ici comme là, si l'approche est possible, la fusion ne l'est pas. Et Kaïdara s'envole dès que Hammadi veut l'étreindre. Il redevient Kaïdara « le lointain ». *Deus absconditus.* L'inaccessible est aussi une caractéristique du divin qui toujours tire l'homme vers les sommets :

Et il s'éleva dans le ciel,
s'envola, déchirant les airs,
laissant Hammadi pantelant, étendu sur le sol,
tout comblé de joie, de science et de sagesse[1].

Lilyan Kesteloot[2]
IFAN - Dakar/Sorbonne - Paris-IV
Avril 1994

---

1. Dernière phrase de la version poétique bilingue publiée par les « Classiques africains », p. 179. [Note H.H.]

2. Toutes les notes de *Kaïdara* ont été rédigées par Lilyan Kesteloot à partir de ses entretiens avec Amadou Hampâté Bâ dans les années 60, enrichies par endroits de ses propres commentaires (voir « Petite histoire éditoriale », p. 343). [Note H.H.]

Kaïdara

Conte, conté, à conter...
Es-tu véridique ?
Pour les bambins qui s'ébattent au clair de lune,
mon conte est une histoire fantastique.
Pour les fileuses de coton pendant les longues nuits
de la saison froide, mon récit est un passe-temps
délectable.
Pour les mentons velus et les talons rugueux, c'est
une véritable révélation.
Je suis à la fois futile, utile et instructeur.
Déroule-le donc pour nous[1]*...*

C'était au mystérieux pays du surnaturel Kaïdara, pays que la mémoire humaine ne peut situer exactement ni dans le temps ni dans l'espace.

Ô fils chéris de mon propre père ! Manna (**1**)[2] qui le premier narra cette aventure, la plaça quelques hivernages après la période qui vit durcir les montagnes (**2**).

---

1. Préambule traditionnel du conte *Kaïdara*.
2. Les chiffres en gras renvoient aux notes annexes, p. 379.

Contes initiatiques peuls

C'était l'époque où les génies finissaient de creuser le lit des rivières[1].

Hammadi (3) sortit de chez lui à l'heure où l'horizon était illuminé par la douce lumière d'or qui incendie le lever et le coucher du Grand Monarque borgne[2]. Il marcha machinalement jusqu'à un grand carrefour (4). Il s'y arrêta. Il fut si ébloui qu'il n'entendit point les pas de Hamtoudo, lequel venait de déboucher par l'une des trois routes (5) aboutissant au carrefour. A son tour Hamtoudo, séduit par la beauté de l'aurore et la féerie des nuages multicolores, semblables à des serviteurs royaux parés pour le lever de leur roi, en perdit les yeux et les oreilles, captivé qu'il était par ce spectacle grandiose. Il demeurait là, ensorcelé, et ne s'aperçut point qu'un homme l'avait devancé.

Quelques instants après, Dambourou (6) apparut à l'orée du carrefour. Il vit les deux hommes qui l'avaient précédé sur la place ; chacun d'eux ignorait la présence de l'autre tant ils étaient fascinés.

Il s'écria : « Ohé ! Fils de ma propre mère ! Inclinez-vous bien bas, car la svelte servante du Grand Monarque borgne va soulever les draperies de fumée qui interceptaient votre vue et vous masquaient le lever du Roi aux mille bras lumineux. »

L'enchantement fut rompu ; les deux hommes sortirent de leur extase. Chacun se retourna pour voir celui qui parlait, et tous trois se trouvèrent disposés en triangle, comme les trois pierres d'un foyer (7).

---

1. Pour indiquer que le monde est encore en formation.
2. Au début des temps, le soleil était l'œil même de Guéno, le Dieu créateur suprême. Puis, lorsque la création fut achevée, Guéno le sortit de son orbite pour en faire le « Monarque borgne », car son œil unique suffit à voir tout ce qui se passe sur la terre, à la réchauffer et à l'éclairer.

Kaïdara

Une voix[1] très bruyante fendit l'espace. Elle dit : « Ô hommes éblouis par la lumière[2] ! Allez dans le bois sacré du premier village. Offrez-y en holocauste[3] le premier gibier que vous abattrez à la course[4]. »

Hammadi, Hamtoudo et Dembourou s'élancèrent dans le sous-bois. Ils surprirent un fourmilier[5]. Ils le tuèrent, le dépecèrent et le transportèrent au milieu du carrefour. Ils allumèrent un grand feu. Ils y jetèrent leur gibier et attendirent que le feu l'ait entièrement consumé. Quand le feu eut fini de manger l'animal, une voix cria avec force :

« Ô Hammadi ! Ô Hamtoudo ! Ô Dembourou ! Votre sacrifice est agréé. Votre voyage au pays des nains (8) sera une aventure, mais une aventure heureuse. Nettoyez la place où le feu du ciel[6] vient d'avaler votre fourmilier, avant d'être lui-même avalé par l'espace[7]. »

---

1. Intervention de la « voix-guide », qui désormais ne quittera plus les trois compagnons. C'est une émanation de Kaïdara qui les attire, et qui les repoussera lorsqu'il leur aura donné l'or. Cette voix sera répartie dans les quatre éléments.
2. « Éblouis », car la lumière n'était qu'un mirage, un décor. Ce n'est pas là que se trouve l'intérêt.
3. Une fois immolée, la victime devra être brûlée à petit feu, et non égorgée seulement.
4. « A la course », car l'adepte doit déployer un effort.
5. Le fourmilier est un animal mystérieux car il vit de fourmis et de termites ; or la termitière est considérée comme un monde (cf. *Dieu d'eau*, de Marcel Griaule). Les chasseurs considèrent donc le fourmilier comme « chargé » de puissance occulte, d'effluves dangereux. De même, la tête du lapin et celle de l'hyène sont « chargées » ; le hibou l'est entièrement.
6. Le feu appartient au ciel, car il monte, tandis que l'eau est de la terre car elle descend en pluie.
7. Avaler... avaler : dans la nature les êtres et les forces s'avalent mutuellement, c'est-à-dire s'anéantissent les uns les autres (voir p. 323 le chant de l'entre-dévorement universel).

Contes initiatiques peuls

Les trois compagnons nettoyèrent les lieux[1]. Aussitôt, ils virent une pierre plate qui mesurait neuf coudées de pourtour et trois de côté. Une face de la pierre était peinte en noir et l'autre en blanc (9). Une voix aérienne dit :

« Ô les trois amis ! Chaussez vos sandales[2] et portez vos besaces en bandoulière ! Que chacun de vous prenne un bâton sur lequel il s'appuiera de temps en temps, et dont il se servira pour faire avancer sa bête de somme[3] ! »

Au même instant, mue par une main invisible, la pierre triangulaire bascula sur des charnières magiques. Elle cacha sa face noire et découvrit sa face blanche[4]. Un escalier de neuf marches (10) qui conduisait sous terre fut mis à nu (11). Les trois amis l'empruntèrent sans hésiter. L'escalier les conduisit à une place où ils trouvèrent trois bœufs-porteurs, chargés d'eau et de vivres, qui les attendaient :

« Salut aux voyageurs qui vont au pays des nains ! Voici trois bœufs-porteurs pour vous servir. D'autres

---

1. Rituel de purification : les cendres sont les parties que Guéno n'a pas acceptées ; il faut donc les restituer à la terre, car « si cela ne te sert pas, cela sert à quelque chose, et la terre saura l'utiliser » ; tout ce qu'on enlève d'un corps et que l'on jette est ristourné à la terre. N'importe quelle cendre est sacrée et doit être dispersée sur la terre.
2. Les disciples-voyageurs peuvent chausser leurs sandales, car ils ne seront plus soumis au respect absolu. Ils auront l'autorisation de poser des questions, de piétiner les secrets.
3. Le bâton c'est le tuteur, le maître indispensable en initiation. Le motif avancé : « pour faire avancer sa bête », ne sert qu'à masquer le vrai sens du bâton. En fait, seul Hammadi semble l'avoir compris, car seul il acceptera de « s'appuyer » sur les conseils de ses maîtres.
4. *Face blanche :* parce que les symboles que verront les voyageurs ne leur seront pas dévoilés, bien qu'ils se trouvent déjà en zone ésotérique (ici, blanc = exotérique, visible, apparent ; noir = ésotérique, invisible, caché).

Kaïdara

vous seront donnés plus loin par celui qui est le puits de la science et la montagne de la sagesse.
— Comment s'appelle-t-il, et où se tient-il ? » hasarda Hamtoudo[1]. Et toi qui nous parles, qui es-tu ? Et où es-tu ?
— Tu le sauras quand tu sauras que tu ne sais pas et que tu attendras de savoir (**12**). »

Les trois amis se mirent en route, chacun poussant devant lui son bœuf-porteur. Ils marchèrent, marchèrent longtemps, et en fait de marche, c'en était une ! Ils dépassèrent les contrées habitées par les fils d'Adam[2]. Ils traversèrent d'épaisses forêts vierges. Ils débouchèrent enfin dans une plaine aride qui s'étendait à perte de vue, dénuée de toute verdure. Sur cette plaine, rien que le Soleil accablant, amusant son enfant[3]. La provision d'eau s'épuisa, et la soif commença à leur écorcher le gosier.

Sur le chemin, un caméléon se hâtait doucement vers eux. Il regardait de tous côtés, roulant des yeux sans tourner la tête. Il changeait de couleur, prenant à volonté la teinte des êtres et des objets de son entourage.

Hammadi le regarda et héla ses compagnons :

---

1. On verra tout le long du récit que les questions des voyageurs seront systématiquement éludées, malgré le droit qu'ils ont d'en poser. Un proverbe peul dit : « *Celui qui est curieux a le sang amer, mais il ne se perd pas* » ; il est importun mais sait se débrouiller...
2. La formule a pour dessein d'égarer l'auditeur et d'attirer l'attention de l'initié. En fait, on se trouve au pays des « cachés » ; en ce lieu qui se trouve « sous la terre », il n'y a plus d'hommes (en peul, le premier homme se nomme Kîkala).
3. Expression peule pour évoquer le papillotement de la lumière de midi.

Contes initiatiques peuls

« Ohé ! Fils des sœurs de ma mère[1] ! Venez voir un animal fantastique ! Il se déplace, hésitant entre l'avance et le recul. Il change de couleur et roule des yeux en tous sens sans cependant bouger la tête. »
Le caméléon dit :
« Suis ton chemin, Ô fils d'Adam ! Si observer est une qualité, savoir se taire préserve de la calamité.
    Je suis le premier symbole du pays des nains.
    Mon secret appartient à Kaïdara (**13**),
    le lointain et bien proche Kaïdara.
    Fils d'Adam, passe... »
Après avoir dit cela, le caméléon disparut comme par enchantement (**14**).

A son tour, Hamtoudo aperçut une chauve-souris. Il s'écria :
« Ohé ! Fils des frères de mon père, venez voir cet être ! Est-ce un gnome, un animal, ou un oiseau d'entre les oiseaux du royaume de Kaïdara ? »
La chauve-souris dit :
« Je suis mammifère par mes dents et oiseau par mes ailes. Suspendue par les pieds, je repose dans les branches. La lumière du jour m'aveugle et l'obscurité de la nuit m'éclaire.
    Je suis le deuxième symbole du pays des nains.
    Mon secret appartient à Kaïdara,
    le lointain et bien proche Kaïdara.
    Fils d'Adam, passe... »
Et la chauve-souris disparut comme avait disparu le caméléon.

---

1. Au fur et à mesure de leur voyage, les initiés sont liés de plus en plus étroitement. Inconnus au départ, l'aventure commune en fait quasi des frères utérins, et supprime les différences sociales.

Kaïdara

L'envie de boire devint plus pressante chez les trois amis, tandis que l'immensité de la plaine continuait à s'étaler, à se dérouler, comme étirée par une main invisible.

Sous l'effet de la soif, les bœufs beuglaient lugubrement et lâchaient lourdement une bouse chaude. La soif et la fatigue pesaient sur eux, augmentant désespérément la lenteur habituelle de leur marche.

Quant aux trois fils d'Adam, ils étaient si las qu'ils en perdirent presque tout sentiment de la réalité. La mort elle-même ne pouvait plus être pour eux qu'une délivrance. Ils la souhaitèrent avec ardeur.

Dembourou était le plus résistant des trois. Il lui restait quelque force pour explorer l'horizon. Il marchait, sa vue protégée par l'ombre de sa main placée en visière à la racine de ses cheveux. Il vit s'avancer vers eux un gros scorpion, qui ne pouvait être que le grand-père de tous les scorpions [1].

Dembourou s'écria : « Ohé ! Fils des frères aînés de ma mère ! Sortez de votre apathie, car, en vérité, voilà qu'il vient vers nous, l'émissaire maléfique !

Ô miens organes visuels !
Ô mienne poche digestive !
Ô miens intestins d'évacuation !
Ô miens nerfs de résistance !
Ô colique, ô constipation,
Ô entérite et échauffement [2] ! »

Ces lamentations tirèrent Hammadi et Hamtoudo

---

1. « Grand-père » indique l'extrême qualité, non la vieillesse. C'est le scorpion par excellence.
2. Cette incantation relève de la magie. Après l'évocation des organes, la maladie que l'on cite est celle que l'on veut éviter. On pourrait aussi énumérer les améliorations que l'on souhaite.

de leur torpeur. Voyant s'approcher le scorpion, ils se mirent à crier : « C'est un nain, c'est un farfadet, c'est un esprit follet ! »

Le scorpion dit :

« Je ne suis pas un esprit des éléments, et point ne suis un démon. Je suis l'animal fatal à celui qui le frôle. J'ai deux cornes et une queue que je tortille en l'air. Mes cornes se nomment l'une la violence, l'autre la haine. Le stylet de ma queue s'appelle alêne [1] de la vengeance. Je ne mets au monde qu'une seule fois. La conception, qui est chez les autres signe d'augmentation, est chez moi signal d'un trépas certain.

« Vous avez vu mon frère caméléon et ma sœur chauve-souris :

>Je suis le troisième symbole du pays des nains.
>Mon secret appartient à Kaïdara,
>le lointain et bien proche Kaïdara.
>Fils d'Adam, passe... »

Dembourou saisit tout son courage et dit : « Scorpion d'inimitié, que faire dans ton pays de mystère pour trouver de l'eau, mère de toutes les vies ? Nous mourons de soif mes cousins et moi, avec nos pauvres bêtes. Pitié ! Je t'en conjure par Kaïdara ! »

Le scorpion dit alors :

« Allez droit devant vous, et dès que vous m'aurez perdu de vue, dites cette incantation :

>Ô Esprits des éléments !
>Le ciel est un toit pour la terre
>et vous êtes les gardiens [2] du pays des épreuves.

---

1. Alêne : poinçon à l'aide duquel on perce le cuir.
2. Il s'agit des nains de Kaïdara qui sont censés protéger les voyageurs.

Kaïdara

Nous sommes, n'en doutez pas,
ceux qui répandirent à terre
les cendres chaudes de la victime trépidante
dont nous avons fait jaillir le sang
avant de la livrer aux flammes [1].
C'était un fourmilier, animal mystérieux,
groin de cochon,
langue vermiforme et visqueuse.
Nous allons chez Kaïdara,
le présent bien qu'invisible Kaïdara.
Soulevez, ô Ondines [2], les voiles
qui nous séparent des sources de Kaïdara !
Le sang versé de notre victime
fut agréé comme nectar par votre Maître.
Soulevez les voiles, soulevez les voiles !
Kaïdara le veut, vous ne pourrez plus résister ! »

Dès que le scorpion eut disparu, Dembourou psalmodia exactement cette incantation.

Au mot « vous ne pourrez plus résister », l'aspect aride de la plaine s'évanouit. A quelques pas devant nos voyageurs, apparut une vallée verdoyante entourant une mare aux eaux limpides et fraîches.

Les trois amis se précipitèrent vers l'eau. Hélas, l'accès en était impossible ! Sur une largeur de plus de six coudées, la mare était encerclée de reptiles venimeux, dont les plus inoffensifs étaient Père Boa, Mère Vipère,

---

1. Rappel du sacrifice accompli suivant le rite demandé par la voix qui les a entraînés dans cette aventure, et agréé par la divinité.
2. Esprits des eaux. Incantation magique, que l'on doit répéter mot pour mot si l'on veut qu'elle soit efficace. Notons que le scorpion semble parfaitement au courant de l'histoire des voyageurs ; il sait qu'ils ont sacrifié un fourmilier.

Contes initiatiques peuls

Oncle Cobra et bien d'autres cousins encore, tous plus venimeux que le venin lui-même.

Toutes leurs tentatives furent vaines. Dembourou et ses compagnons reculèrent. Ils allèrent se réfugier sous un arbre et se répandirent en lamentations.

Hammadi s'écria : « Quelle est cette mare mystérieuse et si opiniâtrement défendue par ce que la terre possède de plus venimeux en fait de reptiles ?

« Ô mare de déception ! Malheur aux assoiffés qui se ruent vers toi ! Nous sommes altérés, notre malheur est achevé, nous nous mourons, ô supplice ! Faut-il, pour attendrir tes reptiles monstrueux, te chanter les complaintes de mon pays ? Alors écoute :
J'appartiens à la noble race ! [1]
Ma souche se trouve au soleil levant.
De l'Orient à l'Occident,
mes chers ancêtres ont suivi les bœufs lents
dont le garrot majestueux
porte une bosse grasse et charnue.
La vache et ma mère m'ont nourri tour à tour
et dans la prairie j'ai grandi avec le veau.
Quand l'étranger est notre hôte,
c'est du lait qu'on lui offre à boire
et c'est du beurre qui cuit ses aliments.
Le voyageur
ne meurt pas de soif dans mon pays.
Il ne faut pas confondre
toutes les tétines des mamelles.
Celles de la vache
priment celles des autres animaux. »

Après la complainte de Hammadi (**15**), Dembourou

---

1. Sous-entendu : la race des Peuls.

Kaïdara

eut la bonne idée de psalmodier de nouveau l'incantation qu'il avait apprise du scorpion. Aussitôt, un gros scinque[1] sortit d'un endroit sablonneux de la mare. Il vint vers les voyageurs désespérés et chanta :

« Ô fils d'Adam, que votre état est piteux !
Je compatis à votre malheur.
Moi, l'animal fusiforme,
je suis lourd, mais pas inintelligent.
Ma robe est jaune
et rousse celle de ma femme.
Toutes deux sont rayées
de fines bandes sombres.
L'on me connaît partout
où Guéno a répandu du sable.
Je vous apporte un baume.
Je désire consoler vos âmes.
Oui, certes, de la race des lézards je suis !
Oui, certes, je ressemble au serpent (17)
qui mord l'homme au talon !
Mais point ne suis ni venimeux ni vilain à voir.
Quittez ce lieu au plus vite !

– Oui, répliqua une voix qui semblait venir de la mare :

Je suis le quatrième symbole du pays des nains.
Mon secret appartient à Kaïdara,
le lointain et bien proche Kaïdara.
Fils d'Adam, passe... »

Hammadi et ses camarades ne se firent pas répéter

---

[1]. Reptile voisin des lézards (16). C'est le seul animal rencontré au pays des nains que le récit n'explicitera pas dans la suite.

deux fois la recommandation du scinque, qui pour eux venait d'un ami. Ils quittèrent aussitôt la vallée. Ils n'avaient toujours ni bu ni mangé. Voici qu'ils aperçurent au loin un arbre touffu aux branches vigoureuses et élancées. Hammadi fut le premier à pénétrer sous son ombrage. Là, il vit un petit trou, juste l'empreinte d'un pied de gazelle, qui était empli d'eau. Il dit à ses amis : « Voici un œil d'eau [1] ! Je vais l'absorber, et advienne que pourra ! »

Il se mit à plat ventre et aspira l'eau du trou. Aussitôt le petit trou se remplit à nouveau. Hammadi aspira encore.... Et ainsi, de remplissage en aspiration et d'aspiration en remplissage, Hammadi se désaltéra.

Ses compagnons, émerveillés, l'imitèrent. Ils furent eux aussi satisfaits.

A l'aide d'une feuille d'arbre disposée en entonnoir, dans trois outres patiemment ils entonnèrent une quantité d'eau suffisante pour abreuver leurs bœufs et faire provision pour plusieurs jours.

Hamtoudo dit : « Quel est ton secret, Ô œil d'eau miséricordieux ? »

Un sylphe d'entre les esprits aériens répondit :

« Ce petit trou inépuisable fait partie des mystères du pays des nains. Vous avez pénétré, Ô fils d'Adam, dans le domaine des pygmées qui gardent les trésors souterrains de Kaïdara. »

Et une voix douce comme une musique sortit du petit trou :

« Je suis le cinquième symbole
du pays des nains.
Mon secret appartient à Kaïdara,

---

1. En peul comme en arabe, le mot ‹ œil › signifie également ‹ source ›.

Kaïdara

le lointain et bien proche Kaïdara.
Fils d'Adam, passe... »

Plus loin, nos amis aperçurent une outarde. Ô ma langue, quelle chair savoureuse ! Hammadi et ses compagnons lui donnèrent la chasse avec toute l'agilité que la faim procure à l'affamé poursuivant une proie. Le gros échassier paraissait bien facile à prendre, car, contrairement à ses frères, il n'avait qu'une patte et battait de l'aile ; il se traînait lourdement. L'encercler et le prendre sembla très aisé aux trois amis. Ils se dispersèrent, puis manœuvrèrent si bien que l'outarde finit par se trouver au milieu d'eux, presque à portée de main. Ils se précipitèrent pour la saisir, mais s'entrechoquèrent si durement que chacun tomba à la renverse ; et l'oiseau fabuleux s'échappa d'entre leurs pieds pour aller se poser, narquois, quelques pas plus loin.

Trois fois Dembourou et ses compagnons recommencèrent la chasse, trois fois ils donnèrent la comédie à leurs dépens. Convaincus que l'outarde était insaisissable, ils résolurent de continuer leur chemin.

« Quel est cet autre mystère ? » demanda Hamtoudo, sans s'adresser à quelqu'un de bien précis.

Un sylphe répondit : « C'est le polygame des plaines du pays des nains (**18**). Guéno a allongé son cou pour lui permettre de voir au loin. Il sait que la terre est notre domicile maternel, il ne s'élève que difficilement dans les airs. On ne le surprend pas facilement. Il se tient droit au milieu des plaines nues [1].

---

1. C'est la première fois qu'un esprit daigne répondre à l'une des multiples questions que posent les voyageurs. Il ne donne ici qu'un sens exotérique qu'ils sont censés déjà connaître ; c'est une autre façon de les inciter

Contes initiatiques peuls

Et l'outarde ajouta :
« Je suis le sixième symbole
du pays des nains.
Mon secret appartient à Kaïdara,
le lointain et bien proche Kaïdara.
Fils d'Adam, passe... »

Les trois amis, consternés, reprirent leur chemin. Sans eau ni nourriture, ils étaient précédés par la désolation du cœur et suivis par la douleur de l'esprit.

Il ne faut pas confondre manque de vivres et sobriété. Les voyageurs avaient si faim et si soif que chaque fois qu'ils soulevaient les pieds, la mort plaçait les siens dans leurs empreintes [1].

Ils en étaient encore à parler de l'extraordinaire outarde, tandis qu'ils descendaient l'autre versant [2] de la piste raide qu'ils venaient de gravir.

Ils virent dans le vallon un bouc barbu au corps tout couvert de longs poils [3]. Il tournait autour d'une souche sur laquelle il montait, descendait et remontait sans arrêt. A chaque escalade, le mâle caprin éjaculait sur la souche, comme s'accouplant avec une chèvre. Malgré la quantité considérable de semence qu'il déversait, il ne parvenait point à éteindre son ardeur virile.

L'animal était si absorbé qu'il ne s'aperçut nulle-

à la patience, à la maîtrise de leur curiosité. Les significations ésotériques ne seront révélées qu'à la fin du conte.

1. Ce n'est qu'une simple image, non une personnification de la mort.
2. Les « deux versants » sont toujours symboles de l'effort durant la montée et du repos pendant la descente ; les voyageurs verront donc bientôt un adoucissement à leurs épreuves.
3. Le bouc « couvert de longs poils » est signe de virilité ; cela vaut aussi pour un homme s'il a des poils sur la poitrine, le menton, les bras, les jambes ; mais c'est un signe maléfique s'il en a sur tout le corps.

Kaïdara

ment de la présence des trois voyageurs, pourtant si proches qu'ils auraient pu lui tirer la queue.

Hammadi s'écria : « Quelle chose étrange ! Quelle réalité enseignes-tu donc là, ô bouc barbu comme un patriarche qui sait lire dans les astres et entendre le langage des grains d'eau qui roulent et se chevauchent dans le lit des rivières par eux patiemment creusé ? Ce que tu montres là n'est qu'une forme. Quelle en est la réalité ? Mes amis et moi sommes accablés par la curiosité. Nous sommes impuissants à comprendre ce que tu symbolises, ô grand mâle aux cornes respectables ! »

Il ajouta, se parlant à lui-même : « Ô yeux de ma tête ! Ô mes oreilles ! Vous n'avez pas fini de voir et d'entendre[1] ! »

Un sylphe répondit dans l'air :

« Que de choses les fils d'Adam sont appelés à rencontrer dans leur vie ! Ils sauront compter, mesurer, peser ce qui est concret et palpable. Quant à l'essence ultime des choses et des faits... il faudrait qu'ils aillent s'asseoir aux pieds de Kaïdara qui seul en connaît la nature et sait classer les phénomènes[2]. Vous êtes, ô voyageurs, au pays des nains... »

Aussitôt le bouc s'interrompit et dit :

« Je suis le septième symbole du pays des nains. Si c'est par la barbe qu'il faut juger les mâles, je suis un patriarche vénérable.

---

1. Hammadi commence à comprendre le système de l'initiation, à savoir que chaque phénomène présenté n'est qu'une forme et qu'il cache une réalité précise, seule importante. Il sent aussi que la curiosité est ici indiscrétion et il s'excuse de poser tout de même une question ; mais, en bon élève, il avoue qu'il est incapable de comprendre seul.
2. Ici, l'esprit leur fait clairement la leçon : les hommes présomptueux ne peuvent en fait acquérir que des connaissances superficielles. Seule l'initiation peut leur révéler la réalité profonde de l'univers.

L'envergure de mes cornes noueuses
est un signe certain de ma virilité.
Je répands le liquide de la semence animale
sur une souche végétale.
Mon secret appartient à Kaïdara,
le lointain et bien proche Kaïdara.
Fils d'Adam, passe... »

Les trois amis poursuivirent leur chemin. Éreintés par la soif, la faim, et tout ce qui leur était arrivé, ils voulurent se reposer. Voici qu'en face d'eux apparut un arbre touffu, qui répandait une ombre si drue qu'aucun rayon de soleil ne parvenait à la transpercer. « Allons nous reposer à l'ombre de cet arbre, se dirent-ils, et attendons-y qu'une accalmie vienne effacer les cauchemars subis. »

Chacun se choisit une place et se laissa tomber sur le dos. Quelques minutes après ils n'avaient plus ni faim ni soif, et toute trace de fatigue avait disparu[1]. Mais dès qu'ils commencèrent à dormir, l'arbre s'effeuilla. Son opulente frondaison se transporta sur un arbre mort aux branches semblables à du bois de cuisine. L'arbre cadavre, qui faisait face au premier, se revivifia.

Nos trois dormeurs se retrouvèrent soudain sous un soleil de plomb qui les tira vite de leur somnolence. Quelle ne fut pas leur surprise ! A quoi attribuer cette mutation magique ?

Dembourou dit : « Mes frères, les abeilles butinent un arbre en fleur, elles ne perdent jamais leur temps

---

1. « La fatigue avait disparu », car la nourriture matérielle peut être remplacée par d'autres forces. En initiation, un disciple peut jeûner tout un jour ; il dit alors : « Je n'ai pas faim, je dîne de la parole du maître. »

Kaïdara

dans les branches que la mort a blanchies. Passons donc sous l'arbre en feuilles et laissons l'arbre abandonné par Kettiol, le dieu qui donne aux plantes leur verdure. »

Les jeunes gens prirent leurs affaires, et ils allèrent s'installer à l'ombre de l'arbre qui venait de ressusciter.

Hamtoudo dit : « Décidément, nous sommes au pays des miracles, où l'œil voit des phénomènes que ne peut comprendre l'intelligence ordinaire ! Toujours : " Kaïdara ! " Toujours : " Allez chez Kaïdara ! Nous appartenons à Kaïdara ! " Pourquoi notre cœur ne nous instruit-il pas ? Pourquoi ne nous dévoile-t-il pas le sens exact des symboles qui nous intriguent au pays de Kaïdara ? Et quel bon génie viendra développer notre sens caché et nous permettre d'acquérir le savoir vrai des choses ? »

Un sylphe répondit dans les airs : « L'apprenti forgeron tire sur le soufflet de la forge durant des années avant de recevoir de son maître le secret du savoir qui permet de transformer les métaux en outils maniables. Que ne faites-vous comme lui, ô voyageurs du pays de Kaïdara[1] ! »

Dès que le sylphe se tut, le feuillage abandonna le nouvel arbre pour aller se fixer derechef sur le premier. La scène se renouvela trois fois.

« Aucun doute, les deux arbres sont eux aussi des symboles ! » affirma Hammadi.

Alors un oiseau mâle au plumage bigarré, au bec et

---

1. Le sylphe fait aux trois compagnons un nouveau rappel à l'ordre. A Dembourou qui se plaint, il rappelle le long apprentissage du forgeron, alors qu'il ne s'agit que d'un métier manuel ; pour connaître le « vrai savoir des choses », combien plus long devrait être l'apprentissage et plus grande la patience de l'élève !

aux pattes rouges, qui voletait entre les arbres, dit :
« Certes, vous êtes au nombril du pays des nains. »
Et les deux arbres reprirent en chœur :
« Nous sommes un couple hermaphrodite (**19**),
un couple de jumeaux.
Nous sommes le huitième symbole
du pays des nains.
Notre secret appartient à Kaïdara,
le lointain et bien proche Kaïdara.
Fils d'Adam, passe... »

Miraculeusement, les voyageurs n'éprouvaient plus la faim qui les avait tenaillés. Ils se mirent en route, sans savoir au juste où les menaient leurs pas. Il fallait marcher, ils marchaient donc avec les ombres qui marchaient[1].

Dembourou se mit à chantonner :
« Manna m'a dit : Enfant, sois bon,
sois bon envers tes procréateurs.
Neuf mois dans ses entrailles
ta mère t'a enseveli comme un cadavre.
Ton père travailla dur.
Il tira de ses mains ce qui te nourrit
et consolida en trente-trois mois[2]
les trente-trois anneaux
de ta colonne vertébrale.
Ô mon père ! Ô ma mère !

---

1. Au sens propre : les ombres qui se déplacent suivant le mouvement du soleil.
2. 33 mois, 33 vertèbres : on dit que l'enfant est accolé 33 mois à sa mère : les 9 mois de la gestation et les 24 mois d'allaitement traditionnel ; chacun de ces mois consolide l'une des 33 vertèbres de la colonne vertébrale.

Kaïdara

Je vous exprime ma reconnaissance
Force créatrice, guide nos pas !
Nous sommes sevrés du lait maternel,
fais-nous sucer celui du savoir.
Nous ne doutons plus
que nous allons vers Kaïdara,
le lointain et bien proche Kaïdara. »

A peine Dembourou avait-il fini de chanter qu'une muraille de briques séchées au soleil apparut aux trois amis.

« Ô Guéno du ciel ! Nous voici au pied d'un mur d'enceinte qui abrite une demeure ! s'écria Hammadi.

– Cherchons-en la porte d'entrée et pénétrons-y, dans l'espoir d'y trouver quelqu'un qui nous renseignera sur ce que nous devons faire », proposa Hamtoudo.

Les trois amis firent le tour de la muraille. Ils ne virent aucune issue. Elle était si haute qu'elle se perdait dans la nue. Hamtoudo dit : « Asseyons-nous là et attendons ; peut-être un être vivant quelconque nous viendra-t-il en aide... »

Ils attendirent trois nuits et trois jours. Ils finirent par se fatiguer d'attendre sans savoir au juste ce qu'ils attendaient. Mais au moment où ils voulaient s'en aller, un pan de mur, qui mesurait trois coudées de large sur neuf de haut, se détacha et disparut dans la terre. Les voyageurs aperçurent une case ronde couverte de chaume. Ils se dirigèrent vers elle.

Ils virent dans la case un beau coq âgé de vingt-deux mois, en train de picorer quelques graines perdues dans la poussière. Le chanteur matinal pencha la tête à droite, puis à gauche, comme pour mieux voir ses visiteurs insolites, et aussi leur montrer la belle crête qui se dressait sur sa tête.

Les jeunes gens pénétrèrent dans la case où ils pensaient ne trouver que ce coq. Mais ils y découvrirent un petit vieillard aux jambes serpentiformes, tout pelotonné sur lui-même. Ils saluèrent avec beaucoup de respect cet être qui n'était humain que jusqu'aux deux fesses. Le vieillard mi-homme mi-serpent (20) leur dit :

« Soyez les bienvenus, mes enfants ! Entrez en paix dans ma demeure, mais veillez à ce que mon coq ne sorte pas de la case pour aller dans la cour. » Puis il s'absenta.

Nos amis se demandèrent pourquoi le petit vieux ne voulait pas que son coq sortît de la case. Avant qu'ils eussent trouvé une réponse, le coq, trompant leur vigilance, s'élança dans la cour. Lorsque le petit vieillard revint chargé de vivres, les voyageurs étaient là, tout confondus qu'un oiseau ait pu les tenir en échec tous les trois.

Le vieillard leur dit : « Comment se fait-il qu'à vous trois vous ayez manqué d'attention au point de laisser mon coq gagner la cour ? Je vous somme de le rattraper avant qu'il ne gagne la rue ! »

Les trois amis se mirent en devoir d'attraper le coq, mais celui-ci se transforma tout à coup en un gros bélier aux cornes énormes et aux bourses grosses comme deux coussinets jumelés, qui se mit à bondir sur ses quatre pattes. Les jeunes gens revinrent vers le vieillard. « Vénérable père aux pieds en corde de terre [1], lui dirent-ils, nous sommes pétrifiés devant le

---

1. « Corde de terre » : surnom donné au serpent.

Kaïdara

miracle qui vient de s'opérer sous nos yeux. Votre coq s'est changé en un gros bélier menaçant. Il interdit l'accès de la cour à quiconque veut y pénétrer. »

Le vieillard servit à manger à ses hôtes, puis il leur dit : « Je m'en vais en ville. Cette fois-ci, soyez plus attentifs et veillez à ce que le bélier ne gagne pas la rue. »

Après avoir déjeuné, une petite somnolence s'empara des voyageurs. Le bélier les enjamba et se précipita dans la rue.

Lorsque le petit vieillard revint vers ses hôtes, chargé de victuailles [1] comme la fois précédente, ils lui avouèrent leur nouvelle défaillance.

« Vite ! Tentez de capturer ce bélier afin qu'il ne s'engage pas dans la rue, dit le petit vieillard. Je m'en vais vous chercher de quoi dîner. »

Le vieillard sorti, nos trois amis se mirent en devoir de capturer le bélier. Mais le mâle ovin sauta haut par-dessus leurs épaules, et le voilà dans la rue en train d'avancer en sautillant !

Le petit vieux, de retour, apprit de ses hôtes ce qui était arrivé. « Rien d'étonnant ! s'exclama-t-il. Je ne puis me fâcher contre trois gaillards incapables de surveiller un coq s'ils n'arrivent pas à maîtriser un bélier et le laissent échapper ! Cependant, je vous en adjure, tentez encore une fois d'attraper cet animal ! »

Quand les jeunes gens voulurent s'approcher du

---

1. Ce petit homme vieillot et difforme, mais qui ramène la nourriture et prodigue de bons conseils, contraste avec ces trois hommes valides, qui dorment pendant que le vieux travaille et qui ne savent même pas garder un coq. La valeur et la sagesse ne sont pas attributs de la jeunesse ni de la force physique. Le sens ésotérique du coq qui se transforme en bélier, puis en taureau, puis en incendie, sera donné plus loin.

bélier, il se transforma en un taureau de douze ans [1], à la tête garnie de grandes cornes solides et pointues. La bête les chargea avec furie. Ils ne durent leur salut qu'à la vitesse de leurs jambes.

    Le taureau pénétra dans la ville. Il se mit à donner des coups de corne par-ci par-là, à renverser hommes et choses. Il fonçait, tête baissée, queue en l'air, contre tout ce qui flottait au vent. Il sema la panique dans les rues et l'effroi dans les cœurs des habitants du village. Les mères couraient pour récupérer leurs bambins, les marchands pliaient leurs étalages et cherchaient refuge où ils pouvaient.

    Le chef commanda de tuer le taureau. Quelques chasseurs prirent leurs arcs et leurs lances. Hélas ! ils ne vinrent pas à bout de la bête qui se déplaçait à la vitesse d'un ouragan.

    Le petit vieillard aux pieds serpentiformes dit aux trois amis : « Fuyons cette ville avant que le taureau calamiteux ne prenne la brousse ! » Puis il se mit à crier : « Ohé ! Habitants ! Sortez de vos demeures, empêchez le taureau de gagner la brousse, sinon il en résultera pour tout le pays une catastrophe inouïe ! »

    Au lieu de s'unir pour dompter le taureau calamiteux, chaque habitant, armé comme un porc-épic, ne pensa qu'à son propre salut et à celui de sa famille.

    Le taureau, mal cerné, bouscula les rares hommes qui avaient essayé de lui barrer la route. Les naseaux en l'air, bondissant sur ses sabots, il piqua droit vers la haute brousse. Dès qu'il entra dans les grandes herbes, il se métamorphosa en une grosse braise ardente. La

---

1. C'est-à-dire un taureau complet, adulte, en pleine force ; s'il dépasse douze ans, il régresse.

Kaïdara

braise alluma paille et bois. Haut monta la flamme, et le feu s'étendit ; en un clin d'œil tout fut embrasé et le pays réduit en cendres.

Tout avait cessé de vivre autour des trois amis. Ils s'aperçurent qu'ils étaient les seuls rescapés de la tourmente. Dembourou s'écria : « Où sommes-nous, Ô fils de ma mère ? » Les cendres répondirent : « Vous êtes à l'entrée du pays des nains. »

Et un nuage, ressemblant vaguement au vieillard serpentiforme, apparut, planant au-dessus d'eux. Il dit :

« Moi qui vous parle,
cette région et ce que vous avez vu,
nous sommes le neuvième symbole
du pays des nains.
Notre secret appartient à Kaïdara,
le lointain et bien proche Kaïdara.
Fils d'Adam, passe... »

Les trois amis passèrent, heureux de n'avoir pas été carbonisés. Ils prirent la première route qui se présenta à eux. Ils la suivirent durant quarante jours et quarante nuits (**21**), marchant quand tout le monde dormait, dormant quand tout le monde veillait et marchait.[1]

Le quarantième jour, avant que le soleil ne soit au-dessus des crânes, ils débouchèrent sur une vallée encaissée entre de hautes montagnes. Taillées par les pluies et les ruissellements, chacun de leurs pitons avait pris la forme stylisée d'un être fabuleux.

---

1. Notion très initiatique : faire systématiquement le contraire de l'usage afin de se démarquer du reste du groupe, parce qu'on est à la recherche de l'autre face, de l'envers des choses.

Contes initiatiques peuls

Dès que les compagnons foulèrent le sol de cette vallée, ils entendirent des voix chanter en chœur sur tous les tons [1] :
« Les êtres sont prisonniers,
prisonniers de la mort implacable.
La mort égrène le temps...
le temps avale la mort...
l'air avive le feu...
les âmes célèbrent l'office...
les justes paient la dîme...
D'où venez-vous, fils de Kîkala ?
Où allez-vous, rejetons de Nâgara [2] ?
Qui êtes-vous, animaux bipèdes ? »

Hammadi, le plus improvisateur des trois [3], répondit :
« La vie et la mort sont en nous.
Elles y luttent l'une contre l'autre
comme l'eau lutte contre la terre
et la terre contre l'eau.

---

1. On ne s'étonnera pas de voir chanter les montagnes, « êtres fabuleux », tout comme les animaux, les mares ou les arbres, car tous les miracles sont possibles au pays des nains. Il est par ailleurs normal, ayant pénétré dans le monde des « cachés », que les voyageurs perçoivent clairement leurs manifestations et leur langage. Ce chant est plein de mystère, incompréhensible à tout profane, car ses phrases inachevées sont autant de questions-tests posées aux voyageurs.
2. Kîkala est le nom peul du premier homme, et Nâgara le nom de son épouse.
3. « Improvisateur » : adjectif qui égare celui qui n'est pas à même de comprendre, car Hammadi n'improvise pas du tout : il répond consciencieusement à la chanson piège. Dans la partie suivante, il répond à chaque question, complète chaque phrase inachevée avec une aisance et une précision qui prouvent non ses capacités littéraires, mais son avance dans l'initiation. *(Analyse de ces questions et réponses dans la note annexe 22, p. 386).*

Kaïdara

A chaque avance sur la droite
correspond une retraite sur la gauche.
Tout gain à l'est se paye
par une perte à l'ouest.
Notre désir de savoir
est un feu en nous allumé.
Le vent de votre science
souffle et l'avive davantage.
Nous avons célébré l'office
de notre prière à temps.
Nous avons versé
le lait nourricier et propitiatoire.
Nous avons payé la dîme du beurre.
Nous venons d'une gouttelette
tombée en pluie merveilleuse
dans une cavité secrète et fertile.
Nous allons vers la disjonction,
vers la putréfaction,
vers le retour à la source.
Nous sommes des créatures créées
mais aussi des créés créateurs.
Nous n'avons pas failli sur la route.
Nous avons demandé la paix.
Nous allons vers Kaïdara,
le lointain et bien proche Kaïdara (**22**). »

Toute la vallée répondit : « Il ne vous frustrera point des récompenses de vos actions. Allez vers Kaïdara, le lointain et bien proche Kaïdara. »

Les trois voyageurs pénétrèrent dans la vallée. Ils virent au loin deux grands jets d'eau qui montaient haut, se croisaient dans le ciel et retombaient chacun à l'endroit d'où jaillissait l'autre.

Contes initiatiques peuls

Ils marchèrent jusqu'au lieu de l'exhibition [1]. Là, ils constatèrent que les deux jets d'eau sortaient de deux puits bien remplis, mais qu'ils échangeaient leurs ondes sans en laisser tomber une goutte dans un troisième puits à sec qui se trouvait entre eux.

Hamtoudo s'écria : « Ô surprise ! Que signifie ce nouveau phénomène, et pourquoi aucune goutte des puits abondants ne tombe-t-elle jamais dans le puits nu aux parois craquelées en nids de cancrelat par manque total d'humidité ? »

Les trois puits crièrent :
« Nous sommes trois voisins,
ensemble nous formons
le dixième symbole du pays des nains.
Notre secret appartient à Kaïdara,
le lointain et bien proche Kaïdara.
Fils d'Adam, passe... »

Les trois amis continuèrent leur route. Ils marchèrent jour et nuit sans se soucier de savoir où mènerait leur marche. Ils étaient attirés par une puissante force invisible. Elle les aspirait littéralement. Ils s'introduisaient en elle comme l'eau dans la gorge de celui qui boit, comme l'air dans les narines de celui qui respire. Ils ne cessaient de marcher parce qu'ils ne pouvaient plus s'arrêter.

Au bout de la plaine, presque à l'issue de la vallée, ils virent un homme qui ramassait du bois. Chaque fois qu'il tentait d'emporter son fagot, il n'arrivait même pas à le soulever. Riant à grands éclats, il s'enfonçait alors dans le bosquet où il ramassait à pleins bras du bois qu'il venait ajouter à sa charge déjà trop lourde.

---

1. « Exhibition » : pour bien montrer l'orgueil des deux jets d'eau.

Kaïdara

Dembourou s'écria : « En voilà un qui ne me semble pas savoir ce qu'il doit faire ! »
L'homme au bois mort rit beaucoup et dit : « Ma bouche est garnie de trente-deux dents (23) et j'ai trente-deux ans d'âge. J'ai deux yeux et deux conduits auditifs qui ne sont point bouchés. J'augmente consciencieusement le poids d'une charge qui déjà m'écrase. Je sais que je ne sais pas ce que je fais.
Toi qui crois savoir, apprends surtout
que je suis le onzième symbole
du pays des nains.
Mon secret appartient à Kaïdara,
le lointain et bien proche Kaïdara.
Fils d'Adam, passe... »

Nos amis arrivèrent à l'extrémité de la vallée. Ils s'attendaient à voir une immense plaine s'étaler devant eux, mais il en fut tout autrement. Ils aperçurent, à quelques centaines de mètres, un mur métallique immense dont le faîte se perdait dans la nue.
Avant même de se remettre de cette nouvelle surprise, ils entendirent en l'air une voix qui disait : « Je suis le sylphe au corps vaporeux. J'habite les airs où je plane très haut. Je me dérobe à la vue des fils d'Adam. Ô voyageurs ! Vos voix désormais devront être bien basses. Les symboles que vous avez vus ne sont pas vains. Des clans entiers [1] ont été engloutis pour les avoir méprisés et d'autres le seront encore. Il ne vous reste plus qu'à entrer dans la case nauséabonde. C'est elle qui sera le douzième et dernier symbole du pays des nains. »

---

1. Des clans entiers... : pour souligner la force de la tradition.

Contes initiatiques peuls

Un trou béant s'ouvrit aussitôt dans la terre au pied du mur, et les voyageurs furent précipités dedans. Ce trou déboucha sur un lieu monstrueusement infect : il était empli d'excréments de toutes sortes, chiures de mouches, cordylées de lézards, laissées d'hyènes, etc. [1].
Hammadi et ses amis pénétrèrent dans le trou, mais ils ne manifestèrent aucun dégoût. Aussitôt, le trou se transforma en une vaste pièce odoriférante au milieu de laquelle trônait, sur un siège d'or, un être à sept têtes, douze bras et trente pieds (**24**). C'était l'être surnaturel Kaïdara, Kaïdara qui change à volonté de forme sans en avoir une qui soit permanente [2].
Hammadi prit la parole : « Ô Kaïdara ! dit-il. Nous sommes des fils d'Adam. Une force mystérieuse nous a menés jusqu'ici. Nous sommes tes esclaves très soumis.
– C'est bien parlé ! dit Kaïdara. Vos paroles me touchent et me disposent favorablement envers vous. »
Il appela un nain d'entre les gardiens des Trésors souterrains. Il ordonna de donner à chacun des trois amis autant d'or qu'il en fallait pour charger trois bœufs.
Hammadi demanda : « Ô Kaïdara ! Voudrais-tu nous dévoiler le sens des symboles que nous avons vus tout le long de la route qui mène jusqu'à toi ? »

---

1. Cette dernière épreuve est destinée à faire perdre aux initiés ce qui leur reste de matérialisme. Dans la « case nauséabonde », ils doivent ne manifester aucun dégoût, dompter leur réaction naturelle, et surtout ne pas se plaindre – tel cet enfant d'un conte peul qui, pour avoir réclamé contre la malpropreté de la maison d'un génie, reçut, à la place de trois œufs merveilleux, trois œufs maléfiques qui produisirent des calamités au lieu des bonheurs qu'on en attendait.
2. La forme sous laquelle le dieu apparaît aux trois voyageurs est une représentation du cosmos, qui leur reste tout à fait incompréhensible (voir note 24).

Kaïdara

Kaïdara dit : « Employez bien l'or que je viens de vous donner (25), et vous trouverez tout ce que vous voudrez, y compris l'échelle qui grimpe jusqu'au sommet des cieux et les escaliers qui s'enfoncent jusqu'au sein de la terre[1] ! »

Le trône sur lequel était assis Kaïdara tournait sans arrêt et Kaïdara faisait le grand soleil. Nul ne pouvait décrire sa forme. Les quatre pieds de ce trône[2], doués de parole, disaient en tournant :
   le premier : « Grand vent »,
   le deuxième : « Tremblement de terre »,
   le troisième : « Inondation »,
   le quatrième : « Incendie ».

Hammadi, émerveillé et intrigué par tout ce qu'il avait vu sur la route et dans la salle mystérieuse de Kaïdara, décida en secret d'employer tout son or à pénétrer le sens de ces arcanes certainement pourvus de haute signification.

Kaïdara procura deux bœufs supplémentaires à chacun de ses visiteurs, pour transporter leurs trésors inestimables. Un esprit souterrain fut chargé de les conduire.

Ils prirent la route du retour. Chemin faisant, Dembourou dit : « Que chacun de nous fasse connaître l'usage qu'il fera de son or. »

Hammadi répliqua : « Ô toi, cousin Dembourou, sois le premier à dire l'emploi que tu comptes faire de ta fortune ! »

---

1. Échelle et escalier : symboles de la recherche de la connaissance exotérique et ésotérique.
2. Les quatre pieds du trône correspondent aux quatre éléments et annoncent les quatre cataclysmes qui détruiront le monde.

Contes initiatiques peuls

Dembourou dit : « Je vais employer mon trésor à me créer une grande chefferie. Je commanderai à beaucoup de villages. Je deviendrai un grand seigneur. On parlera de moi, on chantera mes louanges, on me craindra. Je ne souffrirai point que l'on parle de quelqu'un d'autre dans tout le pays [1] ! »

Hamtoudo dit : « Grosse bête ! Les chefs sont plus malheureux qu'ils n'en ont l'air. Pour rien au monde je ne serai chef. Je vais faire meilleur usage de mon or. Je vais devenir un gros Dioula [2]. J'achèterai et je revendrai. Je multiplierai mes richesses à un point tel que si Kaïdara me revoyait il serait étonné de ma prospérité. Les griots diront de moi : " Il s'est enrichi par un long voyage et par ses entreprises multiples. Son escarcelle n'est plus à remplir. Sa maison est le rendez-vous des maquignons. Dans ses écuries ce ne sont qu'alezans, bais, blancs, gris, noirs de jais qui ruent, piaffent et hennissent ! Oh ! qu'il est riche ! Oh ! qu'il est grand seigneur ! Il n'a plus d'efforts à déployer pour combler ses désirs [3] ! "

— Quant à moi, dit Hammadi, je ne chercherai ni à être chef, ni à arrondir davantage ma fortune. Je ne désire point nager dans l'opulence. Je suis décidé, s'il le faut, à dépenser tous mes revenus pour connaître la signification des symboles et énigmes du pays des nains. Je n'ai point d'autre rêve en tête. Aux uns mon

---

1. Dembourou manifeste l'ambition du pouvoir et des futilités de la gloire humaine : « on ne parlera que de moi dans le pays ». Déjà sont prévisibles les développements de l'orgueil, de la tyrannie, de l'intolérance.
2. Dioula : groupe ethnique aux activités surtout commerçantes et itinérantes.
3. Hamtoudo aspire à des joies plus concrètes, plus matérielles : l'aisance, l'opulence pour lesquelles il aura l'esprit de lucre et l'égoïsme nécessaire.

Kaïdara

désir semblera pure folie, aux autres il paraîtra trop modeste. Pour moi-même, c'est le but le plus grand et le plus profitable qu'un homme puisse se fixer sur cette terre [1]. »

Poussant devant eux leurs neuf bœufs chargés d'un or d'une pureté incomparable, les trois amis prirent congé de l'esprit souterrain envoyé par Kaïdara pour les reconduire sur la route qui mène au pays des fils d'Adam.

Derrière eux le pays des nains paraissait s'éloigner à reculons. Ils se sentaient comme dans un bateau qui s'éloigne de la berge... il semble que ce soit la berge qui s'éloigne... Bientôt le pays des nains disparut à l'horizon. Un pan de ciel descendit comme un rideau pour le cacher au regard des hommes.

Hammadi et ses compagnons arrivèrent à l'entrée d'un gros village aux maisons riches et bien bâties. Ils voulurent y pénétrer et y camper pour trois jours, mais, comme pour le quatrième symbole du pays des nains, aucun étranger n'avait accès au village. Ils ne savaient que faire ni où aller. Le soleil avait achevé les deux tiers de son étape. Il allait bientôt faire sombre. La nuit arrivait à grands pas. Elle surprendrait nos nouveaux richards et les livrerait à la merci des brigands.

Comme ils discutaient sur le parti à prendre, un captif nain albinos, borgne de l'œil droit, bossu par-devant et par-derrière, sortit de la ville en courant autant que le lui permettaient ses deux jambes aux genoux cagneux. Il dit :

« Ohé ! Voyageurs ! Le roi du pays, mon maître,

---

1. Hammadi est le seul à posséder l'étoffe de l'initié.

vous fait dire par ma bouche, fidèle écho de la sienne, d'aller camper à l'ombre des trois grands fromagers que vous voyez là-bas. Le roi répond de vos vies et de vos biens. »

La mort dans l'âme, les jeunes gens furent obligés d'accepter cette offre. Ils se rendirent sous les fromagers. C'étaient trois arbres immenses, aux branches vigoureuses, plantés à quelque trois cents coudées de la ville interdite. Ils répandaient sur le sol une ombre si épaisse qu'aucun rayon de soleil ne la transperçait. Mille oiseaux nichaient dans leurs branches et des milliers d'insectes grouillaient à terre [1].

Du tronc des fromagers saillaient des espèces de murettes latérales. Entre ces saillies s'était formé un creux cachant un homme qu'on ne pouvait voir de prime abord. Hamtoudo et ses amis s'installèrent. Bien qu'exposés aux grands vents, ils se sentirent en paix.

Hammadi, lui, se mit à scruter les trois arbres, tout en écoutant le ramage des oiseaux comme s'il comprenait leur langage. Après un examen minutieux, il crut apercevoir entre deux saillies comme une forme humaine ; mais l'être était si immobile que l'on aurait dit une statue de bois posée là pour quelque office sacré.

Hammadi s'approcha et put identifier l'être appuyé contre le tronc du fromager. C'était un petit vieux couvert de haillons sales [2]. Assis, la face tournée vers le

---

1. Mille oiseaux et insectes : afin de repousser les voyageurs, de les décourager de s'installer sous l'arbre.
2. « L'homme caché au creux de l'arbre » est un petit vieux monstrueux de laideur et de saleté, plus horrible encore que le captif albinos qui a conduit jusqu'à lui les voyageurs en peine. En Afrique, toute difformité est signe de mystère, soit maléfique, soit bénéfique. Cependant, la difformité comme l'anomalie étant toujours assez repoussantes, c'est un lieu de prédilection pour y cacher les choses très précieuses qui exigent un effort pour

Kaïdara

soleil levant [1], il regardait fixement le ciel sans cligner les yeux. Il semblait attendre l'apparition d'un astre ou de toute autre chose céleste. Mais tout absorbé qu'il était, il demeurait le maître absolu de ses membres [2]. Tous ses gestes étaient délibérés, aucun n'était exécuté spontanément sans contrôle précis.

Après un long moment d'observation, Hammadi comprit que le vieux était si absorbé qu'il n'adresserait jamais le premier la parole à qui que ce soit. Il s'approcha respectueusement de lui. Il hasarda un salut déférent : « Bonjour [3], mon bon père à moi ! »

Le vieillard semblait sourd ; il ne répondit rien.

Hammadi renouvela plusieurs fois son salut [4], mais en pure perte. Le vieillard restait impassible.

Sans se lasser Hammadi continuait. Le vieillard demeurait implacablement muet ; il ne regardait même pas son interlocuteur.

Dembourou s'énerva. Il empoigna Hammadi par l'épaule et lui dit avec un courroux mal dissimulé : « De grâce, mon ami, cesse d'être fou avec les démons !

être gagnées. Cela explique le respect mêlé de crainte que la société africaine témoigne au fou ou à l'atrophié, surtout aux aveugles censés voir l'autre face des choses.

1. Le soleil levant est la direction de Kaïdara. On dit que « la nouvelle vient toujours du soleil levant ». Plus généralement, les Peuls sont censés être venus de l'Est jusqu'en Afrique de l'Ouest, puis être retournés vers l'Est.

2. Le contrôle des membres est l'un des degrés de l'initiation. Chaque geste est voulu, délibéré. Il ne s'agit pas d'un exercice gratuit ; comme dans toute ascèse, c'est un entraînement, car « la maîtrise du corps facilite celle de l'âme » (26).

3. Salut non familier : exorcisme incantatoire.

4. « Plusieurs saluts sans réponse » constituent une épreuve d'humilité, fréquente dans la société peule. Le vieux met le jeune à l'épreuve et il convient que le jeune persiste sans impatience afin de lui arracher une réponse.

Qu'attends-tu de ce monstre dans la tignasse duquel nichent des poux et fourragent des cafards ? »

Hammadi ne prêta aucune attention à la rudesse de son ami. Il resta sourd à ses objurgations, tout comme le petit vieux demeurait insensible à son salut.

Dembourou dit : « Ô Hammadi, tu es vraiment devenu bizarre ! Qu'espères-tu tirer d'un fou-muet ? J'ai bien peur pour ta raison (27) ! Elle chavire de plus en plus depuis notre entrevue avec Kaïdara, l'être qualifié de lointain bien proche ! »

Hammadi continua à offrir son bonjour au petit vieux.

Ce que voyant, Hamtoudo éclata de rire : « Hammadi veut que le possédé lui fasse pousser des cornes de mauvais génie. Il veut que le pied fourchu lui marche par-dessus le corps [1]. »

Hammadi n'accorda aucun intérêt à la méchante plaisanterie de ses amis. Au contraire, il s'approcha du petit vieux pour l'examiner de près. Il vit que des araignées minuscules avaient tissé leur toile dans ses cheveux et que des brins d'herbe et toutes sortes de saletés que promènent les vents s'étaient déposés dans sa rude tignasse. Il constata par ailleurs que son buste était deux fois plus long que ses membres, et sa hanche droite deux fois plus épaisse que la gauche. Ses pieds aussi étaient déformés : l'un était équin, l'autre talus [2].

---

1. Hamtoudo et Dembourou ont la même réaction devant le vieux. Ils pensent que c'est un génie maléfique qu'il ne faut pas provoquer (*suudibbe* désigne aussi bien les invisibles bons que les mauvais).
2. Un « pied équin » consiste à marcher uniquement sur la pointe ; un « pied talus » uniquement sur le talon.

Kaïdara

Le vieux louchait des deux yeux : le gauche était convergent, le droit divergent. Son front était affecté d'une bosse sanguine et son dos affligé d'une protubérance dont la saillie dépassait sa tête.

Hammadi commença par épouiller les cheveux et les haillons du petit vieux. Il nettoya tout son corps jusqu'à ce qu'il soit absolument net de toiles d'araignées, de poux et de cancrelats. Il commença à le masser doucement[1], et, ce faisant, hasarda une fois de plus : « Bonjour, mon père ! »

Sans regarder son interlocuteur ni bouger aucune partie de son corps, le petit vieux répondit : « Quand des mains expertes et polies pétrissent délicatement un vieux corps ankylosé, la circulation d'un vieux sang coagulé s'active et la langue casse l'entrave qui la liait... Bonjour, fils patient et prévenant ! »

De joie, Hammadi ne savait où se mettre. Serait-il devenu le roi de toutes les terres fermes, des eaux douces et salées de tout l'univers, qu'il n'en aurait pas été plus joyeux ! Ainsi, sa persévérance avait eu raison du silence du petit vieux !

Au plus grand étonnement de Hamtoudo et de Dembourou, le petit vieux se mit à bavarder très familièrement avec Hammadi. Celui-ci lui dit :

« Mon père, ton ventre doit te bouder en ce moment, car depuis hier je ne t'ai pas vu prendre le moindre aliment. Fais-moi le grand plaisir d'accepter ce petit métal pour t'acheter quelques habits et aussi quelque nourriture.

---

1. Masser le corps d'un chef ou d'un supérieur est une marque de respect ; si ce dernier s'y refuse, il froisse l'inférieur. Il y a, dit-on, trois sortes de massages : on peut masser pour soigner, pour respecter, ou pour badiner (caresser une femme ou un enfant).

Contes initiatiques peuls

— Non, merci[1] ! répondit le petit vieux. Je n'ai rien fait pour toi qui me fasse mériter cette pièce. D'ailleurs, je n'ai nullement faim. Je suis formé à demeurer longtemps sans manger ni boire. Quant aux vêtements, mes loques suffisent à cacher ma nudité. C'est l'essentiel, et je me trouve tout à mon aise dans mes guenilles. »

Hamadi reprit : « Mon cher père, j'ai une demande à t'exprimer.

— Vas-y, répondit le petit vieux, et ne tarde point car je n'ai plus beaucoup de temps. Bientôt l'Étoile va paraître. Je dois la suivre dès qu'elle aura scintillé. Elle me conduira auprès de Kaïdara, le lointain et bien proche Kaïdara.

— Ô mien père ! s'écria Hammadi. Toi aussi tu vas vers Kaïdara ? S'il en est ainsi, veux-tu me donner un enseignement que je garderai comme un conseil précieux ?

— Certes oui, je suis disposé à te donner un conseil, mais à condition que tu paies bien cher la leçon[2].

— Qu'à cela ne tienne, ô mien père...

— Que m'offriras-tu ?

— Je te donnerai un bœuf chargé.

— De quoi est-il chargé ?

---

1. C'est un passage que les griots n'aiment guère, car il est dirigé contre un abus auquel certains d'entre eux se livrent trop volontiers. Pour Hammadi, ce refus est un signe que le vieux n'est pas un mendiant mais un ascète, donc un maître auquel il pourra demander un enseignement.
2. Il faudra l'esprit grossier de Dembourou et de Hamtoudo pour prendre cette exigence du vieillard pour de la rapacité. Hammadi, lui, ne s'y trompe pas ; il sait qu'il s'agit d'une épreuve de plus. C'est la seule manière, pour l'initiateur, de savoir si l'initié connaît l'importance de la leçon qu'il demande, et combien il est prêt à la payer. On voit que Hammadi ne lésine pas sur le prix.

Kaïdara

— Il est chargé d'or pur.
— De qui tiens-tu cet or[1] ?
— De l'être surnaturel Kaïdara.
— Eh bien, mon cher fils : *en hivernage, garde-toi d'entreprendre un voyage dans l'après-midi.*
— Entendu, mien père. Veux-tu ajouter quelque chose à cette leçon ?
— Es-tu prêt à payer de nouveau ?
— Oui, cher père ! Je te donnerai un deuxième bœuf chargé d'or comme le premier. Les deux charges ont même valeur et même poids, et leur or la même qualité. »

Le vieillard sourit largement : « Ô fils et adepte attentionné : *pour rien au monde tu ne violeras un interdit qui remonte à des siècles.* »

Hammadi continua : « C'est entendu, mien père ! Mais je suis loin d'être rassasié de ton enseignement ; je sollicite encore une leçon.

— Paieras-tu cette leçon comme les autres, et combien la paieras-tu ?

— Je la paierai le même prix : je te donnerai mon dernier bœuf et sa charge d'or. »

Le petit vieux éclata de rire. Puis il toussa gravement et éternua trois fois comme s'il avait aspiré du tabac à priser par ses narines. Deux grosses larmes coulèrent le long de ses joues[2] et allèrent se perdre dans sa barbe en broussaille. Il baissa la tête vers la terre, puis,

---

1. Question rituelle afin que Hammadi légitime sa propriété : un don est propriété légitime. Si l'on veut rencontrer Khadrou, l'initiateur musulman, il faut gagner les biens avec lesquels on le paye.
2. Le vieux rit et puis pleure : signe de son émotion devant l'adepte si convaincu qu'il lui offre toute sa fortune pour trois conseils. On dit aussi que le savoir a toujours besoin de larmes.

Contes initiatiques peuls

pour la première fois, fixa Hammadi avec ses yeux louches, le convergent et le divergent. Il dit :

« Hammadi, mon propre fils avide de savoir : *jamais tu n'agiras sur un simple soupçon*. Le premier fils de Satan[1] a nom " Précipitation ", et son puîné s'appelle " Soupçon ". »

Hammadi répondit : « Mien père, je n'ai plus rien à te proposer ; cependant je serais heureux que tu me prodigues encore un conseil.

– Je regrette, mon cher fils. Des mains vides ne peuvent tirer l'eau du puits. Tu n'as rien à donner, il n'y a plus de leçons à recevoir. »

Le vieux dit cela avec un grand mépris des convenances habituelles aux fils d'Adam. Aussitôt il sortit de son coin et, comble de cynisme, demanda à Hammadi de l'aider à mettre en route ses trois bœufs chargés d'or.

Au même moment, une étoile immense apparut (**28**). Elle dissipa la grande obscurité qui venait d'envahir toute la région[2]. Sa lumière traversa l'espace. Elle illumina la route de l'est que le petit vieux avait prise.

Quand il eut disparu à l'horizon, Hamtoudo et Dembourou s'écrièrent avec une sorte de triomphe : « Il t'a mystifié ! Il t'a dépouillé ! »

Ils furent pris d'un méchant rire inextinguible. Ils se

---

1. Satan : ce n'est pas ici « l'anti-Dieu » ; cela n'existe pas, personne n'est contre Guéno. C'est un esprit malin, un mauvais « suggestionneur » (le mot *Seytaan* est un usage adopté de l'Islam, de même que le surnom « mauvais suggestionneur »).
2. En principe, on se trouve au matin ; c'est donc un illogisme voulu qui symbolise soit le mystère, soit l'ignorance humaine. (Cf. *Njeddo Dewal, mère de la calamité*, supra, p. 238.)

tenaient les côtes. Ils se tordaient et tout en riant disaient :

« Ô Hammadi ! Ton précepteur donne des leçons qui valent or jaune malléable ! Et certes, tu dois être à présent plus rempli de bons principes que tes trois bœufs n'étaient lestés de métal précieux ! »

Dembourou dit : « Tu as refusé de m'écouter, et te voilà maintenant radicalement déniaisé. Tu en conviendras, n'est-ce pas ? »

Hammadi ne trouvait rien à opposer aux sarcasmes peu charitables de ses amis, mais il était bien loin de regretter son geste. S'il en avait eu le moyen et l'occasion, il aurait encore payé autant de charges de bœufs que le petit vieux aurait eu de leçons à lui prodiguer.

Dans l'après-midi du troisième jour de leur arrivée sous les fromagers, c'est-à-dire le jour même où le petit vieux les avait quittés, Dembourou et Hamtoudo dirent à Hammadi : « Il va falloir nous en aller d'ici, de peur qu'un autre descendant de Satan, plus astucieux que ton professeur de bons principes, ne vienne nous infliger des leçons plus chères encore que les siennes. Nous nous en passerons bien. Nous n'avons nul besoin d'être des savants ni en maximes ni en adages. »

Hammadi s'écria : « Je vous en adjure, mes amis, remettez votre départ à demain ! Nous sommes entrés dans la période de l'hivernage. Les étoiles qui l'annoncent ont cette nuit sillonné le ciel en tous sens et y ont laissé des traces parallèles indubitables. Or mon Maître, que vous appelez le petit vieux à la colonne vertébrale déviée et qui vous prête tant à rire, m'a dit ceci : " Mien fils, en hivernage, n'entreprends jamais un voyage dans l'après-midi. " Cette leçon, qui m'a coûté une quantité d'or équivalant à une charge de

Contes initiatiques peuls

bœufs, je vous la donne gratuitement et par bonne camaraderie. Je sais que par nature les âmes des hommes sont portées à l'avarice. Je ne désire point être du nombre de ceux qui cachent le trésor que Guéno leur a donné. Ecoutez mon conseil, remettez votre départ à demain ! Il sera toujours temps de nous en aller d'ici. Ensemble nous y sommes venus, ensemble nous devons en repartir.

— Certes, Hammadi, puisque tu n'as rien à transporter, peu t'importe que nous partions d'ici ce soir, demain ou même l'année prochaine ! » s'écria Hamtoudo. Dembourou ajouta : « Pour te plaire, Ô nouveau puits de science creusé dans un roc, sans doute devrions-nous attendre ici qu'il pousse des dents de chat aux poulets et que les océans durcissent comme des galets ! »

Hamtoudo et Dembourou se regardèrent. Ils clignèrent de l'œil :

« Hivernage ou pas, dit Dembourou, nous avons décidé de nous en aller d'ici cet après-midi, et c'est cet après-midi que nous nous en irons ! Tu n'as qu'une chose à faire : prendre ton bâton, l'unique bien qui te reste de tout ce que tu avais gagné au mystérieux pays de Kaïdara, le placer horizontalement sur tes épaules et poser tes bras par-dessus, puis nous suivre comme un âne sans fardeau ; tu nous débiteras avec grands détails les boniments que ton maître loqueteux, bossu au dos, bossu à la nuque et pied bot des deux pattes, t'a enseignés moyennant or jaune malléable !

« Par Guéno ! En Hamtoudo et moi, un aspirant canaille ne trouvera pas deux victimes de plus, et nos six charges d'or n'en feront pas les frais ! Nous ne renouvellerons pas cette stupéfiante histoire ! Te voilà édifié. A toi de choisir. »

Kaïdara

Hammadi répondit avec plus de tristesse que d'hésitation : « Je choisis de passer la nuit ici. Je vous rejoindrai demain dans la journée. Un homme sans fardeau marchera toujours plus vite qu'une caravane de six bœufs lourdement chargés d'or. »
Hamtoudo et Dembourou chargèrent leurs six bœufs. Ils partirent au moment où, au couchant, le Soleil se trouvait à la hauteur du front[1]. Hammadi resta seul sous les grands fromagers aux feuilles si serrées que ni la pluie ni la lumière ne pouvaient les transpercer.

Quelques instants après le départ de ses amis, Hammadi vit une file d'hommes, portant des perches, des lianes et des bottes de chaume, sortir du village et se diriger vers lui. Celui qui semblait être leur chef lui demanda avec une visible inquiétude :
« Où sont passés tes compagnons et leurs animaux ?
– Ils ont pris cette route, et ils sont partis comme ils étaient venus, répondit Hammadi.
– Malheur à ceux qui entreprennent un voyage par un après-midi d'hivernage, surtout au premier jour de la saison ! Cette nuit, le ciel laissera ses vannes grandement ouvertes. Un déluge tombera sur la terre. Les vents seront débridés. Le tonnerre grondera. Il effarouchera carnassiers et fauves, qui fuiront leurs antres et repaires pour chercher refuge ailleurs.
« Quant à toi, le roi de Nana-Kôdo[2], le village inter-

---

1. Façon d'indiquer les heures. Il y a aussi « le soleil au milieu de la tête » ou « au-dessus de la tête » (midi) ; « le soleil à hauteur d'une ou deux lances » ; « quand l'ombre de toute chose rentre sous son pied », « quand l'ombre a deux fois sa longueur d'homme », etc.
2. Nana-Kôdo, nom du village interdit (littéralement « Ne laisse pas entrer un étranger »).

dit, nous charge de venir te construire un abri pour te garantir de la pluie calamiteuse qui tombera cette nuit sur toute la terre, sur une étendue de trois mois de marche d'un chameau adulte bien dressé à la course. »

En un rien de temps, les habitants de Nana-Kôdo construisirent une grande case en chaume solidement tressée et confortablement aménagée. Ils souhaitèrent la paix à Hammadi et s'en retournèrent à leur village comme ils étaient venus.

Hammadi trouva dans la case tout ce dont il pouvait avoir besoin pour une nuit qui s'annonçait humide et agitée.

A l'heure où le soleil approchait du zénith, Baylo-Kammou, le forgeron du ciel (29), chevaucha son étalon aérien, une masse de légers nuages. Il gagna sa forge située dans un nuage plus épais, édifiée entre terre et ciel sur une base horizontale colorée en noir.

Là, Baylo-Kammou se mit à actionner les soufflets de sa forge. Au fur et à mesure que le foyer s'allumait, la chaleur devenait plus accablante sur la terre. Hommes et animaux transpiraient et s'énervaient.

Des nuages serviteurs parcoururent l'espace pour aller à la fontaine céleste ; ils puisèrent beaucoup d'eau et s'en gorgèrent pleinement. Ce sont ces nuages ivres d'eau qui se mettront à uriner et à vomir sur la terre pour la punir de ses fautes cachées.

Baylo-Kammou se mit au travail. Sa masse cognant sur l'enclume faisait jaillir des étincelles. Hammadi observa des éclairs de six sortes dont les lueurs l'atteignirent avant les pluies. Il y avait ceux qui répandaient de la chaleur et ceux qui se ramifiaient comme les branches d'un immense caïlcédrat descendant jusqu'au sol ; il en discerna d'autres, entravés entre deux

Kaïdara

nuages comme un réseau de sentiers brisés dans une vaste plaine. Hammadi fut émerveillé par des éclairs phosphorescents : on aurait dit les grains d'un collier mystérieux qu'une force sublime égrenait distraitement entre ciel et terre.

Si les éclairs étalés en un grand tapis blanc l'avaient ébloui, jamais il n'oublierait l'éclat subit de la boule de feu qui lui apparut comme pour illuminer son esprit.

Après ce beau spectacle de lumières variées, l'orage éclata. Le ciel attaqua la terre de tous côtés par ses poussées de vent, ses trombes d'eau, ses artilleries de foudres. Hammadi n'eut qu'à fermer la porte de sa case pour ne rien sentir. Il dormit comme un homme sans reproche, un fils béni par ses deux procréateurs. Pour lui la nuit fut plus que douce, elle fut suave.

Il n'en fut pas de même pour Hamtoudo et Dembourou. De leur existence entière, ils n'avaient subi autant de supplices physiques et de tortures morales ! Au moment où ils quittaient Nana-Kôdo, le vent d'ouest avait quelque peu fraîchi ; mais dès qu'ils perdirent de vue le village, une main mystérieuse délia les pieds du vent de l'entrave qui les retenait. L'air libéré commença par murmurer aux arbres des bosquets ; il caressa doucement leurs feuilles, ces mille oreilles que tendaient les branches pour mieux entendre Zéphyr fredonner.

Brusquement, le diable éperonna l'air qui se cabra. Il ouvrit les trois portes de ses garnisons : celle du levant libéra Typhon, celle du ponant céda la voie à Trombe, enfin celle du centre dit à Tornade : « Sors et attaque ! »

Ces trois vents se mêlèrent, se mirent à bruire, à

mugir et à tournoyer à une vitesse vertigineuse. Ils s'engouffrèrent partout, ils soulevèrent ce qui était léger et escaladèrent ce qui était lourd et haut. Finalement, Cyclone accoucha de Bourrasque. Ce fils violent arracha les arbres et brisa les aiguilles des montagnes escarpées. Alors Tornade commanda et Rafale déclencha ses décharges rapides et successives. La terre sembla monter vers le ciel qui descendait bien bas à sa rencontre. Entre les deux grands espaces, hommes, bêtes et objets étaient comme fétus sur une mer en furie.

Les bœufs de Hamtoudo et Dembourou passèrent toute la nuit à rouler de bas en haut et de haut en bas, entre ravins, talus et monticules. Et les deux hommes, tels des plumes, étaient enlevés et projetés contre mille obstacles blessants.

La foudre tomba dans un bois où un couple de lions [1] avait son antre. Le mâle fut tué net. La femelle s'élança à l'aventure. Elle tomba sur les deux hommes qui roulaient en tonneau, poussés par les vents. Croyant avoir affaire au meurtrier de son mâle, elle se jeta sur le premier qui se trouvait à portée de ses pattes : elle lui tordit le cou, lui laboura le ventre et lui dévida les intestins. C'était le pauvre Dembourou. Il mourut en criant : « Ô voyage d'après-midi d'hivernage !... C'est vrai qu'il ne fallait pas... Hammadi, où es-tu ? »

Dès que Dembourou eut rendu l'âme, la tourmente cessa comme par enchantement. Le soleil se leva, radieux, et Hamtoudo put récupérer les six bœufs de la caravane. Les charges d'or étaient intactes. Il s'assit sur

---

1. Couple de lions : ce n'est pas un hasard, mais un esprit châtiant envoyé par Kaïdara.

Kaïdara

une pierre et se mit à pleurer sur le corps de son compagnon.

Tournant le dos à la route, il se lamentait : « Ô Dembourou ! Pourquoi n'avons-nous pas écouté le conseil de Hammadi ? Je commence à croire que le petit vieux à la colonne vertébrale déformée n'était pas aussi fou qu'il le paraissait. Mais nous, nous étions des imbéciles. Seul Hammadi a compris, il a gagné sur nous. Si seulement Hammadi était là ! Il m'aiderait à inhumer notre ami commun. Il hériterait de son or, car je me contenterai désormais de mes trois charges [1]. »

Hammadi, qui venait d'atteindre ce lieu, avait tout entendu. Il dit : « Ô Hamtoudo ! Me voici prêt à enterrer avec toi Dembourou, et aussi à t'abandonner l'héritage. Mon bâton me suffit. »

Hamtoudo s'élança vers Hammadi et posa sa tête contre sa poitrine ; il gémit comme un gamin corrigé.

Hammadi conta à son ami comment les habitants de Nana-Kôdo étaient venus juste avant la tornade lui construire un abri, et comment, après une bonne nuit, il s'était mis en route sans ennuis.

Les deux compagnons enterrèrent le cadavre de Dembourou, et Hammadi hérita des trois bœufs laissés par le défunt. Après quoi ils continuèrent leur route.

Vers le soir, nos deux amis arrivèrent à un bras du fleuve appelé Saldou-Keerol, « embranchement de la limite [2] ». Un passeur se tenait dans une pirogue taillée d'une pièce dans un tronc gigantesque.

---

1. Hamtoudo a très bien compris la leçon et semble revenir à la prudence qui consiste, dans son cas, à suivre les conseils de celui qui est plus que lui avancé en initiation ; mais son repentir sera de courte durée.
2. Ce fleuve marque la limite du pays de Kaïdara, la limite entre le monde des invisibles et le pays des visibles (30).

Contes initiatiques peuls

Hamtoudo s'apprêta à traverser à gué car le fond affleurait à un certain endroit. Le passeur l'arrêta : « Tout fils d'Adam qui vient de la rive où nous nous trouvons doit nécessairement utiliser cette pirogue et acquitter un péage. Quant aux bêtes de somme, il n'y a pour elles aucun interdit. Elles peuvent traverser par leurs propres moyens, elles ne risquent rien. »

Hamtoudo s'énerva. Il demanda : « Combien dois-je payer ? »

Le passeur sortit une petite mesure de sa besace : « Une fois le plein de cette mesure, en poudre, farine ou grains de la matière que tu transportes. »

Hamtoudo éclata de rire : « Tu veux que je te paye cette mesure pleine pour prix de ma traversée ? Et si c'est d'or que sont chargés mes bœufs ?

— Eh bien, ce sera de l'or que tu paieras ! Si c'était de la cendre ou de la poussière ce serait la même chose. C'est une institution qui date de mille ans. On ne la viole pas impunément. »

Hamtoudo, oublieux de tout ce qu'il avait juré sur le cadavre de Dembourou, s'écria : « Interdit ou pas, jamais je ne paierai une mesure d'or pour une traversée que je peux effectuer à pied sans bourse délier. »

Hammadi intervint : « Hamtoudo, puisque c'est un interdit traditionnel... Mon Maître le petit vieux à la colonne vertébrale déformée[1] m'a dit : "Pour rien au monde tu ne violeras un interdit qui remonte à des siècles." Je propose donc que nous nous acquittions du péage demandé et empruntions la pirogue appropriée.

---

1. « Le petit vieux à la colonne vertébrale déformée » devient, dans la bouche de Hammadi, un sobriquet de provocation ; mieux, un titre de gloire.

Kaïdara

— Non, Hammadi, ce passeur est un brigand ! Il ne fait qu'exploiter la peur des hommes pour s'enrichir. Je ne m'en laisserai pas imposer.
— Ô passeur ! dit Hammadi. Approche ta pirogue, mon ami et moi nous allons la prendre. Je paierai pour deux.
— Par Guéno ! s'écria Hamtoudo. Je ne paierai rien et toi non plus, Hammadi, tu ne paieras rien pour moi ! »

Joignant l'action à la parole, Hamtoudo bouscula le passeur qui le tenait par la main pour l'empêcher d'entrer dans l'eau. Il releva prestement son pantalon et s'engagea résolument dans l'onde. Après le onzième pas, il voulut en poser un douzième. Hop ! Il se sentit enfoncer. Il cria : « Au secours ! » Le passeur dit seulement, avec une cynique impassibilité : « Seule la mort instantanée lui apportera secours ! »

Avant même que Hammadi revienne de sa surprise, Hamtoudo avait été totalement englouti. Hammadi ne put que regarder avec effroi les bulles blanches qui s'élevaient à la surface de l'eau comme pour marquer la tombe liquide de son ami.

Il entra tristement dans la pirogue. Une fois de l'autre côté de la rivière, il dit au passeur : « Je te dois deux mesures, n'est-ce pas [1] ?
— Oui, certes, répondit le passeur.
— Eh bien ! Tu m'as conduit par la pirogue de salut, et moi, pour te payer comme il faut, je t'offre non pas les deux mesures auxquelles tu as droit, mais les trois

---

1. Une fois de plus, Hammadi, qui avait promis deux mesures au passeur, prouve son désintéressement à l'égard de la richesse pour laquelle ses amis ont risqué et perdu la vie.

charges d'or qui avaient appartenu à Hamtoudo. Ainsi, tu pourras rentrer chez toi et te reposer d'un métier dur qui ne rapporte rien, puisque tu peux rester 220 jours[1] sans avoir un client. »

Le passeur regarda Hammadi de bas en haut et de haut en bas, de gauche à droite et de droite à gauche[2]. « Certes, fit-il, ton compagnon, en pleurant sur le cadavre de Dembourou, a dit : " Où est Hammadi, il est gagnant[3]. " Oui, je dis moi aussi : Hammadi est gagnant ! »

Hammadi ne comprit pas ce monologue du passeur : « Bon passeur de Saldou-Keerol, que me dis-tu ?

– Je dis que je ne dois, ne peux et ne veux recevoir de toi que mes deux mesures. Donne-les-moi, et garde tes six charges. »

Hammadi sortit de la pirogue et prit la mesure du passeur. Il la remplit deux fois de pépites d'or, puis la lui tendit.

Dès que l'or fut remis entre les mains du passeur, celui-ci sortit un couteau spécial de sa besace. Il perça la pirogue au-dessous de la ligne de flottaison et la coula[4] ; puis il s'assit au bord du cours d'eau. Il se mit à pétrir la vase noire. Il en avala une douzaine de boulettes et son ventre devint proéminent et rebutant

---

1. Façon de dire « très longtemps ». C'est un nombre sacrificiel et une expression courante dans le langage initiatique. En langage ordinaire, on dira « cent jours » ou « mille jours ».
2. Sorte de bénédiction rituelle ; indique non la croix mais les points cardinaux.
3. Le passeur, en citant les mots d'une scène à laquelle il n'a pas assisté, se trahit : il n'est pas un passeur ordinaire. Mais Hammadi ne comprend pas, car il n'avait pas entendu les mots de son compagnon, n'étant pas encore arrivé sur les lieux.
4. En coulant la pirogue, le passeur supprime, pour Hammadi et l'or qu'il emporte, tout moyen de retour au pays de Kaïdara.

Kaïdara

comme un abcès mûr. Il passa la paume de sa main droite sur son ventre et le frotta si énergiquement qu'il s'alluma. Tout son corps devint une torche vive. Il se leva et se dirigea vers la rivière. Il marcha sur l'eau comme sur de la terre ferme, tenant dans sa main l'or payé par Hammadi. Arrivé au milieu du cours d'eau, il dit :

« Ô métal de grand prix ! Tu viens du sein de la terre, tu y retourneras par la voie de l'eau. Ô Esprits gardiens des frontières du pays des nains ! Recevez la dîme que doivent payer ceux qui sortent notre or. Hammadi a payé, il pourra désormais jouir du reste de son métal devenu légitime[1]. »

Ayant dit, le passeur se transforma en cyclone et s'évanouit dans les flots. Hammadi ne douta plus que le bras du fleuve et son passeur symbolisaient les derniers mystères du pays des nains.

Hammadi tomba évanoui sur le sol. Il refit en songe tout son voyage qui durait depuis vingt et un ans[2]. En se réveillant, il retrouva neuf bœufs chargés d'or au lieu de six. Il ne s'expliqua point comment les trois bœufs qu'il avait donnés au petit vieux à la colonne vertébrale déformée lui avaient été restitués, car c'était bien eux qui se trouvaient là devant lui.

« Vraiment ! s'écria-t-il, j'ai croisé sur mon chemin

---

1. Pour que l'or de Kaïdara ne soit pas arraché par les esprits du pays des nains, il faut leur en rendre la « graine » ; la possession de l'or sacré sera ainsi « légale » aux yeux de la loi du pays des invisibles, et Hammadi pourra en jouir. Au sens exotérique, un dicton populaire dit aussi : « *Si le pauvre n'a point une part dans la fortune, la fortune fondra et retournera dans la terre* » – ceci pour inciter le riche à la charité. La dîme est donc ici cette « graine d'or », cette semence qui va repousser.
2. La vie de l'homme est divisée en périodes de sept ans. Hammadi a donc passé trois périodes pour son initiation.

Contes initiatiques peuls

le chanceux Mbelkou, et mes compagnons ont eu rendez-vous avec Nyaakou le guignard[1] ! »

Il s'aperçut alors qu'il avait été miraculeusement transporté à une très courte étape de son village.

La bonne tradition veut qu'après un long voyage celui qui en revient n'entre pas en plein jour au logis. Il attendra à quelque distance que le soleil décline fortement vers l'ouest[2] et répande sur la nature son or, couleur porte-bonheur[3].

En attendant ce moment bénéfique, Hammadi se parla à lui-même : « Je suis sorti sain et sauf d'un voyage d'épreuves qui a duré vingt et un ans. J'en suis sorti chargé d'or comme une mine fabuleuse. Mais hélas, mon esprit demeure toujours en érection[4] ; je suis resté sur ma faim. J'ai beaucoup vu, mais peu appris. Or je désire savoir. Je vais en faire un devoir sacré. Ce sera désormais l'unique conquête que j'entreprendrai, et cela au prix de n'importe quel sacrifice. »

Pendant que Hammadi prenait vis-à-vis de lui-même un engagement aussi grave, Toumo-le-Soupçon, fils de l'esprit Bondé-le-Malheur[5], l'aborda. Il lui dit :

« Salut à celui qui vient de chez Kaïdara le merveilleux !

---

1. Mbelkou est l'un des ouvriers invisibles de Guéno, qui apporte la chance ; il s'incarne parfois en de jolies formes, ou en êtres pleins de bonnes manières. A l'inverse Nyaakou, esprit opposé au premier, apporte la guigne.
2. C'est une coutume de politesse afin que la famille ne soit point surprise au cours de la journée. Cette coutume existe dans d'autres régions d'Afrique.
3. Le jaune d'or est une couleur bénéfique, parce que c'est l'une des quatre robes des bœufs (rouge, noir, blanc, jaune).
4. Terme brutal en peul comme en français, mais ici dépourvu de toute connotation grossière, le sexe n'étant considéré que comme un outil naturel.
5. Toumo et Bondé : êtres sans formes, esprits de mauvais conseil.

Kaïdara

– Salut à celui qui me salue, répondit Hammadi. Quelles sont les nouvelles du pays, que disent les dieux et les patriarches ?
– L'or ne lessive pas la dignité salie. »
Aussitôt, Hammadi se mit à réfléchir sur cette pensée profonde. Il fut pris d'un doute réprobateur sur la fidélité de sa femme. Son esprit dérapa. « Toumo n'a pas voulu me dire clairement les choses, se dit-il. Ma femme m'a sûrement déshonoré plus d'une fois. Peut-être même a-t-elle abandonné mon domicile... à moins qu'elle n'y vive avec un amant (31) !... Ma longue absence ne saurait excuser une indignité aussi monstrueuse ! Quoi qu'il en soit, je ne regagnerai ma maison qu'à l'heure la plus propice pour surprendre le " secret du petit pagne parfumé [1] " ! »

Hammadi entrava ses neuf bœufs, puis il attendit. Lorsque la nuit fut avancée, il se glissa chez lui comme une vipère. Il sauta par-dessus la palissade et se dirigea vers sa chambre. Il aperçut un filet de lumière qui clignotait. C'était la lampe dont la flamme, qui avait bu toute l'huile, tirait la langue par intermittence, pour lécher les dernières gouttes du liquide huileux dans lequel baignait la mèche.

Hammadi était armé d'un poignard. Il avait pris sa décision. Il tuerait sauvagement tout homme qu'il trouverait dans sa maison.

Il ouvrit doucement la porte de sa chambre. Un homme était allongé sur le seuil, et sa femme occupait un lit installé au fond de la pièce. Hammadi eut la cer-

---

1. Le « petit pagne parfumé » est le seul vêtement que la femme peut garder au lit avec son mari ; de même, si l'homme se couche avec son pantalon, sa femme a le droit de l'accuser devant les anciens (32).

titude que l'homme couché à la porte était l'amant de sa femme, celui qui le déshonorait et auquel Toumo avait fait allusion. Il dégaina son poignard et s'apprêta à frapper celui qu'il croyait être son voleur moral. Au moment d'abattre sa main sur son rival supposé, il entendit une voix lointaine qui lui parut être celle de son Maître, le petit vieux à la colonne vertébrale déformée. La voix lui cria : « Soupçon ! »

Hammadi se ressaisit. Il se souvint de la troisième leçon donnée par son maître : « *Jamais tu n'agiras sur un simple soupçon.* »

Rengainant son poignard, il s'inclina vers le dormeur. Il le saisit par l'épaule et le secoua. C'était un beau gars de vingt et un ans solidement constitué ; il bondit comme une panthère et attrapa Hammadi par le collet avec une force telle que son poignard lui tomba des mains. Hammadi étouffait. Il ne savait comment desserrer l'étreinte qui l'étranglait.

« Qui es-tu pour violer le domicile de mon père et oser attenter à la pudeur due à cette demeure que tous les hommes du pays ont respectée ?

– Tu m'étrangles ! Desserre, je suis Hammadi... »

La femme de Hammadi reconnut le timbre de la voix de son mari. Elle s'écria : « Hammadi fils de Hammadi ! Lâche-le, cet homme est ton père ! »

En effet, Hammadi avait quitté son pays le lendemain de son mariage avec Koumbourou (**33**), mais celle-ci avait conçu un enfant dès leurs premiers rapports. Hammadi ayant disparu, il avait été tenu pour mort. Quand sa femme accoucha, on donna à l'enfant le prénom de son père ; on l'appela Hammadi-Hammadi : « Hammadi fils de Hammadi ».

Au grand bruit que firent Hammadi, sa femme et

Kaïdara

son fils, tout le quartier se réveilla et passa le reste de la nuit en liesse, car la famille Hammadi était très respectée. Hammadi-Hammadi et sa mère étaient des voisins modèles.

Hammadi s'écriait sans cesse : « Merci, Ô Guéno ! Tu m'as rendu plusieurs fois heureux : j'ai de l'or, j'ai un fils, et j'ai une femme modèle ! »

Le lendemain, on fêta le retour de Hammadi. La nouvelle de son retour et l'immensité de la fortune qu'il rapportait furent le sujet principal des conversations de tout le pays.

Hammadi construisit une demeure digne de sa fortune. Il prit à sa charge tous les indigents et les grands malades de son village. Il créa une « maison de bonté » pour recevoir pauvres, voyageurs et connaisseurs en toutes choses : mbileedyos (transmutateurs), silatiguis (maîtres d'initiation pastorale), tyorinkés (physiognomonistes), daggadas (magiciens) (34), etc.

Après plusieurs années dont chacune fut plus agréable que la précédente, le Roi du pays mourut. Au moment de l'enterrement, la foule demanda à Hammadi de conduire le deuil, car le Roi était un « écourté [1] », sans enfants ni parents pour lui succéder au trône. Hammadi fut élevé à la dignité suprême de son pays et son fils devint le prince héritier.

Hammadi veillait à ce que son peuple mangeât à sa faim et s'habillât convenablement.

Il faisait venir de tous les pays des hommes réputés savants. Il les questionnait dans l'espoir de tomber un jour sur un initié aux mystères du pays de Kaïdara qui

---

1. Roi sans postérité : la coutume ne prévoyant rien pour ce cas très rare, on élit le plus digne des hommes du village.

Contes initiatiques peuls

lui expliquerait le sens profond des symboles qui l'avaient toujours intrigué. Il dépensa ainsi des sommes considérables sans résultat satisfaisant.

Un jour d'entre les jours de Guéno, un vieux mendiant, dégringolant de porte en porte, vint échouer devant celle de Hammadi. Il était plus mort que vif et semblait marcher par habitude plus que par force. Là le petit vieux, couvert de haillons trempés de sueur, s'écria :
« Enfin, j'y suis !
— Où es-tu ? demanda l'un des gardiens.
— Chez le Roi Hammadi, père de Hammadi-Hammadi, le grand magnanime, le bienfaiteur de son peuple.
— Et que désires-tu ?
— Je voudrais voir le grand Roi Hammadi », répondit le mendiant.
Le chef des gardiens lui offrit une aumône : « Tiens ! Tu pourras revenir à l'heure du déjeuner. Tu seras servi en même temps que les autres nécessiteux. Tu as plus besoin de nourriture que d'une entrevue avec le Roi. »
Le petit vieux battit l'air de sa main, frappa le sol du pied et cria : « Je ne veux pas d'aumône, je veux être présenté au Roi lui-même ! Si je dois dîner ce sera avec lui, sa main et la mienne dans le même plat. Je veux lui communiquer mes poux et mes puces ! »
Le chef des gardiens trouva cette prétention excessive. Pour intimider le petit vieux et le faire changer d'avis, il lui dit : « Tu vas te faire malmener et jeter à la porte, mon pauvre vieux, et ton ventre t'en voudra. Le Roi ne veut recevoir que celui qui est en mesure de lui

Kaïdara

révéler ce qui est caché dans les symboles du pays des nains. Je ne pense pas que tu recèles ce secret dans les multiples nœuds qui attachent tes haillons... Va-t'en, ou mon poing va cogner ta joue si fort que tu ne pourras même plus décliner tes noms et prénoms ! »

Le petit vieux se mit à crier si haut que Hammadi l'entendit et vint en personne s'informer de ce qui se passait. Il trouva le petit vieux en train de s'égosiller de colère. Le Roi intima à ses gardiens l'ordre de se taire et de respecter les années qui avaient courbé l'échine du vieillard. Il s'approcha du mendiant :

« Que me veux-tu ?

— Je voudrais, Ô Hammadi, déjeuner et dîner avec toi. »

Le premier courtisan de Hammadi, qui venait d'arriver, surprit les dernières paroles du vieillard. Il s'exclama : « Chef ! Vous n'allez pas accorder à ce petit vieux ce qu'il demande ? Sa prière dépasse toutes les fantaisies et témérités. J'ai l'impression que c'est un gueux envoyé par quelques méchants jaloux pour tenter de vous empoisonner. »

Hammadi ne répondit pas. « Vieillard, dit-il, je ne sais quelles sont tes intentions, mais il n'est pas dans mes habitudes de refuser un service ou une faveur qu'on me demande, chaque fois que je peux les rendre. »

Gardiens et courtisans, confus, s'empressèrent autour du petit vieux qu'ils méprisaient un instant auparavant et l'entourèrent sur l'heure de la plus haute attention. Ils l'aidèrent à passer le seuil et à grimper les marches de l'escalier.

Au moment de franchir la porte, le vieux avança le pied droit et dit à voix haute : « Par les quatorze lumineuses boréales moins mes sens, ô mes ouvertures physiques (35) ! » Les courtisans n'attachèrent aucune importance à cette exclamation incantatoire.

Hammadi et son hôte montèrent au premier étage et s'y installèrent tout à leur aise. On leur servit un déjeuner composé d'excellents mets. Ils mangèrent à leur faim. Le soir venu, ils montèrent sur la terrasse où on leur servit encore un dîner succulent.

Le mendiant se rinça les mains ; Hammadi constata qu'il les frottait l'une contre l'autre de manière inhabituelle, dos contre dos. Il rota trois fois [1], remercia le ciel de l'avoir rassasié et témoigna à Hammadi sa gratitude. Puis il regagna sa natte, et s'y coucha sur le dos. Il replia sa jambe gauche de manière que son talon touche presque sa fesse, il plaça son pied droit en équerre sur sa cuisse gauche et replia ses deux bras en croix sous sa nuque. Dans cette position [2], il se mit à contempler le ciel et à parler entre ses dents.

La nuit avait avalé tous les flocons de nuages blancs. La voûte du firmament était devenue d'un bleu limpide. Toutes les étoiles de l'espace scintillaient comme pour éclairer le tête-à-tête de Hammadi et de son hôte.

Après un grand silence, le mendiant dit :

« Maintenant que nous avons fini de manger et que je peux aller dire partout que j'ai partagé à deux

---

1. Roter est, dans certaines régions, signe de politesse ; aussi longtemps que le convive n'a pas roté, on lui apporte encore à manger.
2. Position traditionnelle du maître lorsqu'il est fatigué. Un peu impolie en public, elle peut être considérée comme une marque d'intimité. Devant le roi, cela ne s'explique que si le mendiant est complètement impudent ou bien si c'est un « maître », dès lors supérieur au roi. Pour ce dernier, ce sera l'un des signes qui lui feront « reconnaître » le soi-disant mendiant. (On appelle cette position *pantal* : cf. *Njeddo Dewal, mère de la calamité*, supra, p. 23.)

Kaïdara

reprises le repas du grand Roi Hammadi, je voudrais me retirer, car j'ai un long chemin à parcourir pour arriver chez moi.

— Ô vénérable vieillard ! dit Hammadi. Je voudrais te parler de moi, car l'invocation que tu as faite en enjambant le seuil de ma demeure et la manière dont tu t'es lavé les mains m'ont édifié. Je suis convaincu que tu es loin d'être le pauvre mendiant pour lequel tu te fais passer.

« Éminent père du savoir, mâle[1] honorable par le nombre des ans et la quantité des choses vues et vécues, ô mâle grand ancien, apprends que le pauvre ignorant que je suis court depuis des années, nuit et jour, à la recherche d'un homme qui sait, et qui voudrait bien lui expliquer un certain nombre de choses vues au cours de son long voyage au mystérieux pays des symboles, le pays des nains serviteurs de Kaïdara, Kaïdara le merveilleux. Si ma soif pouvait s'étancher aux eaux claires et limpides de ton immense fleuve de science, je me considérerais comme gratifié de la plus grande chance qu'un fils d'Adam puisse obtenir en ce monde qui bouge (36) sur une terre qui se transforme (37).

« Instruis-moi, Ô toi qui es de l'or enveloppé dans un vieux chiffon jeté sur un tas d'ordures au bord de la route pour mieux cacher ta qualité de grand Maître et tes vertus de connaisseur ! Je suis prêt à te donner la moitié de ma fortune et à partager avec toi mon royaume. Si cela ne suffisait pas, c'est bien volontiers

---

1. Mâle... : exprime l'intensité de la maturité et de la force, par opposition à une apparence fragile et dérisoire. Hammadi prouve qu'il sait voir au-delà des masques et qu'il n'est pas ignorant au point de ne savoir reconnaître sous n'importe quel déguisement « un homme qui sait ».

que je deviendrais ton esclave pour délacer les lanières de tes sandales. »

Le mendiant marmotta quelques mots, puis dit à haute voix :

« Point n'est besoin de te ruiner, et moins encore de me donner la moitié de ton royaume, ni de devenir mon serviteur pour délier mes sandales. J'ai beaucoup voyagé, j'ai beaucoup vu, et je me suis entretenu avec beaucoup de têtes chenues. Je suis donc un aîné pour toi et je vais écouter avec plaisir ce que tu me diras. Et si je puis être de quelque utilité pour toi, je m'y emploierai avec joie. Tu m'as plu par ton hospitalité et ton humilité qui prouvent combien ta taille cachée est plus grande que la longueur apparente de ton corps. »

Hammadi, très heureux, s'exclama : « Je savais bien qu'un jour Guéno mettrait sur mon chemin quelqu'un qui me donnerait la lumière à laquelle j'aspire et pour laquelle j'ai tant peiné sans jamais désespérer. »

Puis il raconta au vieux mendiant son voyage extraordinaire, depuis le commencement jusqu'à son entrevue avec Kaïdara.

Le vieux mendiant dit à Hammadi :

« Ô mon frère ! Apprends que chaque symbole a un, deux ou plusieurs sens. Ces significations sont diurnes et nocturnes. Les diurnes sont fastes et les nocturnes néfastes.

« Ainsi le caméléon, premier symbole que tes amis et toi avez vu au pays de Kaïdara le merveilleux, est un animal qui a sept qualités (**38**) :

Un : il change de couleur à volonté.

Deux : il a le ventre bourré d'une langue visqueuse, ce qui lui permet de ne pas se précipiter sur sa proie mais de la happer à distance ; s'il la rate, il lui reste toujours la ressource de ramener sa langue à lui.

Trois : il ne pose ses pattes à terre que l'une après l'autre, sans jamais se presser.

Quatre : pour scruter les alentours, il ne se retourne pas, mais incline légèrement la tête et roule son œil qu'il tourne et retourne en tous sens dans son orbite.

Cinq : il a le corps comprimé latéralement.

Six : il a le dos orné d'une crête dorsale.

Sept : il possède une queue préhensile.

« Voici, Hammadi, quelques sens diurnes et nocturnes des caractéristiques du caméléon :

« Changer de couleur, c'est, au sens diurne, être un homme sociable, plein de tact, capable d'entretenir un agréable commerce avec n'importe qui ; un homme qui peut s'adapter aux circonstances, d'où qu'elles viennent et quelles qu'elles soient, et qui adopte les coutumes de ceux avec qui il est en relation. Tandis que le sens nocturne symbolise l'hypocrisie, la versatilité et le changement sans transition au gré des intérêts sordides et des combinaisons inavouables ; c'est aussi le manque d'originalité et de personnalité. Le degré du caméléon est appelé le " vestibule du roi ". En effet, autour du roi on trouve des gens de toutes sortes ; les uns sont là pour donner, d'autres pour qu'on leur donne ; les uns viennent pour mentir, les autres parce qu'on a menti sur eux.

« Avoir le ventre bourré d'une langue visqueuse, c'est, au sens diurne, avoir un verbe persuasif qui prend et ôte à l'interlocuteur tout moyen de résistance ; tandis que ramener sa langue à soi, c'est savoir se tirer de l'impasse dans tous les cas. Quant à la marche du caméléon, elle indique au sens diurne que le sage ne fonce jamais tête baissée [1] dans une affaire. Il en pèse d'abord le poids, mesure sa capacité, jauge le volume de ce qu'il a à entreprendre avant de s'y risquer.

« Le sens nocturne de la langue et de la marche du caméléon, c'est la tromperie aux paroles mielleuses, la faculté de mentir longuement, de se tapir dans une embuscade pour mieux surprendre.

« Poser ses pattes à terre lentement et successivement, c'est, au sens diurne, se tenir sur ses gardes ; explorer les lieux avant de s'y engager ; ne pas adopter d'emblée une position, donner un avis ou se convaincre sans vérifier que les événements se déroulent toujours de la même façon ; ne point croire absolument, parce que le pied droit ne s'est pas enlisé, que le gauche ne s'enlisera pas non plus.

« Le caméléon qui ne tourne point la tête pour regarder mais roule son œil en tous sens symbolise une personne qui a de la personnalité et garde la tête froide, sans pour autant refuser d'examiner ce qui se dit et se fait autour d'elle. C'est l'homme qui ne refuse pas d'écouter mais ne se laisse pas influencer. Il sait où il va et comment il y va irrésistiblement.

« Si, au sens diurne, le corps comprimé latéralement symbolise l'homme qui se gêne pour ne pas être encombrant, au sens nocturne il représente la platitude. Tandis que le dos orné d'une crête symbolise, en diurne, le souci de se garantir des surprises, et, en noc-

---

1. Foncer tête baissée : l'expression existe bien chez ce peuple de pasteurs. On dit : « Le taureau dresse ses cornes, baisse la tête et fonce sur l'ennemi qui lui montre l'épaisseur de son dos et la rotondité de ses fesses. »

Kaïdara

turne, la fatuité d'un être vaniteux, versatile et hypocrite.

« Le sens diurne de la queue préhensile du caméléon signifie un moyen de défense camouflé en un lieu imprévisible, et le sens nocturne un piège que le traître traîne derrière lui.
— Vénérable Maître ! s'écria Hammadi. Puisse le ciel prolonger tes jours et davantage étendre les rayons de ta grande lumière qui dissipe les ténèbres de l'ignorance ! »
Le petit vieux se racla le fond de la gorge, toussa, lança un long jet de salive par terre, broya le bout de son nez entre le pouce et l'index de sa main droite et dit presque en chantant :
« Retiens ce que tu viens d'apprendre,
toi qui apprécies bien la science
et sais que le savoir vaut plus que l'ambre,
plus que le corail et même plus que l'or fin.
Tu as médité longuement,
et longtemps tu as cherché.
Tu n'en avais vu que les signes ;
maintenant tu as la signification
du premier secret du pays des nains
appartenant à Kaïdara,
le lointain et bien proche Kaïdara. »

Une grande lueur jaillit [1]. Hammadi s'écria : « Et les sens du deuxième symbole du pays des nains, quels sont-ils, Ô cher Maître ?

---

1. Symbole de l'ignorance déchirée, suite à l'explication et à l'invocation. L'initié dit : « J'ai trouvé le Maître dans l'obscurité ; alors, je ne pouvais pas lui parler. »

Contes initiatiques peuls

— Ô Hammadi ! Une souris qui s'envole sur ses pattes antérieures, un oiseau denté qui allaite son poussin, un aveugle qui circule sans se cogner contre les obstacles, voilà ce qui, en un seul être, est uni pour faire l'allégorie de la chauve-souris, deuxième secret du pays des nains.

« Au sens diurne, la chauve-souris est l'image de la perspicacité. C'est l'être qui voit même dans l'obscurité, alors que tout le monde est plongé dans une grande nuit. C'est une indication de l'unité des êtres et la suppression de leurs limites grâce à leur alliance.

« En nocturne, la chauve-souris figure l'ennemi de la lumière, l'extravagant qui fait tout à rebours et voit tout à l'envers comme un homme pendu par les pieds.

« Ses grandes oreilles sont, en diurne, l'emblème d'une ouïe développée pour tout capter, et, en nocturne, des excroissances d'un aspect hideux. La souris volante est, en nocturne, l'aveuglement des vérités les plus lumineuses et l'entassement en grappes des puanteurs morales.

« Ô Hammadi ! Tu n'en avais vu que les signes, et maintenant tu as la signification du deuxième secret du pays des nains. Il appartient à Kaïdara, le lointain et bien proche Kaïdara. »

Une grande lueur jaillit et Hammadi s'écria : « Ô Maître vénérable aux jours prolongés pour le plus grand bien de ceux qui ignorent et désirent apprendre, et les sens du troisième symbole du pays des nains, quels sont-ils ? »

Le vieux mendiant éternua [1], farfouilla dans ses hail-

---

1. Si on éternue pendant que quelqu'un parle, c'est que « Guéno dit que c'est vrai ». Si on éternue à l'improviste, dans le silence général, c'est signe

Kaïdara

lons et dit : « Être terrestre, être nocturne[1], dont l'ombre, délimitée par les étoiles[2], apparaît dans le ciel étagée en trois compartiments[3], queue terminée par une tumeur gorgée de venin qui alimente un aiguillon toujours bandé et prêt à piquer, à tuer celui qui le frôle ! En diurne, il symbolise l'abnégation et le sacrifice maternel[4], car ses petits labourent ses flancs et mangent ses entrailles avant de naître[5]. Ses pinces sont armes offensives et sa queue arme défensive. En nocturne, il incarne l'esprit belliqueux de méchante humeur, toujours embusqué et qui n'apparaît que pour piquer et parfois donner la mort. Ô Hammadi ! Tu n'en avais vu que les signes et maintenant tu as la signification du troisième secret du pays des nains. Il appartient à Kaïdara, le lointain et bien proche Kaïdara. »

Une grande lueur jaillit et Hammadi s'écria : « Et les sens du quatrième symbole du pays des nains, quels sont-ils, Ô Maître à la tête chenue par le savoir ? »

Le vieux mendiant plaça sa main gauche, doigts pliés[6], dans sa main droite. Il les fit craquer[7] en

---

de bon augure ; on répond alors à l'éternueur « Dangamou ! », et ce dernier remercie en disant : « Va chez celle que j'aime chercher dix noix de cola. »
 1. Ici, le scorpion n'est pas nommé car il est maléfique. Nommer c'est déclencher des forces ; on le désigne alors par des allusions. Il en est de même pour l'hyène qu'on surnomme souvent l'« affaissée ».
 2. La constellation du scorpion est bien connue des chasseurs et des bergers peuls.
 3. La tête, le corps et la queue du scorpion céleste.
 4. Imprimé « paternel » par erreur dans la première édition des NEA en 1978 (Cf. note annexe 39, p. 391).
 5. D'après la tradition malienne, le petit du scorpion tue sa mère avant de naître.
 6. Main gauche pliée : signe de soumission, humilité exemplaire.
 7. Faire craquer ses doigts se dit aussi « tirer le sel de la main ». Ce geste se fait pour attirer l'attention de l'adepte et signifie : « Ce n'est pas de la bouche seulement qu'on peut tirer le son. »

Contes initiatiques peuls

appuyant son pouce sur les phalanges de ses doigts gauches, il entrelaça ses dix doigts et, sans les desserrer, étira longuement ses deux bras [1] ; puis, bras tendus, il retourna ses paumes vers Hammadi. Il poussa un long gémissement, expira bruyamment l'air de ses poumons et dit :

« Ô Hammadi ! La mare qui ne se laisse pas atteindre par un étranger signifie, en diurne, une patrie bien gardée, ou des enfants unis [2]. L'eau qui ne peut être troublée est la tranquillité que rien ne peut perturber [3]. En nocturne, cette mare défendue par des serpents venimeux symbolise l'égoïsme et l'avarice qui empêchent de partager son bien avec ses proches, même s'ils sont en train de mourir de misère.

« Ô Hammadi ! Tu n'en avais vu que les signes, et maintenant tu as la signification du quatrième secret du pays des nains. Il appartient à Kaïdara, le lointain et bien proche Kaïdara. »

Une grande lueur jaillit et Hammadi s'écria : « Et les sens du cinquième symbole du pays des nains, quels sont-ils, Ô Maître qui lis dans les astres et interprètes

---

1. Geste spontané après le sommeil ; mais s'il est fait dans un autre moment et par un initié, il signifie la mort de l'ignorance et la naissance du savoir.
2. La mare protégée, c'est la famille ou tout ce qui est tellement uni que l'étranger ne peut y pénétrer ; symbole analogue au village interdit « Saldou-Keerol ».
3. L'eau tranquille d'une mare, comme la limpidité de l'huile, sont souvent, en Afrique, le symbole d'un esprit apaisé. De même que l'eau de la mare peut refléter l'image du soleil, l'esprit serein est censé pouvoir refléter des réalités d'ordre supérieur : « *Chacun de nous, même s'il n'est qu'une toute petite mare de brousse, peut essayer de rendre pure et paisible l'eau de son âme, afin que le soleil puisse s'y mirer tout entier.* » *A.H.Bâ* [note additive H.H.].

Kaïdara

justement le langage des oiseaux et le hurlement des hyènes tachetées[1] ? »

Le vieux bégaya longuement et finit par dire :

« Le petit trou, empreinte de pied de biche, qui désaltère une caravane est, au sens diurne, l'emblème de la grande générosité. C'est l'homme ou le pays qui partage avec ceux qui n'ont rien le peu qu'il possède. Ngalou, la Fortune, n'attend pas longtemps pour remplir le petit trou dès qu'il se vide. Tel ce petit trou, l'homme humble et charitable donnera toujours mais ne s'appauvrira point. Qui donne de bon cœur trouvera toujours de quoi donner.

« Ô Hammadi ! Tu n'en avais vu que les signes, et maintenant tu as la signification du cinquième secret du pays des nains. Il appartient à Kaïdara, le lointain et bien proche Kaïdara. »

Une grande lumière jaillit et Hammadi s'écria : « Et les sens du sixième symbole du pays des nains, quels sont-ils, Ô Maître qui interprètes les formes des nuages (**40**) et l'aspect des éclairs (**41**) ? »

Le vieux mendiant se leva de sa natte. Il marcha de long en large sur la terrasse de Hammadi. Il alla jeter un coup d'œil rapide dans la cour comme pour s'assurer que des oreilles indiscrètes n'étaient point postées sous les gouttières (**42**) afin de surprendre ce qui se disait en haut. Il revint s'asseoir sur son séant, les pieds repliés sous le poids du corps. Il dit :

« Outarde, outarde ! Ô chair ferme et savoureuse !

---

1. Les oiseaux et les hyènes sont les animaux les plus « augures ». Seule la hyène tachetée est augure, non les autres ; on interprète ses cris, de même que ceux des tourterelles.

Contes initiatiques peuls

Le grand oiseau des plaines qui d'habitude se déplace sur deux pattes assez longues et fortes apparaît, en sixième symbole, avec une seule patte et battant d'une aile pointue. En nocturne, il symbolise le monde temporel qui s'offre comme une proie facile à ceux qui le convoitent. Mais hélas, en se jetant dessus, au lieu de le capturer les chasseurs se heurtent tête contre tête et se renversent à terre. Ainsi ceux qui cherchent les honneurs et les profits immédiats sont-ils toujours amenés à se disputer, puis à se battre, enfin à se terrasser mutuellement, pour tomber ensemble dans la disgrâce, sinon la mort. Les houppes de plumes fines qui ornent les joues de l'outarde mâle sont des parures éphémères ; elles ne durent pas plus que les rougeoiements dorés répandus sur la nature par le soleil couchant avant le crépuscule.

« Certes, Hammadi, ce monde est comme un oiseau qui n'a qu'un pied et qui bat de l'aile. Tout homme qui l'aperçoit croit pouvoir s'en saisir, mais l'oiseau bizarre se faufilera toujours entre les pieds du chasseur et ira le narguer un peu plus loin, tout en semblant lui dire : " Viens... cette fois-ci tu m'auras sûrement ! "

« Comme la mort ne peut épuiser l'âme, un seul chef ne finira pas les jours de l'Éternité. Si courts ou si longs qu'ils soient, il faut bien remplir ses jours et partir sans regrets de cette terre qui, tout en roulant sur elle-même, roule ceux qui veulent la dominer.

« En diurne, l'outarde vit en groupes d'un mâle et de trois ou quatre femelles. Cette troupe symbolise la famille polygame.

– Pourquoi quatre femmes ? questionna Hammadi.

– Notre ancêtre Bouytôring a dit à son fils Hellêré : " Tu épouseras quatre femmes ou quatre en une seule :

Kaïdara

une bonne femme, une belle femme, une mère de famille, une femme d'amour [1].

« " La première constituera le trésor inestimable de ton foyer ; la seconde sera une parure que tu exhiberas pour vexer tes rivaux ; la troisième deviendra un champ fertile bien gardé où tu enfouiras tes semences ; et, ma foi, le cœur ayant des raisons qu'ignore la règle naturelle [2], tu épouseras une quatrième femme parce que tu l'aimes et que l'amour ne se commande pas : il domine et s'impose.

« " Mais, Ô mon fils ! Si en une femme unique tu trouves les quatre, alors tu devras, comme le Seigneur à la grosse tête, le lion roi de la jungle, te limiter à une seule épouse. Sinon, apprête-toi à subir dix fois dix plus une indispositions, lesquelles feront de toi un homme qui pourra s'allonger sur sa couche mais point pour dormir la nuit ni siester le jour (**43**). "

« Hammadi, tu n'en avais vu que les signes, et maintenant tu as la signification du sixième secret du pays des nains. Il apartient à Kaïdara, le lointain et bien proche Kaïdara. »

Une grande lumière jaillit et Hammadi s'écria : « Et les sens du septième secret du pays des nains, quels sont-ils, Ô Maître qui sais fermer les yeux sans dormir et qui, assis au pied du baobab, distingues mieux l'horizon que celui qui s'est hissé au faîte de l'arbre ? »

Le vieux mendiant boucha ses deux narines un bon

---

1. La « bonne femme » est celle qui peut honorablement recevoir les étrangers ; bonne gardienne des biens, elle est peu dépensière. De la « femme d'amour » on dit : « Laisse l'homme aimer ce qu'il aime, car si tu ne le laisses pas, il te détestera et continuera à aimer ce qu'il aime. »
2. *Ana hani* · « ce qui doit être ».

moment. Il leva les yeux au ciel comme s'il attendait une inspiration. Puis il fit le geste de celui qui nivelle la poussière[1], et se pencha vers la terre comme s'il lui demandait conseil. Il dit :

« Le septième secret du pays des nains, ô Hammadi, est plus nocturne que diurne, plus chargé de puanteur que de parfum. Il symbolise le mâle en perpétuelle érection, à qui pour le calmer il faut trois fois quatre-vingts femmes. C'est l'homme qui déshonore sa grande barbe de patriarche par des copulations contre nature. C'est celui qui gaspille le précieux germe de la reproduction (**44**). Image du malheureux (**45**), de l'homme dégoûtant, il figure l'être qu'on doit fuir en se bouchant les narines. Cependant, en diurne, il représente l'animal fétiche qui se charge de tous les malheurs qui menacent un village (**46**).

« Hammadi, tu n'en avais vu que les signes, et maintenant tu as la signification du septième secret du pays des nains. Il appartient à Kaïdara, le lointain et bien proche Kaïdara. »

Une grande lueur jaillit et Hammadi s'écria : « Et les sens du huitième symbole du pays des nains, quels sont-ils, Ô Maître, toi qui sais pourquoi le sel sale[2] et pourquoi l'oiseau qui plane ne tombe pas, comment la fleur devient fruit et comment le fruit redevient l'arbre qui l'a porté ? »

---

1. Regarder le ciel, puis niveler la poussière : pour que l'esprit d'en haut imprime ses traces sur la poussière, que le silatigui pourra lire et interpréter.
2. Allusion à la connaissance de l'Essence. L'homme ordinaire ne l'a pas, elle n'est pas à sa portée. « Il faut connaître le plus possible ; mais ne perdons pas de temps à essayer de connaître les choses inconnaissables, le "Un", par exemple. »

Kaïdara

Le vieux mendiant, sans relever la tête qu'il venait de baisser comme s'il lisait un thème géomantique, dit :
« Le savoir vrai est une étincelle qui vient de très haut. Elle fend l'obscurité de l'ignorance comme l'éclair perce le gros nuage noir qui assombrit la nue. Quand il pénètre une âme, il lui assure joie, santé et paix, trois choses que les hommes ont toujours souhaitées pour eux et pour ceux qu'ils aiment. La vie a promis par serment que l'existence serait perpétuelle, la mort a juré d'y mettre fin. La lumière dissipe les ténèbres, l'obscurité enveloppe et avale la lumière. Qui des deux aura finalement le dessus ? Quand une famille déplore un décès, une autre fête une naissance ; la ruine des uns fait la fortune des autres.

« Hammadi, sache que les deux arbres qui interchangent leur verdure symbolisent la rivalité, une des grandes et puissantes lois secrètes de la nature perpétuelle [1]. La mort contre la vie, le beau contre le laid, le mal contre le bien.

« Hammadi, tu n'en avais vu que les signes, et maintenant tu as la signification du huitième secret du pays des nains. Il appartient à Kaïdara, le lointain et bien proche Kaïdara. »

---

1. C'est la grande loi du dualisme, déjà évoquée plus haut. On la compare souvent à la rivalité des co-épouses, car elle est soit compétition, soit alternance des contraires ou des complémentaires. [Pour illustrer cette loi du dualisme et de l'impermanence des choses, A.H.Bâ évoquait souvent le symbolisme des pieds du tisserand – « Quand l'un s'élève, l'autre s'abaisse » – et de la navette qui va de droite à gauche et qu'aucune main ne peut espérer garder, car « la vie s'appelle "lâcher". » Il rappelait aussi que la marche de l'homme ne peut s'accomplir que grâce à la « contradiction » des pieds, et qu'en Afrique, pour dire que quelqu'un est mort, on dit : « Ses deux pieds sont d'accord. » H.H.]

Contes initiatiques peuls

Une grande lumière jaillit et Hammadi s'écria : « Et les sens du neuvième symbole du pays des nains, quels sont-ils, Ô Maître qui connais les secrets du pays des transformations et des métamorphoses, pays où les fleurs produisent des oiseaux et où les pierres donnent du beurre animal toujours frais [1] ? »

Le vieux mendiant, sans changer de posture, s'écria : « Ô Hammadi ! L'homme averti garde ses brebis dans un enclos bien fermé, tout comme Guéno qui ne dépose ses secrets que dans les cœurs purs et les cerveaux paisibles. Les hommes de bien ne proclament pas leurs vertus au son des instruments de musique. Ils gardent leur secret (47) comme une prédestinée garde sa virginité pour un dessein de Guéno (48). Le sage désirera plutôt apprendre que d'enseigner (49). Il ne croira jamais qu'il détient le savoir total. Il se considérera toujours comme ignorant, et restera de tout temps élève. Il sera assez conséquent pour respecter la vérité des autres, et assez conscient pour reconnaître ses erreurs.

« Le coq, époux de la poule, roi de la basse-cour, éperonné sans bottes, prince à la queue en lancettes et en faucilles, doté d'une bouche terminée par un bec, mâle aux tempes garnies d'oreillons, à la tête couronnée d'une crête rouge et le menton terminé en barbillon, est une victime prédestinée. Son sang plaît aux dieux parce qu'il est la terreur des éléphants [2], et son ergot employé comme une arme est fatal aux chef [3]. Par

---

1. Image poétique pour évoquer le village de la métamorphose où le coq s'est changé en bélier, puis en taureau.
2. Il paraît que les éléphants se sauvent quand ils entendent le cri du coq.
3. En effet, Soumangourou fut tué par une flèche terminée par un ergot empoisonné ; on cherche toujours les ergots pour en faire des fétiches.

Kaïdara

ailleurs ses chants chassent l'ombre et annoncent la lumière.

« Au pays de Kaïdara le merveilleux, dans le village de la métamorphose, le coq qui devient bélier, puis taureau, puis incendie symbolise le secret. Quand il reste entouré de silence, il est figuré par un coq dans une case. Quand on le divulgue aux proches et aux intimes il devient un bélier dans la cour. Quand le peuple l'apprend il se transforme en taureau qui court les rues et charge les passants. Dès que l'ennemi le capte, il devient un grand feu de brousse, il dévaste et tue tout. Cet incendie symbolise les guerres qui amènent avec elles la ruine et la désolation des villages.

« Hammadi, tu n'en avais vu que les signes, et maintenant tu as la signification du neuvième secret du pays des nains. Il appartient à Kaïdara, le lointain et bien proche Kaïdara. »

Une grande lumière jaillit et Hammadi s'écria : « Et les sens du dixième symbole du pays des nains, quels sont-ils, Ô Maître qui connais les secrets des symboles ternaires[1] et qui sais que le troisième terme d'une chose est toujours un indicateur qui permet de déceler les deux extrémités de cette chose (50) ? »

Le vieux mendiant se prosterna face contre terre. Il répéta ce geste trois fois. Puis il se remit sur son séant et sourit largement. Il dit :

« Un, un, un[2] ! Ô source éternelle d'origine inconnue ! Ô mystère réunissant en lui les caractères

---

1. Tout ce qui va par trois (50).
2. Un, un, un : Les trois points du triangle ; unité du principe actif, du principe passif et de leur conjonction (voir note 50).

des deux sexes ! Deux, deux, deux ! Ô rivalité ! Ô réciprocité ! Ô antagonisme ! Ô complémentarité ! Certes le couple s'accouple pour se reproduire. En vérité, les racines cherchent sous la terre ce que les branches et les feuilles cherchent dans les airs. Et ces deux parties de l'arbre ont pour intermédiaire son tronc ligneux.

« Quand on défait le nœud de trois, combien de reflets en jaillissent ! On y voit le bien et le mal se disputer le cœur de l'homme, le père et la mère se disputer l'enfant. Le forgeron et ses outils s'unissent pour travailler le fer ; l'homme s'unit à la femme pour procréer l'enfant ; l'eau du ciel et la terre s'unissent pour produire les êtres, et les deux pieds alternent pour créer la marche.

« Ô Hammadi ! Au mystérieux pays de Kaïdara le merveilleux, les trois puits symbolisent deux hommes égaux en qualités, qui communiquent par-dessus la tête d'un troisième plus humble et moins fortuné. Ce sont deux richards qui se font des cadeaux superflus alors qu'un pauvre meurt de misère à portée de leur main. Ils se font charité mutuelle sous les yeux d'un besogneux. Ce sont deux grands seigneurs qui s'amusent, interdisant à un voisin misérable de prendre part à leur distraction.

« Hammadi, tu n'en avais vu que les signes, et maintenant tu as la signification du dixième symbole du pays des nains. Il appartient à Kaïdara, le lointain et bien proche Kaïdara. »

Une grande lumière jaillit et Hammadi s'écria : « Et les sens du onzième symbole du pays des nains, quels sont-ils, Ô Maître qui sais pourquoi et comment le premier forgeron est devenu pasteur, et le premier pasteur

Kaïdara

forgeron (**51**), toi qui sais pourquoi une alliance sacrée appelée Dendirakou[1] a uni les deux hommes et continue à lier leurs descendants ? »

Le petit vieux, au lieu de répondre, se mit à fouiller dans ses haillons. Il cherchait à écraser un pou insaisissable qui lui suçait le sang. Ce que voyant, Hammadi oublia qu'il était roi et s'empara de la partie de la culotte où le petit vieux cherchait son pou ; il en examina tous les plis et finit par découvrir le parasite gavé de sang. Il voulut l'écraser. Le petit vieux arrêta sa main. Il dit :

« J'ai mangé du poulet et le pou m'a mangé...
Jette mon mangeur à terre,
la terre le mangera un jour.
La vie est ainsi faite.
Le termite ronge la racine,
la poule avale le termite,
l'homme mange la poule,
le fauve mange l'homme.
La terre, patiente, attend[2].
Elle regarde sans yeux.
Elle observe le bousier,
sans bouche elle rit du bousier,
et sans parole le bousier lui dit :
" J'imite Guéno ton créateur,
Guéno qui te tourne le jour,

---

1. « Parenté à plaisanterie » (*dendiraku* en peul, *sanankunya* en bambara), ici née d'une alliance sacrée entre forgerons et peuls. (Cf. *Njeddo Dewal, mère de la calamité*, notes 45, p. 362, et 78, p. 373.)
2. Loi de l'entre-dévorement universel, très proche de celle de l'anéantissement des onze forces l'une par l'autre : la pierre fendue par le fer, le fer fondu par le feu, le feu éteint par l'eau, l'eau asséchée par le vent ; l'homme triomphe du vent, l'ivresse anéantit l'homme, le sommeil tue l'ivresse, la mort tue le sommeil, mais la survie de l'âme anéantit la mort.

Contes initiatiques peuls

Guéno qui te roule en tous sens
et te fait danser dans l'éternité. "
Certes, la vie sur terre
consiste à se regarder
et à s'entre-dévorer.
Nous nous mangeons,
nous nous remangeons,
et la terre nous mange finalement. »

Le petit vieux tourna ses paumes vers Hammadi et s'écria :

« Merci, Ô Grand Monarque cousu d'or, mais qui accepte de s'abaisser pour épouiller un petit vieux déshérité comme moi que des vents capricieux entraînent au hasard dans la nature. Mais je ne dois point en être surpris, car qu'y a-t-il d'étonnant à ce que les nouvelles eaux d'un fleuve suivent les méandres creusés par les anciennes (52) ?

« Ô Hammadi ! L'homme qui soupèse sa charge et qui, n'arrivant pas à la soulever, la défait pour l'augmenter, symbolise l'inconséquence, l'homme léger ou le grand distrait qui fait juste le contraire de ce qu'il faut faire. C'est l'inconscient qui ne sait pas mesurer ses actes.

« Ô Hammadi ! Tu n'en avais vu que les signes, et maintenant tu as la signification du onzième symbole du pays des nains. Il appartient à Kaïdara, le lointain et bien proche Kaïdara. »

Avant que Hammadi eût posé sa question habituelle, le petit vieux se leva de la natte. Il sortit de sa besace une grosse ficelle en fibres de baobab. Il la noua par sept endroits. A l'un des bouts, le dernier nœud

Kaïdara

était plus gros que les six autres. Il empoigna le gros bout et laissa pendre la ficelle jusqu'à terre. Il dit :
« Corde, bois tu es, bois redeviens[1] !
Je te l'ordonne
par la puissance irrésistible de Guéno,
Guéno qui continue la vie après la mort,
Guéno qui peut brûler avec de la grêle,
Guéno qui peut glacer avec du feu[2] ! »

Aussitôt, la corde s'anima. Elle prit la forme d'un serpent vert. Cette forme durcit et jaunit. Elle devint bâton de bois. Le bâton sécha. Tout cela entre trois battements de paupières, juste le temps de refermer les deux lèvres qui venaient de laisser échapper les paroles chargées de pouvoirs transmutateurs.

Hammadi ne pouvait plus avoir de doute : il avait affaire à un thaumaturge du pays des nains. Il voulut se lever en signe de respect. Le petit vieux lui dit : « Reste assis, Ô Hammadi ! Le bon travailleur a droit à un repos réparateur. »

Hammadi s'écria : « Ô Maître ! Qui es-tu ? D'où viens-tu ? Comment t'appelles-tu ? Que dois-je faire pour mériter de toi ? »

Au lieu de répondre, le petit vieux, appuyé sur son merveilleux bâton, dit[3] :

---

1. Corde qui devient serpent puis bâton : tour fréquent chez les magiciens, qui en font sortir du lait.
2. Rien n'est impossible au Créateur, même les actes qui contredisent les lois naturelles.
3. Ici le petit vieux va dire lui-même à Hammadi quel était le dernier symbole du pays des nains, et il parle de Kaïdara comme s'il l'avait vu. Il n'arrêtera plus de parler et d'expliquer à Hammadi la suite de son voyage, évoquant des détails qui pourtant n'avaient pas eu de témoins. Sans que Hammadi lui pose de questions, il lui explique les mystères les plus profonds, jusqu'à la révélation finale.

Contes initiatiques peuls

« Hammadı ! A la station du ramasseur de bois mort, tes amis et toi aviez fini de traverser, sans vous en douter, toutes les couches matérielles qui séparent le commun des mortels de Kaïdara le merveilleux. La case nauséabonde symbolise la tombe où se transforment les êtres et s'opère la métamorphose morale, matérielle et spirituelle. Il faut que l'ignorance meure pour que naisse le savoir.

« Vous avez vu le surnaturel Kaïdara. Il vous est apparu avec sept têtes, chacune d'elles présidant un jour de la semaine. Il a déployé trente pieds qui font mouvoir les temps et douze bras qui manœuvrent les événements. Il vous a donné l'or. Ce métal est soit une clef pour vous ouvrir bien des portes, soit un lourd fardeau pour rompre les os de bien des cous.

– Ô Maître ! De grâce, dis-moi qui tu es ! s'exclama Hammadi qui s'était levé malgré l'ordre du petit vieux.

– Je suis l'embusqué
qui vit abattre le gibier dans le bois sacré.
J'ai vu le caméléon multicolore dans la vallée.
Je connais la chauve-souris
qui se suspend la tête en bas.
J'ai évité le scorpion
armé de pinces et d'un dard venimeux.
J'ai vu la mare avare
qui est aussi patrie bien gardée.
Je connais l'empreinte de biche inépuisable.
J'ai aperçu le gros scinque louangeur.
Je n'étais pas loin quand l'outarde vous narguait.
Et le bouc barbu qui s'épuise, je le connais.
J'ai travaillé à la construction de la haute muraille.
J'ai nourri le coq du petit vieux serpentiforme.
Le bélier aux cornes noueuses m'a chassé

Kaïdara

ainsi que le taureau furieux
qui chargeait tout devant lui.
J'ai vu l'incendie qui a failli me consumer.
Je suis passé près de trois puits énigmatiques.
J'ai vu le niais qui ramassait du bois mort.
Comme vous je suis tombé dans le cloaque.

– Ô Maître ! » s'écria Hammadi qui voulait placer un mot...

Le petit vieux lui fit signe de se taire :

« Hammadi, tes deux compagnons ont choisi deux fins douloureuses : la fortune et le commandement. Et ils en sont morts brutalement. Quant à toi, tu as choisi la vraie fin : le savoir. Et au tréfonds du savoir tu as trouvé pouvoir et fortune que convoitaient tes amis.

« Sous le fromager de l'épreuve, tu as perçu celui qui se cachait : l'homme-esprit qu'on ne rencontre qu'une ou deux fois dans sa vie, mais jamais plus de trois.

« Tu l'as soigné, et avec une clef d'or tu as ouvert ses deux lèvres pourtant plus lourdes que les battants d'airain d'une forteresse. Il a buriné en toi trois savoirs.

« Tu as généreusement offert ce que tu avais payé si cher. Tes amis repoussèrent ton offre et s'en moquèrent. Une tornade calamiteuse les malmena. Le châtiment s'incarna en lionne et tua l'un d'eux. Il s'incarna en rivière implacable et avala l'autre.

« Le passeur gardien de la limite extrême reçut ta dîme mais refusa ton cadeau somptueux.

« Les trois bœufs chargés d'or offerts au Maître sous le fromager te furent restitués.

« Le passeur détruisit la pirogue pour empêcher tout retour à l'autre rive.

« Cependant, le dernier piège attendait que tu y

donnes du pied. Heureux tu fus, Ô Hammadi, de n'avoir rien oublié des trois recommandations ! Tu n'as pas agi sur un simple soupçon. Ainsi tu as retrouvé un foyer où un fils vaillant veillait sur une chaste épouse.

— Mais qui es-tu, Maître, pour savoir tout cela comme si tu avais fait le chemin en même temps que nous, tout en sachant ce qui nous intriguait et nous renversait ?

— Je suis celui qui sait que les sept têtes de Kaïdara symbolisent les sept jours de la semaine qui sont les sept têtes du temps, les arcanes renfermant le secret des sept étoiles nordiques doubles, et tout ce que Guéno créa par sept, scella par sept dans les sept du haut, les sept du bas et les sept portes secrètes ouvertes dans la tête du fils d'Adam [1]. Je sais que les douze bras de Kaïdara scellent les secrets des douze mois et que ses trente pieds marchent dans les mystères des lunaisons. Avant de te dire qui je suis et comment je m'appelle, Hammadi, as-tu quelque chose à me demander ?

— Oui, Maître. Pourquoi les quatre pieds du trône de Kaïdara disaient-ils : " grand vent ", " tremblement de terre ", " inondation " et " incendie " ?

— Les quatre pieds ont ainsi évoqué les quatre grands éléments, forces-mères, auxquels les fils d'Adam doivent la vie et la mort. Ils détruiront chacun une fois notre univers.

— Mon bon père à moi, Ô mon instructeur, que ne te dois-je ! Je ne sais comment te témoigner ma reconnaissance.

---

1. Les sept du haut et les sept du bas : les sept cieux et les sept terres selon le mythe. Les sept portes : les sept ouvertures de la tête (voir note 10).

Kaïdara

— Tu me l'as déjà suffisamment témoignée[1], car sous le fromager tu m'as offert sans hésiter toute ta fortune au moment où tu en avais le plus besoin. Au bord du cours d'eau tu m'as proposé le même trésor, plus gracieusement encore que tu ne l'avais fait sous le fromager. Ce soir encore tu es prêt à me donner toutes tes richesses et tout ton pouvoir, et même à me sacrifier ta liberté. »

Hammadi se mit à danser de joie.

Le petit vieux continua :

« Tu me demandes qui je suis ? Tu mérites de le savoir.

« Je suis, Ô Hammadi, celui qui se cachait dans la poussière quand vous avez rencontré le caméléon[2] ; qui était perché sur la pierre quand vous parliez à la chauve-souris ; qui s'ébattait sur le sable blanc quand vous apparut le scorpion. Je me reposais sur l'éminence latéritique quand vous tentiez vainement de boire à la mare. Je traversais la vallée de gravier quand vous étanchiez votre soif au trou inépuisable. Je pétrissais l'argile quand l'outarde se moquait de vous. Je comptais mes gravillons de quartz quand vous étiez à hauteur du bouc. J'examinais du sable noir quand vous vous reposiez sous les deux arbres. J'étais dans le

---

1. Le vieux révèle ici que Hammadi n'a eu, sous des formes différentes, qu'un seul maître initiateur.
2. Ce qui va suivre n'est pas une répétition inutile du précédent inventaire des symboles ; le vieux énumère les couches d'éléments qu'il faut traverser pour atteindre l'or : poussière, pierre, sable blanc, latérite, gravier, argile, quartz, sable noir, bedrock (en peul *nara*). Il ne faut pas oublier que Kaïdara est aussi le dieu de la terre. A travers ces éléments, il a suivi un chemin parallèle tandis que les hommes passaient par les symboles. Le vieux omet à dessein le symbole du ramasseur de bois ; c'est un piège tendu par le maître à l'élève qui ne s'en apercevra même pas.

bedrock[1] quand le coq se transmua en bélier puis en taureau puis en incendie. Je nageais dans l'eau qui alimentait les deux puits riches égoïstes. Je suis celui qui alla chercher l'or.

« Ô Hammadi ! Je suis le petit vieux du grand fromager, je suis la ville inhospitalière, je suis la bourrasque, je suis les éclairs, je suis la lionne qui tua et la rivière qui avala, je suis la pirogue sabordée, je suis le passeur, je suis... »

Le petit vieux n'eut pas le temps d'achever. Hammadi lui sauta au cou : « Ô Maître ! Ô Esprit extraordinaire ! Je suis ton serviteur plein de reconnaissance, comme je fus ton élève plein de confiance. Tu seras mon gardien, mon Maître, mon Dieu ! Je suis fixé à jamais. »

Dès que Hammadi eut touché le petit vieillard, il ressentit comme une décharge de poisson foudroyant[2], assez forte pour le geler mais non pour le tuer. Il recula de trois pas en arrière[3].

Le petit vieux changea de forme. Il devint un être lumineux, dissemblant de tout fils de Kîkala et de tout animal des villes et des brousses. L'Être étendit deux ailes empennées d'or et dit :

« Je suis Kaïdara, lointain parce que sans forme, et il

---

1. Bedrock : mot d'orpailleur ; c'est la couche qu'il faut enlever pour arriver à l'or.
2. Le dieu Kaïdara n'est pas un homme, le contact avec lui ne peut être que spirituel. Les effusions de Hammadi sont inopportunes ; l'amour ne doit pas effacer le respect.
3. Hammadi recule « de trois pas » pour laisser les trois voiles qui doivent demeurer entre le maître et lui : distance, respect, marge d'ignorance ou d'obscurité nécessaire, âge ? Dans l'initiation, il y a toujours trois grades. Chez les chasseurs (*donso*), par exemple, il y a l'élève donso, le donso, le maître donso. Il faut conserver la hiérarchie.

Kaïdara

n'est pas donné à tout le monde de me deviner et de profiter de mon enseignement. Je suis Kaïdara, bien proche parce qu'il n'y a ni obstacle ni distance entre les êtres et moi. Je prends la forme que j'estime adéquate ; je laisse tomber les voiles et supprime la distance si cela me plaît.

« Retiens bien ce que tu viens d'entendre, transmets-le de bouche à oreille à tes descendants, et qu'il en soit ainsi de tes descendants à leurs descendants. Tu le donneras comme un conte de cour[1] à tes successeurs sur le trône, et comme un enseignement profond et pratique aux oreilles dociles et aux têtes chanceuses[2].

« Une autre fois je te parlerai des neuf ouvertures physiques de l'homme, qui sont portées à onze par la maternité (53). »

Les dernières étoiles disparurent du ciel, chassées par les chants du coq. La lumière d'une aurore pleine d'espoir fendit l'obscurité et embrasa l'horizon oriental.

Kaïdara étendit ses ailes constellées d'or et s'éleva majestueusement dans l'espace. Il s'envola, fendant les airs, laissant Hammadi prosterné sur le sol, pantelant de surprise et de joie, empli de science et de sagesse.

---

1. C'est-à-dire à ceux qui n'y verront que distraction.
2. Têtes chanceuses : qui à la fois attirent la chance et portent chance.

Postface

Propos d'Amadou Hampâté Bâ sur le conte *Kaïdara*

(choisis et présentés par Hélène Heckmann[1]*)*

En annexe au volume *Petit Bodiel et autres contes de la savane*[2], le lecteur trouvera des propos d'Amadou Hampâté Bâ relatifs aux différentes fonctions du conte africain dans les sociétés traditionnelles, en tant que support d'enseignement aussi bien pour l'éducation de base des enfants que pour la formation morale et sociale, voire spirituelle ou initiatique, des adultes. Nous présentons ici de nouveaux propos d'Amadou Hampâté Bâ (écrits ou enregistrés) qui ont l'intérêt de compléter sur certains points ses propos précédents, et, en prolongement de l'introduction du Professeur Lilyan Kesteloot, d'apporter une lumière particulière sur la dimension spirituelle du conte *Kaïdara* et ses correspondances avec notre propre monde intérieur.

« Il existe toute une série de contes, a-t-il souvent expliqué. Il y a les contes pour égayer, tandis que d'autres sont des contes didactiques où les vieux ont déposé les secrets de leur science et que le jeune

---

1. Légataire littéraire d'Amadou Hampâté Bâ et responsable de son fonds d'archives.
2. Cf. « Du même auteur », p. 4.

Contes initiatiques peuls

homme met parfois plusieurs années à apprendre. Car il faut non seulement retenir le conte, mais pouvoir le transmettre sans en fausser l'expression. (...) Pour les contes initiatiques, dont le symbolisme est très riche, il y a toujours, au départ, une marche. L'individu accomplit sa marche jusqu'à la fin, et s'il a mérité de recevoir des secrets, c'est au retour qu'on lui en donnera l'explication. Il y a une période pour apprendre, une période pour avoir l'explication, et une période pour enseigner à son tour [1]. »

« Dans toutes les associations secrètes, il existe de grands contes initiatiques spécifiques. Chaque association a ses contes et les adapte à la mentalité de ses adeptes. Dans la société du Koré, par exemple, qui est une grande école initiatique bambara, les contes sont d'une longueur considérable. Pendant leurs sept années de stage, les adeptes apprennent les leçons contenues dans les contes comme on récite des leçons dans une classe [2]. »

Ces grands contes dits « initiatiques » peuvent cependant être racontés dans les familles, pour le plaisir des petits et des grands. Simplement, les développements auxquels ils donneront lieu seront adaptés à la compréhension de l'auditoire. « Pour nous, dit Amadou Hampâté Bâ, il n'y a pas un enseignement élémentaire et un enseignement supérieur : il y a une compréhension élémentaire et une compréhension supérieure. La même leçon que l'on enseigne à un enfant de sept ans peut être enseignée à un savant : il

---

1. Interview Unesco sur les traditions orales, 29 novembre 1962 (d'après enregistrement).
2. Extrait d'enregistrements privés de M. Jean Sviadoc, ancien fonctionnaire de l'Unesco et ami personnel d'Amadou Hampâté Bâ.

Postface

s'agit seulement de savoir comment il faut la présenter et ce qu'il faut mettre dans cette enveloppe ; l'enveloppe est la même. (...) En Afrique, à défaut de livres, l'enseignement se trouve dans les contes, les maximes et les légendes. Il n'y a pas une seule chansonnette, que ce soit pour s'amuser au clair de lune ou pour bercer un enfant, qui n'ait son sens et son objectif. C'est à côté de cela que la plupart des ethnologues ont passé[1]. »

« Pour nous, tout est école... rien n'est simplement récréatif. (...) Que ce soit par contes, par chants, par paroles, rien, en Afrique, n'est vraiment une distraction simple. Je peux dire ainsi que le profane n'existe pas en Afrique. Dans la vieille Afrique, il n'y a pas de profane : tout est religieux, tout a un but, tout a un motif[2]. »

« Vouloir étudier l'Afrique en rejetant les mythes, contes et légendes qui véhiculent tout un antique savoir reviendrait à vouloir étudier l'homme à partir d'un squelette dépouillé de chair, de nerfs et de sang[3]. » « La tradition orale est la grande école de la vie, dont elle recouvre et concerne tous les aspects. Elle peut paraître chaos à celui qui n'en pénètre pas le secret et dérouter l'esprit cartésien habitué à tout séparer en catégories bien définies. En elle, en effet, spirituel et matériel ne sont pas dissociés. Passant de l'ésotérique à l'exotérique, la tradition orale sait se mettre à la portée des hommes, leur parler selon leur

---

1. Enregistrement Jean Sviadoc.
2. Interview télévisée d'A.H. Bâ par Enrico Fulchignoni, de l'Unesco. Série « Un certain regard », service de la recherche, ORTF, Paris, 1969 (archives INA).
3. Préface d'A.H. Bâ à l'*Atlas du Mali*, éd. Jeune Afrique, Paris, 1980 (epuisé).

entendement et se dérouler en fonction de leurs aptitudes. Elle est tout à la fois religion, connaissance, science de la nature, initiation de métier, histoire, divertissement et récréation, tout point de détail pouvant toujours permettre de remonter jusqu'à l'Unité primordiale [1]. »

En septembre 1971, questionné, entre autres sujets, sur le conte *Kaïdara* par Yoro Sylla pour le compte du journal ivoirien *Fraternité matin* [2], Amadou Hampâté Bâ expliquait :

« (En Afrique), l'enseignement n'est pas donné d'une manière systématique à la manière occidentale moderne, c'est-à-dire avec un programme progressif échelonné et bien réparti dans le temps. Ici, l'enseignement élémentaire, moyen ou supérieur est donné en même temps, selon les événements et les circonstances.

« La vue d'un événement incite le maître à en tirer des leçons pour ses élèves, en fonction de leur état de compréhension. (...) Il s'agit donc ici d'un enseignement par symboles et par paraboles.

« Le conte initiatique *Kaïdara* représente précisément ce type d'enseignement par symboles. Dans ce conte, on nous présente trois héros entreprenant un voyage, ou plutôt une quête, dont le but est la réalisation plénière de l'individu parvenu à percer le mystère des choses et de la vie. L'homme, en effet, est consi-

---

1. A.H. Bâ : Etude « La tradition vivante », in *Histoire générale de l'Afrique*, tome I, p. 193. Edition intégrale Jeune Afrique/Unesco, Paris, 1981.
2. Interview complète reproduite dans *Aspects de la civilisation africaine*, pp. 21 à 45 (voir « Du même auteur »).

Postface

déré comme pouvant vivre selon trois états : un état grossier, tout extérieur, appelé *écorce* ; un état médian, déjà plus affiné, appelé *bois* ; enfin un état essentiel, central, appelé *cœur*.

« Parmi les trois héros de ce conte, deux d'entre eux représentent l'un l'écorce et l'autre le bois. Ils ne termineront pas leur voyage. L'un sera jeté, comme l'écorce, l'autre brûlé, comme le bois. Seul le troisième, Hammadi, qui représente le cœur, arrivera à bon port, ayant franchi victorieusement les subtiles épreuves semées sur son chemin. Finalement, non seulement il bénéficiera de son propre voyage, mais également de celui de ses deux compagnons, récupérant et l'écorce et le bois, reconstituant ainsi en lui l'arbre de la connaissance. Chacun de ces trois voyageurs symbolise donc un état de notre être total.

« Ils entreprennent un voyage dans un monde " souterrain ", c'est-à-dire le monde des significations cachées derrière l'apparence des choses, le monde des symboles où tout est signifiant, où tout parle pour qui sait entendre. Au cours de ce voyage, ils rencontrent des événements ou des animaux dont chacun est un symbole à déchiffrer. Il y a ainsi onze étapes avant de parvenir au cœur du " pays de Kaïdara ", foyer d'où jaillissent les forces de la vie.

« Parmi les symboles rencontrés et les enseignements dispensés sur leur chemin, il n'y a rien qui ne soit interprétable en vue de son application dans la vie courante.(...) Dans le monde souterrain de Kaïdara, tous les événements, animaux et symboles rencontrés sont comme des miroirs qui renvoient à l'homme sa propre image, sous des angles différents. Pour les Peuls, comme certainement pour beaucoup d'autres traditions africaines, ce sont les êtres mêmes de la nature qui fournissent les symboles de leur enseignement, et le monde environnant devient comme un grand livre qu'il faut apprendre à déchiffrer.

« Lorsque nos trois héros atteignent le cœur du pays de Kaïdara, au-delà des onze étapes symboliques, la Force suprême (en l'occurrence Kaïdara, représentant Guéno, Dieu suprême et inconnaissable [1]) leur dévoile certains de ses secrets et met à leur disposition, pour leur chemin de retour, de l'or, c'est-à-dire un moyen de puissance, aussi bien matérielle que spirituelle – l'interprétation pouvant jouer à différents niveaux. Seul Hammadi, le héros victorieux, prouvera qu'avec l'or on peut faire de grandes et utiles réalisations (...).

« Sur un autre plan, cet or, c'est aussi la connaissance, dont on peut faire un usage bon ou mauvais. C'est également la haute sagesse et la royauté de l'homme, la véritable royauté qui permet à un homme en haillons de ne pas être complexé devant un homme habillé de soie. L'or est inattaquable et l'oxyde ne peut le ronger. Ainsi en va-t-il de l'âme d'un homme arrivé à sa réalisation intérieure plénière. C'est cet

---

[1]. « L'existence d'un « Être suprême », non définissable et demeurant « dans le ciel », se retrouve dans la plupart des traditions religieuses de la région considérée (savane subsaharienne), et de l'Afrique noire en général. (...) Dans la majorité des cas, cependant, l'Être suprême est considéré comme trop éloigné des hommes pour que ceux-ci lui vouent un culte direct. Ils préfèrent s'adresser à des agents intermédiaires, de préférence les âmes des ancêtres, et ce qu'on appelle des « dieux » (cf. « Les rapports traditionnels de l'homme africain avec Dieu », in *Aspects de la civilisation africaine, op. cit.*,) dieux dont A.H. Bâ dira, dans une émission télévisée, qu' « en réalité ce sont des forces » *(Koumen,* film de Ludovic Ségarra, Antenne 2, Paris, 1979. Archives INA et Audecam. Voir aussi *Njeddo Dewal*, notes annexes n°s 33 et 53).

Postface

homme qu'on appelle l'« homme complet » (*neddo* en peul, *maa* en bambara).
« En fait, le chemin du retour vers le monde habituel des hommes représente la phase la plus importante du voyage de nos trois héros. Des épreuves particulières et déterminantes les y attendent, liées à l'*usage* qu'ils feront de leur or. Seul Hammadi franchira les épreuves avec succès, grâce aux conseils d'un petit vieux en haillons – qui n'est autre que Kaïdara déguisé – auquel il aura accepté de donner son or en échange de son enseignement. (...)
« Comme nous l'avons dit, plusieurs niveaux d'interprétation sont possibles pour ce conte qui a la propriété de pouvoir s'appliquer à n'importe quelle circonstance de la vie pour en tirer un enseignement. »

Au cours de réunions privées[1], Amadou Hampâté Bâ précisait que certains contes peuvent avoir « jusqu'à vingt et un degrés de signification » ! – « Le conte, ajoutait-il, est toujours dit au présent. Le conteur incarne le " premier conteur ". Et de même que le conteur s'identifie à son personnage, il faut que l'auditeur vive le conte dans sa vie réelle... Vous entendez le conte depuis l'âge de sept ans, vous entendez tout le temps conter, conter, conter... Après, chaque maître peut vous donner des applications et des explications afin que vous puissiez vivre le conte. Par exemple, lorsqu'une chose vous arrive, on vous dit : " Pourquoi ne vous conduisez-vous pas comme Hammadi dans *Kaïdara*, ou Silé Sadio dans *Koumen*? " Le conte est un modèle pour montrer

---

1. Enregistrements Jean Sviadoc.

comment on doit réagir dans la vie, aussi bien sur le plan ordinaire que sur le plan spirituel... Lorsqu'on se trouve devant une difficulté au cours de sa vie, on doit essayer de comprendre dans quelle phase symbolique de *Kaïdara* on se trouve. »

Un assistant lui ayant demandé à quel niveau de notre être s'adressait ce type de conte, Amadou Hampâté Bâ répondit : « Le conte s'adresse à notre être supérieur en même temps qu'à notre être inférieur. Il s'agit de savoir à quel " moment " vous vous trouvez pour assimiler le conte. »

Il insistait souvent sur ce qui, pour lui, était la « leçon » spirituelle majeure des deux contes *Njeddo Dewal* et *Kaïdara* et la condition même de l'accès à une connaissance d'ordre supérieur : le renoncement à tout « avoir », fût-il d'origine spirituelle. Dans *Njeddo Dewal,* il mettait l'accent sur l'attitude finale de l'enfant-initié Bâgoumâwel, investi par Guéno lui-même de tous les « pouvoirs » mais dont, pourtant, la victoire sur la grande sorcière mythique ne devient définitive qu'au moment même où il accepte de sacrifier sa vie pour sauver celle de sa mère : « Tout l'enseignement du conte culmine dans cet épisode. (...) Au sens moral, c'est l'amour de la mère et le sacrifice pour les siens qui est exalté. Au sens mystique, c'est l'occasion de montrer que la victoire spirituelle passe toujours par le sacrifice de soi, le renoncement, le dépouillement[1]. »

De même, dans *Kaïdara,* c'est le fait de renoncer spontanément à tout l'or reçu du dieu Kaïdara lui-même qui permet finalement à Hammadi de sortir

---

1. Cf. *Njeddo Dewal,* note 1, p. 235.

Postface

victorieux de toutes les épreuves. Bâgoumawel, en acceptant de perdre sa vie par amour pour sa mère, gagne sa propre vie et celle de tout son peuple ; Hammadi, en faisant don de son or, pourtant fruit légitime de sa quête, y gagne lui aussi sa propre vie, et finalement récupère plus encore que ce qu'il a donné.

Pour illustrer cette attitude, Amadou Hampâté Bâ aimait évoquer la navette du tisserand traditionnel, dont le métier, composé de trente-trois pièces, « est lié au symbolisme de la Parole créatrice (divine) se déployant dans le temps et dans l'espace ». « La navette est dans la main droite. La main droite croit la posséder ; en réalité, elle ne la gardera pas, car il faut qu'elle la lance à la main gauche. Pendant que la main droite est démunie, la main gauche croit qu'elle a gagné. Mais elle non plus ne gardera pas la navette : il faut qu'elle la renvoie[1]... » Et c'est dans cet instant fugace et presque insaisissable où aucune des deux mains ne possède rien, tandis que la navette vole de l'une à l'autre, qu'un fil s'ajoute à la bande de tissu et que s'accomplit le mystère constamment renouvelé de la Création.

« La vie s'appelle *lâcher* », disait Amadou Hampâté Bâ, faisant écho à une parole de son maître spirituel Tierno Bokar. Et il nous chantait le chant traditionnel attribué à la navette du tisserand :

Je suis la barque du Destin.
Je passe entre les récifs des fils de chaîne
qui représentent la Vie.

---

1. Extrait de l'émission télévisée « D'homme à homme : Amadou Hampâté Bâ », réalisée par Pierre Dumayet. Paris, TF 1, mars 1984.

Contes initiatiques peuls

*Du bord droit je passe au bord gauche
en dévidant mon intestin (le fil)
pour contribuer à la construction.
Derechef, du bord gauche je passe au bord droit
en dévidant mon intestin.
La vie est un perpétuel va-et-vient,
un don permanent de soi[1].*

---

1. « La tradition vivante », *Histoire générale de l'Afrique*, op. cit., tome I, p. 191.

Petite histoire éditoriale du conte *Kaïdara*...

Comme il l'a souvent indiqué, oralement ou par écrit[1], Amadou Hampâté Bâ a entendu le conte peul initiatique Kaïdara, comme tous les autres grands contes de la tradition peule[2], dès sa petite enfance, au sein de la maison familiale où vivait l'un des plus grands « maîtres de la parole » de l'époque : Soulé Bô, dit « Koullel », dont il reçut son surnom[3]. Ce n'est que plus tard, explique-t-il, que le sens spirituel profond de ces contes lui sera révélé.

Après son affectation à l'Ifan (Institut français d'Afrique noire) de Dakar[4], en 1942, Amadou Hampâté Bâ fait connaître sa traduction en prose du conte Kaïdara, ce qui lui vaut de recevoir, en 1943, le Prix littéraire de l'Afrique occidentale française.

En 1945, à la première « Conférence internationale des africanistes de l'Ouest », Théodore Monod prend ce conte pour thème de sa communication intitulée : « Au pays de Kaydara : autour d'un conte symbolique soudanais ». Après avoir cité de larges extraits du texte d'Amadou Hampâté Bâ, retracé les grandes lignes du conte et procédé à une analyse comparative, il s'attache, dans sa conclusion, à en faire ressortir les significations spirituelles universelles, voyant dans ce grand conte symbolique « le témoignage (...), sous la variété des vocabulaires, de l'unité de la vie spiri-

---

1. Actes du colloque de l'Apela d'octobre 1985, « Islam et littératures africaines », *Nouvelles du Sud*, Éditions Silex, p. 218 ; *L'Éclat de la grande étoile, op. cit.*, p. 119.
2. *L'Éclat de la grande étoile, Njeddo Dewal mère de la calamité, Petit Bodiel* – et autres...
3. Cf. *Amkoullel l'enfant peul*, p. 196 ; en coll. Babel, p. 253.
4. Fondé et dirigé par le professeur Théodore Monod.

Contes initiatiques peuls

tuelle » et de « l'unité des êtres derrière la variété des lexiques et des peaux [1] ».

En 1966, Lilyan Kesteloot [2], qui avait été détachée par l'Unesco auprès d'Amadou Hampâté Bâ à Abidjan pour l'aider à mettre en valeur et à faire connaître ses traductions de certains grands textes de la tradition orale, présenta sa traduction en prose de Kaïdara à l'Unesco, texte auquel elle avait ajouté une introduction et des notes nées de ses entretiens avec Amadou Hampâté Bâ et enrichies de ses propres commentaires. L'Unesco fit ronéoter ce texte en juillet 1966 et, sous l'intitulé « Étude et présentation des cultures africaines », l'intégra dans son « Programme pour la préservation et la présentation de la tradition orale en Afrique [3] ».

Amadou Hampâté Bâ fut alors sollicité par l'Unesco pour une publication du conte Kaïdara dans la collection « Classiques africains », mais de préférence dans une version bilingue. Pour en embellir la présentation, et sur les conseils d'Alfa Ibrahim Sow [4], il décida de versifier et d'enrichir le texte peul du conte [5]. La traduction de cette nouvelle version poétique, réalisée par Alfa Ibrahim Sow et Lilyan Kesteloot, fut vérifiée par Amadou Hampâté Bâ, et l'ouvrage, « édité par Amadou Hampâté Bâ et Lilyan Kesteloot », fut publié par les Classiques africains en 1969 [6].

Mais le destin éditorial de ce conte n'était pas encore arrivé à son terme... L'Unesco ayant laissé à Amadou Hampâté Bâ la libre jouissance de sa version française en prose, antérieure à la version poétique bilingue, celui-ci confia aux Nouvelles Éditions Africaines d'Abidjan le texte ronéoté par l'Unesco en 1966. Les NEA le publièrent tel quel en 1978 sous le titre Kaydara [7], avec l'introduction et les notes originelles de Lilyan Kesteloot.

---

1. Actes du colloque de la première Conférence internationale des africanistes de l'Ouest, p. 19 à 31.
2. Professeur aux universités de Dakar et de Paris IV.
3. Références Unesco WS/0766/55-CULT.
4. Professeur à l'INALCO.
5. Cf. L'Éclat, p. 119.
6. Collection aujourd'hui distribuée par Les Belles-Lettres, Paris.
7. Pour le titre, les NEA avaient repris la transcription linguistique figurant dans le texte ronéoté de l'Unesco, transcription pour laquelle le son « kaï » s'écrit « kay ». Pour éviter tout malentendu phonétique, nous avons repris partout la transcription « Kaïdara », utilisée d'ailleurs par Les Classiques africains.

Petite histoire éditoriale

C'est ce texte qui est repris aujourd'hui par les Nouvelles Éditions Ivoiriennes (héritières du fonds éditorial des défuntes NEA d'Abidjan), au sein d'une « Collection Amadou Hampâté Bâ » dont les premiers titres sont sortis en décembre 1993[1]. En accord avec les NEI d'Abidjan, les Éditions Stock publient, de leur côté, deux volumes : Petit Bodiel et autres contes de la savane, *et le présent ouvrage, regroupant les quatre titres de contes de la collection.*

Etant donné les erreurs qui figuraient dans l'édition des ex-NEA de 1978 et qui rendaient certains passages du texte ou des notes peu compréhensibles, j'ai introduit dans la présente édition les quelques rectifications et corrections de forme que, par la suite, Amadou Hampâté Bâ avait lui-même souhaitées.

Par ailleurs, les notes prenant trop de place en bas de page dans l'édition ancienne, il a été décidé, en accord avec Lilyan Kesteloot, de reporter en « notes annexes » tous les développements qui ne sont pas indispensables à la compréhension immédiate du texte.

Hélène Heckmann,
légataire littéraire d'Amadou Hampâté Bâ.

---

1. Cette collection reprend cinq titres : *Jésus vu par un musulman, Petit Bodiel, La Poignée de poussière (contes et récits du Mali), Njeddo Dewal mère de la calamité,* et enfin *Kaïdara.*

Notes annexes [1]
de Njeddo Dewal

1. *Mythe de la création et généalogie mythique*
Ce mythe de la création est commun à presque toutes les ethnies de la savane en Afrique occidentale (ancien Bafour), avec des variantes suivant les ethnies, les régions ou les conteurs, selon qu'ils veulent mettre l'accent sur tel ou tel aspect de la création. Il figure ici sous une forme condensée.

	Peul	*Bambara*
L'Éternel (Dieu)	Guéno	Mâ-n'gala
Lune	Lewrou	Kalo
Soleil	Nâ'ngué	Tlé
Temps temporel divin	Doumounna	Touma
Œuf	Botchio'ndé	Fan
Homme primordial	Neddo	Mâ
Premier homme terrestre	Kîkala	Mâfolo (ou Mâkoro)
Son épouse	Nâgara	Moussofolo (Moussokoro)
« Chacun pour soi »	Habana-koel	Bébiyéréyé
« Fourche de la route »	Tcheli	Sirafara
« Vieil homme »	Gorko-mawdo	Tché koroba
« Petite Vieille chenue »	Dewel-Nayewel	Moussokoronin koundjé

---

1. Toutes les notes de cet ouvrage ont été soit écrites par A.H.Bâ lui-même (grands développements des notes annexes et indications symboliques), soit dictées par lui au fur et à mesure de notre lecture en commun du texte (entre autres, signification spirituelle des différents épisodes du conte). *H. Heckmann.*

Contes initiatiques peuls

Les Peuls possèdent par ailleurs un mythe de la création qui leur est spécifique, fondé sur le symbolisme du lait, du beurre et du bovin. Mais à l'époque où ils furent vaincus par Soundiata Keïta (fondateur de l'empire du Mandé, ou Mali) et déportés du Nord au Sud, ils s'incrustèrent si bien dans le système culturel du Mandé qu'ils adoptèrent une partie de sa cosmogonie, à quelques variantes près, au point qu'il n'est plus possible de faire le départ entre les cosmogonies peule ou bambara. Les personnages clés du mythe appartiennent désormais à l'une et l'autre culture.

Pour mieux s'intégrer à la société, les Peuls adoptèrent également quatre noms de clan (*diamu* en bambara, *yettore* en peul) afin de se conformer au système quaternaire du Mandé. Les quatre clans peuls sont donc des emprunts. A l'origine, les Peuls n'avaient que des noms de tribu : les Bâ, par exemple, sont en fait des Wouroubé. Plus on s'écarte vers l'est de la zone culturelle du Mandé et du delta nigérien, moins on trouvera de Peuls portant un *yettore* ; ils porteront le nom de leur tribu.

***

La notion de « vide vivant » ou de « vide sans commencement » qui figure dans le mythe (et qui n'est pas sans évoquer des notions métaphysiques existant ailleurs, notamment en Extrême-Orient) est très courante dans la tradition peule. Guéno est un Être incréé, sans corporéité ni matérialité aucune (d'où l'idée de vacuité), mais il est en même temps source et principe de toute vie. La tradition distingue deux sortes de vie : la vie éternelle, principielle, propre à Guéno seul ; puis la vie contingente, propre à tous les êtres créés (même les êtres supérieurs des mondes subtils). La vie sortie de l'Œuf primordial est une vie contingente. Comme telle, elle suit la loi de cause à effet.

Notons qu'en bambara le mot *fan* (œuf) signifie également « forge ». Le forgeron, considéré comme le Premier fils de la terre, transforme la matière pour créer des objets. Il est donc le premier imitateur de la Création originelle. Son atelier est le reflet de la grande forge cosmique. Tous les objets y sont symboliques et tous les gestes qu'il y accomplit sont rituels.

La Tradition considère qu'il y a plusieurs sortes de temps : d'abord le « Temps infini intemporel », en fait l'Éternité sans commencement ni fin, demeure de Guéno ; ensuite le « Temps

Notes annexes de Njeddo Dewal

temporel divin » (Doumounna) qui couve l'Œuf primordial ; enfin le temps temporel humain (heures, jours, semaines, etc.) qui sort de l'Œuf. Nous n'avons pas donné la succession des éléments qui naissent de l'Œuf afin de ne pas alourdir le texte.

Comme on peut le voir dans la généalogie qui descend de l'Homme primordial (Neddo), à un certain moment l'unité est rompue. Deux voies apparaissent : celle du Bien avec le « Vieil Homme », et celle du Mal, du désordre, de l'anarchie avec la « Petite Vieille chenue ». La lutte entre le bien et le mal est monnaie courante dans les récits de la tradition africaine, et par souci moral on fait toujours triompher le bien ; en fait, les deux principes sont inséparables et considérés comme tellement unis qu'ils constituent l'endroit et l'envers d'un même rond de paille.

L'homme étant le point de rencontre de toutes les influences et de toutes les forces (en tant que résumé des vingt premiers êtres et réceptacle de l'étincelle divine), le bien et le mal sont en lui. C'est son comportement qui fera apparaître l'un ou l'autre. L'initiation va consister, précisément, à remonter en soi-même chaque degré de cette généalogie mythique afin de réintégrer l'état du Neddo primordial, interlocuteur de Guéno et gérant de la Création, qui demeure latent en chacun.

Neddo, c'est l'homme pur, idéal. Le comportement parfait s'appelle neddakou, c'est-à-dire ce qui fait un homme dans tous les sens du terme : noblesse, courage, magnanimité, serviabilité, désintéressement. Précisons que la notion de Neddo recouvre à la fois l'homme et la femme, car on dit que Neddo contient en lui à la fois le masculin (babba : père) et le féminin (inna : mère), respectivement associés au Ciel et à la Terre. L'état de neddakou, c'est l'état d'humanité parfaite, à la fois masculine et féminine. L'initiation, dont on parle souvent dans cet ouvrage, peut s'entendre de deux façons qui, en fait, se complètent : il y a l'initiation reçue de l'extérieur et celle qui s'accomplit en soi-même.

L'initiation extérieure, c'est l'« ouverture des yeux », c'est-à-dire tout l'enseignement qui est donné au cours des cérémonies traditionnelles ou des périodes de retraite qui les suivent. Mais cet enseignement, il faudra ensuite le vivre, l'assimiler, le faire fructifier en y ajoutant ses observations personnelles, sa compréhension, son expérience. En fait, l'initiation se poursuit tout au long de la vie. Un adage peul dit : « *L'initiation commence en entrant dans le parc, elle finit dans la tombe.* »

Contes initiatiques peuls

2. *Nelbi* (*sunsun* en bambara) – *diospyros mespiliformis* : arbre fruitier aux vertus médicinales. C'est l'arbre sacré des Peuls, associé aux activités masculines ; le bâton du berger est toujours tiré d'une branche de cet arbre. Le *kelli*, autre arbre sacré, est en relation avec les activités féminines.

Dans la tradition africaine, il y a quatre bâtons : le bâton du berger, le bâton du commandement, le bâton de la sagesse et le bâton de la vieillesse.

3. *Hexagramme* : figure composée de deux triangles équilatéraux qui s'interpénètrent, l'un orienté vers le haut (ciel), l'autre orienté vers le bas (terre). L'ensemble constitue une étoile à six pointes. L'entrecroisement des lignes forme six alvéoles périphériques et un alvéole (ou case) central, appelé « nombril » ou « cœur » de l'hexagramme.

Le nom peul pour hexagramme est *faddunde ndaw* (de *faddaade* : protéger, et de *ndaw :* autruche). On dit que l'autruche, avant de pondre, décrit en dansant la figure d'un hexagramme sur le sol, puis vient pondre au milieu de ce signe. Par analogie, lorsqu'un campement peul doit s'installer, le chef du convoi reproduit ce signe, à cheval ou à pied, autour du campement. Les silatiguis (initiés peuls, voir notes **5** et **16**) l'utilisent aussi en divination.

Pour les Peuls et les Bambaras, c'est une figure de grande protection. Elle symbolise l'univers. Le triangle dont la pointe est en haut représente le feu et celui dont la pointe est en bas représente l'eau. Les six pointes représentent les quatre directions cardinales, plus le zénith et le nadir. Les sept alvéoles représentent, entre autres, les sept jours de la semaine ; les douze angles les douze mois de l'année.

L'hexagramme est un symbole ésotérique ou religieux universel. La tradition hindoue y voit l'image de la hiérogamie fondamentale, l'union du dieu Siva et de sa dimension féminine Shakti. Dans la tradition judéo-chrétienne, on l'appelle « étoile de David » ou « sceau de Salomon ». En ésotérie musulmane, l'hexagramme est considéré comme la graphie géométrique du grand nom de Dieu : Allâh. La dernière lettre, le « hâ » (dont la forme stylisée est celle d'un triangle), sert à former le triangle montant, dit « triangle de la ferveur ». Les éléments verticaux des trois autres lettres (alif-lam-lam) servent à former le triangle des-

Notes annexes de Njeddo Dewal

cendant, ou « triangle de la Miséricorde divine ». Pour l'initié musulman, l'hexagramme n'est donc pas considéré comme un symbole exclusivement hébraïque, mais comme un symbole éternel figurant l'union de la terre et du ciel, autrement dit de l'âme contingente et du Dieu transcendant.

4. Le crâne : l'école de Koré (tradition mandingue particulièrement conservée chez les Bambaras) a étudié les os de la tête et donné un nom à chacun d'entre eux, de même que les traditionalistes peuls du Djêri (Sénégal) rattachés au culte de Dialan. Ces derniers connaissent un rite d'invocation du crâne qui permet de prédire l'avenir. Le crâne y est considéré comme l'agent récepteur des forces célestes. Parmi tous les crânes, celui de l'homme est censé être le meilleur agent pour la réception et la transmission de ces forces. Les crânes des chefs ou des hommes de grande réputation sont conservés non seulement à titre de trophée, mais aussi en tant qu'agents propres à transmettre aux vivants les vertus de ces grands hommes disparus. Ces quelques indications permettront de mieux comprendre la fonction essentielle que remplira le « crâne sacré » tout au long de ce conte.

Selon l'enseignement bambara du Komo, notamment celui de Dibi de Koulikoro (rive gauche du Niger en aval de Bamako), le corps de l'homme comprend sept centres répartis entre le sommet de la tête et le fondement du corps. Le crâne est considéré comme le « centre-chef », les six autres centres se succédant à partir du front – on ne peut s'empêcher de penser aux sept chakras, ou centres d'énergie, que la tradition hindoue situe également sur le corps de l'homme, du sommet de la tête à la base de la colonne vertébrale.

Sur les autels initiatiques africains, on trouve un certain nombre de vases en poterie : trois, cinq ou sept. Lorsqu'il y en a sept, ils figurent les sept centres du corps. Dans le vase représentant le crâne, on place quatre « pierres de tonnerre » : celles-ci symbolisent le feu céleste descendu sur la terre pour buriner, dans les êtres qui la peuplent, l'intelligence et la force émanée de Mâ-n'gala (Dieu).

Dans une autre perspective, le crâne est assimilé à l'œuf cosmique, lequel contenait potentiellement toutes choses avant la création du monde contingent. En tant que tel, le crâne symbolise alors la *matrice du savoir*.

Contes initiatiques peuls

Dans la tradition peule, les neuf os principaux du crâne sont comme les neuf voies de l'initiation. La neuvième n'est pas visible, de même que le « un » qui n'est pas considéré comme un nombre car il est l'Unité inconnaissable et indéterminée. Le secret de la connaissance de cet os est lié au secret de l'Unité, fondamentale et indivisible.

5. *Connaisseurs* : en bambara, on distingue le *soma* et le *doma*, le second étant supérieur au premier. Le *soma*, par exemple, connaîtra simplement les diverses catégories de plantes, de minéraux, etc., tandis que le *doma* saura diagnostiquer la maladie et prescrire les plantes appropriées. Quand il s'agit d'application, le *soma* se réfère au *doma*.

Chez les Peuls, le *gando* est à la fois un *soma* et un *doma*. Le *silatigi* (dans la transcription courante, le mot a été orthographié « silatigui » pour en faciliter la prononciation) est toujours un *gando*, mais il est plus élevé que ce dernier dans la hiérarchie de l'initiation. Le titre de silatigi désigne un degré dans l'initiation, ce qu'ailleurs on appellerait « Grand Maître ». (cf. note 16).

6. *Nénuphar* : Dans le Mandé, la fleur du nénuphar symbolise la vierge qui attend d'être fécondée. A ce titre, elle est comparée à une coupe cosmique prête à être remplie. Les premières pluies de l'année sont considérées comme une semence céleste qui vient remplir cette coupe. Pour les Peuls et certaines sectes des religions mandingues, la fleur symbolise l'amour ; elle a une analogie étroite avec la conception. Les Peuls et les Dogons considèrent les fleurs de nénuphar comme symbole du lait maternel ; aussi emploient-ils les feuilles de cette plante en vue d'aider les mères qui allaitent à avoir beaucoup de lait. Ils procèdent de même pour les femelles des animaux. Le nénuphar symbolise également la naissance pure et la moralité exempte de tache.

La légende peule fait invoquer aux silatiguis le « nénuphar des ancêtres » dont les semences ont été apportées d'Égypte par des diasporas anciennes. Les femmes de Heli et Yoyo portaient au cou une guirlande de fleurs de nénuphar et ornaient les tresses de leurs cheveux avec cette fleur.

7. *Fromagers, baobabs et caïlcédrats* : les notes concernant la signification de ces arbres, comme de certains autres végétaux ou animaux cités dans cette description, figurent au fil du récit, lorsque l'un de ces éléments y apparaît.

Notes annexes de Njeddo Dewal

8. *L'eau, cet élément-mère sans âme* : les quatre « éléments-mères » sont l'eau, le feu, l'air et la terre. Leur combinaison est censée avoir donné naissance à tous les êtres contingents.
L'expression « sans âme » ne vaut que par comparaison avec l'âme de l'homme, car, pour la tradition africaine, tout a une âme : il y a une âme du minéral, une âme du végétal et une âme de l'animal. C'est ce qu'on appelle « les trois âmes », chaque règne ayant une âme unique. L'exemple de l'électricité peut aider à comprendre cette notion d'âme unique : que le courant passe dans une lampe de 25 watts ou dans une lampe de 2 000 watts, c'est toujours la même électricité. Seule la puissance du réceptacle diffère. L'homme est à part car il a reçu en héritage d'être l'interlocuteur de Guéno (ou de Mâ-n'gala). Condensé en miniature de tout ce qui existe dans l'univers, animé par le souffle divin, il est à la fois le gérant et le garant, au nom de Guéno, de toute la création. D'où sa responsabilité.

9. *Fleuve* : les fleuves sont des symboles de l'initiation elle-même, qui mène le néophyte jusqu'à la connaissance et à la sagesse. Le fleuve mène à la mer salée, réservoir de la connaissance. Chaque fois que le but mentionné est associé au sel, cela signifie qu'il y a là une grande initiation.

10. *Le pays septénaire* : en fait, tout ce conte est sous la marque du nombre sept, à commencer par le nom même de Njeddo Dewal qui signifie « la femme septénaire ».
Le nombre sept est un nombre majeur dans beaucoup de traditions, avec le un et le trois. Les nombres impairs, dits « masculins », sont censés être plus « chargés » que les nombres pairs, dits « féminins ». Le nombre sept est lié à la notion de cycles répétitifs, donc à la notion de temps. Les Peuls disent : « Tous les sept ans. » En Islam, les multiples de 7 (70, 7 000, 70 000) symbolisent une très grande quantité, voire quelque chose d'incommensurable. Notons que la Fatiha, premier chapitre du Coran et prière canonique de base, est composée de sept versets, tout comme le Pater chrétien.
Dans la tradition peule, comme dans la tradition bambara, chacune des sept ouvertures de la tête (la bouche, les deux yeux, les deux narines, les deux oreilles) est la porte d'entrée d'un état d'être, d'un monde intérieur, et est gardée par une divinité particulière. Chaque porte donne accès à une nouvelle porte inté-

Contes initiatiques peuls

rieure, et cela à l'infini. Ces sept ouvertures de la tête sont en rapport avec les sept degrés de l'initiation.

11. *Tamarinier* : cet arbre aux vertus purgatives est à la base de la médecine africaine ; ses divers éléments interviennent dans presque tous les médicaments traditionnels. Arbre sacré des traditions bambaras du N'domo et du Koré, il symbolise la multiplicité et le renouvellement. Ses racines symbolisent la longévité. Quand un homme est gravement malade, on lui dit : « Saisis bien les racines du tamarinier ». « Saisir les racines du tamarinier », c'est triompher de la maladie.

12. *Poule-mâle* : coq. En Afrique noire, le coq est l'animal sacrificiel par excellence. On l'immole pour les dieux ou pour l'hôte que l'on veut honorer. Parce qu'il annonce la lumière du nouveau jour, les Peuls l'appellent le « muezzin des animaux ». Il symbolise l'éveil de l'esprit. Sa voix indique le chemin qui mène à la lumière de Guéno. Toutes les parties du corps du coq entrent dans les usages magiques des traditions africaines car il est très bénéfique. Son ergot symbolise l'arme du héros vainqueur de ses ennemis. C'est grâce à un ergot de coq magiquement travaillé que Soundiata, le héros du Mandé, triompha de son ennemi Soumangourou. Dans la tradition peule, le coq est rattaché au secret ésotérique (cf. *Kaïdara*).

13. *Bœuf* : pour les Peuls, l'élevage n'avait pas de but économique. Le Peul considérait le bovidé comme son parent, son frère. Il ne le tuait pas, ne le vendait pas, ne le mangeait pas. Il consommait son lait et son beurre et les échangeait pour obtenir d'autres produits de base. A la limite, pour les Peuls pasteurs de jadis, on pouvait parler de bolâtrie. Pour plus d'information sur le culte du bovidé et la fonction symbolique de celui-ci chez les Peuls, nous renvoyons à notre ouvrage *Koumen*.

14. *Salomon* : dans leurs légendes et leurs traditions historiques, les Peuls font constamment allusion aux événements de l'époque du Prophète Salomon qui apparaît toujours comme un Maître et la source de certaines initiations. En outre, les Peuls appellent la Reine de Saba « Tante Balqis ». Certaines théories sur les origines des Peuls leur donnent une parenté ethnique lointaine avec les Hébreux, d'autres avec les Arabes. Dans leurs

Notes annexes de Njeddo Dewal

propres légendes, ils se déclarent « venus de l'Orient » (cf. *L'Éclat de la grande étoile*, p. 51. Voir aussi fin de note 6). D'autres théories, tirées d'une étude linguistique, les font remonter à l'Inde proto-dravidienne (cf. *La Question peule*, d'Alain Anselin, Karthala). Quoi qu'il en soit, les gravures rupestres relevées par Henri Lhote dans les grottes du Tassili attestent de leur présence en Afrique depuis au moins 3 000 ans avant J.-C. (Voir aussi *Amkoullel l'enfant peul*, pp. 18-19 – collection Babel pp. 20 à 22.)

15. *Description de Heli et Yoyo* : cette description soulève beaucoup de questions. On y voit en effet que si les Peuls sont bien « possesseurs de grands troupeaux », ils habitent cependant dans des villages ou même de grandes cités, et qu'ils ont des demeures « plus belles les unes que les autres », ce qui ne correspond guère au caractère essentiellement nomade de ce peuple dont il est dit, à la page suivante, que « rien ne le retient nulle part » et qu'il est « plus vagabond que le cyclone ». Certes, les Peuls se fixent auprès de certains villages pendant la saison sèche, mais leur habitat, généralement constitué de précaires cases de paille, est toujours situé à l'écart des limites du village et l'on ne saurait dire que cela constitue une véritable sédentarisation. La fondation de certains empires entraîna la création de villes et de villages, mais c'est là un phénomène relativement récent dans l'histoire des Peuls.

Faut-il conclure de ce récit que, dans un très lointain passé, les Peuls vécurent dans un pays inconnu un autre genre de vie et que la nomadisation lui fut postérieure ? Ou faut-il voir dans cette description une influence des traditions propres aux peuples du Mandé avec lesquels les Peuls vécurent en relative symbiose (cf. note 1) ? Derrière les emprunts et les influences réciproques qu'il est difficile aujourd'hui de démêler, il reste que le peuple peul se souvient d'un lointain et terrible cataclysme qui l'a chassé d'un pays merveilleux où non seulement les hommes vivaient heureux et accomplis, mais où ils avaient atteint un haut degré de connaissance et de savoir-faire. On dit : « *La seule chose que les Peuls de Heli et Yoyo ne pouvaient pas faire, c'était de faire marcher un cheval sur un mur ou de pencher un puits pour y boire comme dans un verre !* » Mythe ou réalité, ou mélange des deux, ce récit évoque aussi le mythe de l'âge d'or ou du paradis perdu, qui est commun à presque toutes les traditions du monde.

Contes initiatiques peuls

16. *Silatigui* : Le silatigui est le grand maître initié des Peuls pasteurs. Chef spirituel de la communauté, il est le maître des secrets pastoraux et des mystères de la brousse. Généralement doté d'une connaissance supranormale, il préside aux cérémonies et prend les décisions pour tout ce qui concerne la transhumance, la santé et la fécondité du bétail. Il représente le stade suprême de l'initiation. Tout berger initié rêve de devenir un jour silatigui. *Koumen* est le texte initiatique qui décrit les étapes suivies par Silé Sadio pour devenir silatigui. Dans *L'Éclat de la grande étoile*, récit postérieur à *Kaïdara*, Bâgoumâwel (qui intervient dans le présent conte sous l'aspect d'un jeune garçon) sera la figure du silatigui exemplaire, maître initiateur d'un roi.

Chez les Peuls traditionnels de jadis, essentiellement nomades, le commandement spirituel et temporel se trouvait entre les mains des silatiguis. Les *arbe* (sing. *ardo*) ou guides du troupeau, étaient désignés chaque jour par les silatiguis en fonction des augures. Peu à peu, surtout avec les conquêtes et la sédentarisation relative qu'elles entraînaient, le commandement passa aux mains des *arbe* qui devinrent chefs et rois temporels, les silatiguis ne conservant que leur fonction d'initiés et de maîtres initiateurs. Cependant, on connut encore certains cas où l'*ardo* chef de village fut en même temps silatigui : celui d'Ardo Dembo, par exemple, du village de Ndilla, cercle de Linguère (Sénégal), à qui je dois mon initiation pastorale et le texte de *Koumen*.

17. *Chat noir, bouc noir* : S'agissant ici d'une création porteuse de malheur et de calamités, c'est le noir, couleur des ténèbres où la sorcellerie s'exerce de préférence, qui domine.

Le chat et le bouc, considérés comme particulièrement « chargés » parce que récepteurs de forces, figurent dans beaucoup de traditions. Les fétiches les plus actifs sont conservés dans des peaux de chat noir ou dans des peaux de bouc. On sacrifie d'ailleurs le bouc plus souvent que le taureau. Jadis, chaque village de la boucle du Niger avait son bouc qui vaquait à sa guise en tous lieux. Censé recevoir tous les malheurs qui devaient frapper le village, il en était considéré comme le gardien et le protecteur. Le symbolisme du bouc est également en rapport avec la puissance génésique (voir *Kaïdara*).

18. *La tortue* est considérée comme l'un des premiers animaux de la création. Symbole de longévité et de durée, elle est

Notes annexes de Njeddo Dewal

aussi symbole de protection en raison de la carapace sous laquelle elle peut se retirer tout entière. Ici, le fait de vivre au sein des mers lui donne en plus une fonction de vitalité, car l'eau est considérée comme source de la vie.

19. *L'œuf* est un symbole de vie car, après l'eau, toute vie vient de l'œuf. Même les graines de végétaux sont considérées comme des œufs. Ne dit-on pas : « la fleur a éclos... » ?

20. *Un vieux caïman* : le caïman est, lui aussi, un symbole d'ancienneté et de longévité. Ne pas oublier qu'en Afrique tout ce qui est vieux, ancien, est chargé de *nyama*, de puissance occulte, en tant que réceptacle d'une force émanée du Dieu créateur, lequel est l'« Ancien » par excellence. C'est donc un peu de la force divine elle-même (sous son aspect de durée et de pérennité) qui se retrouve dans tout ce qui est vieux, en raison de la loi de correspondance analogique qui prévaut dans la pensée africaine. Nous employons le terme « symbole » faute de mieux, mais il ne s'agit pas ici d'un symbolisme abstrait ou purement intellectuel ; il s'agit d'une correspondance concrète ou, si l'on veut, d'une manifestation de l'un des aspects de la force divine originelle (durée, vitalité, puissance, etc.) à travers un réceptacle, les degrés d'intensité de cette manifestation variant selon la nature des réceptacles.

21. *7 oreilles et 3 yeux* : les sept oreilles sont l'une des manifestations de la loi du septénaire qui marque toute l'existence de Njeddo Dewal. Le troisième œil est frontal et destiné à la vue intérieure. On l'appelle l'« œil du connaisseur » ou l'« œil du sorcier », car cette connaissance, neutre en elle-même, peut mener au bien comme au mal, selon l'utilisation que l'on en fait.

22. *Scorpion :* en symbolisme diurne (positif), il incarne l'abnégation et le sacrifice *maternel* (et non « paternel » comme il avait été imprimé par erreur dans la première édition de *Kaydara* par les ex-NEA d'Abidjan). On dit en effet que les petits du scorpion femelle labourent ses flancs et mangent ses entrailles avant de naître.

En symbolisme nocturne (négatif), le scorpion incarne l'esprit belliqueux, de méchante humeur, toujours embusqué et qui n'apparaît que pour piquer et parfois donner la mort. On évite en général de prononcer son nom car il est maléfique.

Contes initiatiques peuls

Ses huit pattes, ses deux pinces et sa queue symbolisent les onze forces qui constituent tout un thème d'études ésotériques.

On voit souvent, dans des cases mandingues ou bambaras, voire peules, des scorpions noirs suspendus à l'entrée du vestibule ou de la pièce réservée aux cérémonies funéraires. L'animal symbolise alors l'esprit conjuratoire contre le mal lié à la nuit et les entreprises des vampires nocturnes.

23. *Les éléphants, les vautours, les baobabs et les montagnes* sont par excellence des symboles d'ancienneté. Dans *L'Éclat* (p.43), on cite le « conseil du baobab », assemblée secrète que tiennent chaque année le vautour-ancêtre, l'éléphant et le baobab pour examiner ensemble les événements passés et à venir. Seul le silatigui Bâgoumâwel a pu assister à ce conseil interdit aux hommes et recevoir l'initiation de ces trois ancêtres des vivants.

24. *Que la pluie dessèche et que la chaleur reverdit* : cette inversion des phénomènes est fréquente dans les contes. Elle indique que l'on se trouve dans un autre monde, auquel les lois matérielles ne s'appliquent pas. Elle est souvent citée lorsqu'il s'agit de grands initiés (cf. Bâgoumâwel dans *L'Éclat*) ou de grands magiciens.

25. *Le roi* : dans la société traditionnelle, les fonctions de roi (ou de chef) n'étaient pas totalitaires et ne donnaient pas tous les droits. Les rois devaient compter avec la puissance des chefs spirituels traditionnels, véritables maîtres des décisions dans leur domaine propre (« Maître de la terre », « Maître du couteau » ou sacrificateur, silatigui peul, etc.). En outre, ils étaient astreints à des interdits très stricts.

26. *22, 56* : Chez les Peuls (comme en Islam), les nombres 11, 22 et 56 sont des nombres forts, d'une très grande fonction symbolique.

27. *L'étoile maléfique* : l'apparition d'une étoile est toujours un signe soit négatif (comme c'est le cas ici), soit positif, comme plus loin dans le conte lorsqu'une étoile annoncera et précédera la conception de Bâgoumâwel. Que l'étoile demeure visible longtemps ou disparaisse rapidement, elle est toujours très chargée de signification.

28. *Fin de la prédiction* : cette description d'une société arri-

Notes annexes de Njeddo Dewal

vée à son déclin est à rapprocher des descriptions du même genre qui existent dans d'autres traditions, notamment en Islam. Dans tous les cas il s'agit d'une fin de cycle où toutes les valeurs s'inversent, puis la société connaît une grande calamité avant de repartir sur des bases nouvelles.

29. *Le sang* est sacré car il est le véhicule de la vie. Quand un homme perd son sang, il perd d'abord sa vitalité, puis sa vie même. Dans les sacrifices traditionnels, les dieux sont censés ne demander que le sang des victimes, non leur chair qui est ensuite utilisée par les hommes. En absorbant cet élément vital, Njeddo Dewal renforce son propre sang et marque sa qualité de sorcière, car on dit que les sorcières « sucent le sang des jeunes gens pour se revigorer ».

30. *La biche* : à notre connaissance, la biche ne joue pas un très grand rôle dans les traditions africaines de la savane. Elle ne semble pas être un animal sacrificiel notoire. Notons cependant qu'il existe un masque bambara portant le nom de *sogonikun* : « tête de gibier », par extension « biche ». Dans la tradition peule, la biche symbolise la sveltesse et, par analogie, la belle femme. Voir une biche en songe est interprété comme un signe de joie, et la voir avec ses petits un présage de prospérité. Il existe une variété de biche appelée « biche naine » (*oomre* en peul) dont les cornes et la tête servent à fabriquer des talismans. Elle est considérée comme très chargée de *nyama*, ou puissance occulte.

31. *Ne pas être doublée d'une co-épouse* : l'adage dit : « Celui qui " double " une femme parfaite ne pourra ni dormir ni siester et souffrira de cent onze indispositions, car ses ancêtres viendront le tourmenter. » Les quatre qualités de la femme parfaite sont : être une femme bonne, une femme belle, une bonne mère et une femme d'amour.

32. *Aga Nouttiôrou* : littéralement, « berger pinceur ». Cela peut signifier qu'il avait pour petite manie de pincer les enfants ou ses élèves. Nouttiôrou signifie aussi « qui fouine un peu » ; c'était donc un homme qui « pinçait », ou « prenait », un peu de toutes les connaissances.

33. *Le grand fétiche peul* : on entend par fétiche un objet qui a été rituellement « chargé » pour devenir le support d'une force.

Contes initiatiques peuls

Un tel objet devient l'outil, le véhicule de la force d'un esprit ou d'un dieu – lequel n'est lui-même qu'une émanation de la force primordiale du Dieu suprême, unique créateur de toutes choses.

Il s'agit ici, comme on le verra plus loin, de l'un des 28 dieux du panthéon peul, dont la force est ainsi asservie et emprisonnée par Njeddo Dewal pour servir ses entreprises destructrices. En principe, chacun des 28 dieux lares peuls (cf. note 53) possède un tel support qui sert aussi pour les sacrifices, en général de lait et de beurre, car les sacrifices sont rarement sanglants chez les Peuls. Guéno et Kaïdara sont les seuls à ne pas posséder de « fétiche » ; toutefois, le fait de brûler des parfums et des plantes entre dans tous les rites.

34. *La sauterelle* est en général considérée comme symbole de fléau et de destruction. Ici, elle est présentée sous son aspect hybride, réalisant une sorte de symbiose de plusieurs animaux. Elle a, dit-on, une tête de cheval, des cornes et des yeux de gazelle, un cou de taureau, une poitrine de caïman ou de scorpion, un abdomen de ver, des ailes d'aigle et des pattes de girafe. Sa couleur verte s'apparente à l'hivernage et sa teinte jaunâtre à la sécheresse.

35. *Termitière* : La termitière est considérée comme la première maçonnerie de la terre. Cet art aurait été enseigné aux hommes par les termites, qui sont donc les maîtres des maçons – de même que l'araignée est en rapport avec le tissage.

La termitière est censée être l'habitat des esprits. Elle sert aussi souvent de lieu de conservation des objets rituels et ornements religieux. On creuse, dans une très grande termitière où un homme pourrait loger, une cavité où l'on dépose ces objets. Les termites maçonnent tout autour et ces objets sont ainsi hermétiquement protégés.

36. *Le chien* : La mythologie mandingue, comme beaucoup d'autres mythologies dans le monde, a réservé au chien une grande place. En effet, le coq, le bouc et le chien sont considérés comme les guides des âmes désincarnées.

Indépendamment du fait que l'on sacrifie le chien aux six grands dieux traditionnels du Mandé (N'tomo-woulou, komo, nama, kono, tchi-wara et koré), le chien est sacrifié à la terre pour qu'elle produise et aussi pour qu'elle soit « légère » sur les corps

Notes annexes de Njeddo Dewal

des défunts. On le sacrifie également pour conjurer le mauvais sort pendant les éclipses.

Le chien étant considéré comme très familier avec l'invisible, son crâne, comme celui de l'homme, entre dans les rites de divination. Dans certaines sociétés initiatiques du Mali et du Niger, on utilise quelques parties du chien – notamment sa tête – pour les danses de possession.

37. <u>Chassie des yeux de chien</u> : elle est utilisée pour provoquer des rêves prémonitoires. On dit aussi qu'elle permet la vision, notamment ajoutée à de l'antimoine, plante qui a pour vertu d'améliorer la vue et de guérir la conjonctivite.

38. <u>Fôgi</u> : landolphia-owariensis (*foogi* en peul, *nzaban* en bambara). Cette plante, attribuée à la lune et au jour de lundi, est une liane grimpante dont la fleur met un an pour devenir fruit. Lorsqu'on veut l'utiliser, on la salue avec la formule : « Fleur cette année, mûre l'année prochaine ! »

Le fôgi, qui est une plante à vertus, représente également la flexibilité et la souplesse car il épouse un autre végétal en s'enroulant autour de lui.

39. <u>Le voyage des poissons migrateurs</u> : on a constaté exactement le même processus chez les poissons migrateurs du fleuve Niger.

40. <u>Crocodile à la queue écourtée</u> : ces crocodiles, qui ont perdu une partie de leur queue par accident, sont réputés pour être les plus méchants. A Bandiagara, mon village natal, un crocodile à la queue écourtée vivait, avec ses congénères, dans une poche de la rivière Yamé, appelée « mare aux caïmans ». C'était le seul qui blessait les animaux ; les autres crocodiles n'attaquaient jamais ni les hommes, ni les enfants, ni les animaux.

41. <u>Baobab</u> : ce n'est pas par hasard que ce crâne sacré hérité d'un très lointain passé, et qui va jouer un rôle capital tout au long du conte, sort d'un fruit de baobab, arbre sacré par excellence, symbole de longévité et d'ancienneté, de sagesse et de générosité. En effet, dans le baobab comme chez le bovin, tout peut être utilisé ; c'est pourquoi l'on dit que le baobab est, parmi les végétaux, ce que sont la vache ou le bœuf parmi les animaux.

42. <u>Araignée</u> : prototype du tisserand (voir note 83).

Contes initiatiques peuls

43. *L'aigrette*, sorte de héron blanc, est en harmonie avec le Peul car c'est elle qui, sous le nom de « pique-bœuf », accompagne le bovin pour manger les parasites logés dans sa peau.

44. *Cigognes* : ce sont les cigognes qui montrent à Bâ-Wâm'ndé le chemin de Wéli-wéli, en raison de leur qualité d'oiseaux migrateurs.

45. *Alliance entre Peuls et forgerons* : cette alliance sacrée remonte à Bouytôring et Nounfayiri, ancêtres des pasteurs et des forgerons selon un mythe du Ferlo sénégalais (voir note 78).

De telles alliances, qui existent aussi entre certaines ethnies, certains villages ou certains degrés de parenté (belle-sœur et beau-frère, grands-parents et petits-enfants, etc.) ont donné naissance à ce que l'on appelle la « parenté à plaisanterie » (*sanankunya* en bambara ; *dendiraku* en peul).

46. *L'être à la fois humain, végétal et animal* : cet être hybride réunit en lui les trois règnes, ce qui implique une notion d'unité. Dans la tradition peule, on croit que l'on a d'abord été minéral, puis végétal, enfin animal. Le couronnement, c'est l'homme. Quelquefois, on entend les Peuls dire : « Ca, c'était quand j'étais une pierre ! » Ici, l'étrange créature est le symbole de cette unité perdue. C'est une occasion, pour le maître conteur, de faire une digression et de donner des enseignements sur les trois règnes qui composent l'unité de la vie.

Cet être, dont la tête est humaine – le « supérieur » y est donc bien à sa place – est un être neutre ; il se retire d'ailleurs sans faire de mal. C'est la Providence qui l'envoie pour dire à Bâ-Wâm'ndé ce qu'il y a derrière le vestibule. Dans le déroulement de tous ces événements, on voit comment, à travers chaque détail, la Providence mène peu à peu Bâ-Wâm'ndé vers son but. Dans la tradition peule, le hasard n'existe pas. Il y a seulement des « lois de coïncidence » dont nous ignorons le mécanisme.

47. *Le serpent* : on peut dire que le serpent est un symbole majeur dans presque toutes les traditions du monde, à commencer par la tradition africaine où il occupe une place très importante. Essentiellement énigmatique et ambivalent, son symbolisme peut être positif ou négatif, faste ou néfaste. Il peut symboliser un dieu ou le diable. Selon les légendes, on voit tour à

Notes annexes de Njeddo Dewal

tour l'homme et le serpent se présenter comme des amis étroitement complémentaires, presque des frères, ou comme des ennemis irréductibles. Dans les mythes, le serpent semble être au commencement du processus de la création, l'homme se situant à son aboutissement. Il est en rapport avec la vibration primordiale émanée du Dieu créateur suprême. Dans les dessins rupestres, il est souvent figuré par un trait ondulé replié sur lui-même, ou parfois brisé.

La tradition poullo-mandingue connaît le serpent sous divers aspects symboliques et lui donne chaque fois un nom spécifique. Dans la tradition mandingue, le python ni'nki-na'nkan est censé être l'excavateur des lits des cours d'eau qui ont formé le fleuve Djoliba (Niger). Dans les traditions bambara-malinké du Komo et du Koré, le serpent symbolise l'infini et l'horizon inaccessible. Parfois appelé « ceinture de la terre », il symbolise également l'éclair, donc la rapidité. Les liseurs de traces interprètent les empreintes qu'il laisse dans la poussière après s'y être lové. Sous un autre aspect, l'arc-en-ciel est considéré comme un serpent céleste multicolore buveur de l'eau de pluie ; en tant que tel, il est le symbole du néfaste qui engendre la sécheresse.

Chez les Peuls, le serpent mythique Tyanaba, considéré comme le propriétaire des bovidés au nom de Guéno, a amené les troupeaux au cours d'un long périple d'ouest en est ; ses lieux de campement sont cités par la tradition. L'un des grands ancêtres des pasteurs peuls, Ilo, fut considéré comme son frère jumeau et hérita d'une partie de ses animaux. Au Bénin, on voue un culte spécial aux pythons sacrés, particulièrement à ceux qui sont conservés dans le temple d'Abomey.

La tradition soninké connaît Bida, le grand serpent qui habitait le puits mystérieux de Ouagadou et qui exigeait qu'on lui sacrifie chaque année (ou tous les sept ans selon certaines versions) une jeune fille vierge choisie par un comité de sages. En échange de ce sacrifice humain, Bida, en tant que dieu, maître et formateur du minerai, assurait la richesse en or du Ouagadou. Le meurtre de Bida causa, selon la légende, la destruction de l'empire du Ouagadou.

D'une manière générale, dans les mythes africains, le serpent a souvent une « charge » sacrée très positive, notamment lorsqu'il est associé à la notion de fécondité. Il est également associé à la notion de cycle et de renouvellement en raison de sa mue. Sa tête est censée recéler toute sa puissance occulte.

Contes initiatiques peuls

Dans le présent conte, le serpent (particulièrement puissant puisqu'il s'agit d'un boa) devient volant, ce qui implique un changement de plan et un enrichissement. Le fait, pour Bâ-Wâm'ndé, de le chevaucher, signifie qu'il est maître de la force que représente le serpent. Il n'est pas rare de rencontrer des serpents volants dans les légendes africaines, ce qui est à rapprocher des dragons volants des traditions extrême-orientales, qui sont souvent les gardiens de « trésors cachés ».

48. *La montagne* : dans les mythes, la montagne typifie la limite entre deux mondes, la barrière infranchissable sauf par l'initié et sous certaines conditions. Elle représente la frontière entre le monde limité des connaissances humaines et le monde sans limite des connaissances divines où seuls des élus parviennent à pénétrer. Sous d'autres aspects, elle symbolise l'initiation elle-même : la difficulté, l'épreuve, l'obstacle à franchir. C'est aussi un symbole de protection.

Toutes les religions connaissent le symbolisme de la montagne sacrée. Du fait de sa verticalité, elle est considérée comme le chemin qui mène au ciel ou qui permet de communiquer avec lui. Sa cime est le lieu privilégié des manifestations ou communications divines (mont Sinaï, mont des Oliviers, mont Hira où le Prophète Mohammad reçut la prime révélation du Coran, etc.). Au Mali, on connaît, entre autres montagnes sacrées, les deux mamelons de Koulikoro appelés Nianankoulou (attribués au dieu Nianan), Tamakoulou dans la région de Kayes, le mont Songo non loin de Bandiagara, etc.

Dans la tradition peule, chaque pic, chaque aiguille montagneuse représentent une lance que Guéno a fichée en terre à une occasion donnée. Dans l'ensemble de la tradition mandingue, la montagne et les cavernes – considérées comme ses vestibules – abritent des esprits. Les sommets sont habités par des esprits blancs (bénéfiques), alors que les esprits noirs, détenteurs de forces mauvaises, résident plutôt dans les cavernes et dans les gouffres où sont censés se réfugier les sorciers, magiciens et envoûteurs. On verra plus loin que Njeddo Dewal, lorsque sa cité sera détruite, se réfugiera dans une caverne.

La connaissance est considérée comme une montagne dont il faut entreprendre l'ascension au prix de nombreuses indispositions ou épreuves. Les grands vautours, symboles de l'initiation

Notes annexes de Njeddo Dewal

africaine, nichent au sommet des collines ou des montagnes, dans des endroits inaccessibles. C'est pourquoi il est presque impossible de voir le poussin du vautour. La tradition dit : « Il faut peiner pour acquérir la connaissance, qui est aussi rare que le poussin du vautour ». Ici, la « montagne frontière » est circulaire et entoure un grand océan dont elle interdit l'accès.

En Islam également, on connaît la « montagne de Qaf », invisible et inaccessible aux hommes ordinaires, qui ceinture la terre et la sépare des mondes plus subtils.

49. <u>Gecko</u> : sorte de lézard (reptile saurien) portant des lamelles adhésives aux doigts de ses quatre pattes. Dans les contes, le gecko a la réputation de pouvoir entrer dans le feu. Symboliquement, il est lié à cet élément.

50. <u>Lien de sang, lien de lait</u> : le lien de sang est le lien qui unit toute la parenté du père : frères ou sœurs de même père, oncles, tantes, neveux et cousins du côté paternel, etc. Le lien de lait unit la parenté maternelle.

Le serment paternel, qui unit les alliés par le sang, touche aux questions d'honneur. C'est un lien de fortune et de gloire. Les alliés par le sang peuvent, dans un accès de colère, se souhaiter réciproquement la mort, mais jamais la honte ou le déshonneur car cela rejaillirait sur eux. Le lien paternel n'est donc pas désintéressé puisqu'il en va de l'honneur de la famille. Il y va aussi de sa fortune car, chez les Peuls, l'héritage va plutôt aux consanguins. Le serment maternel entraîne, lui, un lien d'amour et de pitié. Lorsqu'on rend un service à son cousin du côté maternel, on le fait sans espoir de récompense ou de compensation puisqu'on n'héritera pas de lui, alors que l'on hérite de son cousin par le sang. Il y a donc compensation du côté des liens de sang, et assistance désintéressée du côté des liens de lait. L'adage dit : « *On meurt totalement pour son cousin de lait, mais on ne meurt pas totalement pour son cousin de sang* » (puisqu'il peut en tirer profit).

51. <u>Les sept cieux et les sept terres</u> : dans la tradition peule, comme en Islam et dans les traditions orientales, on dit qu'il y a sept cieux superposés et sept terres étagées en profondeur. Les sept cieux sont en rapport avec les sept soleils de la tradition initiatique peule (voir *Koumen*). Parmi les sept terres, seule la terre

Contes initiatiques peuls

« contemplatrice des étoiles » est l'épouse du ciel, les autres se succédant au sein d'une profondeur occulte invisible.

52. *La lune, détentrice des secrets de l'eau, du feu et du vent* : on connaît la relation traditionnelle de la lune avec l'eau, la femme et les végétaux. Ici, le feu est entendu en tant que chaleur. La lune influe en effet sur le mouvements des vents ; or, les vents amènent soit la pluie, soit la grande chaleur ; d'où sa relation avec l'élément « feu ».

53. *Les 28 dieux du parc des Peuls pasteurs* : le panthéon peul compte 28 dieux, ou esprits gardiens (singulier *lare*, pluriel *laredji*), associés aux 28 demeures (mansions) de la lune et aux 28 séquences de l'année présidées par 28 grandes étoiles (voir note 87). Les douze premiers *laredji* (les plus importants) régissent les douze mois de l'année solaire ; les seize derniers régissent les seize maisons de la géomancie. Pour les Peuls, ces dieux ne sont que les attributs, ou les agents, de Guéno. Ils sont, en quelque sorte, des aspects spécifiques de la Grande Force primordiale émanée du dieu suprême. Le conte nous enseigne qu'une force n'est en soi ni bonne ni mauvaise, et qu'elle peut servir le bien ou le mal selon la manière dont on l'utilise, à l'image de l'eau qui n'a ni couleur ni forme, seulement celles qu'on lui donne.

L'incarnation de ces forces spécifiques, ou dieux, dans un être ou dans un objet qui leur sert de support (par exemple le fétiche, ou un masque) s'opère selon des modalités qui constituent la base même du secret de la confrérie initiatique.

54. *Le cœur et la cervelle* : la tradition africaine considérant l'homme comme un microcosme, on pense qu'il contient en lui toutes les forces du cosmos, lesquelles sont incarnées d'une manière privilégiée dans certains de ses organes (cf. note 4 sur le crâne). L'amour et le courage sont censés siéger dans le cœur, l'intelligence dans le cerveau.

55. *Fumigation à l'aide de cheveux brûlés* : la fumigation est, en général, utilisée comme moyen de purification. Ici, la fumée des cheveux, tout imprégnée des forces bénéfiques qui sont incarnées en Bâ-Wâm'ndé et qui ont fait de lui le meilleur homme de son temps, pénétrera la matrice de son épouse pour la préparer avant qu'elle ne reçoive le germe des enfants à venir.

Notes annexes de Njeddo Dewal

56. <u>Gaël-wâlo</u>, « *Taurillon de la zone inondée* » : nom particulièrement bénéfique. Le taureau est en effet le symbole de la force (ici la force juvénile), tandis que la zone inondée, ou inondable, est le symbole même de la fertilité et de la prospérité, son humus étant constitué de tous les éléments rassemblés par le fleuve au cours de son périple et régulièrement déposés par lui.

57. <u>Les sept premiers fils</u> : à côté d'un nom profane donné par les parents à leurs enfants (en général celui d'un ancêtre), les Peuls nomment leurs fils selon le code suivant : Hammadi est le nom du premier fils consacré au dieu Ham ; Samba est le nom du deuxième fils consacré au dieu Sam ; Demba le nom du troisième fils consacré à Dem ; Yero le nom du quatrième fils consacré à Yer ; Pâté le nom du cinquième fils consacré à Pat ; Njobbô le nom du sixième fils consacré à Njob ; enfin Delô le nom du septième fils consacré au dieu Del (« Ham-pâté » est donc un premier fils, né d'un cinquième fils). Il existe un système analogue pour les noms des cinq premières filles.

58. <u>Baobab, caïlcédrat et fromager plantés en triangle</u> : ces trois arbres hautement symboliques ne sont certainement pas là par hasard, car dans ce voyage tout a un sens. Notons que c'est au pied de ces trois arbres que pour la première fois les sept frères trouveront une nourriture providentielle. La *triade*, surtout disposée en triangle, est chargée de sens dans la tradition peule (cf. les trois pierres du foyer dans le conte *Kaïdara*). Dans le processus de la création, la triade représente deux éléments qui se confondent pour en réaliser un troisième : tels le père et la mère qui se rencontrent dans l'enfant. La triade symbolise l'unité du principe actif, du principe passif et du résultat né de leur conjonction.
Baobab : voir notes **23** et **41**.
Caïlcédrat : l'écorce du caïlcédrat, très amère, sert à la purification et est censée préserver l'homme des effluves néfastes et des mauvaises influences. Le *diala* (caïlcédrat) est par excellence l'arbre des écoles initiatiques bambaras du Koré et du Komo. Le chant du Komo invoque « le diala amer qui se trouve derrière le fleuve et celui qui se trouve derrière la mare ». Le fleuve et la mare symbolisent ici les épreuves qu'il faut traverser pour atteindre la connaissance, dont l'acquisition est aussi amère que la décoction de l'écorce du diala.

Contes initiatiques peuls

Fromager : dans le conte peul de *Kaïdara*, le fromager a servi de refuge au « petit vieillard à la colonne déformée » qui n'est autre que l'une des incarnations de Kaïdara lui-même, dieu de l'or et de la connaissance. Par ce canal, les Peuls rattachent le symbolisme du fromager à celui de la Divinité suprême.

Le baobab, le caïlcédrat et le fromager sont par excellence des arbres sous lesquels se tiennent les palabres, comme aussi les séances d'initiation.

59. « *Ta grand-mère... ta femme* » : il est de coutume qu'une vieille femme soit automatiquement considérée comme une grand-mère par rapport à un petit garçon s'ils sont dans la même maison ou si leurs parents ont des relations d'amitié ou de voisinage Dans la tradition africaine du Bafour, les petits-fils sont considérés comme les « petits maris » de leur grand-mère et comme les rivaux de leur grand-père. A l'inverse, les petites filles sont considérées comme les « petites femmes » de leur grand-père et les rivales de leur grand-mère. Cette tradition est une source inépuisable de plaisanteries gentilles à l'intérieur des familles. C'est là une forme de *dendiraku*, parenté à plaisanterie (*sanankunya* en bambara) qui existe également entre d'autres catégories sociales ou ethniques (voir note 45).

60. *La hyène* est considérée comme la maîtresse des fétiches. Là où il y a danse de possession (*holle* chez les Songhaï), elle est le chef des initiés à ce rite.

Diatrou est une hyène mythique noire, née du roi de l'or noir. Dans l'initiation africaine, il y a en effet trois ors : l'or noir, qui est invisible, l'or jaune et l'or blanc. En tant que grande sorcière, Diatrou est considérée, dès sa naissance, comme la reine de tous les singes hurleurs et de tous les carnassiers. (Voir aussi *Amkoullel*, p. 326 – coll. Babel p. 421.)

On recherche toujours le bout du nez de la hyène, son crâne et sa peau pour en faire des talismans et des fétiches. Les oiseaux et les hyènes sont les animaux les plus augures, surtout la hyène tachetée. On interprète ses cris comme on le fait pour ceux des tourterelles.

61. *Vautour* : dans la tradition africaine, le vautour est un animal hautement significatif. Son symbolisme est multiple. Parce qu'il niche souvent sur des sommets inaccessibles où l'on ne peut

Notes annexes de Njeddo Dewal

voir son petit, il est le symbole même de l'initiation, c'est-à-dire de la connaissance difficile à atteindre. Parce qu'il vit longtemps, il est un symbole d'ancienneté. A ce titre, le « Vautour ancêtre » fait partie du grand conseil du baobab (cf. note 23).
En outre, parce qu'il vit de charognes et de cadavres, le vautour est en rapport avec la mort. Sa tête et son cou nus et colorés symbolisent la terre morte. C'est sans doute en raison de cet apparentement avec la mort qu'il figure à cette place dans le conte.

62. *Singe* : le singe est considéré lui aussi comme un « sorcier » ou un animal doué de forces occultes parce qu'il est une sorte de transition entre l'animal et l'homme. Il est comme un vestibule entre deux demeures. Or les êtres ambivalents sont toujours considérés comme très « chargés ».

63. « *Ô esprit ete ete* » : on retrouve les éléments de base de cette incantation dans *Koumen* (p.89). C'est la longue incantation chantée par Silé Sadio pour triompher de la dernière épreuve (le lion Goumbaw) avant de devenir silatigui et de connaître le « nom secret du bovidé ».

64. *Mi Heli Yooyoo... mi Heli !* : c'est le cri que poussent les Peuls (en allongeant le son *yo...*) quand ils sont dans la détresse, en souvenir du pays originel. « *Mi* (moi) *Heli Yoyo* », c'est-à-dire « Moi (de) Heli et Yoyo », sous-entendu : « Je voudrais redevenir ce que j'étais au temps du bonheur à Heli et Yoyo. »
Aujourd'hui, on ne l'entend plus vraiment que dans la Boucle du Niger. Il faut dire, d'ailleurs, que les lamentations de jadis, qui étaient souvent de la grande poésie improvisée, sont presque perdues. A présent les gens crient à tue-tête, mais, à part de rares exceptions, ils ne déclament plus.

65. *La chaîne* : il existe, chez les Peuls, une chaîne d'initiation qui est censée remonter jusqu'à Doundari (le Tout-Puissant). La coutume veut que dans une invocation (en tradition africaine comme en ésotérisme musulman) on cite la chaîne d'initiation à laquelle on est rattaché.

66. *Ngelôki, safato* : on brûle des feuilles desséchées de ngelôki sous le ventre des animaux lorsqu'ils sont dans le parc. Cette fumigation aurait une vertu protectrice. Une petite branche de ngelôki placée derrière l'oreille lorsqu'on sort ou dans la maison lorsqu'on reste chez soi est utilisée comme protection contre la foudre. Le ngelôki et le doki sont deux végétaux dont on pense qu'ils peuvent lutter contre la mort et, parfois, triompher d'elle.

Le ngelôki et le safato font partie des plantes médicinales dont l'utilisation provoque la divination, d'où leur emploi dans le présent épisode.

67. *Chauve-souris* : la tradition mandingue considère la chauve-souris comme le confluent des contraires : elle a des ailes comme l'oiseau et comme lui pond des œufs, mais elle allaite comme un mammifère ; elle voit la nuit et est aveugle le jour ; elle dort ou se repose suspendue par les pattes, la tête en bas. Son symbolisme varie selon les régions et les traditions. Pour les uns, c'est un animal impur associé aux sorciers en tant que vampire suceur de sang ; pour d'autres, son corps entre dans la préparation de gris-gris de longévité et de bonheur. Dans certaines traditions, on utilise le cerveau de la chauve-souris pour préparer des ingrédients censés procurer aux enfants et aux néophytes une intelligence vive et une mémoire développée. La chauve-souris est souvent considérée comme un animal d'outre-tombe parce qu'elle vit dans les cavernes et niche dans les branches des grands arbres plantés au milieu des cimetières ou dans des endroits lugubres.

Chez les Peuls, le symbolisme de la chauve-souris est double : au sens diurne (positif), elle est le symbole de la perspicacité qui permet de voir même dans l'obscurité ; au sens nocturne (négatif), elle est le symbole de l'extravagance, de l'imbécillité qui fait tout faire à contresens. Elle est en outre le symbole de la puanteur et de la laideur au sens matériel. Le moins que l'on puisse dire est que son symbolisme est ambivalent. Comme les grands sorciers ou les grands ascètes, elle n'apparaît que la nuit. Quelques interprètes de songes recommandent de ne rien entreprendre de sérieux après une nuit où l'on a vu en songe une chauve-souris.

Ici, les chauves-souris ne refusent pas leur secours à Njeddo Dewal car elles ne font pas partie des catégories d'animaux qui se sont séparés d'elle : singes, vautours, hyènes (voir aussi *Kaïdara*).

68. *Aga* : berger mythique de la tradition peule du Ferlo. Il fut l'un des premiers à qui Koumen confia les secrets de la vie pastorale tandis que Foroforondou, son épouse, confiait les « secrets du lait » à Adia, femme d'Aga. Par extension, le nom d'« Aga » est

Notes annexes de Njeddo Dewal

donné au pasteur initié ; il signifie, en quelque sorte, le « connaisseur de brousse », car le pasteur est constamment avec les animaux. Il est censé donner des conseils parce qu'il a l'expérience de la vie.

69. _Poème « Aga t'a dit »_ : Tout ce petit poème est extrait du grand poème traditionnel « Lootori » (Bain sacré) qui est récité au nouvel an (il figure en annexe à la fin de _L'Éclat de la grande étoile_).

70. _Faire caracoler son cheval_ quand on voit une femme est une coutume peule. Il est d'usage, lorsqu'un cavalier peul rencontre une femme, que son cheval fasse la courbette et s'agenouille pour la saluer. Ici, bien qu'il fasse nuit et que les femmes ne puissent les voir, les sept frères caracolent pour les honorer, comme le veut la coutume.

71. _Le jujubier sacré_ : n'dabi. Littéralement : « là où j'ai mis (la plante du) pied ». Le jujubier sacré de Heli et Yoyo échappe au temps. Tous les stades de la vie sont présents en lui. Il porte à la fois des bourgeons, des fleurs et des fruits. Planté dans un monde qui suit la loi de Njeddo Dewal (la sécheresse), lui-même ne la subit pas car il participe d'un autre monde. Il est comme une limite, une frontière entre deux mondes. En Islam, le jujubier est un arbre paradisiaque. Placé à la limite du septième ciel, on l'appelle le « jujubier de la limite ». Au-delà, c'est le monde purement divin. Les fruits du jujubier sont l'une des nourritures de base des soufis qui se retirent dans la brousse.

Dans le récit initiatique _Koumen_, le jujubier joue un rôle très important. C'est lorsque Silé Sadio arrive dans la douzième clairière, dernière étape de son initiation, que Foroforondou, épouse de Koumen, lui donne à manger les fruits du « jujubier de la demeure ». Après quoi Koumen l'assure que, maintenant, il n'a plus rien à redouter sur la voie, car Foroforondou « ne sert de jujubes qu'à ses amis ». Lorsque Silé Sadio a bu le lait du bovidé hermaphrodite primordial et mangé les fruits du « jujubier de la demeure », il s'écrie : « Maintenant que j'ai bu le lait après avoir mangé les jujubes, je suis consacré ! Aucun nœud ne me sera énigmatique ! Aucune émanation ne sera dangereuse pour moi. Je saurai tout et spontanément, comme le nouveau-né sait téter au premier mouvement des lèvres. » Le jujubier est donc le symbole

Contes initiatiques peuls

du sommet de l'initiation, sommet des connaissances possibles, après quoi il n'y a plus que la connaissance divine. Les Peuls recommandent de mettre des feuilles de jujubier aussi bien dans la bouche du mort que dans sa tombe.

Dans le présent épisode, le symbolisme est particulièrement riche car, pour se préparer à recevoir une révélation, non seulement Bâgoumâwel mange des fruits du jujubier sacré, mais il s'abreuve à la source d'eau vive qui coule à ses pieds : autre symbole de vie, souvent associé à la vie éternelle.

72. *Koumen* : si Tyanaba, le python mythique, est le « propriétaire » des bovidés au nom de Guéno, Koumen est son auxiliaire, son berger et le dépositaire des secrets concernant l'initiation pastorale. Il a été chargé par Guéno de veiller sur la terre, les pâturages et les animaux herbivores, sauvages ou domestiques. Il peut prendre toutes les formes qui lui plaisent : il peut apparaître aux hommes sous la forme d'un enfant de trois, sept ou neuf ans, sans jamais dépasser onze ans. Il peut aussi porter une barbe de vieillard. L'ouvrage *Koumen* relate l'initiation de Silé Sadio, l'un des premiers silatiguis du Ferlo. Silé Sadio cherchait sa « vache égarée », symbole de la connaissance. C'est au cours de sa recherche qu'il entendit la voix de Koumen, le rencontra, et reçut de lui l'initiation.

73. *L'abeille* : dans toutes les traditions, le symbolisme de l'abeille est d'une haute portée spirituelle. C'est un symbolisme solaire et impérial. L'ancienne Égypte dit que l'abeille serait née des larmes de Râ (le dieu Soleil) tombées sur la terre. Partout, elle est liée à des notions de sagesse ou d'immortalité de l'âme. Elle a donné son nom à l'une des sourates du Coran où plusieurs versets lui sont consacrés (sourate XVI, v. 68-69). La tradition musulmane fait du miel le symbole spirituel de la nourriture des saints. Il symbolise par ailleurs la connaissance mystique qui conduit à la Réalisation.

En Afrique, le miel est considéré comme un liquide supérieur béni et comme la synthèse de la sève de toutes les plantes. Il entre dans la préparation de l'hydromel, qui fut d'abord sacrificiel avant d'être boisson d'agrément. Le processus de la transformation du miel est comparé à celui de l'âme qui évolue vers Dieu. Chaque fleur est considérée comme un maître et les pollens qu'elle produit comme des leçons permettant à l'âme « amère » de

Notes annexes de Njeddo Dewal

devenir progressivement douce et riche comme du miel. L'abeille symbolise souvent l'initié, le maître, le sage.

74. *« Demande à la grenouille d'ordonner à la Reine abeille... »* : en Afrique, la coutume veut que l'on passe toujours par un intermédiaire pour présenter à quelqu'un un remerciement, une doléance ou une demande, ou simplement pour exposer une affaire. Cette coutume sociale est le reflet de la hiérarchie céleste, car on passe toujours par des intermédiaires (dieux ou ancêtres) pour adresser une demande à Guéno (ou à Mâ-n'gala). En revanche, dans les cérémonies, le dieu suprême est toujours nommé en premier : « Je vais faire cela si Guéno l'accepte... »

75. *Les onze forces fondamentales* : ce sont la pierre, le fer, le feu, l'eau, l'air, l'homme, l'ivresse, le sommeil, les soucis, la mort, la résurrection. Chacun de ces éléments a la propriété de détruire celui dont il est issu, ou d'en triompher : la pierre est fendue par le fer ; le fer est fondu par le feu ; le feu est éteint par l'eau ; l'eau est asséchée par le vent ; l'homme peut triompher du vent (il est le seul à marcher contre le vent, les animaux ne le font pas) ; l'ivresse anéantit l'homme ; le sommeil a raison de l'ivresse ; les soucis font disparaître le sommeil ; à son tour la mort tue le sommeil, mais la résurrection (la vie dans l'au-delà) anéantit la mort.

Pour la tradition africaine, toutes ces forces sont constitutives de la nature de l'homme. Celui-ci, on le remarquera, occupe une position médiane entre, d'un côté, cinq forces matérielles et, de l'autre, cinq forces immatérielles.

76. *Génie tutélaire*, ou esprit gardien : de même que le bétail a des esprits gardiens (ou génies tutélaires, ou petits dieux), chaque métal a également son esprit gardien. En fait, toute chose visible est en rapport avec une force invisible qui a pouvoir sur elle et à laquelle il faut s'adresser si on veut l'utiliser.

77. *Maître du fer* : dans la société africaine, ce sont les forgerons qui sont « maîtres du fer », c'est-à-dire détenteurs des secrets d'utilisation du fer tant sur le plan pratique que sur le plan occulte ; mais ils ont un chef qui, lui, est le véritable Maître du fer.

78. *Pacte originel entre Bouytôring et Nounfayri* : ce mythe, très répandu chez les Peuls du Ferlo sénégalais, m'a été transmis

Contes initiatiques peuls

en 1943, entre autres, par le grand silatigui Ardo Dembo, originaire de N'Dilla (canton de Moguère, cercle de Linguère, Sénégal) et par Môlo Gawlô, de la caste des Gawlô généalogistes, lui-même spécialiste des Peuls. Ce récit est également répandu chez les Peuls du Mali. Au Ferlo, on connaît le nom de Bouytôring, mais non celui de Nounfayiri que l'on appelle l'« ancêtre des forgerons ». Au Mali, on connaît le nom de Nounfayiri, mais non celui de Bouytôring que l'on appelle l'« ancêtre des Peuls ».

Voici un condensé de ce mythe :
Bouytôring, ancêtre des Peuls, était travailleur du fer. Ayant découvert les mines appartenant aux génies *(djinn)* du Roi Salomon, il allait chaque jour y dérober du fer. Un jour, pourchassé par les génies, il fut surpris et dut se sauver. Dans sa fuite, il arriva auprès d'une très grande termitière qui était située dans un parc à bovins. Comme elle comportait une grande cavité, il s'y cacha.

Ce parc était celui d'un berger nommé Nounfayiri. Le soir, lorsque le berger revint du pâturage avec ses bêtes, il trouva Bouytôring caché dans la termitière. Ce dernier lui avoua son crime et lui dit que les génies le cherchaient pour le tuer. Alors, pour le protéger, Nounfayiri fit coucher ses animaux tout autour de la termitière. Et quand les génies arrivèrent, il leur dit : « Ceci est mon domaine. Je n'ai rien à voir avec le fer. » Les génies furent ainsi éconduits et Bouytôring sauvé.

Le lendemain, Nounfayiri dit à Bouytôring de ne pas sortir de la termitière. Il mena ses animaux au pâturage durant toute la journée. Le soir, après avoir trait ses vaches, il donna du lait à Bouytôring. Sept jours durant, Bouytôring resta caché, le temps d'être sûr qu'il n'était plus recherché par les génies.

Le septième jour, Bouytôring dit à Nounfayiri : « Je voudrais t'instruire de la façon de travailler le métal. » Et il l'initia aux secrets du travail du fer. Puis il dit : « Toi, aprends-moi l'élevage. » Nounfayiri répondit : « Pour cela, il faut que moi je reste dans la termitière et que toi tu partes avec les animaux. » Et il lui enseigna ce qu'il fallait faire.

Quelques jours passèrent ainsi. Bouytôring avait appris à garder le troupeau et à traire les vaches. Il savait parler aux animaux. Ceux-ci s'attachèrent à lui. De son côté, Nounfayiri avait pris plaisir à travailler le fer. Un jour, Nounfayiri dit : « Voilà ce que nous allons faire. Toi, tu vas devenir ce que j'étais, et moi je vais

Notes annexes de Njeddo Dewal

devenir ce que tu étais. L'alliance sera scellée entre nous. Tu ne me feras jamais de mal et tu me protégeras ; moi aussi je ne te ferai jamais de mal et je te protégerai. Et nous transmettrons cette alliance à nos descendants. » Nounfayiri ajouta : « Nous mêlerons notre amour, mais nous ne mélangerons pas notre sang. »

***

C'est pourquoi il y a interdit de mariage entre les Peuls et les forgerons. Cet interdit ne connaît qu'une seule exception : quand un Peul est devenu roi, il peut épouser une forgeronne, la présence de cette dernière auprès de lui étant alors considérée comme protectrice. Nous ignorons toutefois à quelle époque est intervenue cette exception.

Je profite de cette note pour rappeler que les interdits de mariage n'ont en général rien à voir (en tout cas à l'origine) avec des notions de supériorité ou d'infériorité de caste ou de race. Il s'agit soit de respecter des alliances traditionnelles (comme c'est ici le cas), soit de ne pas mélanger des « forces » qui ne doivent pas l'être. Les castes artisanales *(nyamakala)* étaient en effet des voies d'initiation spécifiques considérées comme porteuses de *nyama* (ou force occulte). Elles pratiquaient l'endogamie afin de conserver en leur sein le secret de leurs connaissances et d'éviter des « mélanges de forces » qui pourraient se révéler néfastes. J'espère pouvoir un jour développer ce sujet dans un autre ouvrage. Rappelons seulement l'adage : « C'est le noble *(*horon) qui a créé le captif (djon), mais c'est Dieu (Mâ-n'gala – Guéno) qui a créé le nyamakala (l'artisan). »

Ce mythe, de même que la description de Heli et Yoyo, soulève beaucoup de questions qui restent sans réponse. Il est étrange, en effet, de voir un ancêtre des Peuls présenté comme travailleur du fer et non comme pasteur nomade. Mais, comme nous l'avons dit dans la note 1, il fut un temps, au Mandé, où les ethnies vivaient en symbiose et où certains mythes mandingues et peuls se fondirent au point qu'il est aujourd'hui difficile de démêler ce qui appartient aux uns ou aux autres. Le présent mythe semble entrer dans cette catégorie. Pour les Bambaras (tradition du Mandé), le premier homme, « premier fils de la terre », était un forgeron. Quoi qu'il en soit, cette légende témoigne d'une très ancienne alliance qui est probablement à l'origine du lien de

Contes initiatiques peuls

parenté à plaisanterie *(dendiraku/sanankunya)* qui unit Peuls et forgerons (cf. note 45).

Dans le Ferlo sénégalais, tous les Peuls rouges (pasteurs) sont considérés comme descendants des huit fils de Bouytôring. La vallée de Bokoul citée dans le conte est un lieu mythique, mais une vallée du même nom existe au Sénégal.

79. « *Par le secret du beurre et du lait* » : dans les traditions pastorales, les Peuls jurent par le beurre et le lait, substances sacrées. Le lait, symbole de la substance primordiale, liquide nourricier par excellence et emblème de la pureté en raison de sa blancheur, donne le beurre qui est censé concentrer en lui les forces vitales essentielles. Ainsi les forces cosmiques bienfaitrices sont-elles considérées métaphoriquement comme du beurre liquide coulant des mamelles miséricordieuses de Guéno. Dans de nombreuses traditions, le beurre consacré ou l'huile sont des éléments privilégiés d'offrande ou d'onction. Foroforondou, déesse du lait, épouse de Koumen, dit à son néophyte Silé Sadio : « Sers-toi de la main de ton cœur (la main gauche) pour jeter une boule de beurre sur le brasier de Guéno et tu verras le feu monter plus haut : dis alors une prière à l'intention du Créateur. »

80. *Nouvel an* : le nouvel an s'accompagne de réjouissances populaires et de rites, le plus important étant le « bain rituel » *(lootori)* des animaux et des hommes. A cette occasion, on chante des poèmes en partie traditionnels, en partie improvisés. La date du nouvel an, calculée selon le calendrier lunaire, avance chaque année (voir poème du *Lootori* à la fin de *L'Éclat).*

81. « *Dont la gloire était la seule récompense* » : jadis, on ne distribuait pas de prix comme on le fait de nos jours, mais certaines personnes aimant particulièrement les chevaux pouvaient faire des « cadeaux au cheval » sous forme de nourriture ou de dons d'animaux, généralement du bétail. Le propriétaire du cheval vendait ces animaux pour acheter des harnachements ou de la nourriture en vue d'améliorer l'état de son coursier.

82. *Attitude du roi* : le roi de Heli est ici le prototype même du roi idéal : honnête, scrupuleux, soucieux du bonheur de ses sujets avant le sien propre. Ce n'est pas parce que le peuple accepte de se sacrifier pour lui qu'il fait passer le sort de son fils avant celui des jeunes gens.

Notes annexes de Njeddo Dewal

A travers les contes, il y a toujours toute une éducation sociale : ce que doivent être un fils, une épouse, un mari, etc. Ici, on entend montrer ce que doit être un roi, ou un chef, digne de ce nom. Jadis, l'éducation sociale n'était pas séparée de l'éducation initiatique, car l'initiation préparait à ce que devait être le comportement global, aussi bien social qu'individuel et spirituel. En fait, la séparation entre sacré et profane n'existait pas. Le comportement spirituel affectait tous les actes de la vie. L'homme vivait intégré dans le sacré.

83. *La reine des araignées* : l'araignée est considérée comme le premier tisserand à qui Guéno enseigna l'art et les secrets du tissage, de même que le termite est considéré comme le premier maçon à qui Dieu enseigna l'art de la construction. Sur le symbolisme des métiers (forgeron, tisserand, etc.), voir mon article « La tradition vivante » dans le tome I de *L'Histoire générale de l'Afrique*, (de préférence dans l'édition intégrale Jeune Afrique/ Unesco).

84. *Goumbaw* : le lion noir (pelage sombre), que l'on trouvait notamment en Haute-Volta (Burkina Faso), était un lion mangeur d'hommes, alors que le lion rouge, ou brun, ne s'attaque le plus souvent qu'aux animaux. D'une manière générale, le lion incarne la puissance et la force brutale. En tant que lion noir, cette force est comme décuplée par la méchanceté.

Dans *Koumen*, Silé Sadio, après avoir traversé les douze clairières de l'initiation, doit affronter, avant de devenir silatigui, sa dernière épreuve : combattre le lion mythique Goumbaw et triompher de lui. Le fait qu'ici le dieu Koumasâra maîtrise et chevauche le redoutable Goumbaw montre toute sa puissance.

85. *Dikoré Dyâwo, Diafaldi, Kogoldi* : ce sont tout à la fois des personnages mythiques et les noms de silatiguis qui ont réellement existé et qui ont tenu un rôle éminent dans la grande chaîne d'initiation peule (citée également dans *Koumen*, p.83). Dikoré Dyâwo est une femme qui, en des temps très anciens, a vécu au Sénégal, sur les rives du fleuve Gambie (Gayobélé). C'était une grande maîtresse d'initiation peule, une « maîtresse du lait ». Elle figure parmi les aïeules d'Ardo Dembo, le grand silatigui du canton de Moguère (Sénégal) qui m'a initié en 1943 aux traditions initiatiques pastorales peules.

Contes initiatiques peuls

86. *Rayon orange* : dans *Koumen*, Silé Sadio découvre, au fur et à mesure de son initiation, les sept soleils qui correspondent aux sept cieux étagés. Chaque soleil émet un rayon de l'une des couleurs de l'arc-en-ciel. Le rayon orange émane du cinquième soleil.

87. *Les 28 étoiles* : 28 étoiles servent de calendrier aux Peuls. Au cours de l'année, chacune de ces étoiles apparaît successivement pendant 13 jours, l'une d'elles restant présente 14 jours, ce qui donne un total de 365 jours. Ces 28 étoiles sont en relation avec les 28 *laredji* (dieux du panthéon peul) ainsi qu'avec les 28 demeures de la lune.

Notes annexes
de Kaïdara [1]

1. *Manna* : titre par lequel on désignait jadis les rois initiés. Il devint le nom même du roi initié légendaire, que l'on rencontre à l'origine de nombreux contes initiatiques.

2. « *Durcir les montagnes* » : selon le mythe de la création du monde, les montagnes étaient, à l'origine, tendres comme du beurre végétal, mais Guéno (le Dieu Un, créateur et éternel) donna puissance au « Monarque borgne » (le soleil) de durcir les montagnes sous l'intensité de son regard.

3. *Hammadi* : chez les Peuls, il y a double système de nomination des enfants. L'un, profane, par lequel les parents donnent au nouveau-né le nom qu'ils veulent, de préférence celui d'un ancêtre ; l'autre, religieux, utilisé dans les cérémonies rituelles ou les initiations, comme ici (Cf. *Njeddo Dewal*, note 57). Il n'est pas inutile de savoir, pour l'intelligence du texte, que l'on divise, dans les contes et légendes, les héros en trois catégories :

a) *Hammadi :* prototype de héros, l'« étalon » ; il est connu de tout son village et le village où il s'arrête est immédiatement au courant de son arrivée.

b) *Hammadi-Hammadi :* l' « étalon des étalons », plus valeureux encore que le premier ; il est connu dans son village et dans son pays ; s'il se déplace, les pays voisins l'apprennent sans retard.

---

1. Rédigées par L. Kesteloot. Notes additives H. Heckmann entre crochets.

Contes initiatiques peuls

c) *Hammandof* : c'est le médiocre, le raté ; sa famille même ne s'aperçoit pas de son absence, ni son hôte de son arrivée.

A ces trois types d'hommes correspondent trois types de femmes : *Santaldé*, bonne épouse qui exécute bien ce que dit son mari ; *Mantaldé*, qui a plus d'initiative et d'intelligence ; « propriétaire » du tam-tam de guerre », elle n'attend personne pour se débrouiller ; enfin *Mantakapous* qui, « lorsqu'on lui apporte de quoi préparer à manger, le laisse pourrir et qui se plaint et insulte quand on ne lui apporte rien ». Elle est, en somme, la parfaite mégère ! (Cf. *Petit Bodiel et autres contes de la savane*, conte « Pourquoi les couples sont ce qu'ils sont », note p. 164.)

4. <u>Carrefour</u> : les pasteurs peuls vont par des chemins divers. Chaque fois qu'ils se retrouvent dans une clairière, ils la baptisent « carrefour de la rencontre » ou « résidence » *(hondorde)*, et le lieu devient sacré à la suite d'un rite précis. Le silatigui *(silatigi)*, qui est l'initié aux choses sacrées, entre en rapport avec les esprits de l'endroit soit par un rêve, soit au moyen de plantes spécifiques ; selon la densité occulte du lieu, ce dernier deviendra campement ou carrefour de rencontre durant deux, trois, quatre jours ou plus. Le rite se fera sur la dictée de l'esprit du lieu ; on sacrifiera une chèvre tachetée, un mouton ou un bœuf. Le silatigui aura vu tel animal en songe, ou bien un événement quelconque l'aura signalé à son attention. La révélation peut aussi être faite à un autre membre du groupe ; ou encore le silatigui interprétera les cris ou les mouvements de la tourterelle car « elle est messagère des dieux et son cœur est sans agressivité ».

5. <u>Les trois routes</u> : référence à la triade peule. Il y a en effet trois sortes de pasteurs : ceux des caprins, ceux des ovins et ceux des bovidés ; 3 est aussi un chiffre très ésotérique comme 2, 7, 11 et 12 dans l'initiation peule. Dans ce seul récit, il y a 3 voyageurs, 3 pierres du sacrifice, 3 charges d'or, 3 conseils. On dit que 3 est le produit de l'inceste de « lui et de sa chair », car l'unité est hermaphrodite et copule avec elle-même pour se reproduire.

6. <u>Hamtoudo</u> et <u>Dembourou</u> sont des noms de captifs, respectivement « captif de Hammadi » et « captif de Demba ». Dès le début de l'aventure, il y a donc différence entre les personnages, et tout leur comportement sera affecté de cet indice de leur origine. Hammadi seul se conduira comme un noble.

Notes annexes de Kaïdara

[*Note additive H.H.* – Ailleurs, A.H.Bâ a donné une clé : les personnages du conte ne sont pas à chercher dans des catégories sociales extérieures, mais en nous-même (*Njeddo Dewal*, introduction, p. 16, note 1) : « *En fait, tous les personnages du conte ont leur correspondance en nous-même. (...) Entrer à l'intérieur d'un conte, c'est un peu comme entrer à l'intérieur de soi-même. Un conte est un miroir où chacun peut découvrir sa propre image* ». Répondant à des élèves à propos du conte *Petit Bodiel* dans une émission de la Télévision ivoirienne, il précisait :« *Le conte est un miroir. Chacun doit s'y mirer et s'y retrouver. Il faut regarder en vous-mêmes. Avez-vous en vous un petit point de Petit Bodiel ? (...) La leçon du conte, c'est de vous chercher en vous-même, et de vous trouver* » *(Petit Bodiel et autres contes de la savane*, Postface, p. 260)].

7. <u>Les trois pierres du foyer</u> (voir « trois routes ») : ici, il y a analogie avec le foyer de la cuisine africaine, car le foyer dont il s'agit servira à la « cuisson du savoir ». La cuisine familiale est, du reste, un lieu sacré, par analogie avec la matrice de la mère que l'on appelle « le foyer où cuit l'enfant » (ou « l'atelier de Dieu »). Les trois pierres « sont unies par la marmite comme le père, la mère et l'enfant dans la famille » ; les trois fourches entre les pierres du foyer sont comme « l'écorce, le fruit et le grain de la vérité ». De même, ici, les trois hommes sont unis par l'aventure, ce voyage en commun, hasard prédestiné, voulu par les dieux.

8. <u>Le pays des nains :</u> pour les Peuls, il y a trois pays :
1) Le pays de la clarté où vivent tous les êtres visibles, hommes, animaux, plantes.
2) Le pays de la pénombre, où se trouvent les « cachés », les êtres invisibles mais sujets à incarnation ; parmi eux il y a les nains, esprits-pygmées, qui entourent Kaïdara ; ce sont ses serviteurs, apparaissant souvent en petits vieux avec de longues barbes ; ils n'ont pas plus de trois coudées mais sont d'une force énorme ; ils sont polymorphes et portent le nom de *yaamanajuuju*, ainsi que Bâgoumâwel (l'initié de *Njeddo Dewal mère de la calamité* et de *L'Éclat de la grande étoile)*.
3) Le troisième pays est celui des morts, et se trouve plongé dans la nuit profonde. Toutes les âmes l'habitent, celles des hommes comme celles des animaux et des plantes ; car tout ce qui vit a une âme, et c'est pourquoi jamais un initié ne coupera

Contes initiatiques peuls

inutilement un arbre ni ne cueillera un fruit vert car il risquerait ainsi « de faire avorter la femme ».

9. *La pierre plate* : elle représente les deux sciences, l'exotérique (face blanche) et l'ésotérique (face noire) – dans une autre perspective, le blanc peut représenter la haute science et le noir la magie noire.

Ses neuf coudées correspondent aux neuf ouvertures du corps de l'homme et relèvent encore de la science exotérique (tandis que la femme-mère a 11 ouvertures qui, elles, relèvent de l'ésotérie). La pierre est triangulaire, car c'est un rappel de la triade peule de base. Enfin, elle représente aussi les « trois pays » (voir note 8) : les deux faces sont les pays de la clarté et de l'obscurité profonde, tandis que l'épaisseur de la pierre est le pays de la pénombre. En initiation, le disciple demande : « Comment dois-je passer du sombre au clair sans retourner la pierre ? » Le maître répond : « Tu dois te transformer en huile de crapaud », car l'huile de crapaud pénètre la pierre. De même, l'homme n'a pas besoin de déplacer les choses pour les pénétrer par la finesse de son esprit jusque dans leur profondeur.

Cette pierre est donc symbole du monde, symbole des deux sciences, et porte de la voie car elle est limite entre le pays des vivants et le pays des nains de Kaïdara. Enfin, elle est la première force en cosmogonie peule, d'où sortiront les dix autres qui, avec elle, constituent les onze forces fondamentales (voir note 2 p. 323).

10. *Les neuf marches* : en ésotérie islamique, descendre neuf marches signifierait dompter les neuf sens. En ésotérie peule, on n'y voit pas d'autre sens qu'une allusion de plus aux neuf ouvertures du corps [A.H.Bâ signale ailleurs qu'elles sont en rapport avec les neuf os du crâne, symboles des neuf voies de l'initiation. *(Njeddo Dewal*, note 4, p. 351, et *L'Éclat de la grande étoile* en divers endroits). Chacune des sept ouvertures contenues dans la tête est « la porte d'entrée d'un état d'être, ou monde, gardée par une divinité. Chaque porte donne accès à une nouvelle porte intérieure, et cela à l'infini ». Cf. « La notion de personne », dans *Aspects de la civilisation africaine*].

11. *Escalier descendant* : l'escalier est toujours symbole de la progression vers la science. S'il monte vers le ciel, il s'agit de la

Notes annexes de Kaïdara

connaissance du monde apparent ; s'il rentre sous terre, il s'agit du savoir occulte.

12. *Tu sauras quand tu sauras que tu ne sais pas* : maxime capitale pour l'initié néophyte. En initiation, on écoute beaucoup plus qu'on ne questionne ; on attend jusqu'à ce que le maître ait fini son récit, car un jour, à sa convenance, il donnera l'explication de ce qui est obscur. C'est à dessein qu'il met la patience de son disciple à l'épreuve, et non pour brimer sa vivacité intellectuelle, car il arrive au maître, après un exposé, de provoquer des questions, voire une discussion ; mais le disciple doit s'habituer à ne pas interrompre, à « sentir » quelle question il peut poser et laquelle il faut taire. Cette patience dans la connaissance est imposée comme condition *sine qua non*, c'est une véritable éducation mentale, et son acquisition sera une preuve pour le maître de la maturité de son élève. Il saura par là qu'il peut confier des secrets à l'initié, car ce dernier aura la discrétion nécessaire pour ne pas aller les divulguer.

13. *Mon secret appartient à Kaïdara* : c'est la première fois, depuis le début de l'aventure, que les voyageurs entendent et apprennent le nom de celui qui les attire : le dieu de l'or et du savoir. Cela peut surprendre si l'on s'en tient à la logique apparente du récit : ces trois hommes sortent un beau jour de leur maison, se rencontrent à un carrefour et se laissent entraîner dans le plus invraisemblable des voyages souterrains, sur la seule suggestion d'une voix invisible. Pourquoi, dans quel but, vers qui, vers où ? Mais l'auditeur qui écoute le récit sait très bien qui est Kaïdara et dans quel but on s'initie à ses mystères. N'oublions pas qu'il existe une version résumée de ce conte qui peut être dite devant n'importe quel public.

14. *Le caméléon, la chauve-souris, le scorpion, etc.* : pour respecter le rythme et l'intérêt du récit, on n'expliquera pas, durant cette présentation des onze symboles de Kaïdara, leur signification respective ; d'abord parce que le récit lui-même les révélera plus loin, ensuite parce que cela détruirait une des caractéristiques de l'initiation dont nous avons déjà parlé : la lente progression dans la connaissance et l'ajournement des réponses aux questions trop empressées.

Contes initiatiques peuls

15. *Complainte de Hammadi* : rappel des traits essentiels de la tribu des Peuls : origine orientale, pasteurs des bœufs à bosse, hospitalité envers l'étranger, le lait et le beurre comme nourriture principale, alliance avec la vache, sans oublier la mention de la « noble race » à laquelle appartient Hammadi.

16. *Le scinque* : en l'absence d'explications relatives au scinque dans la suite du récit, nous avons cherché à combler cette lacune (dans une faible mesure, bien sûr) par une petite enquête sur le rôle et les significations que ce curieux reptile endosse dans les populations voisines des Peuls qui racontent Kaïdara. Il en résulte que le scinque est généralement considéré comme un être de bon augure chez les Bambaras. Ceux-ci, d'ailleurs, ne le mangent pas, alors qu'ils mangent le lézard. De plus, il entre dans la composition de certains remèdes et son apparition est signe de guérison proche si l'on souffre d'une maladie. Chez les Markas, on appelle le scinque « serpent des femmes », car il est tout à fait inoffensif ; on le juge à la fois gentil et sacré.

Enfin, signalons une légende populaire suivant laquelle le scinque, lorsqu'il devient vieux, se métamorphose en serpent à deux têtes. Est-ce parce que sa queue grossit démesurément, ou bien l'explication relève-t-elle d'une autre légende que nous ignorons ? Et quel est le sens de cette métamorphose ? La question reste ouverte.

17. *Le serpent* : on a déjà parlé de serpents dans cette histoire, et ceux que l'on a rencontrés sont animaux dangereux et nuisibles. Il s'en faut pourtant de beaucoup que ces reptiles aient un sens universellement négatif, comme dans les civilisations européennes. En effet, dans la plupart des cosmogonies africaines, on le rencontre avec une « charge » sacrée très positive. Chez les Dogons, les Ewés, les Bambaras, les Bamouns aussi bien que chez les Kissis, il a une signification cosmogonique (Dogons et Bambaras) ; parfois il est le dieu protecteur d'une nation et vénéré comme tel (Togo et Dahomey).

Le plus souvent, il joue un rôle important dans le totémisme. On connaît le python sacré de Samory le conquérant, aussi bien que le petit serpent noir du forgeron de Camara Laye. Il peut être insigne royal comme chez les sultans de Foumban (Cameroun) ou animal légendaire chez les Bamilékés, comme ce *numekong* dont le nom signifie « serpent si grand qu'il enjambe la montagne

Notes annexes de Kaïdara

sans même déplacer sa queue » ; il est extrêmement intelligent et son œuf énorme, qui brille comme un phare, est convoité comme source de lumière. (Cf. aussi *Njeddo Dewal*, note 47 p. 362).

18. <u>L'outarde</u> : on dit qu'elle est polygame parce qu'elle est souvent accompagnée de deux ou trois femelles. Le sylphe, en réponse à la question de Hamtoudo, se contente de donner les significations de l'outarde qui ont cours dans la sagesse populaire : « jamais éloignée de la terre », c'est-à-dire que l'enfant n'est jamais éloigné de sa mère ; « ne s'élève jamais dans les airs » signifie que l'enfant n'est jamais majeur, même adulte. « On ne la surprend pas facilement » : les chasseurs ont coutume de dire : « Je suis une outarde ; moi, on ne me surprend pas ! »

19. <u>Hermaphrodite</u> : référence à une notion fréquente dans les cosmogonies africaines : celle qui affirme que l'homme des origines possède les deux sexes. C'est, pour les Bambaras, « une loi fondamentale de la création, chaque être humain étant à la fois mâle et femelle dans son corps et dans ses principes spirituels. » (G. Dieterlen, *Essai sur la religion bambara*, Paris, PUF, 1951.) On explique du reste souvent les rites de circoncision et d'excision par la nécessité de faire passer l'enfant de façon définitive dans son sexe apparent.

20. <u>Vieillard mi-homme mi-serpent</u> : l'hybridité, comme toute difformité ou étrangeté d'ailleurs, est toujours significative dans les légendes africaines. Si la coutume et l'ordre naturel sont ainsi troublés, ce ne peut être gratuitement. D'autre part, l'hybridité a ses lois : ainsi, dans le phénomène de « l'animal-humain soudé à l'animal-animal », la partie supérieure étant plus proche des choses nobles que la partie inférieure, il n'est pas indifférent que ce soit l'une ou l'autre qui soit animalisée. Ici, chez l'homme-serpent, le fait que ce soit ses pieds qui sont animalisés est signe favorable, car il est « supérieur dans le supérieur » – autrement dit sa tête est humaine ; c'est donc un initiateur qui soumet les voyageurs à l'épreuve. Mais on connaît aussi, chez les Peuls, l'homme à tête de lion (symbole de la royauté) ou l'homme à tête de taureau (initiateur pastoral). Cette loi ne semble donc pas rigoureuse.

21. <u>Quarante jours, quarante nuits</u> : 40 est un chiffre sacré.

Contes initiatiques peuls

Chez les Peuls, quand un certain bœuf a certaines taches et qu'il vit 21 ans, lorsqu'il meurt, ses funérailles durent 40 nuits. Il en est de même lorsqu'un homme dépasse les 105 ans. Chez les Bambaras, pour l'initiation du Komo, on offre en sacrifice 40 cauris, 40 chevaux, 40 bœufs. Le mot bambara originel pour dire 100 est « deux fois 40 ».

22. <u>La mort tue les êtres, le temps avale la mort...</u> : c'est un rébus que Hammadi explique en indiquant sa connaissance du dualisme fondamental de la nature. Il y a dans l'homme la mort et la vie, le bien et le mal, comme le bien et le mal viennent du même Guéno. De même, toute chose a son aspect positif (diurne) et son aspect négatif (nocturne) ; la rivalité de la gauche et de la droite, des points cardinaux opposés, est du même ordre, ainsi que celle des sexes, du jour et de la nuit, etc. (voir note 1 p. 319). Hammadi ne détaille pas ici tous les dualismes existants ; il se contente de montrer qu'il connaît cette loi cosmique :

L'air avive le feu... ici, c'est une métaphore que Hammadi explicite : votre science avive notre désir de savoir.

Les âmes célèbrent l'office... Hammadi répond : nous avons déjà prié, et à la manière rituelle peule.

Les justes paient la dîme... Hammadi répond : nous avons payé la dîme du beurre (c'est la portion qu'on donne au pauvre ou au cavalier de passage pour panser son cheval) ; autrement dit : « sur le plan des rites nous sommes en règle ».

D'où venez-vous ? Hammadi répond : de la goutte de sperme tombée au creux du sexe féminin (cavité secrète et fertile).

Où allez-vous ? Hammadi répond : vers la disjonction, la putréfaction, le retour à la source, c'est-à-dire le processus de désintégration du corps après la mort, et le retour à la terre-mère d'où l'homme est venu.

Qui êtes-vous ? Hammadi répond : des créatures créées, mais des créés créateurs ; en effet, si le bipède humain est créé par Guéno, il est le seul à pouvoir créer à son tour à cause de son intelligence (pouvoir inventer des choses qui n'existaient pas).

Hammadi conclut : nous n'avons pas faibli sur la route, c'est-à-dire nous avons supporté toutes les épreuves et nous tenons à continuer l'initiation de Kaïdara.

23. <u>Trente-deux dents</u> : pour signifier qu'il est un adulte complet, en possession de tous ses moyens. La vie d'un homme

Notes annexes de Kaïdara

est représentée par une courbe divisée en tranches de sept années dont le sommet est 63 ans, après quoi la vigueur et les facultés mentales de l'homme décroissent. [Cf. « Notion de personne », dans *Aspects de la civilisation africaine*, pp. 12-13]

24. *Les sept têtes* correspondent aux sept jours de la semaine, aux sept étoiles du grand et du petit Chariot, aux sept ouvertures de la tête ; *les douze bras* sont les douze mois de l'année (dans la tradition cabalistique ce sont aussi les douze côtes de chaque flanc du corps d'Adam) ; *les trente pieds* correspondent aux lunaisons, aux trente jours du mois.

Tel qu'il se présente, Kaïdara serait la structure même du Temps. C'est pourquoi il tourne sans arrêt sur son trône et « fait le grand soleil » (voir p. 279) car on dit que c'est le soleil qui commande le temps.

25. *Employez bien l'or...* : condition que Kaïdara impose avant de livrer le sens des symboles, car « *seul le riche peut vraiment révéler qui il est* », le pauvre n'en ayant ni les moyens ni l'occasion. C'est sans doute pourquoi l'on dit aussi : « *L'or est le trône de la sagesse, mais si vous confondez le socle du savoir et le savoir, le socle tombe sur vous et vous écrase.* » De même : « *Soyez le cavalier de votre fortune, non son cheval* », car toute chose retourne à son origine. Le cavalier conduit toujours sa monture ; or, la fortune venant du feu, si elle vous chevauche elle vous conduira au feu ; tandis que l'homme venant du bonheur, si vous chevauchez votre fortune, vous irez ensemble vers le bonheur.

Ces maximes se révéleront exactes dans la suite du récit : ceux qui avaient eu une conduite similaire dans le dénuement auront, une fois pourvus, des conduites très différentes : preuve que la condition imposée par Kaïdara n'était pas gratuite.

L'or : c'est le métal ésotérique par excellence à cause de sa pureté, de son inaltérabilité : « *Avec un gramme d'or, on peut faire un fil assez long pour entourer tout un village.* » D'après le mythe, on le trouve sous onze couches de terres et minéraux différents (voir dernières pages du récit). Il procure le bonheur s'il est bien utilisé, c'est-à-dire s'il est utilisé pour la recherche du savoir ; sinon, il précipite la perte de son propriétaire. Métal ambigu donc, comportant lui aussi le dualisme originel.

26. *Contrôle des membres* : dans la confrérie islamique

Contes initiatiques peuls

Tidjania, quand on récite la prière dite « Perle de la perfection », on garde une fixité complète. De même, Tierno Bokar, qui avait fait une synthèse entre l'Islam et l'initiation peule, pouvait garder la même position durant tout son temps d'enseignement ; on disait alors qu'il était « limpide comme l'huile d'arachide ».

27. *J'ai peur pour ta raison* : Hammadi en effet paraît fou, et c'est normal car la sagesse initiatique semble folie pour le bon sens vulgaire. On dit qu'il y a trois sortes de fous : celui qui avait tout et qui perd tout brusquement ; celui qui n'avait rien et qui acquiert tout sans transition ; enfin le fou malade mental. On pourrait ajouter un quatrième fou à la classification populaire : celui qui sacrifie tout pour acquérir la sagesse, comme ne cessera de le faire Hammadi, l'initié exemplaire.

28. *L'étoile* : chez les pasteurs, on l'appelle « étoile du berger » ; mais c'est la même que l'on nomme « étoile du laboureur », ou « étoile du matin ». Est-ce encore elle qui est l'étoile initiatique, le matin à l'est, le soir à l'ouest ? [Cf. l'étoile annonçant la naissance de Bâgoumâwel dans *Njeddo Dewal*, p. 52, et *L'Éclat de la grande étoile*]

29. *Baylo-Kammou, le forgeron du ciel* : ouvrier de Guéno, Baylo-Kammou est le chef des forgerons. Sa forge, c'est la foudre. Elle se trouve dans un certain nuage à base horizontale, précurseur d'orage. C'est pourquoi, lorsqu'il apparaît, on dit que Baylo-Kammou est rentré dans sa forge. Lorsqu'on veut faire avorter un orage, c'est le forgeron du village qui fera l'incantation. (Il existe entre Peuls pasteurs et forgerons une alliance sacrée *[dendiraku]* et une série d'interdits provenant d'une origine commune mythique. Cf. *Njeddo Dewal*, note 78, p. 373).

30. *Fleuve Saldou-Keerol, « embranchement de la limite »* : les voyageurs reviennent dans le pays des visibles, mais on verra que seul Hammadi franchira la frontière. On ne se promène pas impunément dans le domaine de l'ésotérie, et si l'on ne sait pas lire les signes et écouter les avertissements voilés, on manie là trop dangereuse matière pour un esprit étourdi et imprudent.

Le sens du malheur de Dembourou et de Hamtoudo est peut-être qu'il aurait mieux valu pour ces deux hommes, braves mais vulgaires, ne jamais s'aventurer au pays de Kaïdara, car ils

Notes annexes de Kaïdara

n'avaient ni l'envergure intellectuelle ni la grandeur morale pour assumer un tel destin. La conquête de l'or ésotérique les a perdus bien plus sûrement que s'ils avaient essayé de s'enrichir par leurs propres moyens humains et dans un monde où s'appliquaient les raisonnements communs à la moyenne des fils d'Adam. C'est ce qui justifie peut-être, en plus de tous les arguments sociologiques qu'on en a donnés, la tendance africaine à garder le Savoir sous le boisseau, à ne le diffuser qu'au compte-gouttes, quitte à risquer de le perdre comme c'est le cas aujourd'hui, pour ne le confier qu'à ceux qui en sont dignes, car seuls ils pourront en faire bon usage. Cette conception, qui est évidemment à l'opposé de la conception occidentale moderne, se comprend cependant si l'on songe à certains usages meurtriers, très modernes eux aussi, d'une « science devenue sans conscience ».

31. *Avec un amant* : on dit : « Un homme qui n'est pas jaloux n'est pas un homme », dans le sens où il est humain de succomber à la jalousie. L'adultère est sévèrement réprimé dans la société peule ; cependant il ne comporte pas de sanctions prévues et on se venge sur le tiers, non sur la femme ; cela peut aller jusqu'au meurtre du rival. Mais il arrive aussi que des hommes vraiment supérieurs se maîtrisent assez pour ignorer le fait et « referment la porte » s'ils ont surpris le secret du « petit pagne parfumé ».

32. *Le petit pagne parfumé* : la vie conjugale est très réglementée par tout un code où la délicatesse des gestes révèle celle des sentiments : par exemple, la femme doit se parfumer sous peine de « ressembler à un homme » et de déplaire ainsi à son mari ; d'autre part, la femme peut demander des explications si son mari tourne régulièrement le dos : en principe, celui qui veut se retourner prévient son voisin et lui en demande la permission. Enfin, l'acte sexuel, qui est considéré comme sacré, est aussi réglementé de façon stricte.

33. *Koumbourou* : comme il y a sept noms prévus pour les garçons, il y en a cinq pour les filles, le nombre d'enfants idéal étant 12 (7 garçons et 5 filles). Ce sont : Dikko, la première née ; Koumba, « celle qui attache » ; Penda, « petit pagne épais » ; Dado, « celle qui se ceint les reins pour bien travailler » ; et Takko, « accolée (aux entrailles de sa mère) ». S'il y a une sixième fille on l'appellera Dikodimmo (Diko bis). Koumbourou est une « augmentation » de Koumba, si celle-ci est bien en chair !

Contes initiatiques peuls

34. *Mbileedyo*, etc. — *Mbileedyo* : celui qui transforme les choses, prestidigitateur occulte ; *silatigi* : maître en initiation peule, détenteur des secrets pastoraux et de connaissances très profondes ; *tyorinké* : « physiognomoniste », connaisseur de la psychologie humaine et des forces qui habitent un homme d'après les traits de son visage, sa façon de marcher, de regarder, de parler, etc. ; *daggada* : magicien. [« Ni la magie ni la fortune ne sont mauvaises en soi, c'est leur utilisation qui les rend bonnes ou mauvaises », adage cité par A.H.Bâ dans « La tradition vivante », *Histoire générale de l'Afrique*, tome I, p. 196, Jeune Afrique/Unesco.] Ce sont quatre degrés des sciences cachées. On rencontre aussi le *sukunya*, espèce de sorcier dont on dit : « Tout ce qu'il voit, il peut en faire autant. » Mais ce dernier n'a pas appris avec un maître, ses vertus sont des dons naturels.

35. *Par les 14 lumineuses boréales...* : le vieux mendiant invoque ainsi les neuf ouvertures physiques du corps humain ; en effet, les 14 étoiles du Grand et du Petit Chariot moins les cinq sens donnent, en arithmologie ésotérique, les neuf ouvertures du corps (voir plus haut, note 10).

36. *En ce monde qui bouge* : depuis toujours les Peuls savent que le monde bouge, et pas seulement par des transformations intérieures. Ils connaissent le mouvement extérieur de la planète : la terre est mobile, elle *marche* (rappelons l'étonnante intuition scientifique des Bambaras qui font dériver la matière d'une énergie pure qui se concentre). Nombreux sont les dictons qui vulgarisent cette notion de mouvement tellurique : « Nous bougeons depuis que la terre bouge » ; « Nos animaux bougent sur la terre qui bouge » ; « Les ombres marchent, les animaux marchent sur la terre qui marche, pourquoi je ne marcherais pas, moi ? »

37. *Une terre qui se transforme* par interaction de ses éléments : l'eau mange la terre, la terre recouvre les poches d'eau, etc. Voici deux chansons sur ces thèmes de mouvement et de transformation de la terre :

La terre bouge par petits bonds et les ombres se déplacent.
Mes bœufs font le va-et-vient.
Ils foulent les ombres rampantes qui bougent.
Qu'est-ce qui peut m'empêcher d'aller avec eux ?

Notes annexes de Kaïdara

S'ils sont rassasiés, je n'ai plus faim.
Welo-Nana* entend ce que je dis.

Je conduis, je pousse mes taureaux beuglants.
Pendant ce temps, la terre se déchire.
Une immense excavation
ouvre une bouche comme une pirogue.
Je dis : tu n'avaleras pas le troupeau du frère de Oummou.
Avale donc le ciel si tu le peux !
Avale les vents qui suivent leur chemin dans l'espace !
Si je recule, ce n'est point peur,
c'est pour protéger mes bœufs
et me protéger moi-même.

38. *Les sept qualités du caméléon* : la numération (1, 2, 3...) existe bien dans le texte peul. C'est peut-être le moment de dire un mot sur les nombres dont on aura remarqué l'abondance dans ce récit. Dans la société peule, on éprouve pour les nombres un penchant marqué, mais il ne faut pas en user mal à propos. Ainsi, jamais on ne dira le nombre de ses enfants, de ses femmes, de ses bœufs, pas plus que son âge si on le sait ; en revanche, on compte très volontiers les choses qui ne vous touchent pas directement ; ce sont alors des leçons, des thèmes, des symboles à interpréter. Pourquoi ? Ceci relève de l'animisme : les nombres, comme les noms, quand on les énonce, « déplacent des forces qui établissent un courant à la manière d'un ruisseau, invisible mais présent ». L'énoncé d'un nombre ou d'un nom vous concernant de près donne prise sur vous. La preuve ? « Si tu entends un inconnu qui prononce ton nom en appelant quelqu'un d'autre, un homonyme, pourquoi es-tu inquiet ? Quelle partie de ton corps a-t-il touchée ? C'est cela le courant. » La parole a toujours eu une influence sur les hommes. Mais si l'efficacité du verbe est grande, celle du nombre la dépasse, car s'il y a le signe et si la parole en est l'explication, le nombre, qui est le produit du son et du signe, en donne la racine secrète. Il est donc à la fois plus fort et plus mystérieux.

Welo-Nana est le nom d'une personne témoin, l'amante ou la sœur.

Contes initiatiques peuls

Il n'est pas question de se lancer ici dans les détails de cette « chiffrologie », mais on peut en donner quelques éléments de base quasi usuelle, nécessaire pour comprendre les constantes allusions qu'on y fait dans ce récit. C'est pourquoi nous essayons d'expliquer sommairement les nombres signifiants lorsqu'ils se présentent.

39. <u>Le sacrifice maternel du scorpion</u> dont les petits « labourent les flancs et mangent les entrailles avant de naître. »
[*Note additive H.H.* Dans la première édition des NEA, une erreur avait fait imprimer « sacrifice paternel » au lieu de « maternel ». A l'époque, et en dépit de l'allusion à la mère en note de bas de page, cette erreur avait donné lieu à des commentaires sur « l'attitude troublante d'Amadou Hampâté Bâ » et « le complexe très perturbant que l'homme traînait du fait de ne pas pouvoir accoucher... » – commentaires qu'Amadou Hampâté Bâ s'était alors refusé à relever. La présente édition est une occasion de redresser cette erreur. Le mot « maternel » figure d'ailleurs dans le *Kaïdara* des « Classiques africains » (p.143), dont la première édition est antérieure de neuf ans à celle des NEA.]

40. <u>La forme des nuages</u> sert, elle aussi, à la divination, selon les ressemblances qu'ils affectent ou l'ombre portée sur la terre, selon leur degré de densité (en petites dunes, en vagues, en lacs...).

41. <u>Les éclairs</u> servent également à la divination. C'est au lever et au coucher du soleil que le silatigui fera le plus volontiers ses augures et ses incantations, car les couleurs du ciel et des nuages sont plus variées et le tableau qu'ils forment plus significatif.

42. <u>Sous les gouttières</u> : on se méfie car souvent les esclaves se postent là pour écouter ou pour recevoir les restes des bains sacrés des rois... et ils finissent par devenir rois à leur tour, car les eaux magiques agissent aussi bien sur l'esclave que sur le prince !

43. <u>Mariage</u> : chez les Peuls, on ne choisit pas sa femme ; c'est l'oncle ou le père qui choisit pour vous, car « un vieux assis au pied d'un arbre voit mieux l'horizon qu'un enfant haut perché ». Or, il y a quatre personnes à qui le Peul ne peut jamais dire non : ses procréateurs ou ceux qui en ont le rôle (oncles, tuteurs) ; son

Notes annexes de Kaïdara

maître-initiateur ; son roi, et l'étranger que Guéno lui envoie. Cette loi absolue contribua d'ailleurs à induire nombre d'ethnologues en erreur ; ceux-ci étant envoyés au chef de village par l'administrateur et le chef spécifiant qu'en tous points il fallait contenter l'« étranger de l'administrateur », les gens ou l'interprète répondaient affirmativement à toutes les hypothèses que l'étranger avançait, car c'était le meilleur moyen de le mettre en joie ! Après quoi l'étranger repartait, complètement « dans la paille » mais ravi de son enquête, tout autant que ses hôtes étaient ravis de son plaisir et conscients d'avoir accompli leur devoir.

On ne peut donc pas refuser une femme proposée par le père, mais elle ne vous convient pas forcément. On peut alors en prendre une, deux, dix autres * si on en a les moyens, jusqu'à ce que les quatre qualités soient remplies. Si elles sont remplies après un ou deux mariages, l'homme s'en tiendra à une ou deux femmes. Sans quoi il « *ne pourra ni dormir ni siester* » et souffrira de « *111 indispositions* », car les ancêtres viendront le tourmenter. Il y a interdiction de « doubler » une femme possédant ces quatre qualités sous peine d'avoir un malheur dans le passé, un dans le présent, et un dans l'avenir.

Quant au divorce, il est, chez les Peuls, permis des deux côtés. Ce n'est pas général chez les tribus voisines ; ainsi il est formellement interdit chez les Malinkés où la femme est présentée au mari avec un trousseau contenant « la houe pour creuser la tombe, la corde pour attacher son cadavre, le linceul pour envelopper son corps ».

* [*Note additive H.H.* Par la suite, lorsque Amadou Hampâté Bâ eut l'occasion d'aborder ce thème dans des réunions entre amis ou sur ma demande, il a toujours déclaré qu'un malentendu avait dû se glisser soit dans la rédaction de cette note, soit, à l'époque, dans sa propre formulation, peut-être pas assez rigoureuse. En effet il n'existait pas, selon lui, de tradition se rapportant à plus de quatre femmes chez les Peuls, encore moins à dix. Il rappelait que la tradition originelle des Peuls pasteurs était plutôt la monogamie, la polygamie étant surtout apparue chez les Peuls sédentarisés, particulièrement chez les chefs ou les gens fortunés, puis avec l'Islam, lequel n'autorise que quatre femmes.

Il a évoqué cette tradition originelle dans une note relative à la légende peule « Pourquoi les couples sont ce qu'ils sont » (*Petit*

Contes initiatiques peuls

Bodiel et autres contes de la savane, p. 162) et que voici : « Dans cette légende peule, Dieu, à la création du monde, institue la monogamie pour le genre humain. Cela est conforme à la tradition d'origine des Peuls rouges (Peuls pasteurs) qui n'avaient qu'une seule épouse. Les difficultés de la vie pastorale se prêtent mal, en effet, à la polygamie. Celle-ci, finalement, est plutôt un phénomène citadin, ou de vie sédentaire, lié à la fortune. On cite l'exemple du lion qui, bien qu'étant le " roi de la brousse ", figure parmi les plus pauvres puisqu'il peut parfois rester dix jours sans rien trouver à manger. Or il n'a qu'une seule compagne, alors que l'outarde, qui trouve partout des graines à picorer, en a toujours plusieurs. »]

44. *Gaspiller le précieux germe de la reproduction* : nous avons vu en effet que l'acte sexuel est sacré « car le sexe de la femme est l'atelier de Guéno » ; le sperme mettra onze jours pour arriver à destination, et quand l'enfant sortira sa mère aura les onze forces divines à travers les onze ouvertures physiques de son corps (deux de plus que l'homme).

45. *Image du malheureux* : en effet un tel vice vous rend pitoyable, car on est l'esclave d'un instinct qu'on ne peut dominer. Dans une société où la maîtrise de soi est hautement appréciée, c'est un réel malheur.

Dans la classification des êtres, le bouc représente aussi la tentative de l'union entre l'homme et la plante (il copule avec une souche d'arbre), comme le corail est l'antichambre entre l'animal et la plante, la chauve-souris celle qui relie l'oiseau et le mammifère, et le singe l'intermédiaire entre l'homme et l'animal.

46. *Le bouc animal fétiche* : on l'appelle l'« attache-bouche du village ». Il y a toujours un bouc dans un village. On ne le frappe ni ne l'ennuie ; il est considéré comme le protecteur du village, car tout le mal qui arrive, il l'intercepte comme un paratonnerre capte la foudre (cf. le bouc émissaire des Juifs). Plus il est barbu et puant, plus il est efficace. S'il meurt, on en garde un de prêt pour le remplacer. C'est une coutume que l'on trouve aussi chez les Bambaras.

47. *Ils gardent leur secret* : secret occulte ou autre. Tout secret a son importance dans sa zone d'influence, mais surtout les

Notes annexes de Kaïdara

secrets de famille ou les secrets d'État. Dans une légende, un initié demande à son Maître de lui dire le vrai nom de Dieu. Le Maître lui donne une boîte en lui disant : « Le nom de Dieu est enfermé là-dedans, prends-en bien soin. » L'adepte s'en va ravi ; mais sa curiosité n'a plus de bornes lorsqu'il entend des grattements dans sa précieuse boîte : il l'ouvre et une souris s'en échappe. Très troublé, il s'en retourne trouver son Maître et lui explique son aventure. Le Maître se moque de lui et lui répond : « Tu n'es même pas capable de garder une souris et tu voudrais que l'on te confie le vrai nom secret de Dieu ? »

48. *Prédestinée qui garde sa virginité* : si une femme est consacrée à un projet de Guéno, elle doit rester vierge pour certains sacrifices, qui vont de la réserve du corps au don de la vie même.

49. *Le sage désire apprendre plutôt que d'enseigner* : cette attitude n'est évidemment pas très courante ; mais un ancien peut bien reconnaître une erreur. On ne le lui fait pas remarquer brutalement, mais on lui demande : « Est-ce qu'on vous a bien expliqué telle chose ? » ; ou bien on dit : « Voyez comme j'étais dans l'erreur, je pensais ceci ou cela ». Le vieux répond alors : « Non, c'est moi qui suis dans l'erreur. »

50. *Symbolisme ternaire* : le troisième terme est indicateur des deux autres, comme l'enfant indique ses deux extrémités, père et mère, car il est leur angle commun. En peul, on représente cette relation par le dessin appelé *yoobodu* : l'homme et la femme sont en *yoobodu* et se rencontrent dans l'enfant, sommet du *yoobodu*. Autre exemple : l'eau tiède qui indique ses deux extrémités : l'eau chaude et l'eau froide.

51. *Forgeron et pasteur* : allusion à un mythe d'origine des Peuls, la légende de Bouytôring, ancêtre des Peuls en Afrique occidentale, d'après les récits des Peuls du Ferlo sénégalais transmis à A.H.Bâ par Molo Gawlo et Ardo Dembo (cf. *Njeddo Dewal*, note 78, p. 373.)

52. *Les nouvelles eaux du fleuve suivent les méandres...* : cette métaphore signifie que l'habitude est une seconde nature. Cela va intensifier l'intuition de Hammadi qui lui avait permis de deviner que le petit vieux n'était pas un vrai mendiant, mais un

messager du « savoir caché », un envoyé travesti qui s'en va de porte en porte, cherchant un esprit fertile et un cœur humble à doter de cette miraculeuse fortune que le possesseur peut entièrement dépenser sans arriver à l'entamer : le savoir. En effet, un maître peut donner la totalité de sa science à un adepte ; celui-ci s'enrichit autant que le maître sans pour autant que le pourvoyeur soit en rien privé. Quelle autre fortune peut donc, sur cette terre, être totalement distribuée sans être amoindrie ? Quelle que soit la quantité fabuleuse d'une richesse matérielle, si l'on y soustrait ne fût-ce qu'un cauri, elle se trouve amoindrie d'une part équivalente.

53. *Les neuf ouvertures physiques...* : allusion à une autre initiation appelée *Koodal*, ou initiation de l'« Étoile rayonnante » (Cf. *L'Éclat de la grande étoile.*)

[Les contes *Njeddo Dewal, mère de la calamité, Kaïdara* et *L'Éclat de la grande étoile* forment, dans l'ordre, une trilogie. En effet, Bâgoumâwel, l'enfant-initié du conte *Njeddo Dewal*, sera, dans *L'Éclat*, le maître initiateur du petit-fils de Hammadi à la veille de son intronisation royale, et l'on y verra Hammadi (héros de *Kaïdara*), ressuscité pour trois jours, contribuer à l'initiation de son petit-fils et recevoir avec lui la révélation ultime donnée par Kaïdara lui-même. H.H.]

Table des matières

NJEDDO DEWAL MÈRE DE LA CALAMITÉ

Introduction 9
Généalogie mythique de Njeddo Dewal 19

Njeddo Dewal, mère de la calamité 23

Au pays de Heli et Yoyo
Le paradis perdu 27
Naissance de Njeddo Dewal 34
Le début des malheurs 39
La cité mystérieuse de Wéli-wéli 44

La grande quête de Bâ-Wâm'ndé, l'homme de bien
Un rêve annonciateur 51
En route pour Wéli-wéli 58
Où Bâ-Wâm'ndé atteint son but 80
Nouvelle étape vers l'inconnu 88
Un allié de taille 120

Bâgoumâwel l'enfant prédestiné
Le sacrifice de Kobbou 129
Où l'on retrouve Wéli-wéli 131

Une naissance miraculeuse	134
Le voyage des sept frères et de leur étrange neveu	136
Dans l'antre de la sorcière	149
Une expédition périlleuse	186
Une foire vraiment pas ordinaire	195
Les sept cercueils de pierre	200
Un étalon de malheur	209
Une lourde rançon	216
L'avant-dernière flèche de Njeddo Dewal	228
La dernière flèche	232

KAÏDARA

Avant de lire Kaïdara, par L. Kesteloot	243
Kaïdara	251
Postface : Propos d'Amadou Hampâté Bâ	333
Petite histoire éditoriale du conte *Kaïdara*	343

NOTES ANNEXES

De *Njeddo Dewal, mère de la calamité*	347
De *Kaïdara*	379

www.ingramcontent.com/pod-product-compliance
Lightning Source LLC
Chambersburg PA
CBHW071224230426

43668CB00011B/1301